DES AGENTS
AU SECRET

DES AGENTS
AU SECRET

TONI ANDERSON

Traduit par Diane Garo
pour Valentin Translation.

AUTRES LIVRES DE TONI ANDERSON EN FRANÇAIS

Le sommeil des justes

Dans l'ombre de la loi

Par une nuit si froide

Entre chien et loup

L'eau qui dort

En clair-obscur

Comme l'ombre d'un doute

Des agents au secret

Obscurantisme (Bientôt disponible)

Une ombre au tableau (Bientôt disponible)

Consultez le site web de Toni Anderson pour connaître toutes ses nouvelles parutions en français :

www.toniandersonauthor.com/french-translations

À Deb,
de Broseley à Tokyo,
de Tokyo à « The Broseley »,
merci pour une vie entière d'amitié.

CHAPITRE UN

SI QUELQU'UN LE reconnaissait, Lucas Randall était un homme mort. Il frappa à la porte noire, dansant d'un pied à l'autre. Une barbe naissante recouvrait ses joues crasseuses. De l'huile de moteur maculait ses ongles, et cette odeur se dégageait de ses vêtements par vagues subtiles. Même ses vieilles baskets étaient couvertes de graisse. Il rentra les épaules en frissonnant et enfonça les mains dans les poches d'une veste en nylon tachée.

La femme qui lui ouvrit le détailla de la tête aux pieds avec un air aussi impitoyable qu'un grand requin blanc.

— C'est pour quoi ? lui demanda-t-elle.

— Caniche.

Il répéta le mot de passe qu'on lui avait donné. Heureusement que le ridicule ne tuait pas.

Elle le poussa à l'intérieur d'un geste bref et referma rapidement la porte derrière lui. Elle garda les doigts sur le loquet comme si elle n'était pas sûre qu'il reste.

La porte derrière elle était entrouverte et lui offrait une vue limitée sur un bureau.

— Carte d'identité ? demanda-t-elle.

Il sortit un faux permis de conduire, qu'elle prit en photo avec son portable avant de le lui rendre. Il n'était pas question qu'il quitte ce bâtiment sans ce téléphone.

— Combien ?

— Vingt minutes. Cent dollars.

Sa voix était aiguë et tranchante comme une lame de rasoir. Elle tendit la main.

La vieille bique n'était peut-être pas armée, mais son regard était dangereux. Il hésita.

— Je veux une heure, et je veux quelqu'un de jeune. Aussi jeune que possible, marmonna-t-il d'un ton bourru.

— Cinq cents dollars.

Ses yeux conservèrent la même expression. Elle garda la main tendue.

Il sortit quelques coupures. Il lui mit cinq billets dans la main et glissa le reste dans sa poche. Maintenant, elle savait qu'il avait beaucoup d'argent sur lui.

Elle le conduisit dans un long couloir sans signe distinctif, passa quatre portes à gauche et deux à droite. Une rampe peinte en blanc menait à un escalier en bois couleur miel conduisant au deuxième étage, mais ils passèrent devant et prirent à droite. L'endroit était plus accueillant que ce à quoi il s'était attendu. Sur le côté se trouvait une cuisine où deux hommes aux traits asiatiques buvaient le thé, assis autour d'une large table en chêne. Une porte en acier renforcé avec des serrures coriaces sécurisait la sortie arrière. Les serrures supplémentaires n'empêcheraient pas les flics d'entrer indéfiniment, mais pourraient les retenir pendant quelques secondes bienvenues.

Un type se leva à leur approche. Grand, le visage aplati ; il avait dû tomber dessus étant bébé. La façon dont sa veste pendait de travers sur ses épaules robustes trahissait la présence d'une arme dans sa poche droite. Il fixa Lucas d'un regard dur, puis lui ferma la porte au nez.

La colère lui brûlait les tripes, mais Lucas ne pouvait pas se permettre de le montrer. La mère maquerelle s'approcha d'une porte portant le numéro « onze » vissé dans le bois verni. Elle sortit un jeu de clés de sa poche, en glissa une dans la serrure et pénétra dans la pièce. Le cœur de Lucas battait la chamade. Une jeune fille d'environ treize ans était assise sur un lit jumeau fait d'une simple literie blanche. Un gros ours en peluche était posé contre les oreillers. La jeune fille avait de longs cheveux blonds et des yeux bleus, et portait un simple débardeur en coton qui épousait les petits bourgeons de ses seins. Lorsqu'il entra, la jeune fille remonta ses genoux jusqu'au menton. Le blanc de ses articulations ressortit alors qu'elle enroulait ses bras autour de ses jambes fines. Elle avait un bleu sur la gorge et un autre au bras.

La maquerelle lui parla sèchement et la fille sauta du lit, et resta là, mal à l'aise, dans ses sous-vêtements.

Lucas inspecta la gamine de haut en bas, et plissa les yeux.

— Trop grande. Trop blonde.

— Elle est jeune. Très jolie. Très douée pour faire plaisir aux hommes, pas vrai ?

La maquerelle montra les dents et lança un regard furieux à la jeune fille. L'adolescente baissa les bras qui couvraient ses seins et les posa sur ses hanches à la place. Un sourire écœurant se forma sur ses lèvres roses et nues.

Lucas recula, ayant l'impression que ses poumons étaient recouverts d'immondices.

— Tu aimes.

La vieille salope était implacable.

Il se força à regarder les seins pubères de la fille et recula d'un autre demi-pas. Il ne s'attendait pas à ce que ce soit facile, mais il avait l'impression d'être en enfer.

— Pas elle. Pas pour cinq cents dollars, fit-il en secouant la tête. Elle ressemble trop à ma femme. Qu'est-ce que vous avez d'autre ?

Comme s'il était question de voitures, pas de gens.

Un tic agacé agita les lèvres de la maquerelle, et les yeux de la jeune fille s'écarquillèrent, à la fois de peur et de soulagement. En temps normal, Lucas aurait parié qu'il aurait attiré une punition à la gamine. Vu ce qui était « normal » dans ce milieu, il ne voulait pas imaginer à quoi pouvaient ressembler les châtiments.

La femme hésita, se souvenant probablement de l'épais rouleau de gros billets fourré dans sa poche arrière.

— Il y en a une autre, concéda-t-elle avec une lueur calculatrice dans les yeux.

Elle lui fit signe de sortir d'un signe de tête et referma soigneusement la porte derrière elle. Ils continuèrent le long du couloir.

Des bruits de pas résonnèrent derrière eux. Il jeta un coup d'œil par-dessus son épaule, mais le son s'éloigna et disparut. La maison était un dédale de pièces et de couloirs étroits, ce qui permettait sans doute aux clients d'éviter de se croiser.

Lucas arriva à une porte à l'angle nord-est de la maison, et son cerveau se mit à tourner à plein régime.

La maquerelle s'arrêta près de l'entrée et hésita.

— Celle-ci vient d'arriver. Elle est vierge.

Les lèvres de la femme vacillaient entre sourire et moue, comme si elle était physiquement déchirée entre le besoin de prudence et la promesse d'argent liquide.

Il soutint son regard, puis fit un signe de tête.

Mon Dieu, il espérait bien qu'elle était encore vierge.

La femme tendit la main.

— Mille dollars. Trente minutes seulement. Si tu la marques, je te coupe les couilles. Si tu parles d'elle à qui que ce soit, je te tranche la gorge.

Lucas se força à émettre un rire incrédule.

— Le dire à quelqu'un ? À qui pourrais-je bien le dire ?

Il regarda la femme comme si elle était stupide et fit un signe du menton.

— Laissez-moi la voir d'abord.

La maquerelle grogna et ouvrit la porte. Dans la chambre lugubre, une petite silhouette était recroquevillée sur le lit. La pièce n'avait pas de fenêtre, juste un seau dans le coin et un simple lit jumeau recouvert de draps fins.

Il s'approcha prudemment de la fillette effrayée qui grelottait sous le drap du dessus, en suçant son pouce. Une éraflure lui barrait la joue, et sa lèvre inférieure était gonflée et fendue. Elle avait de longs cheveux bruns naturellement bouclés aux extrémités. Il sourit. Ses grands yeux rencontrèrent les siens, effrayés et provocants.

— Je ne vais pas te faire de mal.

Il s'assit sur le lit et glissa une mèche de cheveux de la fillette derrière son oreille. Elle se mit en boule, visiblement assez intelligente pour savoir que tout ce qui sortait de sa bouche était probablement un mensonge. Le soulagement qu'elle soit en vie fut balayé par la rage que ces animaux aient volé son innocence et soient prêts à vendre son corps au premier pervers qui passait la porte. Heureusement pour elle, ce pervers particulier était un agent du FBI sous couverture.

— Mille dollars pour la toucher. Tu paies maintenant.

La sorcière près de la porte cracha ces mots avec la compassion d'une fraise dentaire.

Lucas se leva lentement et commença à fouiller dans sa

poche arrière en s'approchant de la maquerelle. Le visage de la femme exprimait la pure convoitise. La pensée de l'argent lui faisait perdre toute prudence. Lucas lui plaqua une main sur la bouche. Elle écarquilla les yeux et se débattit, des grognements et des cris étouffés se répercutant sur la paume de l'agent. Il lui serra la mâchoire pour étouffer ses protestations et la poussa contre le mur, puis ferma la porte avec son pied.

Les ressorts du lit lui indiquèrent que la fillette bougeait. Des pas légers traversèrent le plancher en bois nu.

— Vous êtes venu me sauver ? demanda-t-elle d'une voix haut perchée.

Mia Stromberg.

La promesse d'une généreuse récompense en échange d'informations sur l'endroit où se trouvait Mia avait permis d'obtenir un tuyau de la part d'un informateur anonyme. Quelqu'un avait repéré un homme portant un enfant endormi dans ce bâtiment, un enfant qui correspondait à la description d'une fillette de huit ans qui avait été enlevée dans la rue la veille au matin.

— Oui, lui répondit-il. Mais on doit être très silencieux, princesse, ou les méchants vont nous entendre.

Les yeux de la maquerelle s'écarquillèrent lorsqu'il passa son bras autour de sa gorge et serra doucement, comprimant jugulaire, puis carotide, réduisant l'afflux sanguin vers son cerveau. Son visage rougit alors qu'il restreignait volontaire-ment le retour veineux vers le cœur et elle perdit connaissance. Il n'éprouvait pas de remords. Pour mille dollars, la femme s'était empressée de laisser un pédophile entrer dans une chambre dans le but d'avoir des relations sexuelles avec une enfant de huit ans. Il n'existait pas de punition assez sévère pour ça.

Dès que le corps de la femme s'affaissa, il l'attrapa sous les bras et la traîna jusqu'au lit. Il retira la ceinture de cuir qu'elle portait et l'utilisa comme bâillon, sans se soucier de la douleur qu'elle ressentirait à son réveil. Il lui attacha les poignets et les chevilles avec des liens de serrage qu'il avait attachés à sa propre ceinture.

Lucas fouilla dans la poche de la femme, et trouva des clés ainsi qu'un petit flacon en plastique contenant probablement des somnifères, et le téléphone portable.

Une planque avait révélé le grand nombre de clients de l'établissement, à toute heure du jour ou de la nuit, et avait également permis d'identifier la propriétaire, d'où la présence de Lucas à Boston. Mae Kwon – à présent attachée au lit – était liée à une affaire de trafic sexuel sur laquelle il travaillait en Caroline du Nord. Les autorités avaient été amenées à réévaluer la situation. Jusque-là, on supposait que Mia Stromberg avait été enlevée pour obtenir une rançon, puisque ses parents étaient des millionnaires du Net, mais l'aspect trafic sexuel signifiait qu'il était possible qu'elle ait été enlevée simplement comme marchandise à vendre.

Le FBI avait arrêté l'un des clients quittant le bâtiment – un avocat de renom avec femme et enfants – et, en échange de l'immunité et d'un anonymat complet, il leur avait donné un mot de passe qui, avait-il juré, permettrait à Lucas d'entrer.

Idéalement, dans une opération de trafic sexuel, ils auraient pris le temps de monter un dossier. De photographier toutes les personnes qui entraient et sortaient de la propriété et de déterminer qui étaient les acteurs clés. Mais le bien-être de cette petite fille étant en péril, ils avaient décidé de ne pas attendre. La police scientifique devrait pouvoir leur fournir les preuves dont ils auraient besoin pour procéder à des interpellations, et avec un peu de chance, l'un des associés balancerait les autres, scellant ainsi l'affaire.

Lucas essaya d'utiliser le portable de la maquerelle, mais ne parvint pas à passer d'appel. Sans surprise, les criminels utilisaient un brouilleur de signal à l'intérieur du bâtiment. Ses collègues et lui supposaient que c'était pour empêcher les femmes contraintes de se prostituer d'appeler à l'aide.

Il mit le portable de Mae Kwon dans sa poche et s'accroupit à côté de l'enfant.

— On va marcher très calmement et sortir d'ici, d'accord, Mia ?

Elle mit son pouce dans sa bouche.

— N'aie pas peur et fais exactement ce que je te dis. Pas de questions, d'accord ? chuchota-t-il.

Elle soutint son regard et acquiesça solennellement. Puis elle lui attrapa la main et lui serra les doigts. Lucas sentit son cœur se serrer en réaction à ce geste.

Ils refermèrent la porte derrière eux, enfermant la femme maléfique à l'intérieur. Une image d'yeux bleus effrayés lui traversa l'esprit, et ses doigts se resserrèrent sur ceux de Mia.

L'âge moyen d'un adolescent qui entrait dans le commerce du sexe aux États-Unis se situait entre douze et quatorze ans. Beaucoup d'enfants avaient été abusés sexuellement et avaient fui leur foyer. Souvent, personne ne savait ou ne se souciait de ce qu'ils devenaient. Beaucoup étaient contraints de se prostituer et se sentaient ensuite piégés. Sortir de cette spirale infernale devenait de plus en plus difficile pour les enfants qui n'avaient que peu d'options alors qu'ils pensaient déjà être du mauvais côté de la loi.

Les signatures thermiques des trois propriétés adjacentes le long de cette ruelle suggéraient qu'il y avait plus de trente personnes piégées à l'intérieur. Mais, après avoir vu la jeune fille blonde aux grands yeux bleus, il ne pouvait pas se résoudre à l'abandonner, pas plus qu'il n'aurait pu laisser la petite Mia Stromberg.

Ils atteignirent la porte avec le numéro onze dessus. Réfrénant son impatience, il essaya méthodiquement chaque clé du trousseau de la maquerelle. Finalement, une clé tourna dans la serrure, et Mia et lui se glissèrent à l'intérieur.

Les pupilles de l'adolescente blonde s'écarquillèrent et elle recula sur le lit.

— Que voulez-vous ?

— Il est venu pour nous sauver, chuchota Mia d'un air dramatique à l'autre fille. Allons-nous-en d'ici.

Lucas cacha son sourire. L'enfant était une vraie princesse Disney.

Il chercha autour de lui tout ce qui pourrait lui servir d'arme, mais il n'y avait rien, pas même une fenêtre à casser. Il vérifia le tiroir de la table de chevet. Préservatifs et lubrifiants. Les joues de l'adolescente rougirent et il sentit son estomac se retourner. Elle avait probablement l'âge d'une de ses nièces. Elle était plus âgée que Payton Rooney lorsqu'elle avait été enlevée à son domicile. Elle était bien trop jeune pour cette exploitation.

— Comment tu t'appelles ? demanda-t-il en refermant rapidement le tiroir.

La fille les regarda comme si c'était une farce.

— On m'appelle Rosie.

— Mais quel est ton *vrai* nom ?

Lucas lui fit signe d'approcher. La fille céda et se leva du lit pour les rejoindre.

— Becca. Vous allez vraiment nous faire sortir d'ici ?

— Oui.

Du moins, il allait essayer. Il plaqua son oreille contre la porte et écouta attentivement, mais il n'entendit rien d'autre que le silence. Il ouvrit doucement la porte et les laissa sortir, puis la referma doucement derrière eux. Il se plaça à l'avant de leur petite procession. La main de Mia s'enroula autour de la sienne comme si elle avait peur qu'il la laisse derrière lui.

Aucune chance.

Ils atteignirent le couloir principal. La porte d'entrée était en vue, et il ressentit un moment d'euphorie à l'idée qu'ils aient réussi. Puis on sonna à la porte et ils se figèrent. Des bruits de pas résonnèrent dans la cuisine. Il était sur le point de se précipiter vers la porte d'entrée quand un troisième homme sortit du bureau. Ce type était plus jeune que Lucas, bien habillé, mince, avec des traits asiatiques. Les yeux de l'homme s'écarquillèrent en voyant les filles dans le dos de Lucas.

— En haut. Vite, ordonna Lucas.

Les filles se précipitèrent dans l'escalier.

Son cœur bondit dans sa poitrine quand le type mit la main sous sa veste, mais aucun coup de feu ne fut tiré quand Lucas fit monter Mia et Becca à l'étage. Les trafiquants hésitaient probablement à prendre le risque de blesser les filles, pas parce qu'ils se souciaient d'elles, mais parce qu'elles avaient de la valeur. Les types qui dirigeaient cet endroit pensaient probablement qu'ils l'avaient coincé. Lucas entendit les hommes se concerter en bas, aboyant des instructions dans une langue étrangère.

Et merde.

Il commença à frapper aux portes.

— FBI. Mettez les mains en l'air et sortez de la pièce immédiatement.

Il frappa à six portes et entendit finalement du bruit derrière l'une d'elles. Les affaires ne devaient pas tourner à plein régime un mercredi matin.

Une porte s'ouvrit et Lucas fit sortir un homme d'âge moyen à l'air terrifié qui remontait son pantalon, ainsi que deux jeunes femmes qui ne portaient rien d'autre que des nuisettes en satin. En entendant le bruit de pas dans les escaliers, il poussa les enfants dans la chambre et claqua la porte, s'assurant qu'elle était bien fermée.

Cette pièce était très différente des logements ordinaires qu'il avait vus en bas. Il y avait un lit à baldaquin sur une plate-forme surélevée, un miroir au plafond et au mur. Des rideaux de velours rouge. Des sex toys sur la table de chevet. L'odeur du sperme et du latex imprégnait l'air.

Il lutta contre la nausée.

Comme si la réalité ne suffisait pas, l'énorme écran de télévision diffusait une chaîne porno. Les yeux de Mia doublèrent de volume. Lucas se plaça devant l'écran et la poussa vers la fenêtre qui donnait sur la rue principale. Il essaya d'enlever la sécurité, mais elle avait été vissée.

— Et merde, je n'imagine même pas s'il y avait un incendie, marmonna-t-il.

— Maman dit que c'est mal de jurer, le réprimanda Mia.

Malgré la tension croissante, Becca et lui échangèrent un regard amusé. La poignée de la porte cliqueta. Le son du métal contre le métal leur parvint quand quelqu'un glissa une clé dans la serrure. Le sourire sur les lèvres de la fille plus âgée vacilla.

Lucas prit une chaise en bois devant une coiffeuse.

— Reculez.

Il était temps de signaler qu'il avait besoin d'aide. Il écrasa la chaise contre la vieille fenêtre à guillotine, et le verre explosa en un million de morceaux.

Voilà qui aurait dû le faire.

Les hommes de l'autre côté de la porte se turent, réévaluant la situation. Six angoissantes secondes plus tard, il entendit le bruit d'un fourgon se garer à l'extérieur et une série d'instructions criées. Puis le bruit incomparable d'un bélier faisant sauter la porte d'entrée.

La cavalerie arrivait.

— Je suis un agent du FBI. Les renforts sont en route, dit-il aux deux filles.

Elles s'agrippèrent l'une à l'autre tandis qu'il avançait jusqu'à la porte de la chambre, tendant l'oreille. N'entendant rien de l'autre côté, il déverrouilla la porte et sortit, juste à temps pour apercevoir l'un des hommes qu'il avait vus dans la cuisine s'enfuir par une chambre à l'arrière du bâtiment.

Bon sang. Il devait y avoir une autre issue. Il regarda Mia et Becca. Il ne pouvait pas les laisser derrière ni les emmener avec lui.

Pas le choix. Il ne comptait pas les perdre de vue, et il n'allait pas laisser ces connards s'échapper.

— Suivez-moi. On doit agir vite, mais sans bruit. Compris ?

Mia et Becca hochèrent la tête, prêtes à tout pour sortir de cet enfer.

Il sprinta dans le couloir et glissa sur les dix derniers mètres jusqu'à la pièce où il avait vu les hommes disparaître. Pour une fois, la chance lui sourit : la porte ne s'était pas refermée complètement. Il jeta un coup d'œil à l'intérieur, mais la pièce était vide, à l'exception de deux lits défaits. Où étaient-ils passés ? Il cala la porte avec une chaise pour la laisser entrebâillée afin que ses collègues sachent quelle direction il avait prise. Une robe de chambre en soie se balançait sur un cintre métallique dans le dressing. Il écarta le vêtement et passa sa main sur le bois. Une porte cachée s'ouvrit quand il appuya sur le panneau. Bingo.

L'ouverture de l'autre côté était aussi noire que l'enfer.

— C'est comme Narnia, chuchota Mia.

— En plus effrayant, acquiesça Becca.

— Restez à proximité. Tenez-vous par la main, dit Lucas à voix basse.

Il alluma la lampe torche de son portable et se fraya un chemin à tâtons. Il trouva une main courante. Son pied chercha la première marche de l'escalier et il commença à avancer. Ils descendirent l'escalier en colimaçon. Soudain, Lucas entendit le bruit tonitruant de pas se rapprochant de plus en plus. Puis il réalisa que c'étaient les flics qui montaient les escaliers de l'autre côté du mur.

Becca trébucha et il se retourna pour la stabiliser.

— Doucement.

— Où on va ? demanda-t-elle, comme si elle commençait à douter de sa décision de suivre aveuglément un homme étrange dans un tunnel sans lumière.

C'était une fille intelligente.

— Je veux voir dans quelle direction vont ces co…

Il se reprit :

— Dans quelle direction vont les *hommes* qui vous retenaient, pour que la police puisse les attraper.

Ils continuèrent à descendre. L'escalier était si étroit que ses épaules y passaient à peine. Ça sentait le vieux et le moisi, comme le grenier de la maison d'été de ses parents en Virginie occidentale.

Il n'avait aucune idée de la profondeur à laquelle ils étaient descendus, mais la fraîcheur de l'air et le silence lui indiquaient qu'ils avaient atteint le sous-sol. Ils étaient peut-être même plus bas. Le tunnel revint enfin à l'horizontale. Il menait vers le nord-ouest. Ils se mirent à trottiner, suivant les sons indistincts des hommes qui les précédaient.

Le grincement puissant d'une charnière rouillée le fit presser le pas, mais il était difficile de sprinter alors qu'il était pratiquement aveugle et qu'il traînait deux enfants.

Une soudaine flopée de voix devant lui le fit freiner brusquement. Les filles s'écrasèrent dans son dos sans faire un bruit. L'instinct de survie avait pris le dessus. Ce n'était pas un jeu. Il avança prudemment et s'arrêta dans un coin. Trois hommes se tenaient sous une trappe ouverte, près d'une courte échelle en bois. Ils se disputaient pour un téléphone portable, répétant quelque chose comme « char yo ».

Lucas fronça les sourcils. Que signifiait « char yo » ?

Soudain, le téléphone de la maquerelle vibra sans sa poche et les trois hommes regardèrent dans sa direction. *Et merde.* Ils avaient dû dépasser la portée du bloqueur de signal. Il recula dans l'angle alors que les balles se fichaient dans le mur exposé à côté de lui. Les bruits de pas lui indiquèrent qu'ils montaient à l'échelle, mais les balles continuaient de pleuvoir.

— FBI. Vous êtes en état d'arrestation, cria Lucas.

Cela aurait été le moment idéal pour avoir une arme, mais ils avaient décidé de ne pas prendre ce risque pour cette opération particulière.

— Va te faire foutre, fils de pute, reçut-il en guise de réponse.

Ils avaient manifestement appris l'anglais avec les films de

Bruce Willis.

Mia plaqua ses mains sur sa bouche, les yeux aussi gros que des balles de golf. Lucas retint un sourire, même si la tension montait. Il sortit son téléphone et appela la direction de l'unité spéciale avant de le passer à Becca.

— Quand quelqu'un répondra, dis-lui de rester en ligne.

Les tirs cessèrent et la trappe se referma. L'absence de lumière poussa Lucas à sortir la tête de sa cachette. Les hommes étaient partis. Il grimpa à l'échelle et poussa la trappe, mais quelque chose la bloquait. Le bruit des portières d'une voiture qui claquent lui indiqua qu'ils étaient entrés dans un véhicule. Il enfonça l'épaule dans le bois au-dessus de sa tête, encore et encore. Il avait besoin de la marque et du modèle, voire de la plaque du véhicule.

— Dis-leur que les suspects s'échappent en voiture, dit-il à Becca, qui répéta tout au téléphone.

Le poids se déplaça au-dessus de sa tête et il réussit à ouvrir la trappe de trois centimètres. Il aperçut une berline qui sortait du garage.

— Une BMW argentée.

Il releva la plaque d'immatriculation.

Il poussa à nouveau sur la trappe, et ce qui la bloquait se déplaça suffisamment pour dégager l'entrée.

Il s'en extirpa et se retourna pour aider d'abord Mia puis Becca à monter à l'échelle. Les deux filles regardaient autour d'elles, l'air hébété. Elles avaient vécu l'enfer, mais elles étaient en vie. Il leur adressa un signe de tête rassurant.

— Vous êtes en sécurité maintenant.

L'expression courageuse de Mia disparut et elle commença à sangloter. Au même instant, Lucas sentit un frémissement sous les semelles de ses baskets. Son entraînement militaire se rappela à lui et il ouvrit la bouche tout en poussant les deux filles au sol.

La force de l'explosion le projeta en l'air. Il heurta le sol comme un parachutiste qui aurait tiré sur le cordon trop tard.

Bon sang.

Il était couché sur le dos dans un monde de douleur, les oreilles sifflantes et la vision floue.

Que venait-il donc de se passer ?

Après quelques secondes à fixer le toit en tôle ondulée du garage, des sirènes se mirent à hurler au loin. Il était difficile de respirer à cause de la fumée, de la poussière et de l'anneau de feu qui lui encerclait les côtes. Il toussa et jura, toussa et jura à nouveau.

Ces salauds avaient fait sauter les tunnels.

Quelle bande d'enfoirés.

Il se mit à quatre pattes et rampa jusqu'à l'endroit où Becca gisait immobile sur les dalles sales du garage.

Mia toussa bruyamment à quelques mètres de là, mais au moins elle était consciente. Il était probable qu'elle ait des blessures internes. L'effet de souffle des explosions pouvait avoir des conséquences mortelles. Une onde aérienne se déplaçant à une vitesse supersonique et pouvant anéantir les poumons, les reins et les intestins. Il devait les emmener à l'hôpital au plus vite, mais en attendant, le visage de Becca était exsangue. Il vérifia son pouls et ses voies respiratoires, et commença le massage cardiaque. Mia se leva péniblement.

— Attrape mon portable, lui dit-il en lui montrant l'endroit où il se trouvait.

Les larmes avaient tracé des sillons sur le visage poussiéreux de Mia.

— Appelle l'agent spécial superviseur Sloan.

Il n'eut pas à lui expliquer comment faire. Les enfants s'y connaissaient en matière de technologie.

— Mets-la sur haut-parleur.

Elle obtempéra et lui tendit le téléphone lorsqu'il sonna. Becca ne respirait plus.

— Elle va bien ? demanda Mia.

— Randall ? répondit Sloan.

— Oui, madame.

Il n'arrêta pas le massage cardiaque.

— Quel est votre rapport ?

La SSA Carly Sloan était une ancienne opératrice militaire et une solide cheffe d'équipe, mais elle avait l'air tendue.

— Nous avons suivi trois malfaiteurs dans des tunnels souterrains jusqu'à un garage voisin, mais ils ont déclenché une explosion qui nous a empêchés de les poursuivre.

Il lui donna les informations récoltées sur la voiture dans laquelle ils s'étaient échappés tout en continuant à faire circuler le sang dans les veines de Becca et à forcer l'oxygène à alimenter ses jeunes poumons. Et dire qu'il leur avait promis qu'elles étaient en sécurité. Il entendit Sloan donner l'ordre de lancer un avis de recherche.

— On a besoin d'une ambulance pour une adolescente soufflée par l'explosion. Elle ne respire plus. Il faut aussi examiner une petite fille de huit ans pour d'éventuelles lésions internes.

Il devrait y passer lui aussi.

— Mia Stromberg ? demanda précipitamment Sloan.

— Oui, madame. Elle est en sécurité. Dites à l'équipe que j'ai enfermé la suspecte dans une chambre du rez-de-chaussée dans le secteur nord-est de la maison. J'ai vu au moins deux autres femmes et un client au premier étage. Je ne sais pas où ils sont allés.

— Où êtes-vous ?

Sloan avait un drôle de ton.

Finalement, la poitrine de Becca se mit à bouger toute seule, et elle inspira péniblement. Randall entendit d'autres sirènes et lutta pour se lever. Il devait avoir une idée de leur position par rapport au poste de commandement pour orienter l'ambulance. À l'extérieur du garage, il tourna sur lui-même. Il resta bouche bée lorsqu'il vit la colonne de poussière qui s'élevait à l'endroit où se trouvaient précédemment les maisons.

— Putain de merde.

— Sans rire…

La voix de la SSA Sloan était rauque d'émotion.

Ces salauds avaient fait sauter tout le bâtiment, avec tout le monde à l'intérieur – y compris les flics, les agents fédéraux, les femmes exploitées et l'une des leurs. Les chances de survie étaient minces, voire nulles, mais ils devaient essayer de secourir les éventuels survivants.

— Combien de nos gars étaient à l'intérieur ?

— Quatre agents. Huit flics de la police de Boston.

La voix de Sloan se brisa.

Et Dieu savait combien d'autres personnes étaient enfermées dans ces pièces, y compris Mae Kwon, qui aurait pu être une mine d'informations s'ils l'avaient fait parler.

Le chagrin se mêla à la colère, créant un cocktail détonnant dans ses veines. Ces sacs à merde avaient tué sans discernement pour sauver leur peau. Il faudrait des mois pour trier les débris. Des mois pour rassembler les preuves. Des mois pour identifier les morts.

Ils avaient trouvé le moyen d'effacer leurs traces.

Il donna à Sloan les instructions pour les médecins et remarqua que les yeux de Becca s'étaient refermés.

— Et merde. Je pense que la fille a arrêté de respirer. Faites venir un médecin ici au plus vite.

— Je suis en route.

— Envoyez une ambulance.

Il courut aux côtés de Becca et lui fit du bouche-à-bouche. Il posa son téléphone sur le sol à côté de lui.

— Supervisez le sauvetage. Je me charge des filles.

— Négatif, Agent Randall, fit Sloan, visiblement en mouvement. Il est possible que vous ayez avec vous les seuls témoins encore en vie. Nous devons garantir leur sécurité. Compris ?

Il posa son doigt sur la carotide de Becca, mais la vibration de la vie était sinistrement absente. Bon sang.

— Je veux rentrer chez moi, fit Mia en commençant à pleurer. Je veux ma maman et mon papa.

Elle essuya son visage sur son T-shirt.

— Tu as été très courageuse, trésor. Tiens le coup encore un peu pendant que j'essaie d'aider Becca.

— Est-ce qu'elle va mourir ?

Les lèvres de l'adolescente étaient d'un bleu austère, sa peau plus pâle que la porcelaine la plus fine de sa mère. Son propre cœur battait si fort qu'il le sentait tambouriner contre ses côtes douloureuses. Celles de la fille restaient inertes dans sa poitrine.

— Allez, Becca. Allez !

Le désespoir le poussa à marteler son sternum avec plus de force. Le son d'une sirène se rapprochait, mais l'ambulance était encore trop loin.

— Ils sont là ! cria Mia avec enthousiasme, en regardant

dehors.

Enfin.

Mais Lucas avait le terrible pressentiment qu'ils arrivaient trop tard pour sauver la fille qui gisait sans vie à ses côtés. Et il ne semblait pas juste qu'à l'aube de la liberté, Becca se soit à nouveau fait voler sa vie comme si elle ne comptait pas. Comme si elle ne valait rien.

CHAPITRE DEUX

— POURQUOI TU m'appelles sur cette ligne ? lui demanda son complice, Lapin, dans un murmure étranglé.

Il tenait son surnom de son pseudo en ligne « Petitlapin ». Il n'avait pas pour habitude de faire des bonds et n'avait pas de grandes oreilles ; il aimait juste se terrer dans de petits trous.

Lapin était utile. Sans ça, il serait mort.

— Je dois savoir ce qui se passe.

— Et s'ils tracent cet appel ?

Lapin semblait suffisamment paniqué pour raccrocher. Il ne pouvait quand même pas être aussi stupide.

— Ces idiots de fédéraux ? Tu penses vraiment que j'utiliserais un téléphone qu'ils pourraient tracer ? demanda Andrew Britton d'une voix suave.

— Non.

Tant mieux.

— Est-ce qu'ils te soupçonnent ?

— Non, dit Lapin d'une voix tremblante. Personne ne sait.

Il poussa un profond soupir, puis se calma enfin.

— Qu'est-ce que tu veux savoir ?

— Tout.

— Ils n'ont pas grand-chose, fit-il en riant. L'explosion était un coup de génie.

Aucun remords pour les vies perdues. Il ne réalisait pas

qu'il aurait été aussi mort que les autres s'il s'était trouvé sur place. Seul parlait l'instinct de conservation.

— Ils ont déjà identifié la personne qu'ils recherchent ? demanda Andrew.

— Non. Ils savent seulement que les trois hommes qui se sont échappés avaient des traits asiatiques.

Excellent. Se livrer à des activités criminelles était bien plus satisfaisant quand les fédéraux ne vous poursuivaient pas.

— Des témoins ?

Lapin s'éclaircit la gorge.

— Un agent du FBI appelé Lucas Randall – il s'est fait passer pour un client pour entrer dans la maison close. Madame Kwon l'aurait emmené voir Mia quand il lui a offert assez d'argent.

Le ton de Lapin était amer, mais il était assez rusé pour ne pas en rajouter.

— Il a pris la gamine et s'est enfui. Il prétend avoir vu le visage des types.

Ce n'était pas une bonne nouvelle, mais la plupart des Américains blancs n'étaient pas capables de distinguer les Asiatiques.

— La seule autre survivante était Mia Stromberg ?

— Oui, fit Lapin d'une voix qui suintait l'anxiété. À part quelques flics chanceux qui les ont suivis dans les tunnels. Ils n'ont rien vu.

Andrew ne se donna pas la peine de dire à Lapin que rien de tout cela ne serait arrivé sans lui. D'aucuns auraient pu dire que c'était un risque qu'ils avaient pris sciemment en se livrant à leur petite association commerciale. Mais le fait que Lapin ait voulu cet enfant en particulier, qu'il ait poussé Brandon, le cousin d'Andrew à prouver qu'il pouvait réaliser un enlèvement d'une telle ampleur en plein jour… Tout ça venait de lui. Lapin le paierait, dès qu'il n'aurait plus aucune utilité.

— D'après les témoignages, Mia n'a vu le visage de personne à part celui de Madame Kwon, ajouta précipitamment Lapin.

Mae Kwon avait scellé son propre destin en étant une salope stupide et cupide.

— Et tu es *sûr* que personne d'autre n'a survécu ?

— Affirmatif.

Lapin semblait arrogant à présent. Il avait repris le contrôle.

— Depuis combien de temps les flics surveillaient-ils l'endroit avant leur descente ?

— Pas longtemps. Douze heures maximum.

Pas aussi longtemps qu'Andrew l'avait craint. Ils avaient probablement des photos de certains clients, mais pas des membres des Devils. Rien pour remonter à la source de leur opération. Rien pour qu'une équipe de SEALs se présente à sa porte.

Pas encore.

— Douze heures ? Comment on a pu passer à côté ?

Son ton était faussement calme.

— Je n'en savais rien…

— Alors à quoi tu nous sers ? cracha-t-il.

Lapin choisit de garder le silence.

Dès qu'Andrew avait entendu parler de l'explosion, il avait retiré le site web et fait échouer les tentatives peu convaincantes de le localiser. Il ne leur faudrait pas longtemps pour déplacer leur entreprise et s'installer à nouveau sous une autre forme. Même sans le darknet, le simple volume de ces opérations aux États-Unis les rendait pratiquement intraçables.

— Comment nous ont-ils trouvés ? demanda-t-il. Et qui leur a donné le mot de passe pour entrer ?

Le mot de passe verbal n'était délivré qu'aux personnes ayant postulé en ligne. Des gens qu'il validait personnellement. Il changeait chaque semaine.

Ils avaient mis en place un système exclusif pour les clients réguliers. Des filles propres sur elles. Un environnement agréable. Rien à voir avec un matelas taché dans un bouge infesté de cafards.

— Je ne sais pas comment ils ont eu le mot de passe. Mais je vais le découvrir. Ils ont trouvé la maison close grâce à un informateur anonyme qui a déclaré avoir vu la fille traînée à l'intérieur mardi.

Lapin essayait de paraître utile. C'était une bonne stratégie de survie.

Andrew plissa les yeux en regardant distraitement le code défiler sur son écran. Personne ne survivait après avoir balancé leur organisation. Personne. Et si quelqu'un avait surveillé leurs affaires d'aussi près, qu'avait-il vu d'autre ?

— Anonyme à quel point ?

— Son identité est strictement confidentielle – environ huit personnes la connaissent, et je n'en fais pas partie.

— Découvre qui c'est, cracha Andrew.

— Je ne pense pas pouvoir.

Le murmure de Lapin était suffisamment aigu pour faire dresser les cheveux sur la nuque d'Andrew.

— L'informateur a déjà obtenu une récompense de cent mille dollars de la part de la famille, mais son nom n'apparaît dans aucun des rapports. J'ai regardé.

Il déglutit.

— Je peux continuer à creuser si tu veux.

— Non, dit lentement Andrew. N'attire pas l'attention sur toi.

Il avait d'autres moyens de retrouver le mouchard et de lui faire regretter d'avoir ouvert sa stupide bouche.

— Je dois y aller, dit Lapin d'un air inquiet.

— Tiens-moi au courant de toute évolution.

Andrew ne haussa pas le ton pour le menacer. Lapin savait ce qui l'attendait s'il décevait sa famille. La mort aurait été un sort préférable.

L'AGENT DU FBI Ashley Chen pénétra derrière sa collègue Mallory Rooney dans le bureau régional de Boston, masquant sa nervosité. La tension imprégnait l'atmosphère comme une fumée âcre. Sa poitrine se serrait comme face à un air vicié. Elles passèrent le contrôle de sécurité, présentèrent leurs accréditations à la réception, prirent un badge visiteur puis l'ascenseur pour monter quelques étages. Son pouls monta d'un cran, comme chaque fois qu'elle entrait dans un nouvel établissement fédéral – un frisson familier de crainte qui lui glaçait les os. Les portes s'ouvrirent sur une activité frénétique.

Moins de 24 heures plus tôt, l'explosion d'une bombe avait tué quatre agents locaux, trois agents du SWAT de la police de Boston et un nombre encore indéterminé de victimes prostituées contre leur gré. Les équipes de secours continuaient de fouiller les décombres, en tandem avec les techniciens de la police scientifique. Il y avait eu un miracle : ils avaient sorti cinq flics vivants des tunnels sous les bâtiments. C'était inespéré.

Ce qui ne devait être qu'une simple descente dans une maison close illégale pour démanteler un trafic d'êtres humains s'était transformé en l'un des incidents les plus meurtriers de l'histoire des forces de l'ordre américaines – le plus meurtrier étant le 11 septembre. Il égalait Waco en termes de pertes au sein du FBI, et personne n'avait vu venir l'attaque.

Le fait que son patron, Lincoln Frazer, ait envoyé deux membres du DSC-4 en renfort en disait long sur l'importance de cette enquête. Assassiner des agents fédéraux et des flics était un moyen certain de se retrouver en tête des personnes les plus recherchées par le FBI. Pour l'heure, ils essayaient toujours d'identifier les trois hommes qui s'étaient échappés.

Mallory et elles s'approchèrent de l'agitation.

— Où est le chef d'équipe ? demanda Ashley à un agent au visage grimaçant qui passait.

Une femme blonde d'une cinquantaine d'années leva la tête de l'endroit où elle parlait à une poignée de personnes rassemblées autour d'une table.

— C'est moi. SSA Sloan.

Elle les évalua rapidement en venant à leur rencontre. Sa poigne était ferme, sa main chaude.

— De quel service êtes-vous ?

— Du DSC-4, répondit rapidement Mallory. Crimes contre les adultes.

Faisant partie du Centre national pour l'analyse des crimes violents – NCAVC –, leur mission principale consistait à appuyer divers organismes de maintien de l'ordre dans le monde grâce à des analyses comportementales. L'unité 3 s'occupait des crimes contre les enfants et avait également envoyé quelqu'un. L'unité 1 s'occupait des affaires d'explosion – ils avaient envoyé une équipe entière. Il s'agissait de la plus grosse opération depuis l'attentat du marathon de Boston en 2013. Tout le monde voulait attraper ces salauds.

L'excitation remonta le long de la colonne vertébrale d'Ashley. C'était sa chance de faire ses preuves.

Mallory désigna Ashley de la main droite.

— L'agent Chen a travaillé récemment au sein du DSC-2. C'est aussi une spécialiste de la cybercriminalité et de la technologie, si besoin.

— À votre service, dit Ashley.

— Vous parlez chinois ?

Elle savait que des Asiatiques étaient impliqués dans le crime. Elle ne savait pas qu'ils avaient réduit la liste à la Chine.

— Un peu de cantonais, concéda-t-elle. Mais je suis plus douée avec les ordinateurs.

Sloan lui jeta un regard et hocha la tête. Ashley vit le doute dans les yeux de la femme et essaya de ne pas lui en vouloir. Elle savait qu'elle paraissait plus jeune que les trente ans indiqués sur son certificat de naissance, mais l'âge n'avait rien à voir. C'étaient l'expérience et les compétences qui comptaient. Avec le bon matériel et suffisamment de temps, elle pourrait non seulement lire le programme, mais aussi probablement découvrir qui l'avait écrit. C'était l'un des avantages d'avoir un père dans le monde de la *tech* qui lui avait appris le C++ en même temps que l'alphabet.

La SSA Sloan regarda Mal.

— L'un de vos agents a établi le profil dans l'enquête sur Agata Maroulis, c'est bien ça ?

Agata Maroulis était une jeune Grecque de vingt ans qui avait répondu à une offre d'emploi dans le secteur de l'hôtellerie deux ans plus tôt. La jeune fille s'était envolée pour les États-Unis et on n'avait plus jamais entendu parler d'elle, jusqu'à ce qu'elle entre dans un commissariat de police de Boston juste après Noël et prétende s'être échappée d'une maison close où elle était retenue contre son gré. Malheureusement, l'officier à qui elle avait parlé ne l'avait pas prise au sérieux. Il y avait eu la barrière de la langue, et la fille présentait des signes de dépendance et d'une vie dans la rue. L'officier l'avait renvoyée avant que les inspecteurs ne puissent l'interroger. Lorsque les flics l'avaient revue, elle flottait dans la Charles River avec une balle de 9 mm logée à l'arrière du crâne.

— L'agent Darsh Singh a rédigé ce profil, confirma Ashley. Il est occupé par une enquête à Portland, sinon il serait venu, lui aussi.

— Un trafic d'êtres humains très sophistiqué, probablement lié à une importante bande du crime organisé. Certainement asiatique ou russe. Violente. À approcher avec prudence.

Sloan avait mémorisé cette partie du profil.

— Il a été très précis dans son évaluation.

— Oui, madame. Mais nous ne savons pas vraiment si les deux affaires sont liées, lui rappela Ashley.

Sloan étira les lèvres.

Darsh était un gars intelligent dans une arène peuplée de gens extrêmement compétents. Ashley savait exactement ce qu'il penserait s'il était là - *ça n'avait plus d'importance*. Le profil n'avait pas permis d'attraper les responsables avant qu'ils ne tuent massivement.

De tous ses collègues, Ashley avait une préférence pour Darsh. Peut-être parce qu'ils étaient tous deux issus de minorités, et qu'il faisait des blagues de mauvais goût à ce sujet. Mais elle soupçonnait que c'était plutôt son sens moral qu'elle trouvait si attachant. Darsh était un tueur entraîné, mais c'était aussi un homme bon. Et les hommes foncièrement *bons* ne couraient pas les rues.

Mallory Rooney était sympathique, et elles auraient pu être amies – si Ashley était assez stupide pour s'autoriser une telle chose. Mais le fiancé de Mallory, Alex Parker, dérangeait Ashley à tant de niveaux qu'elle essayait de garder sa collègue à bonne distance.

— L'agent Singh a mentionné qu'un certain agent Sumner était en charge de l'enquête sur Agata Maroulis. Pourrions-nous lui parler de l'affaire ? demanda Ashley.

— Sumner a été transféré au quartier général. Vous pouvez l'appeler, mais il ne travaille plus dans ce bureau. Nous avons les dossiers, mais l'enquête s'est arrêtée par manque de pistes.

Les paupières de la SSA étaient lourdes, la peau en dessous bouffie et ridée. La sévérité de sa bouche révélait tout le poids de la responsabilité de la mort de ses collègues, et ce n'était pas joli à voir. Elle consulta sa montre.

— Mon SAC veut des informations pour le maire dans une heure donc je n'ai pas beaucoup de temps.

— Où peut-on s'installer ? demanda Mallory.

— Suivez-moi.

Sloan les conduisit dans un couloir.

Un agent aux cheveux bruns sortit d'une pièce annexe et ferma la porte. Il portait un costume bleu marine de prix et une cravate rouge sang. Ashley se surprit à évaluer ses larges épaules et ses cheveux en bataille, et ressentit une attirance inattendue. Ce devait être son penchant pour les vêtements de marque et les hommes bien habillés.

— Lucas ? fit Mallory.

L'homme se retourna.

— Mal ?

Son sourire était authentique, mais ses yeux témoignaient de sa désolation et de son épuisement.

— Je ne savais pas que tu faisais partie de l'équipe.

Mallory le présenta à Ashley.

— L'agent Randall est un vieil ami.

Elle lui donna un petit coup dans l'épaule.

— Tu as été réaffecté sans me le dire ?

— Non.

Ce type était l'exemple même du beau gosse de la côte est, avec des cheveux bruns et une mâchoire bien rasée. Il avait même une fossette au menton. Mais une éraflure sur sa joue témoignait de ses mésaventures récentes.

— Je suis venu à Boston il y a quelques jours pour une enquête à Raleigh. J'avais à peine débarqué que Mia Stromberg a été enlevée. Ils ont eu besoin de quelqu'un immédiatement pour une mission d'infiltration.

Il haussa les épaules, comme si prendre une toute nouvelle identité n'était pas un problème.

— C'était logique de faire appel à moi.

— Tu t'es retrouvé pris dans l'explosion ? Tout va bien ?

Les yeux de Mallory se mirent à le passer au crible.

— J'ai survécu.

Contrairement à d'autres sous-entendait-il.

— Où est Alex ?

Il scruta le couloir comme si Parker allait apparaître. Cela n'aurait pas étonné Ashley venant de ce type.

— Agent Randall, venez avec nous et aidez-moi à installer ces agents.

Sloan poursuivit son explication en se dirigeant vers le

couloir.

— L'équipe s'est élargie et inclut désormais des membres de la Boston Intelligence Branch, de la Northeast Innocence Lost Task Force, de la Boston Violent Crimes Task Force et de la North Shore HIDTA – c'est l'unité consacrée à la drogue et aux gangs de la côte est –, mais nous n'avons aucune piste solide sur l'identité des dirigeants de cette organisation, ni même sur l'organisation impliquée.

Ashley était obligée de presser le pas. Elle était heureuse d'avoir laissé ses talons hauts chez elle.

Ils entrèrent dans une petite salle de conférence vide. Ashley installa son ordinateur portable pendant que Sloan leur exposait les faits.

— Nous avons trouvé la BMW brûlée près de la gare de triage. Elle était au nom de la tenancière de la maison close, Mae Kwon, qui est morte dans l'explosion. Nous essayons d'en savoir plus sur ses relations.

L'agent Randall vit Ashley qui l'observait et ne détourna pas le regard. Ses yeux étaient d'un marron riche, cerclés d'épais cils noirs. Ils brillaient d'intelligence.

Déstabilisée, elle détourna le regard.

— Les propriétés appartenaient à Mae Kwon et à une société des îles Caïmans, probablement une société-écran, mais nous avons un expert-comptable qui essaie de trouver tout ce qu'il peut sur la personne qui a ouvert ces comptes et sur Mae Kwon elle-même.

— La maquerelle déclarait ses revenus ? demanda Mallory.

Sloan hocha la tête.

— Comme un immeuble locatif.

Une vague de répulsion envahit Ashley à l'idée de ce qui se passait vraiment là-bas.

Mallory s'éclaircit la gorge.

— La petite fille qui a été enlevée, elle a survécu ?

— On l'a récupérée, Mal.

L'expression de l'agent Randall s'adoucit.

— Et ils ne l'avaient pas touchée.

Mallory hocha la tête, et ils firent tous semblant de ne pas voir les larmes briller dans ses yeux. Ashley ne savait pas si c'étaient les hormones liées à sa grossesse ou le sujet de conversation qui avaient cet effet sur elle : la sœur jumelle de Mallory avait été enlevée quand elle était petite. Tous les crimes impliquant des enfants étaient compliqués à vivre, même en essayant de se détacher émotionnellement, mais ils étaient particulièrement insoutenables pour les personnes comme Mallory qui avaient vécu un tel cauchemar.

Ashley avait ses propres cauchemars à gérer.

— Quelqu'un d'autre que les flics a survécu à l'explosion ? Des personnes contraintes à la prostitution ? demanda-t-elle.

Un témoin aurait pu leur en apprendre beaucoup sur ces gens et leur mode de fonctionnement – ce qui expliquait probablement pourquoi ils avaient tous été assassinés de sang-froid.

— Seule Mia Stromberg a survécu, dit fermement Randall. Nous avons appréhendé un des clients qui nous a donné le mot de passe du jour qui m'a permis d'entrer. Son accord comprenait l'immunité et l'absence de nouveaux interrogatoires et de poursuites si le code fonctionnait.

— Et vous avez accepté ? demanda Ashley incrédule.

Randall haussa les épaules.

— Nous essayions de récupérer une petite fille avant qu'elle ne soit violée. Nous avons estimé que ça en valait la peine.

— C'est un avocat, ajouta Sloan. Un salopard rusé. On ne s'attendait pas à ce qu'ils fassent tout sauter et tuent tous les autres témoins.

— Vous a-t-il dit comment il a découvert la maison close, comment il connaissait le mot de passe, ou comment il a payé ? demanda Ashley.

— Il nous a donné un site web sur le darknet.

— Envoyez-moi le lien, dit-elle avec enthousiasme. Je devrais pouvoir…

— Le site n'est plus en ligne.

L'expression de Randall reflétait sa frustration.

Elle retint un juron. Ils auraient pu tirer tellement de choses de ce site.

— D'après ce que nous avons pu établir jusqu'à présent, poursuivit Sloan, lorsque les femmes ne travaillaient pas, la plupart d'entre elles étaient logées dans plusieurs dortoirs communs situés dans les bâtiments de part et d'autre de la maison close elle-même. Les rapports préliminaires d'autopsie suggèrent que beaucoup étaient sous sédatifs quand elles sont mortes. Beaucoup avaient des traces d'injection.

— C'est plus facile d'exploiter des femmes droguées, dit Ashley.

— Celui qui a installé les explosifs les a placés au plafond des chambres situées juste en dessous de celles où dormaient les femmes.

Randall essayait de contenir sa rage.

Ashley tressaillit. Le mode opératoire était implacable. Des esprits brisés, des corps loués pour avoir des rapports sexuels, des vies éliminées au premier souci. Des femmes traitées plus mal que les esclaves de l'Ancien Testament, juste un morceau de chair à maltraiter. Vive le progrès.

Sloan prit le relais.

— D'après les signatures thermiques avant l'explosion, nous avons estimé qu'environ trente à quarante femmes y étaient retenues.

— La fille qui a survécu peut-elle nous dire quelque chose d'utile ? demanda Ashley.

Sloan secoua la tête.

— Elle était isolée et n'était là que depuis un jour.

— Et les explosifs ? demanda Mallory. Qu'est-ce que ça a donné ?

— Nous avons des démineurs et le DSC-1 qui examinent les explosifs. Nous enverrons également des preuves au TEDAC pour examen.

Le TEDAC était le Terrorist Explosive Device Analytical Center, qui examinait les engins explosifs improvisés provenant du monde entier à la suite d'attentats terroristes.

— Ils ont utilisé du C4 et des détonateurs de démolition standard que nous essayons de tracer. Ils ont éteint le brouilleur qu'ils utilisaient pour bloquer les signaux cellulaires et ont déclenché la bombe avec un téléphone portable dès qu'ils se sont échappés, expliqua Sloan. L'agent Randall a eu de la chance de s'en sortir vivant.

— J'ai appris mon premier mot de chinois.

Son sourire était plein d'humour et d'autodérision.

— Si quelqu'un répète « *char yo* », ça veut dire « courez ».

Ashley regarda l'écorchure sur sa joue avec un intérêt renouvelé. Le mot « *zhàyào* » signifiait explosifs. « Courez » pouvait fonctionner comme traduction.

Le fait que les malfrats aient prévu toutes les éventualités la perturbait. L'utilisation d'explosifs témoignait d'un côté impitoyable et d'une stratégie guerrière face aux forces de l'ordre. Avaient-ils déjà fait ça par le passé ? Avaient-ils une expérience militaire, ou des liens avec des terroristes ? Ou s'étaient-ils déjà fait prendre et savaient-ils désormais tout ce que la loi pouvait utiliser pour les condamner ?

— La maquerelle avait-elle des antécédents ?

Ashley martela le bureau de ses doigts.

— Elle était recherchée pour violation de visa au Canada. Nous avons adressé une demande aux autorités chinoises et canadiennes pour voir si elles peuvent nous fournir des informations.

— Elle était vraiment chinoise ? demanda Ashley.

Parce que parfois les gens, même les plus intelligents, faisaient des suppositions sur l'origine des gens en se basant sur leur seule apparence.

— En effet. Les hommes sont de nationalité inconnue, mais avaient des traits asiatiques, confirma Sloan. Mais nous nous intéressons à tous les gangs asiatiques à ce stade.

Un soupçon d'appréhension s'insinua entre deux battements de cœur – mais il y avait 1,4 milliard de personnes en Chine, et environ trente-six mille Chinois ou Américano-chinois à Boston, en incluant la population étudiante en constante augmentation.

Randall se tourna vers Mallory.

— Nous pourrions utiliser l'expertise d'Alex sur ce sujet.

Mallory secoua la tête.

— Un de ses clients a été la cible d'une cyberattaque majeure la nuit dernière. Il est occupé à essayer d'identifier le pirate et ce qu'il a pu apprendre.

— C'est plus important que n'importe quelle cyberattaque.

— Comment le savez-vous ? intervint Ashley. Si vous ne savez pas ce que les hackers recherchaient, comment savoir quel incident est le plus important ?

— Peut-être celui qui vient d'aboutir au massacre de cinquante personnes, dont sept représentants des forces de l'ordre ? fit Randall d'un ton réprobateur.

Elle regretta de l'avoir trouvé attirant plus tôt.

— Je ne dis pas que ce sur quoi Alex travaille n'est pas important, mais les cybercriminels peuvent attendre. Ceux-là ne peuvent pas.

Ça avait le don de l'agacer. Les policiers considéraient souvent la cybercriminalité comme un acte bénin qui ne faisait pas vraiment de mal à qui que ce soit. Il n'y avait rien de bénin à voler l'identité de quelqu'un ou à détruire son profil de crédit. Il n'y avait rien de bénin à contrôler les réseaux électriques, les systèmes bancaires ou l'économie du monde. Si vous contrôliez la cybertechnologie, vous contrôliez le flux d'informations de la majorité de la population mondiale. Et la cyberguerre avait déjà commencé. Il suffisait de parler aux Iraniens de Stuxnet, ou à l'Estonie, à l'Ukraine et à la Géorgie de leur volonté d'énerver les Russes.

Ashley et Randall se jetèrent un regard noir.

— Quelle preuve avez-vous qui pourrait nous aider à identifier ces types ? demanda Mallory, coupant court à la tension soudaine entre Ashley et Randall.

Sloan répondit :

— Mia Stromberg *pourrait* en théorie identifier certains des malfaiteurs, mais elle n'a que huit ans et n'a pas vu grand-chose. Ils l'ont attrapée par-derrière, lui ont mis un sac sur la tête et l'ont assommée avec un tranquillisant. Sa famille a été placée sous bonne garde. L'agent Randall a clairement vu deux des hommes et a aperçu le troisième. La police de Boston analyse la BMW pour y chercher des empreintes et de l'ADN.

Les victimes sont en attente d'autopsie, mais ça représente beaucoup de travail pour une unité en sous-effectif. Une demande d'assistance a été lancée. Nous passons actuellement le lieu de l'explosion au peigne fin pour essayer de trouver de l'ADN ou des empreintes digitales. Nous examinons aussi les caméras de circulation pour essayer de trouver des images exploitables du visage des hommes dans la BMW. Nous avons également les images de surveillance des douze heures précédant la descente, que nous sommes en train de passer au crible. Nous essayons d'identifier certains des clients que nous avons filmés et nous espérons qu'ils pourront fournir des indices sur la façon dont les trafiquants ont trouvé leur clientèle.

— J'espérais demander à Alex de se pencher sur les données des antennes-relais à proximité, ajouta Randall. Pour voir si on peut trouver les numéros de portable de ces types et les identifier de cette façon.

— L'agent Chen est douée en matière de technologie, dit Mallory à l'agent fédéral autrefois séduisant. Elle pourrait s'en charger.

Les sourcils de Randall se rapprochèrent.

— Ne le prenez pas mal, mais Alex est le meilleur.

Il lui adressa un regard d'excuse. Le sien était glacial. Elle détestait le fait qu'il ait raison. Alex Parker avait un don étrange pour examiner les informations d'un téléphone portable et découvrir la pointure d'un suspect. Elle avait d'autres compétences.

— Nous avons aussi le téléphone portable de la maquerelle, admit Sloan.

— De quel type ?

— Un iPhone.

Ashley leva la tête.

— Vous avez réussi à y accéder ?

Sloan secoua la tête.

— Les techniciens n'arrivent pas à trouver le code PIN. Nous avons envoyé un mandat à la compagnie de téléphone pour y avoir accès. Ils sont inhabituellement lents à nous répondre.

Le téléphone portable ne pouvait pas être du même type que celui utilisé par les terroristes de San Bernardino, ou bien il fonctionnait avec une version mise à jour du logiciel iOS. La rumeur voulait que le FBI ait payé plus d'un million de dollars sur le marché gris pour obtenir la faille qui leur avait permis de craquer le mot de passe de ce téléphone sans effacer toutes les informations qui y étaient stockées.

Les vulnérabilités zero-day représentaient un business juteux. Les hackers dits « gray hats » ou « chapeaux gris » gagnaient beaucoup d'argent en signalant des failles logicielles à des agences gouvernementales, à des entreprises de sécurité et parfois même aux entreprises qui avaient fabriqué les logiciels. Mais tout le monde n'approuvait pas la façon dont les gouvernements choisissaient d'utiliser ces failles. Tout le monde n'était pas d'accord avec le fait que les gouvernements espionnent leur propre peuple. Certains fabricants préféraient poursuivre les autorités fédérales en justice plutôt que d'avoir l'air de coopérer. Pour sa part, Ashley avait pris le parti de ne pas créer de portes dérobées pour qui que ce soit. Toute faiblesse potentielle pourrait être et serait repérée et exploitée par un pirate informatique innovant.

Les forces de l'ordre devaient être meilleures que les criminels en matière de cyberespace et de technologie – c'était l'une des raisons pour lesquelles elle avait rejoint le FBI. Ils avaient besoin d'agents et d'analystes comportementaux qui comprenaient les couches plus profondes et plus obscures du web.

— Je peux essayer, proposa-t-elle.

Randall et Sloan échangèrent un regard.

— Nous reviendrons vers vous, dit Sloan.

— J'ai obtenu un diplôme d'informatique mention très bien à Cornell.

En deux ans, à l'âge de dix-neuf ans ; mais elle s'abstint d'apporter cette précision.

— Nous nous en souviendrons si l'équipe d'informaticiens venue spécialement du siège se retrouve bloquée. Ils ont l'habitude.

L'expression d'amusement réprimé sur le visage de Randall augmenta son envie de le frapper.

Elle était meilleure que quiconque au QG et moins chère que le marché gris, mais attirer l'attention sur elle ne faisait pas partie de son plan. Se fondre dans le décor et exploiter le stéréotype de l'Américano-Asiatique distante et dévouée, voilà comment elle opérait.

Randall la dévisagea, comme s'il était passé de l'évaluation de ses capacités en tant qu'agent – qu'il trouvait manifestement insuffisantes – à l'évaluation de sa personne en tant que femme. L'attirance qui lui léchait la peau l'agaçait. Elle rougit en détournant le regard. Elle aurait préféré que ce soit l'agacement qui lui fasse monter le rouge aux joues.

Pour l'heure, elle voulait juste impressionner ses patrons et aider à résoudre cette affaire. Ce qui signifiait : pas d'hommes. Pas de sexe. Ce n'était pas plus mal, car la plupart des hommes s'avéraient décevants au lit de toute façon.

— Alors, qu'est-ce que vous attendez de nous ? demanda

Mallory, ramenant le cerveau d'Ashley dans la pièce.

— Que vous cherchiez à établir des similitudes avec des gangs criminels connus, que vous analysiez la motivation des malfaiteurs et le type de personnalités auxquelles nous avons affaire, et ce qu'ils sont susceptibles de faire par la suite, dit Sloan. Réexaminez les preuves, voyez si vous pouvez relier Agata Maroulis à cette maison close ou découvrir s'il y en a une autre en ville que nous ne connaissons pas. Si c'est le cas, je veux qu'elle ferme.

— Nous aurons besoin d'accéder à tous les fichiers.

Mallory sortit son ordinateur portable de sa sacoche.

Sloan hocha la tête et consulta sa montre.

— Je m'en occupe. Maintenant, si vous voulez bien m'excuser, je dois assister à cette réunion.

Après qu'elle fut partie informer l'agent spécial en charge du bureau régional de Boston, Randall se rapprocha de Mallory. Ashley se surprit à leur jeter des regards furtifs.

— Au moins, la SSA Sloan semble plus agréable que Danbridge, fit observer Mallory avec un sourire en coin.

— Sloan est un bon agent et un excellent leader, convint Randall.

Mallory eut un rire amer.

— Alors que Danbridge est une brute sadique avec un complexe de persécution.

Randall grogna en croisant les bras sur sa poitrine. À son grand dam, Ashley se surprit à admirer une fois de plus la façon dont sa veste de costume mettait en valeur ses larges épaules. Elle avait vraiment mauvais goût en matière d'hommes.

— Elle est encore plus amère depuis que tu as obtenu le poste à Quantico. Je pense que même le SAC commence à avoir de sérieux doutes sur son professionnalisme.

— Lucas était mon mentor à Charlotte, expliqua Mallory en interceptant le regard que leur lançait Ashley.

— Sans compter qu'on a grandi ensemble en Virginie-Occidentale.

Le sourire de Randall s'effaça, et Ashley comprit. Ils étaient déjà amis quand la sœur jumelle de Mallory avait été enlevée. Cela expliquait sans doute pourquoi ils étaient si proches et pourquoi ils étaient entrés au FBI.

Il s'éclaircit la gorge et se redressa de toute sa hauteur.

— Je dois me remettre au travail.

Il marqua une pause.

— Demande à Alex s'il peut se pencher sur les données des antennes-relais quand il a un moment, tu veux bien ? Si on arrive à identifier ces types, on pourra peut-être les empêcher de quitter le pays.

— C'est aussi ton ami, Lucas, dit Mallory avec exaspération.

— Mais il t'écoute, toi.

— En supposant qu'ils ne se soient pas déjà enfuis, marmonna Ashley.

Si seulement elle avait eu la chance de se pencher sur le site web avant qu'ils ne le suppriment.

L'expression de Randall s'assombrit.

Une grimace effleura les lèvres de Mallory.

— Elle a raison.

— Je sais qu'elle a raison.

L'expression de Randall passa de l'énervement à la tristesse, et son regard se porta à nouveau sur elle avec un intérêt réticent.

— Ça ne veut pas dire pour autant que j'apprécie ce que ça signifie.

CHAPITRE TROIS

A PPAREMMENT, LE FBI acceptait désormais des adolescentes dans ses rangs. Ashley Chen semblait à peine en âge de boire de l'alcool, et encore moins de faire autre chose. Le fait qu'il pense à cette « autre chose » le lendemain du pire jour de sa carrière au FBI contrariait fortement Lucas.

La jeune femme lui semblait vaguement familière, mais il ne pensait pas l'avoir déjà rencontrée. Il se frotta le visage et chassa l'agent irritable de son esprit. Il avait des choses plus importantes à penser.

Quelqu'un avait déposé un bouquet de fleurs sur le bureau d'un des agents qui était décédé la veille. Un jeune homme avec une famille à ce qu'on disait. L'odeur de ces fleurs le prit par surprise, leur parfum lui faisant un nœud à l'estomac et lui donnant envie de vomir.

Il se détourna. Bon sang, il se sentait bizarre. Il avait l'impression d'avoir des décennies de plus qu'au début de cette opération. Toute cette mort et cette destruction, et le fait de savoir qu'il avait merdé. S'il ne s'était pas arrêté pour récupérer Becca, il aurait pu faire sortir Mia de là sans que les trafiquants ne sachent que les flics étaient sur leurs traces.

Mais ils auraient quand même fait sauter les lieux quand la police aurait pris d'assaut les portes.

Il savait que pas un seul agent n'aurait laissé Becca derrière lui, mais il savait aussi que les locaux lui reprochaient tout ce qui avait mal tourné. Bon sang, comme il s'en voulait.

Il avait été appelé à Boston, car un policier à l'œil aiguisé soupçonnait un trafic sexuel à Raleigh. Les fédéraux avaient demandé à obtenir les relevés téléphoniques des personnes à l'intérieur du bâtiment et avaient découvert que l'une d'entre elles appelait un numéro de Boston toutes les semaines. Ce portable appartenait à Mae Kwon.

Après l'explosion de Chinatown, le FBI de Charlotte avait fait une descente à Raleigh. Ils avaient bloqué toutes les antennes-relais dans un rayon de 8 km et avaient envoyé les démineurs. Aucun explosif n'avait été trouvé, ce qui suggérait que le bordel de Boston était la plaque tournante de l'opération et contenait de nombreuses preuves potentiellement précieuses.

Ou plutôt ça avait été le cas, jusqu'à ce qu'il soit rayé de la carte.

À ce moment-là, ils ne connaissaient pas l'identité des personnes impliquées et la maquerelle de Raleigh avait refusé de parler. Les femmes qu'ils avaient sauvées n'avaient pas été plus utiles – elles étaient trop abîmées et traumatisées.

Il se dirigea vers le bureau de Sloan. Elle se tenait dans l'embrasure de la porte, consultant sa montre et parlant à un autre agent – Brianna Mayfield. Mayfield avait porté l'affaire d'enlèvement devant le FBI grâce à un lien personnel avec la famille. Et il avait le droit à la soupe à la grimace depuis le moment où il avait été choisi à sa place pour aller sous couverture, car il avait un pénis et pas elle. L'agent lui lança un regard mauvais et s'éloigna.

Il ne valait mieux pas se trouver face à une femme énervée.

Sloan lui adressa un demi-sourire triste. Ils avaient passé

une grande partie des dernières vingt-quatre heures à chercher comment faire disparaître Becca et à coordonner cette vaste enquête. Le fait que Becca ait survécu au trajet jusqu'à l'hôpital était un secret connu de quelques privilégiés seulement.

Sloan lui indiqua d'entrer et de fermer la porte.

— Notre jeune amie vous demande. Elle refuse de parler à qui que ce soit d'autre.

Lucas sentit son humeur changer.

— C'est une femme qui doit l'interroger. Quelqu'un du bureau d'aide aux victimes avec un diplôme en psychologie de l'enfant.

Sloan secoua la tête.

— Pour l'instant, notre priorité est sa survie, ce qui implique de garder le secret le plus total. Elle est le seul avantage que nous ayons et nous devons l'utiliser, rapidement.

La réticence était comme une ancre, le tirant vers le bas. Il ne voulait pas « utiliser » Becca pour quoi que ce soit.

Mais Sloan considérait que c'était une affaire réglée.

— Allez la voir ce matin.

Elle ouvrit la porte et dit à voix haute :

— La police de Boston vient d'amener des Chinois, membres du gang du feu. Ils veulent que vous alliez voir si ce sont les hommes que vous avez vus hier.

Elle semblait prête à faire du zèle pour venir en aide à d'autres représentants de la loi. Étant donné que la police de Boston avait perdu trois officiers, c'était le moins qu'ils puissent faire.

— Fuentes, cria-t-elle à un autre agent qui travaillait à son bureau à proximité. Accompagnez Randall. Je suis déjà en retard pour mon rendez-vous avec Salinger.

L'agent Diego Fuentes prit sa veste sur le dos de son fauteuil de bureau et tous deux se dirigèrent vers l'ascenseur sans un mot. Fuentes était plus petit que Lucas, bâti comme un Humvee. Avant l'explosion, ils avaient l'habitude de rire et de plaisanter. Mais aucun d'eux ne pipa mot, cette fois. Ils arrivèrent au parking et montèrent dans la Bucar de Fuentes. Vingt minutes plus tard, ils se tenaient de l'autre côté d'un miroir sans tain, regardant trois individus dans des salles d'interrogatoire séparées.

— Tu en reconnais certains ? demanda Fuentes, trépignant d'impatience.

Lucas regarda attentivement chaque homme, puis secoua la tête.

— Trop petit pour être l'un, pas assez trapu pour être l'autre. Je n'ai pas bien vu le troisième, mais je crois qu'il avait un visage plus rond. Dégarni, avec une longue moustache broussailleuse.

Qui pouvait avoir disparu depuis longtemps.

— Ils se ressemblent tous pour moi, marmonna avec colère le policier de Boston à la porte.

Ses voyelles non accentuées rendaient le léger accent du sud de Lucas plus prononcé.

Se disputer avec l'agent sur le politiquement correct ne le mènerait nulle part dans un poste qui venait de perdre trois frères. Les flics étaient furieux et les hommes interrogés étaient des criminels notoires qui connaissaient ou soupçonnaient probablement l'identité des personnes impliquées, ne serait-ce que de réputation. Mais ils refusaient de parler. Personne ne parlait.

Les gangs asiatiques étaient notoirement secrets et peu coopératifs – ils ne s'appelaient même pas « gangs », mais « sociétés secrètes » – tout était dit.

— Mon neveu est mort dans cette explosion hier. Il a quitté l'armée et m'a suivi dans la police.

L'expression du flic oscillait entre la colère et le chagrin.

— Il a obtenu une place au SWAT il y a quelques mois. Il était ravi d'y entrer. Maintenant il est mort.

— C'est terrible, dit Fuentes en donnant une tape dans le dos du type. Toutes mes condoléances.

Lucas serra les dents pour repousser la boule d'échec qui gonflait dans sa gorge. La journée de la veille avait été un désastre et la culpabilité lui donnait envie de trouver le bar le plus proche et de commander une bouteille de Jack Daniel's. Mais cela n'aurait aidé personne, hormis les fugitifs. Il pourrait se morfondre quand tout serait terminé.

— Laisse-moi leur parler, dit Fuentes en indiquant les hommes dans les salles d'interrogatoire.

— Tu parles chinois ? rétorqua Lucas d'un air malicieux.

— Ne me dis pas que ces gars-là ne parlent pas anglais. C'est des conneries, rétorqua Fuentes.

La porte de la salle d'observation s'ouvrit et Lucas leva la tête. Kurt Stromberg entra, tenant la main de sa fille, suivi de son assistant qui était aussi le fiancé de l'agent Brianna Mayfield. Mia s'éloigna et courut vers Lucas. Il la prit dans ses bras et la serra fort.

— Comment ça va, princesse ?

Il lui ébouriffa les cheveux et elle s'accrocha encore plus fort à lui.

Le père de Mia s'approcha de lui et lui serra la main.

— Agent Randall, merci encore.

Ils s'étaient rencontrés la veille, mais l'homme pleurait tellement que Lucas était surpris que Kurt Stromberg l'ait reconnu. Il soutint le regard de l'homme et hocha la tête, y lisant soulagement et gratitude. L'assistant se tenait dans un coin, serrant un iPad et essayant de rester à l'écart. Fuentes lui adressa un signe de tête.

Mia semblait réticente à l'idée de lâcher Lucas. Il la déplaça légèrement pour qu'elle soit en sécurité dans ses bras, mais qu'il puisse toujours atteindre son arme. Elle regardait Fuentes et l'officier en uniforme avec suspicion. Une conséquence de son kidnapping. Lucas ne pensait pas que c'était nécessairement une mauvaise chose. Dans le monde actuel, il était bon de faire preuve de méfiance.

Il lui murmura à l'oreille pour qu'elle seule puisse l'entendre :

— N'oublie pas notre secret, chaton – des vies en dépendent.

Elle recula, toujours dans ses bras, croisa son regard et acquiesça solennellement.

Lucas la serra très fort et la rendit à son père, qui avait clairement besoin de prendre sa fille dans ses bras.

Fuentes et lui étaient sur le point de partir lorsque la porte s'ouvrit à nouveau. Un petit groupe d'hommes et une femme entrèrent. Lucas reconnut le maire Jeremy Everett et le commissaire de police de Boston, Pete Goodman. Il les avait déjà vus lors de conférences de presse à la télévision.

— Salut, Kurt. Ça me fait plaisir de te voir. Heureux que nous ayons eu un résultat positif, hier.

Le maire Everett attrapa Stromberg par le haut du bras.

— Comment va la petite Mia ?

Il tendit la main pour caresser la petite fille dans le dos.

Mia s'accrocha à son père et enfouit son visage contre son cou.

— Elle est un peu timide en ce moment, Jeremy, dit

Stromberg, en l'éloignant du maire.

— Bien sûr. C'est compréhensible.

Le maire acquiesça vigoureusement et recula d'un pas.

Lucas s'abstint de tout commentaire. Il avait toujours trouvé que la nécessité pour les enfants de se montrer polis avec les étrangers menaçait leur propre sécurité. Il n'aimait pas les morveux mal élevés, lui non plus, mais il pensait qu'on aurait dû laisser les enfants aiguiser leurs instincts sans être réprimandés.

Le regard bleu vif du maire Everett se tourna vers lui.

— Et vous êtes ?

— Agent spécial Randall, monsieur.

Il présenta Fuentes à ses côtés.

— Vous avez déjà rencontré mon chargé de relations publiques ? demanda le maire avec un sourire.

Fuentes ricana.

— Bien sûr.

— Non, monsieur.

Lucas serra la main d'un homme trapu aux cheveux gris coupés court.

— Brian Templeton, se présenta l'homme. Je crois que vous connaissez ma femme, Carly Sloan ?

Lucas acquiesça.

— Le maire pense que je sais tout ce qui se passe au FBI, mais que je refuse simplement de le lui dire.

Il pinça les lèvres.

— Malheureusement, ma femme est bien trop circonspecte pour me dire ce qu'elle ne veut pas que le maire entende. Sans compter que je la vois à peine depuis qu'elle a été promue.

— Il faut améliorer ta technique.

Le maire donna un coup de coude à Brian et lui adressa un sourire narquois, qui n'était pas vraiment approprié compte tenu des circonstances.

— Je parie qu'il n'arrête pas de vous cuisiner, murmura Lucas lorsque le maire se détourna.

Templeton lui jeta un regard.

— Comme un putain de chef cuisto.

Lucas changea de sujet.

— C'est agréable de travailler pour la SSA Sloan.

— Ouaip.

Mais le type n'avait pas l'air heureux.

— Elle est formidable.

Les autres assistants du maire dévisageaient Lucas comme un zèbre observe un lion. La troisième, une femme, le regardait d'un air appréciateur. Une paire d'yeux noirs en amande et une peau couleur miel choisirent ce moment pour envahir son esprit.

Masochiste.

Son regard se porta sur le commissaire qui était resté silencieux depuis son entrée dans la pièce.

Goodman était un grand gaillard avec des cheveux blancs, des sourcils enneigés et une peau bronzée. Il avait la réputation d'être intelligent et dur, ce qui était un bon contrepoids au fait que le maire était un idiot.

Lucas n'était pas sûr de ce qu'il lisait sur le visage du commissaire : de la colère, du chagrin et peut-être autre chose.

La moustache du maire Everett se hérissa lorsqu'il se tourna vers la fenêtre d'observation.

— Alors, ce sont nos gars ?

— Non, monsieur, dit Lucas.

— Mia ? demanda le maire.

Mia secoua la tête, mais elle n'avait vu personne. Lucas fronça les sourcils. Pourquoi l'avaient-ils amenée ici alors qu'ils savaient qu'elle n'avait pas vu les visages des hommes qui l'avaient enlevée ? Pour la faire mourir de peur ? Pour terrifier ses parents afin qu'ils ne la quittent plus jamais des yeux ?

Dans la salle d'interrogatoire, une femme d'une quarantaine d'années à l'air nerveux et un inspecteur portant un costume bon marché et un insigne doré accroché à une lanière autour de son cou posaient à présent des questions. Un autre homme était présent dans la pièce. Un avocat. L'homme interrogé refusa de dire un mot. L'inspecteur lui montra une photo de Mae Kwon.

Était-elle consciente lorsque la bombe avait explosé ?

Savait-elle qu'elle était sur le point de mourir ?

Lucas essaya de ressentir un minimum de compassion pour elle, mais en vain.

L'avocat expliqua à l'inspecteur que son client n'avait rien à dire et lui fournit un alibi pour l'heure de l'explosion. Puis il accusa les flics de profilage racial et ils passèrent à la deuxième personne détenue.

La température dans la salle d'observation était étouffante. Elle était aussi bondée qu'une rame de métro de Tokyo à l'heure de pointe. Le maire Everett sortit un mouchoir et essuya la sueur qui perlait sur son front.

— Je veux rentrer à la maison, papa, cria Mia d'une voix plaintive.

Moi aussi.

— D'accord.

Stromberg adressa un signe de tête à Lucas, puis se fraya un chemin parmi les observateurs. Le commissaire toucha les cheveux de Mia et serra la main de son père lorsqu'ils arrivèrent à la porte. Il les remercia d'être venus.

Une fois qu'ils furent partis, Lucas dit d'un ton impatient :

— Ce ne sont pas les gars que vous cherchez et ils ne vont rien nous dire à moins que vous n'ayez un moyen de pression sur eux. Vous devriez les laisser partir.

— Effrayé par un peu de mauvaise publicité, Agent Randall ? demanda le commissaire Goodman.

Lucas se hérissa.

— Je ne vois pas l'intérêt de perdre un temps précieux ou le soutien de la communauté asiatique alors que nous n'avons *aucune* piste.

— Ces gens savent exactement qui a tué mes hommes hier, répliqua le commissaire, une lueur assassine dans les yeux. Si on ne peut pas les accuser de faire partie de cette organisation criminelle, on peut peut-être les coincer pour obstruction à la justice.

— Ce qui ne nous aidera pas à trouver les types qu'on cherche.

Lucas désigna l'avocat rusé qui se déplaçait vers la troisième pièce, l'inspecteur et l'interprète sur les talons.

— Il n'y a aucune chance qu'ils disent quoi que ce soit avec ce piranha qui plane au-dessus d'eux.

Le maire le surprit.

— Il a raison, Pete. Vous devriez les laisser partir. Surveillez-les. Voyez si vous pouvez avoir des informations de l'intérieur.

Aucune chance. Mais ils pourraient mettre en place une unité de surveillance, ou retourner quelqu'un avec les moyens de pression adéquats.

Le commissaire pinça les lèvres.

— Bien, laissez-les partir. Mais je veux qu'on arrête ces types.

Il croisa le regard de Lucas par-dessus la tête des autres.

— Avant que quelqu'un d'autre ne meure.

Le groupe se dispersa pendant que Fuentes consultait son téléphone. L'homme grogna :

— Sloan veut qu'on rentre au bureau régional.

Il leva les yeux.

— Dis, c'était qui ce canon du DSC ?

Lucas secoua la tête, exaspéré.

— Ashley Chen.

— Pas la nana asiatique. La jolie fille avec les cheveux courts.

— La nana asiatique ?

La colère qu'il sentit monter en lui le prit par surprise.

Fuentes grogna.

— Ne me dis pas que tu fais partie de ces idiots adeptes du politiquement correct.

Lucas refoula son agacement parce qu'il devait travailler avec ce type alors que tout ce qu'il voulait vraiment, c'était le frapper au visage.

— L'autre agent du FBI était Mallory Rooney.

— La fille du sénateur ?

Fuentes avait l'air intrigué.

— Je te déconseille de la draguer, lui dit Lucas. Elle est comme une sœur pour moi.

Il jeta un regard dur au gars.

— En plus, elle est fiancée.

Sans parler de sa grossesse, mais c'étaient ses affaires.

Fuentes retroussa les lèvres.

— C'est quand même à elle de décider, non ?

Lucas renifla.

— C'est sûr.

Mallory n'avait pas besoin de sa protection. Des mecs l'avaient constamment invitée à sortir à Charlotte, et elle les avait toujours repoussés. Elle pouvait s'occuper d'elle-même, sans compter qu'Alex Parker aurait refroidi les ardeurs de bien des prétendants.

Lucas sourit.

— Tu sais quoi, tu as raison. Fais ce que tu veux, je t'aurais prévenu.

— Tu es prêt à rentrer ?

L'autre agent semblait déçu de n'avoir pas réussi à l'énerver davantage.

Lucas examina les visages des hommes dans la salle d'interrogation une dernière fois, juste au cas où. Bon sang, il était fatigué. Il n'avait pas dormi la nuit précédente, ni celle d'avant. Il consulta sa montre.

— Pas encore. J'aimerais parler à la division de la circulation. Je ferai du stop pour rentrer quand j'aurai fini. Merci.

Il regarda Fuentes s'éloigner et sortit son téléphone. Il sonna trois fois avant qu'Alex ne décroche.

— Lucas ? Je peux te rappeler ? répondit Alex d'un ton sec.

— Je suis à Boston, je travaille sur l'explosion du bordel de Chinatown.

— Tu as vu Mal ? Elle va bien ?

Lucas sentit la panique dans ses mots. Il savait combien cela coûtait à Alex d'offrir à Mallory la liberté dont elle avait besoin pour faire son travail.

— Elle va bien. J'ai un service à te demander.

Il y avait des voix et des cris en arrière-plan, puis le silence se fit, comme si Alex était entré dans une autre pièce.

— De quel type ?

— On a du mal à identifier les auteurs de l'explosion, admit Lucas. On a le téléphone portable de la maquerelle, mais les informaticiens du QG n'arrivent pas à le craquer. L'agent Chen a proposé d'essayer…

Alex marmonna quelque chose d'inintelligible.

— Je me demandais si tu pouvais faire ton tour de magie avec les données cellulaires et trouver les numéros de téléphone des trois hommes qui se sont échappés. Ils utilisaient un brouilleur de signal dans le bordel. Ça pourrait peut-être t'aider à les identifier.

Il y eut un silence de quelques secondes, puis un gémissement de frustration.

— Ce n'est vraiment pas le bon moment. On contrôle la situation ici, mais on doit encore trouver la source de l'intrusion.

Lucas garda le silence. Il savait que son ami ne pourrait jamais refuser un appel à l'aide. Si Alex avait un défaut, c'était bien celui-là.

— Très bien. Envoie-moi les informations et je verrai ce que je peux faire pendant les quelques secondes que j'ai de libre pour traiter cette affaire. J'aimerais que tu fasses quelque chose pour moi en retour.

— Tout ce que tu veux, répondit Lucas.

— Garde un œil sur Ashley Chen.

Lucas cligna des yeux, surpris.

— Tu ne lui fais pas confiance ?

Alex ne répondit pas.

— C'est parce qu'elle est asiatique ? insista Lucas.

Si elle avait de la famille en Chine, elle pouvait faire l'objet d'un chantage si les gangs menaçaient ses proches.

— Ça n'a rien à voir avec le fait qu'elle soit asiatique.

Mais Lucas savait, grâce à leur travail commun, qu'Alex se méfiait profondément de l'espionnage parrainé par les gouvernements chinois et nord-coréen, sans parler des Russes.

— Tu as trouvé quelque chose de suspect dans son passé ? demanda-t-il.

— Je n'ai rien trouvé de suspect dans son passé – et c'est *ça* qui me dérange.

— Ça n'a aucun sens, mon pote.

Alex poussa un long soupir.

— Chaque détail de sa vie est consigné et tout s'imbrique parfaitement. C'est comme si tout avait été chorégraphié.

Lucas grogna.

— Tu ne penses pas que le FBI vérifie ce genre de choses quand il engage des gens ?

— Bien sûr que oui. J'ai vérifié aussi, je n'ai rien trouvé d'anormal, mais…

La frustration et l'épuisement perçaient dans le ton d'Alex. Lucas savait ce qu'il ressentait.

— C'est parce qu'elle travaille avec ta chère et tendre.

Les secondes défilèrent avant qu'Alex ne reprenne la parole, d'une voix basse et véhémente.

— Tout ce qui m'importe est à Boston, Lucas. Le fait que je ne sois pas là pour la protéger elle et notre bébé me rend fou, mais je sais que je dois laisser Mal faire son travail. Il y a quelque chose chez Ashley Chen qui ne m'inspire pas confiance. C'est peut-être de la paranoïa de ma part.

Un séjour dans une prison marocaine pouvait avoir cet effet.

— C'est peut-être parce qu'elle est très douée avec les ordinateurs. Mais quoi qu'il en soit, je te remercie d'être là pour surveiller les arrières de Mal.

Il ressemblait plus à l'Alex Parker que Lucas connaissait.

— Je garde un œil sur elle.

Il n'était pas sûr de l'agent auquel il faisait référence lorsqu'ils raccrochèrent.

Il avait une affaire à résoudre, la vie de trois salauds sans pitié à foutre en l'air, et un réseau de trafic sexuel à démanteler. Tout le reste était insignifiant. Mais le fait qu'il soit heureux d'avoir une excuse pour passer du temps à « garder un œil » sur l'agent Ashley Chen lui en disait plus qu'il n'en fallait sur ses propres faiblesses.

CHAPITRE QUATRE

QUELQUES HEURES PLUS tard, Lucas frappa à la porte de la chambre d'hôpital privée et entra. Il était tard dans l'après-midi, et le soleil était déjà couché. La pièce, faiblement éclairée, révélait une frêle silhouette sous les couvertures, allongée immobile sur le lit.

Sloan et lui avaient décidé que le secret de la survie de Becca était trop vital pour le confier à tous. Avec le FBI qui faisait preuve de la même transparence d'un film étirable, et la police de Boston notoirement peu fiable pour garder les secrets, Lucas avait proposé d'engager des agents de sécurité de l'entreprise d'Alex Parker. Il avait même offert de payer de sa poche. Sloan avait mis son veto à tout plan impliquant des civils. Au lieu de cela, elle avait contacté l'un de ses amis de l'ATF et deux agents surveillaient la fille 24 heures sur 24. Becca avait été transférée dans un établissement plus petit pour empêcher quiconque de la relier à l'explosion. Les médecins et les infirmiers qui la soignaient étaient tenus au secret.

Le raclement d'une chaise lui indiqua que l'agent de l'ATF Teresa Curtis était toujours à son poste. Lucas adressa un signe de tête à la femme et murmura :

— Si vous voulez faire une pause d'une demi-heure, je peux prendre le relais.

— Merci, dit-elle en s'étirant. Je vais aller faire un tour chez Starbucks et prendre des nouvelles de mon mari. Le café ici est peut-être gratuit, mais il est imbuvable. Vous voulez quelque chose ?

Lucas secoua la tête.

Il conduisit Curtis jusqu'à la porte, parlant à voix basse pour ne pas déranger la jeune fille endormie.

— Comment va-t-elle ?

— Elle refuse de parler à quiconque de ce qui s'est passé ou d'où elle vient, mais elle a dit qu'elle voulait bien vous parler à vous.

Les yeux de l'agent croisèrent les siens.

— Mais elle s'en sort sacrément mieux que moi si les rôles étaient inversés.

— Elle est forte.

— Elle n'a pas eu le choix. Écoutez, fit-elle en lui touchant le bras, je sais que vous avez été critiqué par certains de vos collègues, mais vous avez fait ce qu'il fallait.

Ses yeux étaient sincères.

— Elle serait morte sans vous. Souvenez-vous-en quand vos idiots de camarades vous feront chier.

Il fit une grimace.

— Beaucoup de gens sont morts – des amis à eux – sans parler des flics et des autres captives. Je comprends leur point de vue.

— C'est la culpabilité du survivant. C'est compréhensible. Mais personne ne s'attendait à ce qu'ils fassent sauter le bâtiment.

Elle renifla légèrement.

— Votre intervention a sauvé la vie de deux jeunes filles et nous a permis de savoir que les coupables s'étaient enfuis.

Maintenant nous savons qu'ils sont en fuite et nous avons des gens qui peuvent les identifier. C'est grâce à vous.

Certes. Elle avait peut-être raison. Le bureau régional de Boston et les flics locaux semblaient sciemment omettre certains aspects de cette affaire, mais le fait de savoir qu'il n'avait pas réussi à sauver toutes ces personnes lui rongeait les entrailles.

Après le départ de Curtis, il se dirigea vers le lit où Becca était couchée sous les draps. Ses deux poumons avaient été endommagés par l'explosion, et des tubes dans son nez l'alimentaient en oxygène. Ses autres organes semblaient sains, ce qui était une bonne nouvelle. Le médecin l'avait mise sous antibiotiques par voie intraveineuse pour une infection utérine et avait demandé des tests sanguins pour diverses maladies et MST.

Lucas ne voulait pas connaître les résultats de ces tests.

Les yeux de Becca s'ouvrirent lentement, et son visage se fendit d'un sourire.

— Salut.

Sa voix était enrouée.

Ses cheveux brillaient comme le blé à la lumière de la lampe et si elle revoyait un jour le soleil, son visage se couvrirait de taches de rousseur. Elle était charmante, mais même si elle ne l'avait pas été, elle devait forcément manquer à quelqu'un, quelque part.

— Salut. Tu te sens mieux ?

Il fit attention à ne pas s'approcher trop près. Il ne voulait pas lui rappeler les abus qu'elle avait subis. Jusqu'à présent, elle s'était montrée remarquablement résiliente.

Un jour, tout ce qui lui était arrivé allait probablement la rattraper et elle devrait y faire face. Mais la seule chose qui comptait pour l'instant était de survivre.

— Ça me fait encore un peu mal.

L'entaille sur sa tempe avait été recousue et commençait à guérir. Elle se frotta la poitrine. L'une des infirmières lui avait donné un pyjama Iron Man légèrement trop grand. Il n'était pas très féminin, mais Becca semblait l'adorer.

— Comment va Mia ?

— Elle va bien. Elle est avec sa mère et son père.

Il grimaça intérieurement. Mia avait à peine une égratignure. Il avait eu presque autant de chance, juste quelques bleus après s'être frotté de près à la pierre inflexible du sol du garage.

Becca avait été moins chanceuse. Cela paraissait injuste, ajouté à tout ce qu'elle avait subi. Les doigts de la jeune fille agrippèrent nerveusement le drap. Lucas ne pensait pas qu'elle avait peur qu'il profite d'elle, mais il s'écoulerait un certain temps avant qu'elle fasse à nouveau confiance à quelqu'un – surtout aux hommes.

Sloan avait raison. Jusqu'à ce qu'ils attrapent ces criminels, sa vie était en danger. Il devait en tirer le maximum d'informations pour y parvenir. Bien qu'il ait été formé aux techniques d'interrogatoire, il ne savait pas vraiment comment interroger une jeune fille sur son appartenance à un réseau d'esclaves sexuels. Il s'éclaircit la gorge.

— Je me disais que ce serait peut-être une bonne idée de faire venir un professionnel pour te parler. Le FBI a...

Les genoux de la jeune fille remontèrent jusqu'à son menton et son expression se fit mutine.

— Je ne veux parler à personne.

— Tu ne crains plus rien, maintenant, Becca, mais pour assurer ta sécurité, on doit attraper ces types et leurs complices, et les mettre en prison.

Elle ouvrit de grands yeux effrayés, mais ses lèvres demeurèrent scellées.

— Tu dois parler à quelqu'un, insista-t-il. On doit savoir ce qui s'est passé. On a besoin de chaque bribe d'information pour essayer de retrouver ces types. Un psychologue pourrait…

— Je ne veux pas parler à un psy.

— Et ta famille ?

Elle resserra sa prise sur ses genoux.

— Ou l'agent Curtis ?

— Vous. Je veux vous parler à vous.

Ses yeux bleus étaient si confiants qu'il ne put détourner le regard.

— D'accord, dit-il lentement, mais ce sont des questions difficiles que je dois te poser. Des questions auxquelles j'aurais du mal à répondre. Laisse-moi appeler l'agent Curtis pour qu'elle soit là au cas où tu aurais peur.

Elle lui attrapa la manche.

— Non. Juste vous. Je ne veux pas que quelqu'un d'autre entende ce que j'ai à dire. Juste vous.

Elle rougit si fort que ses oreilles virèrent au rouge. Puis elle réalisa qu'elle le touchait et eut un mouvement de recul. Le cœur de Lucas se fissura.

— Très bien. On peut faire ça comme tu veux, mais je *dois* enregistrer ce que tu me diras.

Il sortit son téléphone portable et mit en marche l'enregistreur vocal, le posant sur la table de nuit hors de sa vue.

— Il est important qu'on sache que je ne te force pas à dire quoi que ce soit, et que je n'oriente pas tes réponses. On veut juste la vérité, d'accord ? Seule la vérité compte.

Elle acquiesça et desserra les doigts.

— Qu'est-ce que vous voulez savoir ?

En regardant dans ses yeux, on aurait dit qu'elle avait mille ans.

Il y avait tant de choses qu'il voulait savoir, et tout était laid. Il se dit qu'il allait commencer doucement.

— Tu sais pourquoi certaines filles étaient enfermées dans les chambres du bas et d'autres dans les dortoirs ?

Elle gigota nerveusement et se mordit la lèvre.

— Hé, dit-il doucement. Ils ne peuvent plus te faire de mal maintenant, Becca.

Son froncement de sourcils lui indiqua qu'elle n'en était pas convaincue. Et ce n'était pas étonnant, puisque la dernière fois qu'il avait prononcé ces mots, ils avaient failli être rayés de la carte.

— Les filles qui étaient enfermées dans des chambres étaient-elles spéciales ?

Il s'était autorisé à émettre cette supposition, mais ne voulait pas trop orienter ses réponses.

Ses lèvres étaient exsangues à force d'être pressées l'une contre l'autre.

— Ils gardaient certaines filles à part pour certains hommes. Elles étaient enfermées au rez-de-chaussée.

Il se pencha un peu plus près.

— Donc il y a des hommes spécifiques qui sont venus te voir ?

Elle acquiesça.

— On m'a dit que je devais faire exactement ce qu'ils voulaient, et que je devais sourire et bien me comporter, et dire « merci ».

Il manqua de s'étouffer.

— Madame disait que plus les hommes disaient que j'étais une bonne fille, plus j'aurais le droit d'avoir de choses pour ma chambre – comme une couverture et une télé.

Son visage s'embrasa sous l'effet de la gêne.

Lucas avait l'impression que quelqu'un tenait un chalumeau sur sa tempe. Ils avaient besoin de renforts pour retrouver les clients du bordel. Il voulait que chacun d'entre eux soit enfermé et confronté à l'opinion publique.

— Tu penses que peut-être, quand tu te sentiras un peu mieux, tu pourrais travailler avec un dessinateur de la police ? Pour faire le portrait des hommes qui sont venus dans ta chambre ? demanda-t-il d'un ton bourru.

Elle hocha la tête et détourna le regard.

— D'accord.

— Combien y en avait-il ?

Elle regarda ses orteils, qui s'agitaient sous les couvertures.

— Pendant longtemps, il n'y en a eu qu'un seul.

Intéressant.

— Est-ce qu'il avait un nom ?

Elle se renferma légèrement.

— Il me disait de l'appeler « Papa ».

Oh, non. S'il retrouvait ce type, il le tabasserait jusqu'à ce que ce fils de pute soit méconnaissable.

— Il y a six mois, d'autres ont commencé à venir.

— Combien ?

— Quatre hommes différents, avec le premier.

Elle se rongeait les doigts, refusant de croiser son regard. Sa voix monta dans les aigus.

— Certains d'entre eux m'ont fait du mal.

Il serra les dents si fort qu'il les entendit craquer.

Sa lèvre tremblotait, mais elle tint bon.

— Parfois, ils voulaient dormir dans le lit avec moi et rester toute la nuit. Je détestais ça. Ces dernières semaines, il y a eu plus d'hommes. Des gens comme vous que je n'avais jamais vus auparavant.

Elle déglutit péniblement, mais l'émotion prit le dessus.

— Je pense que c'est pour ça qu'ils ont pris Mia, parce que je ne leur suffisais plus… C'est de ma faute.

Elle se mit à sangloter, cachant son visage dans les draps qui recouvraient ses genoux.

Lucas était sans voix. S'il n'avait pas été soudain aphone, il aurait probablement hurlé. Il se retourna pour aller chercher un verre d'eau dans la salle de bain et évita de croiser son reflet dans le miroir, se rappelant qu'il était un agent expérimenté et un ancien soldat. Il avait vu son lot de mort et de destruction, mais ce viol prolongé d'une enfant qui aurait dû être protégée…

Bon sang.

Quel genre de personnes faisait ça ? Des déviants qui faisaient semblant d'être normaux, mais qui, à l'intérieur, n'avaient rien d'humain. Il s'aspergea le visage, s'essuya avec du papier et retourna dans la chambre.

— Il faut que je te dise quelque chose, d'accord ?

Il soutint son regard. Elle pinça les lèvres, nerveuse.

— Tu n'as *jamais* rien fait de mal. Jamais.

— Vous ne comprenez pas.

La honte déformait ses traits.

— Explique-moi.

Elle le regardait nerveusement, comme s'il allait se mettre en colère contre elle.

— Je détestais ce qu'ils me faisaient, mais… Avec certains

d'entre eux, *ça passait*.

Ses joues étaient toujours rose vif et elle essayait de cacher son visage.

— Je ne voulais pas aimer ça, mais ils m'ont fait quelque chose, ou peut-être qu'il y a quelque chose qui cloche chez moi…

Son cœur se brisa pour elle. Il n'était vraiment pas qualifié pour ce travail, mais elle refusait de parler à quoi que ce soit d'autre. Elle avait besoin d'un défenseur des droits de l'enfant, d'un avocat, d'un putain de parent.

Il se racla la gorge pour faire disparaître le nœud qui s'y était formé.

— Becca, tu n'as pas à avoir honte. Le sexe est censé être agréable, mais ce n'est pas pour les enfants. C'est pour les adultes consentants. Il s'agit de confiance, d'intimité, d'actes physiques entre adultes et d'émotions qu'un enfant ne devrait pas avoir à vivre. Tu as enduré une situation terrible et fait ce qu'il fallait pour survivre. Ces hommes savaient que c'était mal de te toucher, mais ils l'ont fait quand même. Ce sont des prédateurs de la pire espèce.

Comment pouvait-on conseiller une enfant de 13 ans *sur le sexe* ?

— Tu n'auras plus jamais à laisser quelqu'un te toucher comme ça. Ton corps t'*appartient*.

La fureur courait dans ses veines et faisait trembler sa voix.

— Quand tu grandiras, tu pourras décider si tu veux avoir des relations sexuelles avec un autre adulte consentant ou non. Et le sexe peut être une bonne chose. Une chose merveilleuse. Surtout dans le cadre d'une relation aimante et saine. Mais ce n'est *pas* pour les enfants. Et personne ne devrait être forcé ou contraint à avoir des relations sexuelles. Ça s'appelle du viol.

Tout ce qui t'est arrivé est du viol. Ne laisse personne te convaincre du contraire.

À en juger par ses yeux écarquillés, il avait peut-être été un peu trop véhément.

Elle poussa un soupir tremblant et évacua un peu de la tension accumulée. Il décida de ramener la conversation sur les hommes qu'ils recherchaient, plutôt que sur ceux qui s'étaient servis d'elle. Il aurait voulu étrangler ces salauds à mains nues, mais il s'intéressait surtout aux trafiquants.

— Combien d'hommes aidaient Mae Kwon ? La maquerelle qui dirigeait l'endroit.

— Elle est vraiment morte ? demanda Becca d'une petite voix.

— Oh que oui !

Il hocha la tête. Il s'était rendu à la morgue et avait vu son cadavre.

Le soulagement traversa les iris bleus de l'enfant.

— Deux hommes vivaient dans la maison, mais un autre est apparu il y a quelques semaines.

Elle regardait de l'autre côté de la pièce tandis que ses doigts serraient le drap.

— Est-ce qu'ils déjà sont venus dans ta chambre, Becca ? demanda-t-il doucement.

Ses épaules fragiles se rapprochèrent.

— L'un d'eux, oui. Il m'a dit de ne pas le dire aux autres ou j'allais le regretter.

— Le grand, le plus jeune ?

Elle secoua la tête.

— Le plus vieux et le plus trapu ?

Elle acquiesça.

— Il s'appelait Cho.

C'était la première piste qu'ils avaient sur l'identité des hommes. Il se nota mentalement de tirer une balle dans la queue du gars si jamais ils se croisaient.

Becca avait l'air épuisée, et il ne voulait pas la fatiguer davantage. Ou peut-être cherchait-il à se protéger, peu désireux d'en entendre plus sur ce qu'elle avait traversé.

— On devrait probablement contacter tes parents pour leur dire que tu vas bien, dit-il doucement.

En réponse à cette suggestion, la jeune fille ramena à nouveau ses genoux contre sa poitrine et plaqua son visage contre eux.

Jusqu'à présent, elle avait refusé de leur dire le nom de ses parents ou son nom de famille. Il y avait un nombre surprenant de « Rebecca » dans la base de données des personnes disparues, et aucune ne correspondait à cette gamine.

— Ils ne te reprocheront pas ce qui t'est arrivé.

Elle restait obstinément silencieuse. Elle ne dirait rien.

— Tu as fugué de chez toi ?

Une partie de lui voulait lui dire qu'il était sûr qu'elle manquait à ses parents et qu'ils avaient envie de la retrouver, mais il avait vu trop de cas où ce n'était pas vrai.

Pourquoi avoir des enfants si on ne pouvait pas s'occuper d'eux ?

Elle secoua la tête et regarda la lumière des réverbères qui passait à travers la fenêtre.

— Tu ne veux pas rentrer chez toi ? demanda-t-il doucement.

Elle le transperça de ses yeux qui en avaient trop vu.

— Je ne peux pas rentrer à la maison avec vous ?

— Ça ne marche pas comme ça, Becca.

Sa réponse fut plus dure qu'il ne le voulait, et la lèvre inférieure de l'adolescente tremblota. Il se força à adoucir le ton.

— Je ne suis pas autorisé à t'accueillir chez moi. Tu as besoin de quelqu'un qui sera avec toi tout le temps et qui saura s'occuper de toi correctement.

Sans compter qu'il était célibataire, et qu'elle avait besoin de soins, d'aide et d'éducation.

— Mais je vais m'assurer que tu ailles dans un endroit sûr et qu'on s'occupe bien de toi à partir de maintenant.

Il examina leur environnement stérile tout en éteignant son enregistreur.

— Et je vais t'offrir une journée rien que pour toi. Un parc aquatique. Disney. Un cinéma ? Tu me dis ce que tu veux, et dès que tu sors d'ici, on le fait.

Ses yeux s'illuminèrent, et il espéra qu'il ne faisait pas une promesse qu'il ne pourrait pas tenir. L'agent Curtis frappa à la porte et se glissa dans la pièce.

— À plus tard, ma grande.

Il se força à ignorer l'expression de supplique de Becca. Elle ne devait pas devenir dépendante de lui. Il fit un signe de tête à Curtis en quittant la pièce. Il avait envie de vomir chaque fois qu'il repensait à ce que ces types avaient fait subir à cette petite fille.

Le FBI tout entier en avait après cette organisation. Ils n'échapperaient pas longtemps à la justice. Lucas comptait bien s'assurer que ces criminels ne puissent plus jamais sévir. Peut-être qu'alors Becca serait suffisamment en sécurité pour rentrer chez elle.

— LA MOTIVATION des malfaiteurs semble évidente, déclara

Ashley, en regardant les photographies des décombres. Tuer autant de témoins et détruire autant de preuves potentielles que possible.

— Ils se sont sacrément bien débrouillés, convint Mallory.

— Et s'ils n'ont pas détruit toutes les preuves, ajouta Ashley, ils ont ralenti leur collecte et leur analyse d'une bonne année.

Mallory passa une main dans ses cheveux courts.

— D'ici là, ils seront si loin que nous n'aurons plus aucun espoir de les retrouver.

— Lucas Randall a-t-il dit quelle était l'affaire qui l'occupait en Caroline du Nord ?

Ashley voulait explorer un angle auquel personne n'avait encore pensé.

— Non, je vais lui demander plus de détails. Pour l'instant, nous avons beaucoup de pistes possibles, mais pas grand-chose à quoi nous raccrocher.

Mallory se mordit les lèvres.

— En général, les familles asiatiques du crime organisé sont plus difficiles à pénétrer que les autres. Tout d'abord, il y a la barrière de la langue. Tu as dit que tu parlais un peu chinois ?

— Un peu cantonais, admit Ashley, écrasant le sentiment de culpabilité qu'elle ressentait.

— Ça nous sera utile parce que je suis nulle en langues.

Mallory martela un bloc de papier du bout de son stylo.

— La traite des êtres humains est en hausse ces dernières années. C'est plus lucratif tout en étant perçu comme moins dangereux par les criminels que le trafic de drogue. Mais cette configuration semble un peu sophistiquée pour la plupart des groupes actuellement connus aux États-Unis.

Elle ne put réprimer un large bâillement, et Ashley la regarda de travers.

Mallory avait failli faire une fausse couche le soir du Nouvel An et depuis, leur patron, l'agent spécial adjoint responsable Lincoln Frazer, agissait de manière quasi tyrannique pour s'assurer qu'elle ne se surmène pas. Ashley avait reçu des ordres et ne voulait pas penser aux répercussions sur sa carrière au FBI si quelque chose arrivait à Rooney, ou au bébé, sous sa surveillance.

— J'ai lancé des recherches dans le ViCAP concernant des opérations similaires aux États-Unis – bordels clandestins, réseaux de prostitution, trafic de personnes, auteurs asiatiques, explosifs.

Ashley jeta un coup d'œil à sa montre.

— Tu veux rentrer à l'hôtel et manger un morceau ?

— Avec plaisir.

Mallory étira son dos, dévoilant son ventre légèrement arrondi.

On ne pouvait pas deviner qu'elle était enceinte à moins de le savoir.

— Je pense que Lucas cache quelque chose, dit Mallory en mettant son manteau sur ses épaules.

— Qu'est-ce qui te fait dire ça ?

— Je le connais depuis qu'on est enfants, et quand il essaie de paraître imperturbable, c'est qu'il cache quelque chose. Cet effort pour faire croire que tout va bien est un signal d'alarme pour moi.

Mallory plissa les yeux, pensive.

— Peut-être qu'ils ont un témoin. Peut-être que quelqu'un d'autre a survécu à cette explosion ?

— Si c'est vrai, dit Ashley, en rangeant son ordinateur

portable, c'est probablement mieux si tout le monde pense que cette personne est morte.

Mallory secoua la tête, contrariée.

— Tu as raison. J'ai le cerveau grillé. Je n'aurais rien dû dire.

— Randall et toi, vous étiez proches ?

Mallory hocha lentement la tête.

— On n'est jamais sortis ensemble, si c'est la question. Nos parents sont amis, et on a pratiquement grandi ensemble. Au bureau régional de Charlotte, c'était mon mentor et il m'a appris les ficelles du métier, mais je ne l'ai pas beaucoup vu depuis mon transfert à Quantico.

Ashley ressentit un soudain sentiment de solitude. Elle n'avait pas d'amis proches. C'était plus facile de garder ses distances quand on ne savait pas ce qu'on ratait.

Mallory la regarda.

— Il est célibataire. Si ça t'intéresse.

— Il me prend pour une idiote, dit Ashley d'un air contrarié alors qu'elles passaient la porte.

Mallory renifla.

— Il te trouve sexy.

Le poste était étrangement calme.

— Où est-ce qu'ils sont tous passés ?

Ashley était heureuse de pouvoir changer de sujet. C'était le genre d'affaire sur laquelle elle mourrait d'envie de travailler. Elle ne voulait pas se laisser distraire par un beau visage.

Un agent solitaire était affalé sur son ordinateur. Lorsqu'elles s'approchèrent pour se présenter, la femme serra sa tête entre ses mains, comme prise d'un violent mal de crâne. Sa bague de fiançailles en diamant brillait même sous la lumière tamisée.

— Qu'est-ce qu'il se passe ? demanda Mallory alors qu'elles se présentaient.

L'agent Brianna Mayfield avait l'air préoccupée et parut irritée par cette intrusion.

— On a reçu un appel anonyme il y a une heure, indiquant que les trois fugitifs ont été vus se dirigeant vers Conley Terminal, le port à conteneurs. L'informateur nous a envoyé une photo qui ressemblait à nos gars. Le capitaine du port a suspendu toute navigation jusqu'à ce que chaque bateau ait été vérifié. Des équipes de ce bureau, de la police d'État du Massachusetts, de la police de Boston, de l'immigration et de la division maritime fouillent la zone.

La femme s'appuya contre le dossier de son fauteuil.

— C'est une énorme opération et un cauchemar en matière de sécurité.

— Ils ont besoin de renforts ?

La plante des pieds d'Ashley vibrait pratiquement de l'envie d'y aller.

— Négatif. Sloan fait tourner le personnel pour que tout le monde reste frais. Histoire d'éviter les accidents. Et elle veut que tous ceux qui suivent des preuves ou analysent des données continuent, au cas où cette piste n'aboutirait pas.

— Mais…

— Écoutez, la coupa Mayfield. Vous ne pensez pas que je préférerais être dehors à chasser ces crapules plutôt que d'être assise ici à faire tourner des programmes de reconnaissance faciale ?

La douleur brute gravée sur ses traits indiqua à Ashley qu'elle connaissait un ou plusieurs des agents du FBI qui avaient péri dans l'explosion.

— Bien sûr, vous avez raison. Je suis désolée, rétropédala Ashley. Je suis disponible si besoin.

Mayfield hocha la tête et se remit au travail.

Une fois sorties du bâtiment, elles tournèrent à droite sur Cambridge Street, leur souffle formant des nuages de vapeur gelée tandis que l'air humide et glacial les enveloppait. Ashley se blottit dans sa veste. Elle aurait aimé ne pas sentir l'odeur de l'océan portée par la brise.

— Il y a beaucoup d'informateurs anonymes dans cette affaire.

La glace rendait le trottoir glissant, et elles faisaient très attention à là où elles mettaient les pieds.

— Je sais qui a appelé pour Mia Stromberg, admit Mallory.

— Je croyais que c'était confidentiel ?

Elles traversèrent la rue à un feu. Les gens se pressaient, la tête basse, sans sourire, l'humeur sombre. Les Bostoniens étaient furieux de ce qui s'était passé dans leur ville.

— Oui, c'est confidentiel. Une femme handicapée qui vit dans un immeuble donnant sur l'arrière du bâtiment.

— Il y avait une récompense, non ?

— Cent mille dollars si la piste permettait de récupérer Mia saine et sauve, confirma Mallory.

— Sacré coup de pouce pour agir en bon citoyen, fit remarquer Ashley.

— Quelque chose me dit que l'informatrice savait exactement ce qui se passait dans ce bâtiment, mais avait probablement trop peur pour le signaler.

— Cet argent pourrait lui changer la vie.

Mallory acquiesça :

— D'après mon expérience, les voisins fouineurs ont de meilleurs renseignements que la NSA. Elle pourrait même avoir pris des photos.

Un frisson d'excitation parcourut la colonne vertébrale d'Ashley.

— Les flics locaux l'ont interrogée ?

Mallory secoua la tête.

— La récompense impliquait également de ne pas se voir poser de questions et de bénéficier d'un anonymat complet – comme pour l'avocat qui a donné le mot de passe.

Mallory pinça les lèvres.

— Ils ont les mains liées à moins qu'elle ne nous donne volontairement plus d'informations.

— Ou qu'on la relie à un crime.

Mais le procureur pourrait être récalcitrant.

— Comment vous l'avez trouvée ?

— Je pourrais te le dire, mais alors je devrais te tuer.

Mallory lui adressa un sourire.

Ashley pinça les lèvres et détourna le regard. Tout le monde fermait les yeux sur les piratages d'Alex Parker. Sa société étant souvent engagée pour tester la sécurité des entreprises et des commerces, il dissimulait ses activités les plus douteuses derrière des tests d'intrusion et des recherches de failles. Il faisait peut-être partie des chapeaux blancs – les « bons » hackers –, mais elle savait qu'il contournait les règles – et pas qu'un peu.

Mallory lui jeta un regard incertain.

— Je sais que tu ne l'aimes pas…

— C'est lui qui ne m'aime pas, rétorqua Ashley. Et c'est son problème, pas le mien.

Bon sang, on aurait dit une élève de primaire. Elle se força à se calmer. Elle n'était pas une adolescente essayant de s'intégrer dans le zoo du lycée, elle était une employée fédérale avec un dossier exemplaire.

Mallory pinça les lèvres.

— Il est surprotecteur…

— Bon, écoute, fit Ashley en levant la main, essayant de désamorcer la situation. Tout va bien. Je suis une professionnelle. Ça n'a vraiment aucune importance que ton petit ami m'apprécie ou non.

Mallory eut l'air de vouloir dire quelque chose, mais il n'y avait rien à ajouter.

L'air sembla plus froid lorsqu'elles parcoururent le reste du chemin jusqu'à l'hôtel en silence. La tristesse et un sentiment familier d'isolement pesaient sur les épaules d'Ashley. Alors qu'elle commençait à peine à se sentir à l'aise avec ses collègues, on lui rappelait toutes les raisons de ne pas l'être.

CHAPITRE CINQ

L E SILENCE LES accompagna jusqu'à ce qu'elles pénètrent dans le hall de l'hôtel. L'endroit était de taille moyenne, avec de grandes plantes poussant dans des pots gigantesques et une petite cascade dans l'atrium qui donnait à Ashley envie de faire pipi. Des cœurs étaient disséminés partout, rappel écœurant que la Saint-Valentin était proche.

Le plus important, c'était la sécurité et l'absence de punaises de lit. Tout le reste, elle s'en accommoderait.

— Tu veux prendre quelque chose à manger avant de retourner dans notre chambre ? demanda Mallory.

Ashley acquiesça, reconnaissante que sa collègue ne soit pas rancunière. Peu importait la situation avec Alex Parker, elles devaient toujours travailler ensemble.

Elles se rendirent directement au bar-salon et cherchèrent une place. L'endroit était bondé. Selon la serveuse, la ville accueillait une convention de concessionnaires d'équipements lourds.

— Lucas est là.

Mallory désigna l'endroit où il était assis seul dans un box au fond du bar.

Ashley la suivit à contrecœur. Elle aurait voulu manger et passer le reste de la soirée à travailler, pas rester assise à bavarder, d'autant plus que les deux agents voudraient probablement rattraper le temps perdu. Elle suivit Mallory qui se faufilait entre un groupe d'hommes blancs d'âge moyen. L'application soudaine d'une large main sur ses fesses la choqua pendant une milliseconde. Puis la main la pinça et la fureur l'envahit. En une fraction de seconde, elle plaqua le bras du gars derrière son dos et lui enfonça le visage dans une table pleine de bières.

— C'est quoi ce bordel ? s'exclama-t-il en couinant comme un porc alors qu'elle resserrait sa prise.

— La prochaine fois que vous estimerez que c'est normal de vous approprier le corps de quelqu'un – elle écarta son ordinateur portable pour sortir son insigne doré de sa poche et le plaqua devant son nez – vous devriez peut-être réfléchir aux conséquences d'une agression contre un agent fédéral.

— Lâchez-moi ! Ce n'était pas déplacé…

— Pas déplacé ? Comment vous sentiriez-vous si quelqu'un agressait votre femme ou votre fille ?

— C'était un accident, bafouilla-t-il. J'ai cru que vous étiez une prostituée.

Son estomac se retourna. *Et c'était censé être une excuse ?*

— Qu'est-ce qui se passe ici ? demanda une voix masculine sévère au-dessus de son épaule.

Lucas Randall.

— C'est vous qui êtes aux commandes ?

Un homme moustachu portant un blazer fit un pas en arrière lorsqu'un verre à bière roula sur l'épaisse moquette.

— Il semble que l'agent Chen soit aux commandes, à ce que je vois. Vous avez besoin d'aide, agent Chen ? demanda Randall, ignorant son auditoire.

Elle lui jeta un regard, reconnaissante qu'il n'ait pas essayé de prendre le contrôle ou de lui dire quoi faire.

— Je suis en train de décider si je dois inculper ou non cet abruti.

Toute la table retint son souffle. Randall ne donna pas son avis, ce qui était une bonne chose. Finalement, elle relâcha sa prise sur la peau moite de l'homme et fit un pas en arrière.

— Je crois que je préfère manger.

Randall regarda le gars.

— Vous pouvez vous estimer heureux. Faites en sorte que ça ne se reproduise pas.

Elle rangea son insigne et commença à s'éloigner. Les insultes ne tardèrent pas à fuser, bien que murmurées.

Une main chaude et apaisante se posa dans son dos.

— Vous avez besoin d'un verre, agent Chen. C'est moi qui paie.

Elle prit une profonde inspiration, se dirigea vers le box et se retrouva dans le coin entre Mallory et Lucas.

— Que s'est-il passé ? demanda Mallory.

— Un trou du cul s'en est pris à la mauvaise personne, répondit Lucas.

Le regard qu'il lui lança était amusé et spéculatif.

— Quel crétin.

Mallory lança un regard noir au groupe.

Ashley poussa un profond soupir.

— Je devrais avoir l'habitude…

— Quoi ? grogna Lucas. Pourquoi ?

Elle cligna des yeux. Et maintenant elle pensait à lui comme à *Lucas*, comme s'ils se connaissaient depuis toujours.

— Là d'où je viens, Agent Chen, les hommes ne tripotent pas les femmes qu'ils ne connaissent pas, et ils n'aggravent pas leur comportement de merde en les traitant de tous les noms.

— Ah, les hommes du Sud.

Mallory lui adressa un clin d'œil et mit sa main sur son cœur.

Lucas la regarda de travers.

La mâchoire d'Ashley se détendit légèrement.

— D'habitude, je gère mieux ce genre de situation.

— Vous avez géré ça comme une cheffe.

Ses yeux étaient rassurants lorsqu'ils se posèrent sur les siens.

— Je lui aurais bien botté le cul, mais vous regarder le faire était plus amusant.

Elle gigota, mal à l'aise avec les compliments. Elle prit le menu et le feuilleta, cachant son visage.

— Quelque chose à me conseiller ?

— Le steak. La tourte au bœuf. Le saumon et les travers de porc, lui dit Randall sans regarder le menu.

— Vous êtes ici depuis un moment ? demanda-t-elle.

Le sourire qu'il affiche le fit passer de magnifique à incroyablement sexy.

— Assez longtemps pour avoir testé un certain nombre de plats, bien que je mange généralement seul.

La serveuse vint prendre leur commande. Des pâtes et une bière pour Ashley. Du steak et de l'eau pour Mallory. Lucas avait déjà fini son repas.

Ses mains étaient enroulées autour d'une bouteille d'Old Thumper. De jolies mains. Des mains fortes. Elle pouvait sentir le pouls à la base de sa gorge battre comme un papillon piégé contre la peau délicate à cet endroit. Ce qu'elle ressentait en présence de Lucas Randall la troublait. Elle n'avait pas l'habitude d'être affectée par ses collègues. Elle était trop douée pour les repousser.

— Pouvez-vous nous parler de l'affaire sur laquelle vous

travailliez en Caroline du Nord ? demanda-t-elle.

Il était plus sûr de s'en tenir au travail.

Il joua avec l'étiquette de sa bière.

— Un flic local a remarqué ce qu'il soupçonnait être une maison close illégale opérant à Raleigh. Il nous a contactés et nous avons commencé la surveillance. Nous avions assez de preuves circonstancielles pour obtenir un mandat nous permettant d'accéder aux relevés téléphoniques d'une femme qui ne cessait d'aller et venir dans le coin. Il s'est avéré qu'elle appelait régulièrement Mae Kwon.

— La maquerelle qui est morte ? demanda Mallory.

Il hocha la tête.

— Je suis venu pour l'interroger.

— C'est son portable qu'on a dans les preuves, c'est ça ?

Ashley aurait aimé pouvoir mettre la main sur le téléphone, mais le craquer aurait été un travail à plein temps.

Lucas hocha la tête et ses doigts se resserrèrent sur la bouteille.

— Dès que j'ai franchi la porte de la maison close, hier, elle s'en est servie pour prendre une photo de mon permis de conduire.

— Vous pensez qu'elle a stocké toutes les cartes d'identité de ses clients dedans ? demanda brusquement Ashley.

Il haussa les épaules.

— Je suis prêt à le parier.

Ce téléphone portable pourrait contenir des informations capitales sur les affaires de cette organisation. Il prit une longue gorgée de bière fraîche.

— Si vous avez tracé le numéro de Mae Kwon depuis Raleigh, et que vous soupçonnez le bordel de Chinatown d'avoir été la plaque tournante des opérations, alors il y a de fortes chances qu'il y ait les numéros d'autres bordels sur ce portable.

— J'ai demandé à Alex Parker d'examiner les données de la compagnie de téléphone.

Le regard de l'homme s'éloigna du sien.

Alex lui avait-il dit de ne pas lui faire confiance ? Elle comprit à son expression que c'était le cas.

La colère la fit grincer des dents.

— Dites-lui de chercher un emplacement secondaire. Il est possible que ce soit là qu'ils se cachent maintenant.

Ashley chassa son irritation. Elle n'aimait peut-être pas trop Parker, mais ça ne voulait pas dire qu'elle comptait se passer des ressources dont il disposait.

— Un emplacement secondaire ? demandèrent Lucas et Mallory d'une même voix.

Ashley fronça les sourcils.

— Vous avez dit que la femme recevait des appels télé-phoniques toutes les semaines ?

Les plis qui se creusèrent entre les sourcils de Lucas lui conféraient une belle dose de maturité.

— Oui. Et alors ?

— Alors, soit ils coupaient le bloqueur de signal à une heure précise chaque semaine, soit Mae Kwon allait faire des affaires ailleurs, peut-être dans une autre propriété en ville ?

L'expression de Lucas changea.

— Parce qu'elle n'aurait pas pu répondre au téléphone dans le bordel avec le brouilleur de signal en place. Pourquoi n'y ai-je pas pensé ?

Il avait l'air furieux contre lui-même et impressionné par elle. Ce n'était pas vraiment sorcier, mais des détails pouvaient se perdre dans le cadre d'une enquête de grande ampleur.

— Est-ce qu'elles s'appelaient à un moment précis ?

— La maquerelle de Raleigh appelait toujours Mae Kwon le dimanche à onze heures précises, leur apprit Lucas.

— Pas de repos pour les criminels, dit Mallory avec ironie.

— La compagnie de téléphone met du temps à nous fournir ses relevés téléphoniques, mais si nous traçons tous les autres numéros qui l'ont appelée, nous pourrions être en mesure de remonter tout le réseau.

Il écrivit un message, vraisemblablement à Parker.

Leur repas arriva et l'estomac d'Ashley grogna. Elle attendit que la serveuse ajoute poivre et parmesan, et se jeta sur son assiette, savourant la première bouchée qui fondait sur sa langue, lui rappelant qu'elle avait sauté le déjeuner pour travailler.

Quand elle leva les yeux, Lucas l'observait à nouveau. Sans qu'elle sache pourquoi, cela la rendait nerveuse.

— Ces explosifs me font penser qu'ils allaient ailleurs pour passer leurs appels téléphoniques, dit-elle en guise de distraction. Qui prendrait le risque qu'un signal aléatoire déclenche le C4 ? Et j'aurais installé plusieurs brouilleurs de signaux, au cas où.

— Sans blague, murmura Mallory entre deux bouchées de steak.

Ashley réfléchissait à l'affaire en mangeant.

— Si Parker parvient à localiser quelle antenne-relais Mae Kwon utilisait à cette heure-là le dimanche, il pourrait retrouver les portables des autres membres du gang en effectuant une comparaison avec les téléphones actifs à proximité de la maison close. Nous pourrions les trianguler pour délimiter notre terrain de chasse. Il faut que la compagnie de téléphone nous fournisse ces informations au plus vite.

Sinon ces types vont nous glisser entre les doigts.

Lucas lui lança un regard qu'elle ne put déchiffrer, puis haussa les sourcils à l'intention de Mallory. Ils savaient tous qu'Alex pouvait prendre de l'avance sans avoir de mandat, même si ce n'était pas tout à fait légal.

Mallory les regarda tous les deux.

— Très bien, marmonna-t-elle après avoir avalé une bouchée de steak. Je vais lui demander à nouveau. Mais l'intrusion sur laquelle il travaille n'a rien à voir avec une entreprise privée lambda.

Ce qui signifiait qu'il s'agissait de l'une des agences fédérales.

— Certains numéros de téléphone pourraient appartenir à des clients. Nous ne savons pas comment ils communiquaient ou payaient. Si je peux obtenir une liste de noms, nous pourrons commencer à travailler là-dessus.

Il plissa les yeux.

— Je veux coincer ces salauds.

— Moi aussi, convint Ashley.

— Pareil pour moi.

Mallory trinqua avec son verre d'eau contre leurs bières. Elle découpait de petits morceaux de son steak.

— Quand vous aurez les relevés téléphoniques, envoyez-moi aussi ces données, dit Ashley. Si j'ai le temps, je vais commencer à récolter des noms et des numéros pour enquêter.

L'expression de Lucas était indéchiffrable quand il croisa son regard.

— Très bien. Merci.

La bouche de Mallory s'étira en un bâillement.

— Désolée. J'aurais de la chance si j'arrive à tenir jusqu'à la fin du dîner.

— Tout va bien ? demanda Lucas d'un ton inquiet. Le bébé ?

— On vient de faire un check-up et on va bien tous les deux.

Le sourire de Mallory semblait un peu fatigué.

— Mais il semble que nous ayons développé une narcolepsie, grimaça-t-elle. Rien qu'une bonne nuit de sommeil ne puisse guérir. Les criminels devront attendre jusqu'à demain.

Lucas secoua la tête.

— Tu as toujours travaillé plus dur que tous ceux que je connais.

— C'était personnel, dit Mallory.

— C'est toujours personnel.

Il regarda Ashley.

— Vous avez vu que les trois fugitifs ont été aperçus sur le port ?

— On est au courant.

Elle remarqua la légère augmentation de la tension autour des yeux de Lucas.

— Vous ne pensez pas qu'ils sont là-bas, n'est-ce pas ?

— Je pense qu'ils sont assez intelligents pour savoir que le port est un immense dédale qui immobilisera des centaines d'agents des forces de l'ordre pendant des jours, leur donnant ainsi la possibilité de s'éclipser en jet privé ou de passer la frontière avec le Canada. En attendant, ça fait moins d'agents qui suivent d'autres pistes. Ces trous du cul ont probablement déjà déplacé la plupart de leurs opérations. Dans quelques jours, il ne restera que les cafards.

Mallory repoussa son assiette avec une grimace.

— Sur ces bons mots, je crois que j'ai eu ma dose. Je vais

appeler Alex et aller me coucher.

Elle adressa à Lucas un regard entendu.

— Et, oui, je lui dirai combien il est urgent d'obtenir le plus d'informations possible sur le portable de Mae Kwon.

— Je monte bientôt, lui dit Ashley en essayant de manger plus vite.

Elles partageaient une chambre.

— Prends ton temps.

La lueur spéculative dans les yeux de Mallory alors qu'elle regardait Ashley et Lucas suggérait qu'elle jouait les entremetteuses. Mais elle avait plus de chances d'apprendre à parler latin dans son sommeil que de trouver un petit ami à Ashley.

— J'essaierai de ne pas te réveiller, dit-elle ironiquement.

Ils se dirent bonsoir et Ashley regarda Mallory traverser le bar rempli d'hommes sans qu'aucun n'essaie de la tripoter.

Peut-être qu'ils avaient retenu la leçon.

Ou peut-être qu'Ashley ressemblait vraiment à une prostituée.

Elle jeta un coup d'œil à son chemisier en soie avec son décolleté en V, qu'elle avait associé à une jupe noire ajustée. Ce n'était pas la tenue qu'elle imaginait pour une call-girl, mais peut-être que ces types avaient un fétichisme pour les secrétaires.

— Arrêtez ça.

Elle le regarda, surprise.

— Arrêter quoi ?

— De rejeter la faute sur vous parce qu'un sale type pense qu'il peut avoir des gestes déplacés en raison de votre apparence.

Lucas prit une gorgée de bière.

— Vous pensez que j'ai l'air d'une proie facile ?

— Ce n'est pas ce que je voulais dire.

L'expression de Lucas devint cynique.

— Il a vu des traits asiatiques et s'est imaginé une femme faible et soumise. Vous venez de lui donner un cours sur les raisons de ne pas croire aux stéréotypes.

Elle renifla.

— Je viens de renforcer le mythe du Ninja.

L'un de ses demi-sourires intrigants effleura ses lèvres.

— Vous lui avez fait une peur bleue !

— Tant mieux.

Il s'adossa à l'assise, contemplant sa bière.

— C'était vraiment sexy.

— Euh…

Elle fronça les sourcils.

— Ce n'était pas l'effet escompté.

Ses yeux s'assombrirent tandis qu'il tournait la bouteille entre ses longs doigts.

— Trouver une femme sexy n'est pas un péché tant que les gens gardent leurs mains et leurs pensées pour eux. Du moins, jusqu'à ce qu'ils sachent si les pensées sont réciproques ou non.

Il leva les yeux vers elle.

Elle sentit son cœur se serrer. L'air s'épaissit et le pouls d'Ashley s'accéléra. *Oh, elles étaient clairement réciproques.*

Il n'y avait aucun doute à en juger par leur regard qu'ils étaient attirés l'un par l'autre. Cela faisait longtemps qu'elle n'avait pas été avec quelqu'un et une partie d'elle avait besoin de cette connexion. Mais ce n'était pas le moment. Elle voulait faire ses preuves sur cette affaire, pas prouver à quel point elle était stupide. C'était l'heure de monter. Elle écarta son assiette et sortit son portefeuille.

Lucas repoussa son argent.

— C'est pour moi.

— Mais c'est professionnel.

Son sourire s'élargit.

— C'est le dîner le plus proche que j'ai eu d'un rendez-vous depuis des mois.

Même s'il plaisantait, elle sentit le rose lui monter aux joues.

Il serra les lèvres.

— Je n'aurais probablement pas dû dire ça, surtout après ce qu'a fait ce crétin.

Des rires rauques fendirent l'air. Le moment était passé. Il glissa quelques billets sur la table.

— Merci.

Elle ne savait pas quoi dire d'autre, alors elle se tut.

— Laissez-moi vous raccompagner.

Elle se glissa hors du box et rassembla ses affaires.

— Vous pensez que je ne peux pas m'en sortir toute seule ?

— Je sais bien que si. Je ne fais que protéger ces idiots.

Elle sourit, puis leva le menton et ouvrit la voie en passant devant les hommes attablés. Ils se turent en la regardant passer. Elle ne leur donna pas la satisfaction de regarder dans leur direction.

Heureusement, personne ne murmura d'obscénités, mais cela avait probablement quelque chose à voir avec son ombre protectrice. Lucas et elle se dirigèrent vers les ascenseurs.

— Quel étage ? demanda-t-il.

— Le huitième.

Elle le regarda.

Il hocha la tête.

— Moi aussi.

Les portes s'ouvrirent et ils entrèrent dans l'ascenseur vide. Sa peau était soudain brûlante, et elle avait du mal à respirer alors qu'elle regardait les numéros des étages s'allumer. Ils sortirent de l'ascenseur et se dirigèrent tous les deux vers la gauche. Elle arriva devant la chambre 815, mais aucune lumière ne brillait sous la porte. Et merde. Il semblait que Mallory s'était déjà endormie. Ashley hésita. Elle devrait peut-être aller travailler au salon… mais ces satanés concessionnaires étaient partout.

— Un problème ? demanda Lucas.

— Non, dit-elle doucement.

Puis elle céda en voyant qu'il restait la fixer.

— Je voulais revoir quelques images de surveillance avant d'aller me coucher, mais je ne veux pas réveiller Mallory. Elle a besoin de se reposer.

— Vous pouvez utiliser le coin salon de ma chambre si vous voulez.

— Vous avez une suite ?

— Je savais que je resterais ici pour un moment.

Il haussa les épaules.

— Je vais prendre un verre et travailler un peu de toute façon. Vous êtes la bienvenue.

Elle hésita.

— Pas de main au cul.

Il eut un petit sourire.

— C'est promis.

LUCAS AURAIT DU être épuisé après une nuit blanche, mais il était excité. Peut-être qu'inviter une belle femme dans sa chambre d'hôtel n'était pas la meilleure idée qu'il ait eue. Mais c'était un gentleman et un professionnel, et il ne comptait pas draguer une collègue alors qu'ils avaient une affaire à résoudre. Surtout pas cette affaire. Surtout pas cet agent.

Il enleva le panneau « Ne pas déranger » de sa porte et lui fit signe d'entrer.

— Ne faites pas attention au désordre. Je ne laisse personne faire le ménage en mon absence.

À travers la porte ouverte, elle vit le lit défait. Il entra et ferma la porte. Ils étaient là pour des raisons professionnelles. Pas pour le plaisir.

— Asseyez-vous. Il y a une prise sur cette lampe.

Il désigna un fauteuil près de la cheminée, loin de la tentation du canapé.

— Vous voulez un verre ?

— Je pense que j'ai bien mérité un bourbon si vous en avez. Qu'est-ce que c'est ?

Ashley Chen traversa la pièce, fixant un tableau qu'il avait fabriqué avec les photos des personnes qu'il savait être impliquées. Il aimait que les choses soient claires visuellement. Trois gros points d'interrogation désignaient les hommes qui s'étaient échappés du bordel.

Elle désigna l'une des photos.

— C'est Mia Stromberg et ses parents ?

Il hocha la tête.

— Ils ont été placés sous bonne garde. Pour l'instant, ils coopèrent.

Elle le regarda d'un air sévère.

— Vous pensez que ça va changer ?

Il sortit une bouteille de Jack Daniel's et deux verres.

— Ils veulent rentrer chez eux, et ils sont assez riches pour s'offrir une sécurité décente.

— Alors, quel est le problème ?

— Peut-être rien.

Il montra la photo des bâtiments démolis qui faisaient autrefois partie du centre-ville.

— Peut-être tout.

Il hésita.

— Je ne peux m'empêcher de me demander si Mia était spécifiquement visée. Je veux dire, il aurait été tellement plus facile d'enlever une enfant qui vivait dans la rue. Au lieu de ça, ils enlèvent une enfant dont les parents sont multimillionnaires ?

— Les parents la laissent aller seule à l'école ?

Il secoua la tête.

— Normalement, la nounou l'amène, mais elle a admis après l'enlèvement que Mia courait souvent devant sans elle. La nounou a dit qu'elle marchait toujours jusqu'à l'école, mais qu'en ne voyant pas Mia cette fois, elle a supposé qu'elle était déjà en sécurité à l'intérieur.

— Vous pensez qu'ils ont suivi Mia. Pour découvrir quand elle était la plus vulnérable ?

— Peut-être que c'était juste de la malchance. Ou peut-être qu'ils avaient l'intention de demander une rançon, mais ont décidé de gagner un peu plus d'argent en vendant son corps en attendant.

L'estomac de Lucas se retourna lorsqu'il se souvint de Mae Kwon tendant la main pour recevoir son argent tandis qu'une petite fille frissonnait sous les couvertures.

Il n'était pas triste que cette femme soit morte. Mais il regrettait qu'ils aient perdu une source d'information précieuse.

— C'est suspect, convint-elle. C'est également possible qu'ils l'aient enlevée par opportunisme dans la rue en voyant qu'elle était seule.

Ashley pinça les lèvres.

Lucas détourna le regard de sa bouche. Elle avait mis du rouge à lèvres, mais il avait en grande partie disparu. Elle paraissait plus jeune qu'elle n'aurait dû, étant donné qu'elle travaillait au DSC.

Grâce à des séries télévisées comme *Esprits criminels*, de nombreuses personnes avaient postulé au FBI dans l'espoir d'intégrer le département des sciences du comportement, mais rares étaient ceux qui réussissaient. Ceux qui y entraient étaient férocement dévoués et motivés par la nécessité d'empêcher les personnes malveillantes de faire de mauvaises choses. Il préférait être un agent de terrain pour la variété des tâches qu'il avait à accomplir. De plus, il n'aimait pas être entouré de cadavres en permanence. Il aimait aider les gens ordinaires à obtenir justice et mettre les criminels sous les verrous.

Il lui tendit un verre de bourbon et but une gorgée du sien. La brûlure dans sa gorge apaisa un peu de la tension qui l'étranglait lentement. Ces quelques jours avaient été intenses. S'il n'avait pas poursuivi les suspects dans ces tunnels, il y serait resté, lui aussi. Tout comme Mia et Becca. Il savait qu'il avait frôlé la mort, mais n'avait pas encore entamé le processus de prise de conscience. Après avoir fait la guerre, toutefois, il avait appris à prendre chaque jour comme un cadeau. Il descendit son verre et s'en servit un autre.

— Qu'ont dit les parents à propos de la nounou ?

Il revissa le bouchon sur la bouteille.

— Ils ont passé beaucoup de temps à lui assurer que ce

n'était pas sa faute.

Elle haussa les sourcils.

— Vous avez vérifié ses antécédents ?

— Ceux de tout le personnel, fit-il en hochant la tête. Dès que la disparition de l'enfant a été signalée, nous avons surveillé les communications et les finances de la femme. Rien qui sorte de l'ordinaire.

Ashley inspecta la photo qu'il avait de la gouvernante.

— Ils auraient pu menacer ses proches. D'où vient-elle ?

— De l'Ohio.

Le sourire de l'agent Chen illumina son visage, et il se surprit à sourire en retour. Elle avait des yeux légèrement en amande, et des cheveux qui ressemblaient à de la soie. Il aurait voulu passer ses doigts dans sa chevelure et voir si elle était vraiment aussi douce qu'elle en avait l'air. La femme était grande et mince, elle n'avait pas l'air assez forte pour survivre à un entraînement d'autodéfense à l'académie, mais de toute évidence, elle l'avait fait.

Il n'était pas surpris qu'elle ait attiré l'attention dans le bar, il était juste énervé que ce soit le mauvais genre d'attention. Mais elle avait su gérer.

Il n'avait pas menti plus tôt. Il était tellement pris par son travail qu'il n'avait pas eu de rendez-vous depuis des mois. Depuis qu'ils avaient découvert que le tueur en série Edward Meacher opérait dans la juridiction de Lucas, il avait travaillé d'arrache-pied. L'enquête était au point mort. Ils n'avaient aucun indice sur l'identité du meurtrier du sadique et personne ne regrettait sa mort. Au Nouvel An, Lucas avait travaillé sur un homicide sur les Outer Banks, puis sur un braquage de banque où la caissière avait été abattue après avoir déclenché l'alarme silencieuse. Et maintenant, ça. On n'était qu'en février, mais il avait déjà eu une année bien remplie.

— Qui sont ces trois-là ?

L'agent Chen désigna trois portraits qu'il avait pris dans les fichiers de photos d'identité de la police de Boston l'après-midi même.

— Des membres du gang du feu qu'ils ont amenés pour que j'essaie de les identifier.

— Je suppose que ce ne sont pas nos gars ?

Elle fit tourner son verre et en but une gorgée.

Il se força à mettre plus d'espace entre eux. Le fait qu'Alex Parker lui ait demandé de garder un œil sur elle le mettait mal à l'aise. Mais il connaissait Alex depuis des années et il avait un bon instinct.

— Ce ne sont pas nos gars.

Il désigna l'avocat.

— Ce type s'est pointé pour les représenter. C'est un vrai requin.

Ashley fit un geste vers une autre photographie.

— Qui est-ce ?

— L'interprète.

Ashley le regarda étrangement pendant un moment.

— Elle ne travaille pas pour les flics ?

Il hocha la tête.

Elle pencha la tête sur le côté.

— Vous ne faites confiance à personne, pas vrai ?

Il n'était pas loin de la vérité.

— Ce n'est pas mon travail de faire confiance aux gens. Mon travail, c'est d'attraper des criminels.

Un pli se forma entre les sourcils de la femme.

— Avez-vous contacté un dessinateur de la police pour essayer de dresser le portrait des trois hommes que vous avez vus ?

— Bien sûr, mais les résultats ne sont pas formidables. Apparemment, je ne suis pas doué avec les visages.

Les épaules d'Ashley se raidirent.

— Parce que tous les Asiatiques se ressemblent ?

— Pour un œil non averti ? Peut-être. Oui.

Il la vit lever le menton.

— Personnellement, je ne sais pas faire la différence entre les visages coréens, japonais ou chinois. Je ne savais même pas qu'il existait différents types de paupières jusqu'à ce que le dessinateur de la police me pose la question tout à l'heure. Et les différences entre les individus sont plus subtiles.

Il haussa les épaules, essayant de contenir sa frustration.

— J'ai eu du mal à faire passer ce que j'avais dans la tête au dessinateur. C'est de ma faute.

— Êtes-vous sûr que vous les reconnaîtriez si vous les voyiez ?

Il la regarda d'un air sévère.

— Je les reconnaîtrais n'importe où.

La lumière de la lampe faisait ressortir la teinte bleu-noir de ses cheveux. Le chemisier en satin qu'elle portait était classique, mais il descendait bas et flottait sur ses seins et sa taille fine de façon révélatrice. Il ramena ses yeux sur les siens et l'étincelle jaillit de nouveau entre eux. Une énergie invisible qu'eux seuls pouvaient sentir.

— Je devrais probablement y aller, dit-elle soudain.

Il n'avait pas confiance en sa voix, alors il ne répondit pas.

Elle s'avança vers lui et il se força à ne pas bouger. Elle ne faisait que quelques centimètres de moins que lui, ce qui le changeait des femmes avec lesquelles il sortait habituellement. Elle posa ses mains sur son torse en s'approchant pour l'embrasser. Sa bouche était douce et sucrée, et avait le goût du bourbon.

Il aurait voulu lui enlever son chemisier et la traîner jusqu'au lit. Mais même si cela faisait longtemps qu'il ne l'avait pas fait, c'était une très mauvaise idée.

Alors qu'elle était sur le point de se retirer, il prit son visage entre ses mains et l'embrassa passionnément, sentant sa surprise, suivie de la chaleur ardente de sa réponse. Le cœur d'Ashley manqua un battement lorsque la langue de Lucas rencontra la sienne. Il la serra plus étroitement contre lui, ses doigts rugueux contre le satin glissant de son chemisier. Elle enroula les bras autour de son cou et passa ses mains sur les petits cheveux de sa nuque. Sa peau était brûlante – son visage, sa bouche. Le corps de Lucas le suppliait de ne pas s'éloigner, de ne pas s'arrêter, mais il le fit quand même et la regarda droit dans ses jolis yeux.

— Qu'est-ce qui me vaut ce baiser ? demanda-t-il d'un ton bourru.

— La curiosité.

Elle avait les lèvres rougies par leur baiser. Sa peau couleur miel avait une teinte écarlate.

— Je voulais voir si vous aviez aussi bon goût qu'en apparence.

Il sentit sa gorge se serrer.

— Alors, quel est le verdict ?

Elle s'éloigna et se dirigea vers l'endroit où elle avait jeté son ordinateur portable et son manteau. Elle les récupéra.

Il s'efforça de rester immobile alors qu'elle s'éloignait. Il se força à accepter que les choses se limitent à ce baiser.

Elle ouvrit la porte et regarda par-dessus son épaule.

— C'est encore mieux que ça en a l'air.

Puis elle referma la porte, coupant leur connexion. Et il sut qu'il ne pourrait se contenter d'un baiser.

CHAPITRE SIX

ASHLEY NE S'ATTENDAIT pas à ce que Lucas ait aussi bon goût. Elle ne s'attendait pas non plus à ce que de la lave en fusion se cache sous son costume-cravate très classique.

Le baiser avait été un caprice – chose qu'elle s'autorisait rarement –, une façon de satisfaire sa curiosité. Une façon d'exorciser son intérêt pour cet homme et d'éteindre la flamme qui avait commencé à brûler entre eux. La réalité n'était jamais à la hauteur du fantasme. La déception avait quelque chose de familier et de réconfortant.

Mais rien dans le baiser de Lucas Randall n'avait été décevant ou réconfortant.

Au lieu de ça, il avait fait monter son désir en flèche et elle en avait oublié ses bonnes intentions. S'il y avait une chose qu'elle appréciait, c'était qu'un homme sache comment donner du plaisir à une femme, et ce baiser lui avait dit tout ce qu'elle devait savoir sur les compétences de Lucas Randall au lit.

Heureusement, l'un d'entre eux avait été assez raisonnable pour arrêter les choses avant qu'elles ne deviennent incontrôlables. Cela la contrariait que ce soit venu de lui. Mais son côté sensuel lui avait attiré des ennuis plus d'une fois – raison de plus de garder les gens à distance.

Elle regagna sa chambre et se faufila discrètement à

l'intérieur. Mallory était profondément endormie. Ashley se glissa dans la salle de bain et démarra son ordinateur. Sa messagerie lui signala un nouvel e-mail et elle coupa le son. Son cœur s'emballa quand elle vit que l'e-mail venait de Lucas.

Agent Chen, merci pour votre aide tout à l'heure. Si vous avez des questions concernant le dernier sujet abordé, n'hésitez pas à m'en faire part à votre convenance. Agent Randall.

Elle rit, puis aperçut son visage dans le miroir. Bon sang. Elle avait l'air *heureuse*. Son sourire s'évanouit. Bien qu'il puisse être beau et sexy, Lucas Randall était exactement le genre d'hommes qu'elle devait éviter. Il était trop gentil. Trop tenace. Il avait trop de principes. Sinon, ils pourraient simplement s'envoyer en l'air pour enfin pouvoir passer à autre chose.

Pas de doute, ce type lui faisait de l'effet. Son excitation était évidente à ses mamelons durs contre le tissu fin de son chemisier. Elle se reflétait dans les énormes pupilles qui la fixaient dans le miroir de la salle de bain.

Elle était folle de désir.

Elle mourait d'envie qu'on la touche.

Qu'on la possède.

Elle passa sa main sur ses seins et sentit le plaisir naître entre ses cuisses. Mais elle n'essaya pas de se soulager. Ce soir-là, plutôt que d'être libératrice, cette idée lui semblait ridiculement solitaire.

Ce soir, le désir n'était pas le problème.

Mais bien la solitude.

Elle détourna ses pensées de ses désirs et besoins égoïstes.

Les amants étaient temporaires. La réputation était éternelle. Elle quitta sa messagerie sans répondre à Lucas. Elle avait un objectif, et ce n'était pas de s'envoyer en l'air. Elle voulait savoir si l'affaire Agata Maroulis était liée au bordel de Chinatown.

Elle consulta sa montre. 22 h 30. Comme la plupart des passionnés d'informatique, elle était plutôt noctambule, même si elle réfrénait ses tendances naturelles pour être plus efficace dans son travail. Ses lèvres se tordirent. Il semblait qu'elle réfrénait beaucoup de tendances naturelles.

Elle ouvrit un lien lui permettant d'accéder aux images de surveillance de l'une des caméras du terminal E de l'aéroport international Logan, le jour où Agata était arrivée de Grèce. Ashley identifia l'heure appropriée et regarda la jeune fille récupérer ses bagages à l'arrivée, puis passer l'immigration. La femme n'avait pas mentionné d'emploi au garde-frontière. Le désir d'aventure et de voyage d'Agata avait pris le dessus sur le bon sens. Ashley ne la jugeait pas. Elle avait fait bien pire lors de son voyage vers la liberté.

Agata sortit du terminal E et prit le bus MBTA n° 33. D'après les dossiers, il n'y avait plus eu la moindre trace d'elle pendant deux ans. Jusqu'au jour où elle était entrée dans ce poste de police du centre-ville.

Les flics auraient dû la sauver. C'était inacceptable de se dire qu'ils ne l'avaient pas fait.

Ashley devrait probablement attendre jusqu'au lendemain et demander aux autorités de transport les vidéos de surveillance – ce qu'elle ferait –, mais rien ne l'empêchait de prendre de l'avance et de jeter un coup d'œil rapide elle-même.

Elle commença par utiliser la lumière de son portable pour retourner dans la chambre et trouver sa valise à roulettes, qu'elle ramena dans la salle de bain. Elle enfila son pyjama, se brossa les dents et enleva le peu de maquillage qu'il lui restait. Puis, en prenant soin d'être aussi silencieuse que possible, elle sortit un deuxième ordinateur portable du fond de la valise et le démarra.

C'était une machine non enregistrée qui contenait bon nombre de ses outils de piratage. Le mot de passe était crypté au-delà des normes militaires. Il était quasiment impossible à craquer. Il serait plus facile de la torturer pour lui soutirer le code ou d'installer un enregistreur de frappe pour récupérer tout ce qu'elle tapait.

Elle ramena l'ordinateur dans la chambre et s'installa dans le lit. La respiration de Mallory était profonde et régulière.

Entrer dans le serveur MBTA fut du gâteau. Elle exploita une faille connue du système d'exploitation. Trouver la bonne caméra, sans parler de la bonne heure et de la bonne date, prit plus de temps. Il était minuit lorsqu'elle trouva l'endroit où Agata était descendue du bus et entrée dans le métro. Son cœur se serra devant les images de la jeune grecque. Pleine de vie, Agata ressentait, de l'avis général, un grand besoin d'aventure. Comme cela avait dû la dévaster d'être entraînée dans une vie de prostitution. Violée et abusée quotidiennement, droguée pour que d'autres personnes puissent tirer profit de sa chair, de sa douleur et de son humiliation.

La colère bouillonnait comme de l'acide sulfurique dans l'estomac d'Ashley. Elle en goûtait l'horreur, le désir féroce de se battre, la douleur de la défaite, la perte de tout espoir.

Le fait que les flics aient laissé tomber la fille la mettait hors d'elle, mais c'était trop tard à présent. Agata était morte, seule et désespérée, dans les rues du pays qu'elle avait voulu explorer. Tout ce qu'Ashley pouvait faire était de trouver les responsables et de les faire payer pour ce qu'ils lui avaient fait, afin que d'autres jeunes femmes échappent à cette même existence tragique.

Après avoir examiné minutieusement les images, elle retrouva Agata alors qu'elle prenait la ligne bleue et sortait au Government Center. Ashley ressentit une bouffée d'adrénaline lorsqu'elle aperçut la jeune Grecque prendre la ligne verte en direction du centre-ville. Mais un large bâillement lui indiqua qu'il était temps d'arrêter. Elle arrivait à peine à garder les yeux ouverts. Elle prit note des caméras et des heures qu'elle avait examinées.

Utilisant son ordinateur portable officiel, elle envoya un e-mail demandant l'accès à la base de données MBTA. Toute preuve devait être accessible par des voies légales afin d'être recevable au tribunal. Elle bâilla de nouveau et se déconnecta des autres serveurs, s'assurant qu'il n'y avait pas de communications inattendues de la part de leur département informatique concernant une violation de la sécurité. Tout semblait normal. Elle éteignit donc le deuxième ordinateur portable et l'enfouit sous ses vêtements, dans sa valise.

Elle regarda la porte de la chambre d'hôtel et pensa à toutes les choses qu'elle aurait pu faire avec Lucas Randall. Elle se glissa sous la couette en décrétant qu'elle faisait ce qu'il fallait. Se priver d'un homme comme Lucas Randall était le genre de pénitence qu'elle s'infligeait au quotidien. De toute façon, le FBI regorgeait de mâles alpha sexy. Mais tout en formulant cette pensée, elle savait qu'elle se mentait à elle-même – c'était un moyen de rester saine d'esprit.

L'honnêteté pouvait vraiment être surfaite.

———————

LUCAS DORMIT COMME une souche.

À compter de ce soir, il devrait inclure dans sa routine nocturne de la bière, du Jack Daniel's et des baisers torrides avec de belles femmes. Il sourit. Pas la moindre chance que ça arrive.

Il quitta l'hôtel et résista à l'envie de passer voir Becca, quelques rues plus au nord. Il était plus facile de garder un secret s'il n'attirait pas l'attention dessus.

Il était tôt, mais il croisa beaucoup de monde pendant les quinze minutes de marche jusqu'au bureau régional. Boston était une ville en deuil, mais qui faisait face à ses problèmes avec sa fierté habituelle. Ces émotions se lisaient clairement sur le visage des passants.

Il prit un café et entra dans le poste, faisant la queue pour passer la sécurité.

En haut, le calme régnait. La plupart des hommes fouillaient encore le port. Les autres s'étaient probablement autorisé quelques heures de sommeil. Du coin de l'œil, il aperçut une grande silhouette aux cheveux de jais qui s'éloignait de lui dans le couloir.

L'agent spécial Ashley Chen.

Il aurait dû prendre un autre café, mais il ne voulait pas qu'elle pense qu'il se faisait des idées suite à leur baiser de la veille au soir. Ils étaient tous les deux fatigués, ils avaient bu quelques verres, et l'alcool lui était monté à la tête.

Et si c'étaient les seules raisons pour lesquelles ils s'étaient embrassés, ils auraient fini nus dans les bras de l'autre.

Dans la salle de conférence, Mal et l'agent Chen étaient toutes deux penchées sur leur ordinateur portable. Ashley portait un tailleur-pantalon gris avec un chemisier cramoisi. Elle avait de petits anneaux d'argent aux oreilles, et ses cheveux brillaient comme de l'ébène poli. Tout dans son apparence évoquait une employée fédérale dévouée et il se demanda presque s'il n'avait pas imaginé leur baiser.

Mallory leva les yeux et lui sourit.

— Salut. Des nouvelles du port ?

Lucas secoua la tête. Ashley ne leva pas les yeux, mais la soudaine raideur de ses épaules lui montra qu'elle était bien consciente de sa présence.

Il ne voulait pas qu'une gêne s'installe entre eux. Ils s'étaient seulement embrassés. C'était pour cela qu'il lui avait envoyé l'e-mail la veille au soir, mais peut-être l'avait-elle interprété autrement… Il avait essayé de garder de la légèreté, mais cette attirance compliquait les choses et il n'aimait pas les choses compliquées. Il aimait les choses simples. Il aimait l'honnêteté et l'absence de conneries.

Il s'adressa à elle directement, déterminé à en finir avec la gêne qui planait dans l'air.

— Agent Chen. J'ai les relevés du téléphone de Mae Kwon dont on a parlé hier soir…

Elle leva la main.

— Pas maintenant.

Il sursauta comme si elle l'avait mordu. La veille, elle s'était montrée déterminée à l'aider. Avait-elle changé d'avis à cause d'un simple baiser ?

Même si ledit baiser n'avait pas été aussi simple que ça.

Elle leva les yeux.

— Je suis en train de suivre l'arrivée de la fille grecque à Boston, et je pense que j'ai quelque chose.

Intrigué, il se rapprocha de l'ordinateur portable d'Ashley et désigna la silhouette blonde à l'écran.

— C'est Agata Maroulis ?

Elle hocha la tête, concentrée sur les images.

Il tira une chaise et elle sursauta lorsque leurs genoux se frôlèrent accidentellement. Finie l'indifférence qu'elle portait comme l'un de ses tailleurs coûteux.

— Je l'ai suivie depuis l'aéroport jusqu'au centre-ville. Ce doit être elle qui entre dans le parking.

Elle cliqua sur une autre caméra et, sur l'écran, la jeune fille sortit de la station, portant un grand sac à dos et arborant un sourire radieux en regardant autour d'elle. Elle avait un physique de coureuse et des cheveux blonds courts et bouclés. Elle portait un jean serré et un chemisier à carreaux verts à manches courtes. Elle était la fraîcheur et l'innocence incarnées.

Les victimes comme Agata étaient la raison pour laquelle il avait rejoint le FBI – pour empêcher les gens d'exploiter les autres. Pour sauver ceux qui étaient en difficulté. Malheureusement, les choses se terminaient rarement comme dans les contes de fées. Des gens mouraient. Des malfaiteurs s'en sortaient. Mais pas cette fois. Cette fois, ils allaient trouver ces hommes et les obliger à faire face aux conséquences.

Lorsque le corps d'Agata avait été identifié, le FBI avait lancé un appel à témoins. Personne ne s'était manifesté. Pas une seule personne n'avait admis l'avoir vue. Quelqu'un savait pourtant quelque chose. Les gens qui dirigeaient cette affaire. Les hommes qui avaient utilisé son corps. Les clients devaient savoir que ces femmes n'étaient pas volontaires. Lucas voulait savoir qui étaient ces déviants. Il voulait savoir comment ils avaient découvert le bordel clandestin. Et il voulait qu'ils paient pour tout le mal qu'ils avaient fait.

À l'écran, Agata se tenait sur le bord du trottoir, sur la pointe des pieds. Un minivan s'arrêta.

— Vous pouvez faire pause ? demanda-t-il à Ashley.

Elle s'exécuta et il regarda de plus près.

— Faites avancer la vidéo lentement.

Lucas sentit son pouls s'accélérer lorsqu'il reconnut Mae Kwon qui sortait du côté passager du véhicule. Elle portait un tailleur bleu marine mal ajusté qui aurait pu passer pour un uniforme de chaîne hôtelière.

— C'est la maquerelle du bordel de Boston.

— Nous avons donc un lien solide entre le meurtre d'Agata Maroulis et le bordel de Chinatown qui a été détruit.

Elle hocha la tête avec satisfaction.

— Nous aurons d'autres pistes à suivre.

— C'est du bon travail.

Cela démontrait de solides compétences d'investigation malgré son jeune âge. Il ne savait pas quels étaient les problèmes d'Alex avec Ashley, mais elle venait de prouver qu'elle était très douée dans son travail.

Mallory s'approcha et regarda par-dessus leurs épaules. Elle portait sa bague de fiançailles, et son ventre arrondi était mis en valeur par un T-shirt moulant sous sa veste de tailleur. Elle semblait en bonne santé et épanouie, et Lucas était heureux pour elle. Si quelqu'un méritait une chance d'avoir une belle vie, c'étaient Mallory Rooney et Alex Parker.

À l'écran, Mae Kwon serra la main d'Agata et lui fit signe de ranger ses bagages dans le compartiment arrière du van. Elle prit ensuite le passeport d'Agata, indiquant qu'elle voulait le comparer à la liste du bloc-notes qu'elle tenait. Elle fit signe à la victime de monter dans le véhicule avec un sourire.

Agata semblait excitée en montant dans le van. Ses lèvres bougeaient avec animation, comme si elle avait une conversation animée. Elle ne soupçonnait pas encore qu'elle avait été dupée.

Mae Kwon monta et le minivan s'éloigna du trottoir. Combien de temps s'était-il écoulé avant qu'Agata ne réalise que ses rêves étaient partis en fumée ?

Il s'efforça de ne pas y penser. Agata était partie et il avait besoin d'avoir l'esprit clair pour sauver les autres personnes prisonnières de cauchemar, et pour mettre la main sur les responsables de sa mort.

— Les méthodes adoptées avec Agata étaient plus typiques de la mafia russe que des gangs asiatiques, dit Mallory. Les gangs asiatiques ont tendance à transporter les immigrants illégaux par les ports maritimes et à conserver leurs papiers d'identité jusqu'à ce que les étrangers aient remboursé leurs dettes par le travail forcé ou la prostitution. Les victimes sont piégées en raison de leur statut illégal, et isolées par la barrière de la langue et leur manque de connaissance du système. De plus, on menace de s'en prendre à leurs proches restés au pays si elles ne remboursent pas leurs dettes. La ruse du travail à l'étranger est normalement typique des Russes ou de l'Europe de l'Est.

Elle lui toucha l'épaule.

— Alex a dit qu'ils avaient repris le contrôle suite à la dernière intrusion. Il aura peut-être le temps, ce matin, de nous fournir des noms et adresses grâce aux données que vous lui avez envoyées. Ces salauds sont passés incognito bien trop longtemps.

Il acquiesça et Mallory se remit au travail. Ashley repassa la vidéo.

— A-t-on une chance d'obtenir une image du conducteur ou de la plaque du minivan ? demanda Lucas.

Les lèvres d'Ashley se tordirent.

— Laissez-moi voir si la station a d'autres caméras, mais ne vous faites pas trop d'illusions.

Il croisa son regard et, soudain, le souvenir du baiser qu'ils avaient échangé jaillit entre eux. Elle pouvait prétendre être froide et distante, mais ses yeux la trahissaient.

Et ils ne pouvaient rien y faire.

Il appela Sloan sur son portable.

— L'agent Chen a trouvé une vidéo de surveillance montrant Agata Maroulis montant dans un minivan avec Mae Kwon le jour où la fille est arrivée en ville. Les deux affaires sont clairement liées.

Sloan poussa un juron. Ses équipes auraient déjà dû faire le lien, et elle le savait. Ce n'était pas une priorité avant l'explosion, mais ça l'était maintenant.

— Beau travail, lui dit-elle. Voyez si Chen peut trouver autre chose sur l'affaire Maroulis qui pourrait nous donner une piste.

— Des nouvelles ? demanda Lucas.

— Pas la moindre. Tenez-nous au courant.

Sloan raccrocha.

Les doigts d'Ashley pianotèrent sur le clavier jusqu'à ce qu'elle trouve une autre caméra. L'arrière du minivan était clairement visible, mais la plaque était trop boueuse pour être lisible.

— Voyons si nous pouvons obtenir un meilleur angle de l'avant du véhicule ou du conducteur lorsqu'ils quittent le parking, lui dit-elle.

Mais le minivan partit sans qu'ils puissent mieux voir.

— Et merde.

Elle pinça les lèvres comme si elle était en colère contre elle-même.

— Désolée.

— Ce n'est pas de votre faute, dit-il calmement.

Ses yeux étaient aussi noirs que le ciel nocturne lorsqu'ils croisèrent les siens.

— C'est juste qu'on a manqué tellement d'informations. Et même si on dit qu'une fois que quelque chose est en ligne, c'est pour de bon, c'est faux On peut effacer ses traces. Une preuve numérique est aussi éphémère qu'une empreinte digitale quand on s'y connaît.

Elle fixa l'écran, puis se pencha en avant et entreprit de rembobiner la séquence.

— Que faites-vous ? demanda-t-il.

— C'est une zone de ramassage et de dépôt, pas vrai ? Il est possible qu'ils soient passés devant plus d'une fois.

Elle continua à rembobiner à grande vitesse, puis ralentit. Elle désigna l'écran. Le van était à nouveau là, mais il venait de l'autre direction. Le conducteur, de profil, avait la vitre baissée, le coude sur le rebord de la fenêtre.

Puis quelque chose attira l'attention du conducteur et, l'espace d'un instant, il regarda droit vers la caméra. Ashley fit un arrêt sur image et zooma. Puis elle appuya sur une touche, et le son d'une imprimante se déclencha.

— C'est ce qu'on appelle une photo en or.

Randall leva sa main, et elle lui fit un high-five.

— Il ne fait pas partie des trois hommes que j'ai vus dans le bordel.

Il plissa les yeux. Le fait qu'ils aient un autre suspect suggérait qu'il s'agissait d'un groupe bien organisé et bien établi qui opérait dans le plus grand secret.

Il s'approcha de l'imprimante et récupéra la feuille de papier.

— Maintenant, voyons si nous pouvons identifier ce fils de pute.

TRENTE MINUTES PLUS tard, Lucas se glissa discrètement dans la chambre d'hôpital de Becca. Il échangea un signe de tête avec l'agent Curtis qui se leva et tendit les bras au-dessus de sa tête. La télévision diffusait les informations, montrant des images de la chasse à l'homme sur le port.

Becca avait les yeux exorbités lorsqu'elle se tourna vers lui.

— Ils ne les ont toujours pas attrapés ?

— Pas encore, mais on va les avoir.

Il instilla dans sa voix une confiance qu'il ne ressentait pas. Ashley passait au même moment l'image du conducteur dans un programme de reconnaissance faciale. Ensuite, Mallory et elle devraient déterminer quelles autres caméras de surveillance se trouvaient dans les environs de la maison close et voir si elles pouvaient trouver d'autres images. Les flics avaient déjà fait le tour de la zone, mais il n'y avait aucun mal à le faire à nouveau.

S'il parvenait à obtenir une image nette des fugitifs, le FBI pourrait l'envoyer à Interpol et étendre la recherche à l'international.

— En attendant, on doit être prudents. Ils ne savent pas que tu as survécu à l'explosion, donc ils n'ont pas eu l'idée de te chercher.

Les doigts de la jeune fille agrippèrent sa couverture.

— Je ne veux pas qu'ils me trouvent. Je ne veux pas qu'ils me fassent encore du mal.

— C'est pour ça que je suis là, trésor, intervint Curtis,

relevant un côté de sa veste pour que son arme soit visible. Personne ne peut entrer avec l'agent Bueller et moi.

Bueller était l'autre agent de l'ATF. Avec Curtis, ils se relayaient pour protéger Becca.

— Et dès que tu seras assez rétablie pour partir d'ici, on t'emmènera dans un endroit sûr.

À un moment donné, la loi sur la protection des victimes de la traite leur permettrait de protéger Becca, mais pour cela, ils devraient révéler qu'elle avait survécu. Jusqu'à présent, Sloan avait réussi à ne divulguer cette information qu'à lui, son SAC et l'équipe de l'ATF. Si cette affaire allait jusqu'au procès, il y avait de fortes chances que Becca soit placée dans le programme de protection des témoins. Ce serait une bonne chose qu'elle puisse retrouver sa famille avant de devoir disparaître pour toujours. Ils voudraient peut-être l'accompagner.

— As-tu décidé ce que tu voudras faire quand tout sera fini ?

Il se tourna vers Curtis.

— Je lui ai promis une sortie.

Ils échangèrent un regard. Ils savaient tous les deux qu'il faudrait un certain temps avant que ce soit possible.

Curtis sourit.

— C'est une bonne idée.

Becca secoua la tête sans mot dire et détourna le regard.

— Je ne te demanderai pas de contrepartie, Becs.

Elle leva les yeux et le cœur de Lucas se brisa devant l'incertitude qu'il y vit.

— Tu n'auras plus jamais à t'inquiéter de faire ce genre de choses, dit-il fermement, se demandant s'il avait dit quelque chose de mal. Si je t'offre une récompense, c'est parce que je veux faire plaisir à une enfant extrêmement forte qui a fait preuve de beaucoup de courage. Ce n'est pas parce que j'attends quelque chose de toi en retour. Personne ne te fera plus jamais de mal comme ça, c'est compris ?

Bon sang, il espérait ne pas lui faire de promesses qu'il ne pourrait pas tenir.

Elle hocha la tête en triturant le drap en coton.

Il faudrait un certain temps avant qu'elle lui fasse entièrement confiance. Il le savait, mais pour l'heure, il voulait juste qu'elle se sente en sécurité.

— Allez, tu dois bien avoir une idée en tête ?

— Pourquoi pas aller au centre commercial, marmonna-t-elle.

Lucas sentit son cœur se serrer.

— Le centre commercial ? Du shopping ? En temps normal, il aurait plaisanté en soulignant que c'était l'idée qu'il se faisait de l'enfer, mais elle connaissait cet endroit mieux que quiconque.

— Je n'ai pas de vêtements à moi.

Elle pinça les lèvres, comme si elle était gênée.

Lucas sentit sa gorge se serrer.

— Je peux t'emmener faire du shopping.

Il n'avait aucune idée des tenues appropriées pour une jeune fille. Peut-être pourrait-il persuader Mallory ou Ashley de venir avec lui. L'agent Chen avait l'air de s'y connaître en magasins de vêtements.

— Vous pouvez m'emmener faire du shopping quand vous voulez, Agent Randall.

Curtis lui fit un clin d'œil et récupéra son sac.

— Je vais prendre de quoi petit-déjeuner. Vous voulez quelque chose ?

Ils secouèrent tous deux la tête et regardèrent la femme partir.

Lucas se dirigea vers les fenêtres et ouvrit les stores juste assez pour laisser entrer plus de lumière, mais pas assez pour que quelqu'un puisse voir à l'intérieur. Il se retourna vers le lit, fouilla dans sa poche et déplia la feuille avec le visage du conducteur du minivan découvert par Ashley. Il tendit le papier à Becca.

— Est-ce que tu reconnais cette personne ?

Son regard bleu se posa sur l'image. Sa bouche s'entrouvrit et sa peau déjà pâle blanchit plus encore. Elle déglutit lentement.

— C'est l'homme qui t'a enlevée ?

Elle hocha à nouveau la tête, et il sentit son cœur s'accélérer.

— Il y a combien de temps ?

Elle regarda la couverture.

— Je ne sais pas.

— Il y a quelques semaines ? Un mois ?

Son regard se fit songeur tandis qu'elle se concentrait.

— Plus longtemps.

— Combien de temps ? Tu as une idée ? demanda-t-il.

Il n'y avait aucune trace de cette enfant dans le système.

— Je ne me souviens pas, mais…

Il y eut un bruissement de draps lorsqu'elle s'agenouilla dans le lit.

— Ils m'ont fait prendre une pilule par jour et au début je les comptais.

Des somnifères ? Non, ils n'avaient pas besoin de narcotiques pour contrôler une enfant comme Becca. Une pilule contraceptive ? Un moyen d'éviter les règles et la grossesse si l'enfant atteignait la puberté ? Il ne fallait pas que quelque chose d'aussi basique que la biologie se mette en travers de l'esclavage sexuel.

C'était une piste qu'ils pourraient suivre.

— Combien de pilules t'ont-ils fait prendre, Becca ?

Elle refusait de croiser son regard.

— J'ai perdu le compte après être arrivé à cinq cents.

Il sentit la bile lui remonter dans la gorge. Il se força à desserrer la mâchoire et à déglutir. Elle était piégée dans cet enfer depuis au moins 18 mois ? Bon sang, elle avait à peine 10 ans quand elle avait été enlevée.

— Donc l'homme sur la photo… il… euh… vivait dans le même immeuble ?

— Non. Mais je l'ai vu dans la cuisine plusieurs fois.

— Ils te laissaient aller dans la cuisine ? demanda-t-il, surpris.

— Oui. Parfois, j'aidais à faire la cuisine et à ranger après les repas.

— Tu aimes cuisiner ?

— C'était mieux que de rester dans ma chambre.

L'honnêteté de ces mots le frappa de plein fouet. Il sentit une boule se former dans sa gorge. Il avait besoin d'autant d'informations que possible, mais il avait peur de dire la mauvaise chose et qu'elle se taise. Ou s'énerve. Ou peur de s'énerver, lui.

— As-tu vu d'autres filles ?

Elle hocha la tête comme si c'était une question stupide.

Il sortit la photo d'Agata Maroulis.

— Tu as déjà vu cette fille ?

Pourquoi n'avait-il pas pensé à lui poser la question la veille ? Probablement parce qu'elle avait l'air terrifiée. Sans compter qu'elle avait été blessée par l'explosion d'une bombe.

Ses pupilles se dilatèrent, et elle hocha brièvement la tête.

— Oui, mais pas longtemps.

Nouveau bruissement de draps lorsqu'elle changea de position.

— Je me souviens qu'elle parlait bizarrement, mais je ne pense pas qu'elle était très douée. Ses mains tremblaient quand elle versait la soupe dans les bols. Madame la frappait et ne voulait pas qu'elle porte le plateau parce qu'elle en avait renversé.

Elle détourna à nouveau le regard.

— Elle a été punie.

Il se demanda ce que cela impliquait quand on vivait dans un tel enfer.

— Tu as rencontré d'autres filles ?

Elle commença à mordiller la cuticule de son pouce.

— Oui, mais on ne se connaissait que par les noms qu'ils nous avaient donnés.

Elle fit un signe de tête vers la photo d'Agata.

— Ils l'appelaient Greta. J'ai rencontré Mary, Sam, Diana. Julia.

— Tu n'as jamais découvert leurs vrais noms ?

— Non. Ils ne nous laissaient jamais tranquilles et ne nous laissaient pas poser de questions. Certaines devaient parler dans les dortoirs, mais pas celles qu'ils gardaient dans les chambres du bas.

Il fronça les sourcils.

— Une des filles m'a dit qu'il y avait des caméras là-haut dans les dortoirs aussi, et que si on ne se comportait pas bien, on était puni. Une fille par exemple réclamait sa mère, en pleurs, jusqu'à ce que Cho la fasse taire.

Le regard de la jeune fille se perdit dans le vide pendant un moment. Avait-elle pleuré en réclamant sa mère ? Ou se souvenait-elle d'autres choses terribles que Cho lui avait faites ?

— Dis-moi qui sont tes parents, Becs, pour qu'on puisse leur dire que tu es en sécurité. Et si tu ne veux pas vivre avec ta mère et ton père, on peut peut-être trouver un autre parent…

— Ma mère. Il y a juste ma mère.

Elle regarda dans le vide.

Très bien.

C'était déjà ça.

Il s'assit sur une chaise à côté du lit.

— Tu ne connaissais pas ton père ?

Elle secoua la tête.

— Et tes grands-parents ?

Un froncement de sourcils, puis un autre mouvement de tête.

— Des frères et sœurs ?

Elle frémit.

— Un frère ?

Elle hocha lentement la tête.

— Plus âgé ?

Était-ce pour cela qu'elle avait fugué ? Son frère aîné avait-il abusé d'elle ?

Elle mordilla sa lèvre inférieure.

— Ce n'était qu'un bébé quand je suis partie.

C'était un soulagement.

— Comment s'appelle-t-il ?

— Jackson. Je l'appelais Bébé Jax.

Elle soutint son regard, l'air implorant. Malheureusement, il ne pouvait pas faire marche arrière maintenant qu'elle avait commencé à parler. Il alluma l'enregistreur de son téléphone et le posa sur la table de chevet.

— Peux-tu me dire où tu habitais ? Dans un endroit chaud ? Froid ?

Les yeux de la jeune fille passèrent de Lucas à son téléphone.

— Si je vous le dis, vous me renverrez chez elle.

Sa voix était devenue hostile. L'amertume, l'expérience ; savoir ce que c'était de ne pas contrôler sa vie.

— Je ne te mettrai pas en danger, Becca, dit-il en soutenant son regard. Je te le promets.

— Si, vous le ferez. Vous voulez savoir le nom de ma mère pour pouvoir me renvoyer chez elle !

— Je veux juste que tu sois sécurité.

— Je ne serais pas en sécurité ! cria-t-elle, C'est elle qui m'a vendue…

Elle plaqua ses mains sur sa bouche, mais c'était trop tard.

Il s'efforça de garder une voix calme. Il s'approcha d'elle, prit ses mains dans les siennes et serra ses doigts fins.

— Tu es en train de me dire que ta mère t'a vendue aux gens du bordel ?

Elle tressaillit au mot « bordel », mais il ne savait pas comment l'appeler autrement.

Des larmes brillaient dans ses yeux bleus.

— Elle leur devait de l'argent. Beaucoup d'argent.

Elle semblait l'implorer de comprendre.

— On avait déjà perdu notre maison et on n'avait pas toujours de quoi manger, mais elle ne pouvait pas s'arrêter de jouer à des jeux d'argent.

La voix de Becca se brisa en un sanglot, et il s'assit sur le côté du lit et l'attira contre lui, en faisant attention aux tubes encore reliés à elle. Il la berça contre son torse.

— Elle a dit qu'elle arrêterait d'aller au casino quand Bébé Jax serait né, mais elle ne l'a jamais fait. Et puis l'homme est venu chercher son argent et il l'a blessée.

— L'homme sur la photo ?

Elle acquiesça.

Donc c'était une sorte d'exécuteur.

— Tu connais son nom ?

— Non, chuchota-t-elle. Mais il avait les yeux les plus effrayants que j'aie jamais vus. Il l'a battue et j'ai cru qu'il allait la tuer. Puis elle lui a crié qu'il pouvait me prendre à la place de l'argent qu'elle devait. Que je valais plus.

Becca eut un hoquet.

— Il l'a frappée à nouveau jusqu'à ce qu'elle se vide de son sang dans un coin. Bébé Jax pleurait dans son berceau. Puis il s'est retourné, m'a prise et m'a emmenée.

Ses yeux bleus croisèrent à nouveau ceux de Lucas alors qu'elle se mettait en boule sur ses genoux.

— Une part de moi pensait que vivre avec lui serait mieux que d'être avec elle, mais je ne voulais pas quitter Bébé Jax. Je n'étais pas sûre que maman se souviendrait de s'occuper de lui. Les larmes lui montèrent aux yeux et elle sanglota.

— Maman savait ce qu'ils me feraient s'il m'emmenait et elle l'a laissé faire.

Lucas ferma les yeux et la berça jusqu'à ce qu'elle arrête de pleurer. Une demi-heure plus tard, l'agent Curtis entra discrètement dans la pièce. Il tenait toujours Becca dans ses bras. Elle s'était endormie et il n'avait pas eu le cœur de la réveiller pour lui poser d'autres questions. Il fit un signe de tête à l'agent, puis installa Becca sur le lit. Elle ne se réveilla pas.

Curtis avait dû voir l'angoisse sur son visage. Il secoua la tête et s'éloigna quand elle lui demanda si tout allait bien. Ce n'était pas le cas. Il n'était pas sûr que les choses puissent aller bien à nouveau.

CHAPITRE SEPT

ASHLEY OBSERVAIT LA rue où le bordel avait autrefois occupé une place de choix dans le quartier chinois animé de Boston. L'odeur des décombres calcinés flottait dans l'air froid de février. Les membres de la police scientifique de Boston et leurs homologues du Bureau continuaient de fouiller les décombres, mais c'était purement pour récupérer des preuves matérielles. Il n'y avait eu aucun signe de vie depuis l'explosion.

Le reste du quartier avait subi étonnamment peu de dommages structurels. Ceux qui avaient posé les charges explosives savaient ce qu'ils faisaient. La maison close avait implosé, soufflant les fenêtres de certains des bâtiments voisins, mais laissant la plupart intacts. Les poseurs de bombes avaient un entraînement militaire, ou étaient des experts en démolition.

— Ils n'ont rien trouvé d'utile à part des tas de préservatifs, de pilules contraceptives et encore quelques corps.

Mallory se dirigea rapidement vers Ashley. La zone de l'explosion était en grande partie cachée au public par des bâches massives, délimitée par des rubans de scène de crime et gardée par des agents de police. Le trafic aérien était interdit, mais cela n'avait pas empêché les médias de mendier ou d'acheter leur place dans les tours voisines pour filmer la scène. Deux camionnettes de presse étaient garées à proximité, mais la plupart des journalistes campaient à présent dans le port à conteneurs pour couvrir la recherche des fugitifs.

— Les agents de l'ERT ont envoyé les pilules au laboratoire pour analyse. On aura peut-être une piste sur le fabricant.

Ashley acquiesça.

À proprement parler, Mallory et elle n'étaient pas des agents de terrain, mais cette situation exigeait une approche globale. Leur patron, l'ASAC Lincoln Frazer, leur avait donné la permission de voir s'il y avait des caméras de surveillance potentiellement utiles auxquelles ils n'auraient pas encore accédé. Son autorité était la seule dont elle avait besoin.

Ashley regarda de l'autre côté de la rue. Une épicerie, un bureau de tabac et une pizzeria à emporter offraient une vue dégagée sur l'endroit où s'était tenue la porte d'entrée de la maison close. Leurs vitres avaient éclaté et étaient barricadées, mais les trois commerces étaient ouverts et des vitriers étaient occupés à installer une nouvelle vitrine pour la pizzeria.

Mallory suivit son regard.

— Tu as repéré quelque chose ?

Elle secoua la tête.

— Dommage qu'il n'y ait pas de banque ou de station-service, marmonna Mallory. On aurait eu des caméras de surveillance.

— C'est peut-être l'une des raisons pour lesquelles ils ont choisi cet endroit, dit Ashley à voix basse.

Ces malfaiteurs pouvaient-ils être aussi prudents ? Et expérimentés ?

Cela la perturbait.

Elles entrèrent dans l'épicerie, signalées par le tintement innocent d'une clochette. C'était l'un de ces endroits où l'on pouvait à peine circuler dans l'allée, avec des étagères allant du sol au plafond, remplies de tout, du vin aux pièges à souris. Des cartes bon marché et des cœurs cramoisis annonçaient que la Saint-Valentin approchait à grands pas.

Ashley détestait la Saint-Valentin. C'était faux et artificiel, et aussi proche du véritable amour qu'elle ne le serait jamais. C'était également son anniversaire. Un double rappel de sa solitude et de son isolement.

Elle regarda autour d'elle. Il n'y avait pas de caméras visibles, mais un panneau sur la porte avertissait les gens qu'ils étaient surveillés.

L'homme derrière le comptoir la vit arriver et la regarda avec méfiance. Il avait l'air d'avoir une quarantaine d'années, avec un teint méditerranéen et d'épais cheveux noirs. Elle lui montra son badge. Il haussa les sourcils.

Elle montra le panneau sur la porte.

— Avez-vous des caméras de surveillance ?

Il secoua la tête.

— C'est juste dissuasif. Ça décourage les enfants de faire des choses stupides.

— Vous n'avez pas de véritables dispositifs antivol ?

Ashley ne cacha pas son scepticisme.

Il gonfla la poitrine et croisa les bras.

— J'ai une batte de baseball sous le comptoir, mais on n'a pas d'ennuis par ici.

— Sauf les enlèvements d'enfants, le trafic sexuel, les viols et les tueries ? fit Ashley en lui adressant un sourire faux.

— Écoutez, je n'avais aucune idée de ce qui se passait là-bas.

— Depuis combien de temps étaient-ils là ?

Il haussa les épaules.

— Vous me dites qu'un homme comme vous ne garde pas

un œil sur ce qui se passe dans son propre quartier ?

Il fit la grimace. Il ne comptait clairement pas répondre.

— Vous ne vous êtes jamais interrogé sur le flot incessant d'hommes qui entraient et sortaient ?

— Au cas où vous ne l'auriez pas remarqué, la vue n'est pas géniale de ma fenêtre.

Il la regarda d'un air dur, aussi affable qu'un ours blessé.

Pour l'heure, la vue était entièrement bloquée par le contreplaqué qui recouvrait les cadres vides. Il était donc difficile d'évaluer ce qu'il pouvait voir en temps normal. Une allée avait été dégagée pour retirer le verre cassé, et les marchandises intactes étaient empilées contre l'étagère opposée, rendant l'espace pour circuler encore plus étroit.

— Les hommes de la maison close ne vous ont jamais approché ou menacé ?

Mallory s'approcha d'Ashley, jeta quelques barres chocolatées sur le comptoir et lui tendit un billet de 20.

L'homme parut outré.

— Me menacer ? Ces foutus brid…

Il jeta un regard à Ashley et ravala ses mots. Comme si elle avait besoin qu'on lui rappelle que son teint n'était pas aussi pâle que celui de Mallory. Il pinça les lèvres et déposa la monnaie de Mallory dans sa main, une pièce à la fois.

— Non.

— Vous ne saviez vraiment pas ce qui se passait là-bas ?

Ashley endossait le rôle du méchant flic dans cet interrogatoire, mais cela ne la dérangeait pas. Pas besoin d'être un expert en comportement humain pour savoir que ce type ne leur disait pas tout. Après quatre ans au FBI, elle était habituée à ce que les gens lui mentent. C'étaient les risques du métier.

Sa bouche se fit sévère, et l'homme perdit de sa superbe. Il se pencha en avant, et elle comprit qu'il était sur le point de passer aux aveux.

— Écoutez, en affaires, je pratique l'approche des trois singes savants. Je ne pose pas de questions. Je ne balance pas. Peut-être que je me suis dit que ce n'était pas une pension de famille ordinaire, mais je n'aurais jamais imaginé qu'ils avaient des enfants enfermés comme ça. Je veux dire, j'ai des enfants, des *filles*. S'ils avaient touché à mes filles, je les aurais tués à mains nues.

Ses narines se dilatèrent.

Mais pas les filles des autres.

— Vous pourriez identifier les gens qui dirigeaient cet endroit si vous les revoyiez ?

Il y avait une lueur malveillante dans ses yeux quand il lui répondit.

— Pas sûr que je puisse distinguer un chinetoque d'un autre. Ils se ressemblent tous pour moi.

Ashley eut un sourire carnassier devant l'utilisation délibérée de ce terme péjoratif.

— Hmm, j'ai entendu dire que les gens avec de petits cerveaux avaient souvent du mal avec la perception visuelle.

L'expression de l'homme se fit grimaçante.

Ashley ou l'art de se faire des amis et de faire parler les gens.

Mallory lui tendit sa carte.

— Si vous vous souvenez de quoi que ce soit qui pourrait nous aider à attraper ces types et à assurer la sécurité du quartier pour vos enfants, contactez-nous.

Il tapa la carte sur le comptoir.

— Bien sûr, ma jolie. Vous serez la première à le savoir.

Elles sortirent du magasin, et Mallory tendit un Mars à Ashley.

— On l'a sacrément intimidé, le type.

Ashley prit la barre chocolatée et sentit sa colère s'apaiser.

— On l'a fait, ma jolie.

— C'est « agent spécial » Ma Jolie pour toi.

Elles ricanèrent toutes les deux et mangèrent leur chocolat en regardant le bureau de tabac.

— Tu crois qu'on tirera davantage du prochain ? demanda Mallory entre deux bouchées de chocolat.

— Non.

— Moi non plus. Bon sang, j'adore mon travail.

Mallory froissa l'emballage et le jeta à la poubelle.

— Moi aussi.

Le téléphone d'Ashley sonna et elle consulta l'écran.

— C'est Lucas Randall.

Elle sentit son visage rougir légèrement et espéra que Mallory ne le remarquerait pas.

— Il a découvert que l'un des fugitifs s'appelait « Cho ».

Elle leva la tête.

— Je me demande où il a eu cette petite information.

Mallory fit mine de zipper ses lèvres.

Armée de ce nouveau détail, Ashley pénétra dans le bureau de tabac, son badge bien en évidence. La douce odeur du tabac à pipe l'accueillit. L'endroit regorgeait d'ombres menaçantes en raison des fenêtres barricadées. Une bande fluorescente derrière le comptoir éclairait un commerçant souriant et une sculpture en bois d'un Indien, typique des bureaux de tabac, qui se dressait telle une sentinelle.

L'homme derrière le comptoir était mince comme un fil, avec des joues creuses qui rappelaient à Ashley sa grand-mère paternelle la semaine précédant sa mort d'un cancer. Les présentoirs en verre, polis avec soin, contenaient des cigares très coûteux et des pipes finement sculptées. Elle n'avait jamais compris ce vice. Pourquoi gaspiller de l'argent pour quelque chose qui avait de bonnes chances de vous tuer ?

Elle fit les présentations. Le nom du propriétaire était Victor Drover. Oui, il avait une vidéosurveillance, mais elle ne couvrait que l'intérieur du magasin, et les images étaient remplacées par d'autres toutes les vingt-quatre heures.

— Vous n'avez pas pensé à garder la cassette du jour où la bombe a explosé ? demanda Ashley, sans prendre la peine de cacher son incrédulité.

Il joignit sagement les mains devant lui.

— Si. Et j'en ai déjà donné une copie à la police.

Ashley tenta de cacher sa surprise.

— À qui l'avez-vous donné ?

— Je ne me souviens pas de son nom. Il portait un uniforme et était autoritaire et mal élevé, mais ça semble être courant chez les forces de l'ordre, fit Drover en la regardant d'un air mauvais.

— De toute façon, il n'y a rien d'incriminant sur l'enregistrement, comme vous l'avez probablement constaté vous-même. J'ai vendu une autre copie aux gens de la télévision. Ils l'ont passé en boucle encore et encore.

— Vous l'avez vendu après vous être dit qu'il n'y avait rien d'incriminant dessus ? demanda Ashley.

Il parut outré.

— Ce n'est pas ce que j'ai dit. Vous déformez mes propos.

Il avait l'air moins sûr de lui à présent.

Elle pourrait en tirer profit.

— Que pouvez-vous me dire sur M. Cho ?

— Qu'y a-t-il à dire à son sujet ?

— Est-il venu dans votre magasin dans les vingt-quatre

heures précédant l'explosion ?

Il se redressa.

— Je ne crois pas.

— Mais vous le connaissiez ? insista Ashley.

C'était une bonne info.

— Pourquoi n'avez-vous pas donné d'informations à la police ?

Drover parut s'impatienter.

— Je n'ai pas dit que je le *connaissais*…

— Mais vous connaissiez son nom, insista Ashley. Vous avez vu son visage.

— Nous n'étions pas amis.

Sa voix monta dans les aigus.

— Vous pouvez l'identifier. Et les autres hommes qui vivaient là ?

Il resta silencieux. Seuls ses yeux bougeaient d'elle à Mallory comme si elles essayaient de l'encercler.

— Avez-vous profité des services de l'autre côté de la rue, c'est pour ça que vous ne voulez pas parler ? demanda Mallory. Nous pourrions peut-être trouver un accord…

Il appuya ses mains sur le comptoir de la boutique. Ses doigts étaient tachés de nicotine.

— Je n'ai pas « profité de leurs services ».

— Mais vous saviez ce qui se passait là-bas ? demanda Mallory.

— Je ne savais *pas* ce qui se passait. Je vendais des cigarettes et des cigares, et je m'occupais de mes affaires.

Alors que des femmes étaient abusées tous les jours.

— Utilisaient-ils du liquide ou des cartes de crédit ? demanda Ashley.

— Du cash.

Il la regarda comme si elle était stupide.

— Alors comment connaissez-vous son nom ?

— Je ne sais pas, répondit Drover, exaspéré. Je suppose que j'ai entendu quelqu'un l'appeler.

— Quels sont les noms des autres hommes qui dirigeaient cet endroit ? demanda Ashley.

La pomme d'Adam de Victor Drover s'agita de haut en bas sur sa gorge maigre.

— Je n'en ai aucune idée.

— Mais vous connaissiez Cho ? répéta-t-il.

Il fit la grimace. Il avait l'air de vouloir s'enfuir.

— Décrivez-les.

Même s'il était plus petit qu'eux, il les regarda en ricanant du bout de son long nez busqué. Ses yeux reflétèrent momentanément la crainte.

— Personne ici ne vous donnera d'informations. Tout le monde a trop peur.

— Ce n'est pas ce que dit le gars de l'épicerie.

Un humour las s'alluma dans ses yeux.

— Gino a des amis dans les bas-fonds. Nous n'avons pas tous cette chance.

Ashley releva le menton.

— Au moins trente jeunes femmes ont été victimes de trafic et vendues en tant qu'esclaves sexuelles tous les jours à moins de cent mètres de chez vous – puis elles ont été brutalement assassinées ainsi que sept membres des forces de l'ordre, et vous êtes trop lâche pour nous donner une description ?

— Ils vous ressemblaient tous, cracha-t-il.

Mallory leva les yeux au ciel.

— Très utile.

— Rien de ce que je ferai ne ramènera ces gens, mais si je parle…

Le regard d'Ashley se durcit.

— Donc vous pensez qu'ils sont toujours dans le coin ? Ou que leurs amis le sont ? Connaissez-vous le nom de l'organisation ?

— Je n'ai pas dit ça.

Il baissa la voix.

— Mais je sais que si je parle aux flics, ils le sauront, et ils me tueront.

— Nous pouvons vous protéger.

Il renifla.

— Pas de ces gens.

— Vous savez qui sont leurs associés ?

— Je ne sais rien du tout.

Ses yeux devinrent plus froids que l'hiver à Boston.

— Je pensais avoir été clair.

Il sortit de derrière le comptoir, se dirigea rapidement vers la porte d'entrée et l'ouvrit en grand. Il les regarda avec impatience. Mallory fixa longuement Drover avant de sortir. Ashley la suivit et une moto avec un passager passa si vite qu'Ashley sentit ses cheveux se soulever. Elle regarda la moto foncer dans le trafic. Ils ne tarderaient pas à devenir une autre statistique.

Le temps qu'elle se retourne, Victor Drover fermait la porte et mettait le panneau sur « fermé ».

Elles n'avançaient pas. Elle leva la tête vers le ciel. Un avion passa au-dessus d'elles, sa trajectoire se reflétant sur le côté d'un immeuble d'habitation situé au sud du lieu de l'explosion.

Une silhouette bougea au niveau d'une des fenêtres supérieures. Ashley plissa les yeux. Peut-être s'y prenaient-elles mal.

— Tu dis que tu sais qui a appelé les flics en disant avoir vu Mia Stromberg ?

Mallory acquiesça.

Ashley lui fit face.

— Et si on lui rendait une petite visite ?

Mallory fixa le bâtiment.

— On n'est pas censé savoir de qui il s'agit.

— Hé, on ne fait que du porte-à-porte dans le quartier. Ça semblerait plus suspect de ne pas interroger cette personne.

Mallory avait l'air dubitatif.

— Quel mal cela peut-il faire ? insista Ashley.

Mallory regarda les vitriers qui les observaient depuis l'avant de la pizzeria. S'ensuivirent des sifflets.

— Aucune chance que quelqu'un nous dise quoi que ce soit d'utile avec autant de témoins autour, fit remarquer Ashley.

Mallory ferma sa veste.

— Toute cette communauté est terrifiée par les gens qui tenaient ce bordel, et pourtant ils n'étaient même pas dans le collimateur des flics.

Elle pinça les lèvres.

— Allons-y.

ELLES SE GLISSÈRENT dans l'immeuble d'habitation lorsqu'une âme charitable leur tint la porte. Ashley se retint de lever les yeux au ciel devant tant de naïveté. Les gens étaient formatés pour être polis, et cela les mettait en danger tous les jours.

Elles frappèrent à la porte du concierge et leur montrèrent leur badge. Lorsqu'elles lui expliquèrent qu'elles voulaient faire du porte-à-porte, il leur fit un geste de la main, visiblement peu intéressé. Puis il commença à les suivre, se plaignant du nettoyage nécessaire après l'explosion, du fait qu'ils n'avaient pas encore attrapé ces types, et que les flics avaient déjà interrogé tout le monde dans le bâtiment. Elles s'éloignèrent avant qu'il ne commence à leur reprocher le mauvais temps et la défaite écrasante des Bruins la semaine précédente.

Il n'y avait rien d'anormal à répéter le porte-à-porte, surtout après un événement de cette ampleur. Parler aux gens faisait partie intégrante du travail.

Mallory et elle commencèrent au septième étage et descendirent au sixième. Les murs étaient peints en vert fougère, et la moquette était récente, mais aurait eu besoin d'un bon nettoyage à la vapeur. Une odeur forte de cuisine indienne imprégnait l'air et des bruits s'élevaient derrière certaines portes – des téléviseurs et une voix qui haussait parfois le ton dans une conversation animée. Mallory et elle commencèrent par le côté est de l'étage et se mirent à frapper aux portes des appartements qui donnaient sur le bordel. Elles poursuivirent ainsi, demandant aux occupants s'ils avaient remarqué quelque chose d'inhabituel dans le bâtiment situé en dessous d'eux. Certains oui. La plupart non. Ashley prit des notes pendant que Mallory parlait. En interrogeant les habitants des deux étages, elles se couvraient dans l'optique d'interroger leur véritable cible, Susan Thomas. Ashley croisa le regard de Mallory lorsqu'elles atteignirent la porte de l'appartement en question. Ashley frappa bruyamment, mais n'entendit rien à l'intérieur.

Elle étouffa un juron et frappa à nouveau.

L'ascenseur s'ouvrit, et une femme en pantalon de yoga et en sweat à capuche se dirigea vers elles.

— Bonjour, dit-elle avec enthousiasme.

— Vous habitez ici ? demanda Mallory en sortant son badge.

La femme secoua la tête et leur offrit un sourire guilleret.

— Non. Je suis Trinity Taylor.

Et merde.

— Mais Susan devrait être là.

Trinity baissa la voix.

— Elle ne sort jamais. C'est pour ça qu'elle m'engage pour promener son chien.

— Vous êtes une promeneuse de chiens ? demanda Ashley, surprise.

La femme ressemblait plus à un mannequin.

Trinity sourit.

— Ça m'aide à payer mes études, ça me permet de rester en forme et de côtoyer des chiots.

Elle tira sur un cordon avec tout un tas de clés qu'elle portait autour du cou.

— Susan est probablement dans la salle de bain, mais... fit-elle en fronçant les sourcils, Rex aboie habituellement quand quelqu'un vient à la porte. Je me demande ce qui se passe.

À ces mots, Ashley échangea un regard discret avec Mallory, et elles mirent toutes deux la main sur leur arme à feu. Trinity glissa la clé dans la serrure et tourna la poignée. La porte s'entrouvrit de 15 cm avant de se coincer. Quelque chose gémit. Un chien.

Ashley écarta Trinity du chemin.

— Reculez, s'il vous plaît.

Elle sortit son arme, passa la tête à l'intérieur et regarda en bas. Un golden retriever gisait sur le tapis, du sang s'écoulant d'une blessure sur son flanc.

— Restez ici, ordonna-t-elle à la civile.

Elle poussa aussi doucement qu'elle le pouvait jusqu'à ce qu'elle puisse se glisser dans l'appartement. L'odeur du sang était étouffante. Mallory appela des renforts.

— Trouvez un vétérinaire pour le chien. On dirait qu'on lui a tiré dessus, fit Ashley.

La promeneuse de chiens poussa un cri et essaya d'entrer. Ashley l'en empêcha.

— Je suis en formation vétérinaire, s'exclama Trinity avec colère.

— Restez là où vous êtes jusqu'à ce qu'on ait vérifié la scène ou je vous arrête.

Ashley éloigna doucement l'animal blessé de la porte pour que Mallory puisse la rejoindre. Mallory et elle portaient toutes deux des gilets, mais Ashley n'était pas ravie de faire équipe avec une femme enceinte. Frazer allait probablement la virer du programme pour ça. Alex Parker l'étoufferait dans son sommeil et personne ne le saurait jamais.

Mais elles devaient sécuriser la scène et voir si quelqu'un était blessé.

L'appartement était bien rangé, mais rempli de bibelots. Personne dans la chambre ni dans la salle de bain. Le lit était fait et la salle de bain avait une de ces douches à l'italienne conçues pour les personnes à mobilité réduite.

Une odeur de sang encore plus forte lui souleva le cœur lorsqu'elle arriva dans la cuisine ouverte et le salon où une femme était affalée dans un fauteuil roulant, face à la fenêtre. L'estomac d'Ashley fit un plongeon.

Les poignets et les chevilles de Susan Thomas avaient été attachés à son fauteuil roulant. Le sang imprégnait chaque centimètre carré de son front. Ses deux yeux avaient été arrachés.

Ashley chercha un pouls, mais il était évident que la femme était morte. Puis elle chercha toutes les cachettes possibles. L'appartement était vide.

Mallory et elle rengainèrent leurs armes et se retournèrent vers l'entrée. Ashley se pencha et glissa ses mains sous la fourrure soyeuse de l'animal blessé. Il gémissait pitoyablement, mais ne fit aucun mouvement pour résister quand elle le souleva, lui murmurant des mots réconfortants à l'oreille.

À l'extérieur de l'appartement, elle coucha l'animal sur le tapis et regarda la promeneuse de chiens essayer de stopper l'hémorragie.

Mallory l'attira à part.

— Comment ont-ils su où la trouver ?

Elle garda la main sur son arme et ses yeux rivés sur le couloir.

— Peut-être qu'ils l'ont traquée de la même manière qu'Alex. Ou qu'elle a confié l'information à un proche et qu'on l'a trahie.

L'ascenseur émit un bruit, et Mallory et elle se crispèrent. Elle laissa échapper un soupir de soulagement en voyant des agents arriver, et brandit son insigne.

— Appelle Alex. Demande-lui de chercher des traces indiquant que quelqu'un d'autre est allé fouiner au même endroit, dit-elle à Mallory.

Elle l'aurait bien fait elle-même, mais elle allait être occupée pendant un moment. Elle s'avança pour empêcher les agents d'entrer dans l'appartement. Ils devaient appeler la police scientifique. La dernière chose dont cette enquête avait besoin, c'était de plus de flics piétinant la scène de crime. Ils l'engueulèrent, mais elle tint bon et insista pour qu'ils appellent d'abord les inspecteurs.

— La scène est sécurisée, insista-t-elle. Placez des gens à toutes les entrées et sorties, et commencez à prendre les dépositions. Voyez s'il y a des caméras de surveillance sur le site.

Un agent massif semblait vouloir la pousser sur le côté, mais elle soutint son regard et la mit au défi d'essayer. Finalement, il recula dans une flopée de jurons et se détourna pour envoyer un message radio.

Ashley poussa un soupir. Heureusement qu'elle ne s'était jamais souciée d'être populaire.

Lucas Randall enfila des gants en latex et entra dans le petit appartement, équipé de surchaussures. L'odeur du sang était aussi forte que dans un abattoir et lui noua les entrailles.

Bon sang.

Après avoir quitté Becca, il avait passé du temps avec Mia et ses parents, lui demandant si elle reconnaissait le conducteur du minivan – ce n'était pas le cas. Parler avec Mia, l'entendre rire à certaines de ses blagues stupides avait apaisé la rage qu'il ressentait envers la mère de Becca. Il avait hâte de trouver ce simulacre d'être humain. Non seulement elle pouvait leur offrir une piste concernant les activités de tripot du gang, mais il y avait un autre enfant en danger.

Après avoir vu Mia, il avait travaillé avec le dessinateur de la police pour essayer de reconstituer un semblant de photo d'identité du grand maigre qu'il avait vu devant la porte d'entrée. Les résultats étaient loin d'être idéaux, et ressemblaient plus à Ashley Chen qu'il ne l'aurait admis.

Il s'approcha de la femme en question, qui discutait avec un médecin légiste à l'air épuisé. La morgue était déjà envahie de corps. Il doutait que le personnel ait pu fermer l'œil depuis l'explosion.

— Qui est la victime ?

— Susan Thomas. Une femme de 45 ans. Atteinte de sclérose en plaques. Selon sa promeneuse de chien, elle n'était pas alitée, mais n'aimait pas quitter son appartement.

Lucas regarda les liens qui attachaient la victime.

— Pourquoi sommes-nous ici ?

Ashley lui demanda de la suivre dans la cuisine alors que les assistants du médecin légiste se préparaient à déplacer le corps sur un brancard.

— Mallory et moi, on a fait chou blanc avec les caméras de surveillance, alors on a prospecté dans le quartier pour voir si on pouvait obtenir des informations supplémentaires sur les personnes qui tenaient la maison close. On a commencé par les magasins de la rue principale, mais ça n'a rien donné. Je me suis dit qu'on devrait essayer les bâtiments qui surplombent l'entrée, et c'est là qu'on a trouvé la victime.

Il croisa les bras.

— Très bien. Mais pourquoi sommes-nous *encore* ici ?

Le FBI n'enquêtait pas sur les homicides avec une seule victime sans raison valable.

Elle pinça les lèvres. Il sut qu'il n'allait pas aimer ce qu'elle avait à dire. Elle s'approcha des stores et les maintint ouverts pour lui. De là, il y avait une vue parfaite sur le bordel en bas. Sa voix se transforma en un faible murmure qu'il dut se pencher pour entendre.

— Susan Thomas est la personne qui a fourni le tuyau sur Mia Stromberg. C'est elle qui a obtenu la récompense de cent mille dollars.

Lucas souffla brusquement par le nez.

— On est sûrs que ce sont les types du bordel de Chinatown qui l'ont tuée ?

Ashley posa un poing ganté sur sa hanche.

— Eh bien, on lui a arraché les yeux et la langue, et elle s'est probablement étouffée avec son propre sang. Le médecin légiste n'a pas encore déterminé si les yeux ont été arrachés avant ou après la mort, mais je pense qu'on peut dire que ce n'est pas un homicide ordinaire et que c'est une sacrée coïncidence dans ces circonstances.

L'estomac de Lucas se retourna. Il en avait vu beaucoup au fil des ans – la cave miteuse d'Edmund Meacher contenait des photos et des vidéos de viols et de meurtres violents – assez de sang, de gore et de perversité pour toute une vie. Mais cette scène était glaçante par sa précision clinique. Le but n'était pas la satisfaction personnelle. Ce meurtre envoyait un message : *parlez aux flics et vous êtes mort.*

— Donc, c'est un avertissement, fit-il en secouant la tête. Pas étonnant que personne ne nous donne d'informations.

Le corps fut placé dans la housse mortuaire, et un sentiment de soulagement palpable s'éleva quand il fut sorti de la pièce.

Lucas se pencha à l'oreille d'Ashley, essayant de ne pas accorder une trop grande attention à la ligne gracieuse de son cou. Ce n'était pas approprié sur une scène de crime, mais c'était mieux que de penser à l'être humain mutilé qu'ils venaient d'emmener.

— Comment avez-vous su qu'elle était l'informatrice ?

— Alex Parker.

— Il vous l'a dit ? demanda-t-il avec surprise.

En voyant la jeune femme pincer les lèvres et plisser les yeux, il comprit que la méfiance d'Alex était réciproque.

— Mallory.

— Et comment les malfaiteurs ont-ils su que c'était elle la balance ?

Une ligne se forma entre ses sourcils. Sa peau était lisse et sans défaut, ce qui expliquait probablement pourquoi elle semblait si jeune. Selon les dossiers du FBI, elle avait eu 30 ans le 26 décembre. Pas beaucoup plus jeune que lui.

Il cacha ses pensées. Il se tenait sur une scène de crime horrible, mais l'odeur subtile d'orange de sa peau et une étrange chimie interne firent s'accélérer son pouls.

De toute évidence, il avait travaillé sur trop de meurtres.

— Soit ils ont utilisé les mêmes méthodes que Parker, soit ils ont quelqu'un à l'intérieur.

— Le nom de l'informatrice n'a pas été communiqué à la plupart des gens travaillant sur cette affaire. Je n'en savais rien moi-même.

— Alors il devrait être facile d'établir la liste de personnes qui savaient, rétorqua en Ashley haussant les épaules.

— Et Susan Thomas ? Elle aurait pu en parler à quelqu'un ?

Ses doigts ne cessaient de bouger.

— C'est possible, mais j'ai l'impression qu'elle n'avait pas beaucoup d'amis. La promeneuse de chiens a dit qu'elle n'avait pas de proches. Elle avait un mari, mais il est parti quand le diagnostic est tombé.

Autant pour « dans la santé comme dans la maladie ».

La promeneuse de chiens devait être la belle blonde qu'il avait croisée dans le couloir, qui se faisait réconforter par un officier de police qui avait l'air d'avoir gagné à la loterie.

— Où est Mallory ?

— Elle veille sur les preuves.

Lucas haussa un sourcil interrogateur.

— Ces bâtards ont tiré sur le Golden Retriever de la femme. Rex est en train d'être opéré en ce moment. Mallory s'assure que la chaîne de preuves est maintenue et que nous ne perdons pas cette balle.

— Ces salauds ont tiré sur un chien ?

Il secoua la tête. Compte tenu de ce qu'ils avaient fait d'autre, c'était mineur, mais cela dénotait une sociopathie, un mépris virulent pour tout ce qui se trouvait sur leur chemin.

— J'espérais que la femme avait pris des photos.

L'expression d'Ashley se fit pensive.

— Mais nous n'avons pas trouvé d'ordinateur ou de tablette. Son portable est introuvable.

— Vous pensez qu'ils les ont pris ?

— Pas vous ?

— Probablement.

Ashley serra la mâchoire.

— Peut-être qu'elle avait une sauvegarde quelque part. On n'a rien trouvé dans l'appartement, mais peut-être qu'elle avait un service de cloud ou dropbox. Quelqu'un doit vérifier ça au plus vite.

Il prit une note sur son téléphone.

— Vous allez dire à Sloan pourquoi vous étiez là ?

Elle haussa un fin sourcil. Mon Dieu qu'elle était jolie.

— Nous faisions du porte-à-porte dans le quartier.

— Vous pensez qu'elle va le croire ?

Elle redressa les épaules.

— Je m'en fiche. La police de Boston est en charge de l'enquête sur ce meurtre bien qu'il soit clairement lié au bordel. Ils ont interrogé Susan Thomas juste après l'explosion, mais elle n'a jamais mentionné avoir vu la gamine ou parlé de la récompense. J'ai déjà dit à l'inspecteur principal ce que je sais.

— Tout ?

— Tout ce que je peux.

Elle haussa à nouveau les épaules. Son portable sonna. Elle répondit et ses yeux croisèrent les siens.

— C'est Mallory. Elle a la balle.

— Comment va le chien ?

Un mince sourire effleura ses lèvres.

— Il est en convalescence. Il a perdu beaucoup de sang, mais elle pense qu'il va s'en sortir.

— C'est une excellente nouvelle.

Il repéra l'inspecteur en charge et alla lui parler pour voir si le gars avait des pistes ou avait besoin de ressources supplémentaires. Ashley le suivit. Quand son portable sonna à nouveau, en même temps que le sien, il sut que c'était une mauvaise nouvelle.

CHAPITRE HUIT

Lucas suivit Ashley dans le poste et se dirigea vers le bureau de Sloan. Il frappa à la porte.

— Entrez, cria-t-elle.

Diego Fuentes était affalé sur l'une des chaises. Il portait les mêmes vêtements que la veille. Les yeux de Sloan étaient injectés de sang, sa peau était pâle. Mayfield avait un sourire en coin qui annonçait des problèmes pour quelqu'un.

— Ça a donné quelque chose au port ? demanda Lucas.

— Pas encore, mais les conteneurs sont empilés par trois. Les garde-côtes ont pris en charge la fouille de certains bateaux.

Sloan avait l'air sur la défensive.

Lucas pensait qu'il s'agit d'une fausse piste, mais était-il possible qu'il se trompe ? Et si les criminels étaient cachés sur ce dernier bateau que les flics ne fouilleraient pas, lassés de leurs recherches infructueuses ?

Abandonner n'était pas envisageable.

Sloan reporta son attention sur Ashley, qui se tenait juste derrière Lucas. Sloan lui lança un regard qui aurait pu brûler la Terre.

— Vous avez interrogé la personne qui nous avait donné des informations sur Mia Stromberg ? Même si l'une des conditions de la récompense était la garantie d'une stricte confidentialité ? Et maintenant cette personne est morte ?

Les questions étaient clairement rhétoriques et Ashley garda sagement la bouche fermée.

— Donnez-moi une bonne raison de ne pas vous renvoyer à Quantico avec un blâme dans votre dossier faisant état de votre incapacité à suivre les ordres.

Ashley se redressa et leva le menton.

— Nous avons fait le tour des endroits avec vue sur l'entrée de la maison close dans l'espoir que quelqu'un ait des vidéos ou des images de surveillance qu'il n'avait pas partagées avec les forces de l'ordre.

Son visage ne trahissait aucune émotion.

Il n'aurait pas su qu'elle mentait si elle ne lui avait pas déjà dit la vérité. Cette prise de conscience lui ouvrit les yeux.

Fuentes ricana.

— Vous venez de détruire toute chance que quelqu'un d'autre nous fournisse plus d'informations sur ces types.

— Au cas où vous ne l'auriez pas remarqué, agent Fuentes, *personne* ne donne d'informations. Personne. Point. C'est une des raisons pour lesquelles nous ne pouvons pas attraper ces types. La femme était déjà morte avant que j'arrive. Vous comprenez qu'il est impossible que ce soit ma faute, n'est-ce pas ?

Ashley ne reculait devant rien et Lucas aimait ça chez elle.

— Je n'ai rien à voir avec son meurtre.

— Les Stromberg m'ont déjà appelée pour demander des comptes, intervint Mayfield.

— Bien que je compatisse à leur situation, le FBI n'a pas de comptes à rendre aux Stromberg.

Sloan regarda Mayfield d'un air sévère. Son téléphone sonna et elle consulta le numéro.

— Ni au maire, d'ailleurs.

Elle le laissa tomber sur la messagerie vocale.

— Avez-vous trouvé des vidéos de sécurité ?

Son ton implacable indiquait qu'elle savait que l'interrogatoire de l'informatrice n'était pas aléatoire, mais qu'elle passerait l'éponge. Ashley et Mallory avaient découvert un meurtre datant de moins d'une heure. C'était du bon travail, même si elle ne comptait pas l'admettre.

Ashley secoua la tête.

— Et aucun des voisins n'a vu ou entendu quoi que ce soit.

— Je ne suis pas surpris étant donné que Susan Thomas s'est fait arracher la langue et les yeux pour avoir cafté, commenta Lucas avec ironie.

— Peut-être qu'ils sont entrés et sortis sans attirer l'attention ? Ces types ressemblent à des tueurs à gages professionnels.

Fuentes se pencha en avant sur sa chaise.

— Et nous sommes des professionnels de l'application de la loi, rétorqua Sloan, la respiration lourde. Comment *ont-ils* découvert son identité ?

— Soit ils ont tracé l'appel téléphonique initial, soit quelqu'un a divulgué l'information, suggéra Lucas.

— L'un de nous ?

Sloan fronça les sourcils.

— Qui d'autre était au courant ? Susan Thomas l'a peut-être dit à un proche, mais comme elle était celle qui avait le plus à perdre, j'en doute.

Lucas s'éloigna de la porte, mais il n'y avait nulle part où aller.

Sloan avait l'air pensif.

— Moins d'une douzaine de personnes entre le FBI, le

commissaire et le bureau du maire connaissaient le nom de Susan Thomas.

— Quelqu'un a peut-être vendu la mèche, insista Lucas.

— Donnez-moi les noms, je vais les vérifier, proposa Fuentes.

Sloan secoua la tête.

— Non. Je veux que vous retourniez au port dès que possible.

Il pinça les lèvres.

— Je vais le faire, déclara Mayfield.

Sloan lui adressa un signe de tête.

— Ils ont peut-être suivi l'argent, dit Ashley. C'est ce que j'aurais fait à leur place. Ils connaissaient les sources possibles du paiement : les Stromberg ou la police. Ils connaissaient la somme d'argent offerte. Il est possible que quelqu'un d'expérimenté ait pu tracer le paiement.

Lucas fronça les sourcils.

— C'est un piratage assez costaud.

Sloan était inhabituellement calme.

Ashley lui lança un regard.

— Ma théorie est qu'ils ont un hacker de haut niveau dans leur équipe – quelqu'un de compétent et qui connaît bien le deep web. Il contrôle l'argent et la façon dont ils attirent les clients et cachent leurs traces.

— C'est un *profil* officiel ? demanda Mayfield d'un ton sarcastique.

Lucas vit Ashley serrer un de ses poings.

— Nous savons qu'ils sont prêts à faire preuve d'une violence extrême pour garder le contrôle. Après l'évasion d'Agata Maroulis, ils l'ont punie par une exécution publique – peut-être ont-ils craint que l'enquête sur sa mort nous mène à eux, alors ils ont piégé le bordel avec des explosifs ?

C'était ce qui aurait dû se passer.

— L'informatrice suivante est assassinée de la manière la plus odieuse qui soit. Maintenant, plus personne ne voudra nous donner d'informations – ni les clients, ni les témoins, ni les fabricants de pilules, ni les prescripteurs de soins médicaux, fit Ashley, la mine sévère. Ce gang est bien plus impitoyable, mieux organisé et mieux établi que les fédéraux ne le pensaient au départ, et il parvient bien mieux à dissimuler ses crimes et sa présence que la plupart des organisations de cette taille. C'est pour ça qu'en plus d'être extrêmement secrets et impitoyables, ils ont forcément dans leur équipe un hacker hautement qualifié. On pourrait s'en servir contre eux. Avez-vous réussi à pénétrer dans le portable de Mae Kwon ?

Sloan secoua la tête.

— Vous devez en faire une *priorité* et mettre une équipe sur le coup, fit Ashley avant de se tourner vers Fuentes, pendant que *vous* continuez à fouiller le port.

Sloan fixa Ashley comme un général d'armée sur un champ de bataille. Après une longue pause, elle prit enfin la parole.

— C'est vous qui avez établi le lien direct avec l'affaire Maroulis et trouvé l'image du conducteur, n'est-ce pas ?

Les vertèbres d'Ashley parurent s'aligner d'un coup.

— Oui, madame.

— Très bien, Chen.

Sloan consulta sa montre.

— Notre équipe de lutte contre la cybercriminalité a déjà examiné le téléphone portable et pense avoir presque réussi à le déverrouiller. Nous avons eu des nouvelles d'un consultant qui travaille avec Lincoln Frazer – Alex Parker, que vous connaissez, je crois ?

Ashley acquiesça.

— Il a identifié quatre autres emplacements possibles de maisons closes à partir des relevés téléphoniques de Mae Kwon. Les propriétés ont été perquisitionnées. Toutes étaient vides et nettoyées aussi proprement que l'intérieur d'un bloc opératoire.

Bon sang. Ils avaient été trop lents. Ces gens avaient démantelé toute l'organisation, mais Lucas doutait qu'ils l'aient fermée. Ils l'avaient probablement déplacée – nouveaux lieux, nouveaux sites web, nouveaux téléphones portables.

Sloan se pencha sur son bureau vers le jeune agent.

— Vous voulez faire vos preuves ? Découvrez comment ces gens ont eu le nom et l'adresse de Susan Thomas. Mais si vous échouez, la prévint-elle, vous recevrez ce blâme dont je vous ai parlé. Vous comprenez ?

Ashley regarda droit devant elle.

— Oui, madame.

Lucas n'aurait su dire si elle était contente ou énervée. Peut-être les deux. Elle avait travaillé dur et obtenu des résultats, mais elle avait encore plus à perdre.

Le téléphone de Sloan sonna.

— Très bien, messieurs dames. C'est l'heure d'une autre réunion gênante avec le SAC Salinger, pour lui dire que nous ne sommes pas plus avancés qu'il y a vingt-quatre heures. Je pourrais alors rappeler mon mari et faire comme s'il ne cherchait pas à connaître l'avancée de l'affaire pour ce crétin d'Everett.

Elle passa une main dans ses cheveux gris blond.

— Sortez d'ici et trouvez-moi des indices sur l'endroit où se cachent ces sacs à merde.

Avant qu'il ait pu faire un pas, elle lança :

— Agent Randall, raccompagnez-moi.

— Bien, madame.

Ashley s'en alla rapidement et il la regarda partir. Pourquoi Alex ne lui faisait-il pas confiance ? Était-ce lié au côté piratage ? En savait-il plus qu'il ne le disait ? Ou était-il nerveux parce que ses compétences étaient similaires aux siennes ?

Lucas suivit Sloan hors de son bureau. Elle demanda à voix basse :

— Comment va l'enfant ?

— Elle commence à s'ouvrir un peu. Elle a confirmé que le conducteur du minivan d'Agata Maroulis était la même personne qui l'avait enlevée à son domicile.

Il s'éclaircit la gorge.

— Elle dit que sa mère l'a livrée à ce type en échange de l'annulation d'une dette de jeu.

Ils traversèrent le poste où seuls quelques agents étaient présents, tous occupés, tête baissée. D'autres conseillers et analystes travaillaient sur différents volets de l'affaire et alimentaient le LEEP (Law Enforcement Enterprise Portal), ce qui permettait à l'unité spéciale de partager et de coordonner les informations rapidement.

— J'ai réussi à obtenir quelques informations sur la raison pour laquelle elle était retenue dans une pièce seule, murmura-t-il.

Sloan croisa son regard.

— Des clients privilégiés ?

Il hocha la tête.

— J'ai extrait quelques informations sur sa famille que je vais passer dans le système. Je veux la permission de demander à l'agent Chen ou à l'agent Rooney de m'aider à faire des recherches pour retrouver la mère. Elle pourrait nous donner plus d'informations sur les liens de cette organisation avec les jeux d'argent – surtout si elle fait face à des accusations d'abandon et de trafic sexuel d'enfant.

— Négatif pour impliquer une tierce partie.

Le regard de Sloan était vif et elle balaya le bureau avant qu'ils n'atteignent la cage d'escalier.

— Je n'aime pas le fait que l'informatrice soit morte. Je n'aime pas ça du tout. Les informations que vous et moi partageons doivent rester confidentielles. Personne d'autre ne doit savoir.

Et merde. Lucas n'était pas complètement empoté devant un ordinateur, mais il connaissait ses limites. Il aurait dû passer plus de temps à traîner avec les geeks au lycée, plutôt qu'avec les sportifs.

Sloan semblait vouloir dire quelque chose, mais ne savait pas trop comment s'y prendre. Compte tenu du fait que la femme était habituellement franche, Lucas ne savait pas ce que cela signifiait.

— Quoi ? demanda-t-il.

— J'ai un mauvais pressentiment à ce sujet, Lucas.

Sa bouche se tordit.

— L'idée qu'ils puissent encore mettre la main sur cette enfant…

— Ils ne remettront pas la main sur elle.

Sloan s'arrêta dans les escaliers.

— Que pensez-vous de l'agent Chen ?

Oh oh.

— Elle a fait un excellent travail sur cette affaire. Elle a un esprit vif, elle est dévouée, motivée.

Alex Parker ne lui fait pas confiance. Et elle embrasse divinement bien.

— Elle est très belle, dit Sloan avec prudence.

Il garda une expression neutre et ne dit rien.

Elle ne le quitta pas des yeux.

— Rappelez-vous ce que j'ai dit à propos de la gamine.

Il se força à ne pas réagir devant cette insulte à son intégrité.

— Ne faire confiance à personne. C'est compris.

— Même pas à de jolis agents désireux d'aider.

— Ni à des personnes avec lesquelles nous travaillons depuis des années, ajouta-t-il.

L'expression de Sloan se crispa.

— Ni aux maris qui vont probablement quitter leur femme pour quelqu'un qui daigne dîner avec eux de temps à autre.

Merde.

— Je vous l'ai dit. J'ai compris.

À MINUIT, LES yeux d'Ashley commencèrent à la piquer sérieusement. Elle était restée devant son écran pendant trop longtemps.

Mallory était allée voir le chien blessé avant de rentrer à l'hôtel avec l'ordre strict du patron de se ménager. Frazer faisait mine de vouloir les rappeler toutes les deux, mais comme Ashley l'avait souligné, non seulement les fugitifs étaient toujours en liberté, mais ils n'avaient même pas encore été identifiés.

Frazer avait cédé pour le moment, mais Ashley ne pensait pas que cela durerait longtemps. Dieu savait que le DSC-4 avait sa propre liste de monstres à traquer.

Elle ne lui avait pas parlé de la menace de blâme de Sloan. Elle voulait faire ses preuves sans que son patron ne fasse de scandale – et il aurait fait un scandale. Peu de gens se frottaient à Lincoln Frazer ou à son unité et en sortaient indemnes.

Ashley était convaincue que ces gars étaient si sophistiqués sur le plan criminel qu'ils avaient leur propre analyste informatique. Et si c'était le cas, elle voulait savoir à quel genre de pirate ils avaient affaire. Elle passa ses doigts dans ses cheveux et sirota son quatre-vingtième café de la journée.

L'avantage de travailler pour les fédéraux signifiait qu'il avait été facile d'obtenir un mandat, et la banque n'était que trop désireuse de coopérer au cas où quelqu'un se serait introduit dans son système. Ashley avait identifié la transaction assez facilement : cent mille dollars avaient été déposés sur le compte-chèques de Mme Susan Thomas la veille. Le système de la banque était doublement crypté. Ashley doutait que les criminels aient pu accéder directement aux dossiers. Si cela avait été dans leurs cordes, pourquoi s'embêter à faire du trafic d'esclaves sexuels alors qu'ils pouvaient simplement voler l'argent des gens à volonté ?

Mais toute transaction supérieure à dix mille dollars générait automatiquement un enregistrement des transactions en devises, ou CTR, qui était envoyé au Financial Crimes Enforcement Network, le « FinCEN ». Les informations fiscales et autres informations relatives aux clients étaient stockées dans ce fichier et pouvaient être utilisées pour identifier les personnes qui envoyaient et recevaient de l'argent. Elle soupçonnait le gang asiatique d'avoir un informateur au sein du FinCEN, d'avoir intercepté les données lors de leur transfert entre la banque et le FinCEN, ou d'avoir trouvé un moyen d'accéder à ces fichiers en piratant le FinCEN.

Les implications étaient considérables.

Le marché gris des zéros – ou vulnérabilités logicielles – était encore un secteur controversé. Beaucoup soutenaient que le fait que les gouvernements paient pour leur identification avait fait grimper le prix de la recherche de failles logicielles. D'autres affirmaient que ce n'était pas parce que des organisations et des gouvernements « officiels » achetaient des vulnérabilités qu'elles n'étaient pas utilisées à des fins malveillantes. Mais même si les gouvernements n'achetaient pas ces vulnérabilités, les pirates informatiques le feraient. L'industrie était bien établie à présent, et elle n'était pas près de disparaître.

Ashley avait consulté divers forums et sites web pour trouver une mention d'une vulnérabilité dans le système d'exploitation utilisé par le FinCEN, mais n'avait rien trouvé. Ashley n'avait ni le temps ni les ressources pour chercher une faille dans le code source lui-même, mais elle connaissait quelqu'un qui pourrait l'aider. Elle ne voulait pas l'appeler. Elle consulta sa montre et composa quand même le numéro. Parker devait travailler à toute heure pour combler les failles de sécurité de son client.

— Parker, répondit-il avant la fin de la première sonnerie.

— C'est l'agent Ch-Chen.

Elle maudit silencieusement son bégaiement. Il savait déjà qui était au bout du fil.

— J'espère que ça ne vous dérange pas que je vous appelle si tard. L'agent Rooney a dit que vous travailliez…

— Que puis-je faire pour vous, agent Chen ?

Son ton était aussi froid que de l'azote liquide.

— Une femme a été tuée aujourd'hui. L'informatrice ayant révélé que Mia Stromberg se trouvait dans le bordel de Chinatown…

— Mal m'en a parlé. Il semble que nous soyons maintenant les heureux propriétaires d'un Golden Retriever nommé Rex.

— Vous l'adoptez ?

Un éclair de jalousie la traversa – ce qui était insensé. Qu'aurait-elle fait avec un chien ?

— En supposant qu'aucun membre de la famille ne vienne le réclamer, dit Parker. De quoi avez-vous besoin ?

Elle entendit des voix derrière. Quelqu'un jura bruyamment.

— Nous essayons de comprendre comment les malfaiteurs ont retrouvé la trace de Susan Thomas.

Elle regarda sa chambre vide. C'était un « nous » très solitaire.

— La sécurité de la banque semble solide de l'extérieur, dit-elle, et il est possible que quelqu'un impliqué dans l'enquête ait divulgué l'information volontairement ou accidentellement.

Les piratages les plus réussis impliquaient généralement un certain degré d'ingénierie sociale.

— Mais les personnes directement concernées ont été interrogées, et elles jurent toutes qu'elles n'ont pas donné ces informations à quelqu'un qu'elles ne connaissaient pas personnellement.

— Les gens mentent.

Ses mots étaient tranchants comme des rasoirs. Il ne lui faisait pas confiance. Elle non plus. Mais elle avait besoin de lui.

La sueur coulait dans son dos et faisait coller la soie de sa chemise à sa peau.

— Il y a une autre source potentielle d'informations.

— La compagnie de téléphone ?

Était-ce ainsi qu'il avait procédé ?

— C'est possible, mais il y a eu plus de dix mille appels sur cette ligne d'urgence, donc je ne suis pas sûre qu'ils puissent identifier le bon appelant à partir de ces seules données.

Elle détestait à quel point cet homme la rendait nerveuse.

— Écoutez, je n'ai pas de preuve, mais je suis convaincue qu'ils ont un hacker dans leur équipe. Un bon.

Elle s'éclaircit la gorge.

— Donc je m'interrogeais, euh, sur la sécurité du FinCEN.

Le silence était si épais qu'elle crut d'abord qu'elle l'avait perdu. Elle vérifia et l'appel était toujours en cours.

— Auriez-vous entendu parler de zéros qui pourraient se rapporter au système CRT ? Je...

— Je vous rappelle, dit-il, et il raccrocha.

Ashley fixa son portable. Seigneur, ce type était grossier, suspicieux. Agaçant. Secret. Elle savait ce que Parker pensait. Un tel zéro vaudrait des millions sur le marché noir, et comme il n'était pas convaincu qu'elle n'était pas une taupe placée là par les communistes depuis bien longtemps, il n'était pas prêt à lui livrer ce genre d'information. Ses épaules s'affaissèrent alors qu'elle fixait son écran. Elle s'était heurtée à un mur et elle était épuisée. Elle rangea son ordinateur portable dans sa sacoche et enfila sa veste. Parker venait probablement de demander à la moitié de son équipe de travailler sur le système du FinCEN. Il avait des contrats avec de nombreuses branches du gouvernement et une faille dans l'une d'entre elles était une faille potentielle dans toutes.

Très bien. Qu'il travaille toute la nuit. Elle avait besoin de dormir.

Elle se glissa dans son manteau d'hiver. Elle détendit sa mâchoire et étira son cou. Dans la matinée, avec un peu de chance, il pourrait lui dire s'il était possible pour un hacker de tirer un nom et une adresse du FinCEN. C'est pour ça qu'il était payé très cher et qu'elle avait un salaire de fonctionnaire.

Elle se dirigea vers la sortie. Les plafonniers du poste étaient éteints. L'endroit était désert. Elle passa sa sacoche d'ordinateur sur une épaule et s'assura que son arme de poing était à portée de sa main dominante. Dehors, son souffle dégageait un petit nuage de buée à chaque expiration, et elle frissonna en sentant l'air froid. Elle se dirigea vers l'hôtel, gardant l'œil ouvert. Devant elle, elle remarqua un homme qui tournait à droite. Il ressemblait beaucoup à Lucas Randall.

Son pouls s'accéléra. Que faisait-il là ?

Elle arriva au niveau de la ruelle qu'il avait empruntée et jeta un coup d'œil dans la rue étroite. L'homme se retourna, comme pour s'assurer que personne ne le suivait. *C'était* Lucas. Il ne la vit pas et elle n'essaya pas d'attirer son attention.

Il y avait de bonnes raisons pour qu'un agent du FBI se faufile dans les rues de Boston la nuit, et la plupart d'entre elles ne la regardaient pas. Une idée terrible lui traversa l'esprit, quelque chose qu'elle ne voulait pas envisager, et pourtant, à présent que l'idée lui était venue, elle ne pouvait plus s'en défaire. Et si Lucas donnait des informations aux fugitifs ?

Mallory et Alex faisaient tous deux confiance à ce type, plus qu'à elle. Mais Mallory avait aussi dit qu'il cachait quelque chose, et elle ne pouvait se tromper au vu de leur histoire commune. Il avait miraculeusement survécu à une explosion qui avait détruit un bloc entier. Il avait été mis au courant des confidences de l'agent Sloan. Il avait nié connaître le nom de Susan Thomas, mais ce n'était pas forcément la vérité. Avait-il été menacé ? Compromis ? Soudoyé ?

Ashley attendit qu'il disparaisse à l'angle de la rue, hésita quelques instants puis le suivit à contrecœur.

Son attirance pour lui était gênante et distrayante, et savoir qu'il avait trahi le FBI au profit de ces monstres anéantirait cette attirance à jamais. Elle ne voulait pas que ce soit vrai. Elle ne voulait pas se dire qu'elle était si mauvaise pour juger les gens qu'elle était tombée amoureuse d'un type pourri jusqu'à la moelle. Elle ne voulait pas être attirée par un homme qui profitait du trafic d'innocents.

Sa bouche s'assécha alors qu'elle se rapprochait prudemment des ombres. Elle avait besoin de savoir avec certitude qu'il n'avait pas vendu la mèche, elle avait besoin de savoir avec certitude qu'il vivait pour défendre des idéaux et faire son devoir, et non dans la corruption et le mensonge. Elle avait besoin de savoir.

———

LUCAS AVAIT PEAUFINE ses capacités d'évasion dans les rues malfamées d'Afghanistan, dans une arène où amis et ennemis se confondaient. Ce n'était pas même le faible bruit de pas qui déclencha la sensation de danger, c'était ce sixième sens qui lui disait qu'il était traqué. Il se précipita dans la ruelle la plus proche, sortant son SIG de son étui. Depuis l'explosion, il était paranoïaque à l'idée de mener quelqu'un à Becca par inadvertance. Il se déplaça rapidement, mais silencieusement, coupant à travers une ruelle étroite menant vers une autre rue. Comme il s'y était attendu, les bruits de pas sourds imitèrent ses mouvements.

Il se dirigea vers l'hôtel, puis fit demi-tour, sprinta et se retrouva derrière la silhouette solitaire qui le suivait.

Une femme. Près de 1 m 80. 70 kg.

Il lui attrapa le poignet, le tordit derrière son dos et la poussa contre le mur de briques. Elle laissa échapper un cri et il reconnut immédiatement sa voix. Elle contre-attaqua avec un puissant coup de pied qui, s'il avait atteint sa cible, lui aurait arraché ses bijoux de famille.

Il esquiva et le coup toucha sa cuisse.

— Ashley ?

Il relâcha sa prise et lui fit faire volte-face.

— Lucas ! C'est quoi ce bordel ? Tu m'as fait une peur bleue !

Elle déglutit bruyamment, mais refusa de croiser son regard. Dans le feu de l'action, elle l'avait tutoyé. Un lampadaire lointain baignait le visage d'Ashley d'une lumière dorée. L'avertissement d'Alex revint à Lucas en un éclair.

Il empocha son SIG et la maintint contre le mur, un poignet coincé au-dessus de sa tête. Il prit son autre main et l'ajouta à la première, lui bloquant les deux poignets de sa main beaucoup plus grande. Il était bien conscient qu'en tant qu'agent fédéral, elle pouvait lui faire très mal. L'entraînement aux tactiques défensives à Quantico ressemblait à une école de gladiateurs, où seuls les plus forts et les plus vicieux survivaient.

— Qu'est-ce que tu fais là ? demanda-t-il.

— Si c'est l'idée que tu te fais de la drague, pas étonnant que tu n'aies pas beaucoup de rencards.

Elle essayait de plaisanter, mais il n'y croyait pas. Le pouls à la base de sa gorge battait la chamade. La tension dans la voix d'Ashley montrait qu'elle avait peur.

— Pourquoi tu me suis ? insista-t-il.

Sa mâchoire se contracta et son expression se fit mutine.

— J'ai quitté le travail et je t'ai vu agir de façon suspecte alors j'ai décidé de voir ce que tu manigançais.

— Ce que je manigançais ? fit-il en la dévisageant.

Il ne comptait pas lui révéler que l'agent de l'ATF qui gardait Becca avait appelé pour dire que la fille le demandait. Il était hors de question qu'il se rende à l'hôpital à présent.

— Pourquoi ?

Il resserra sa prise et essaya d'ignorer la sensation de son corps contre le sien.

— Pour voir où tu allais, lâcha-t-elle. Pour voir si tu allais rencontrer quelqu'un.

— En quoi ça te regarde ?

Puis il comprit.

— Tu m'as pris pour une taupe divulguant des informations sur cette enquête ? Tu as cru que je pourrais trahir mes collègues, trahir mon serment ?

Elle s'agita pour se libérer, envoyant des vagues de désir dans tout son corps. Il ignora l'envie.

— Très bien. Oui, cracha-t-elle. Quelqu'un doit forcément leur transmettre des informations vitales pour permettre à ces salopards de garder une longueur d'avance sur nous. Tu as survécu à l'explosion, ils ont survécu à l'explosion. Tu as vu leurs visages, mais tu ne peux pas les identifier. Tu es en mesure de découvrir le nom de l'informatrice qui a déclaré avoir vu Mia. Tu n'arrêtes pas de disparaître…

Il la regarda d'un air incrédule.

— Et pour quelle raison je ferais ça ?

Elle essaya de hausser les épaules, ce qui eut pour effet de pousser ses seins contre le torse de Lucas et de court-circuiter son cerveau. Le fait qu'elle soit méfiante à son égard lui fit revoir ses soupçons à lui.

— Ils ont peut-être menacé ta famille.

— Ma famille connaît les risques liés à mon travail et au leur. Ils prennent des précautions.

— Pour l'argent ? fit-elle, mais elle semblait moins sûre d'elle à présent.

— J'ai de l'argent.

— Beaucoup d'argent, insista-t-elle.

Il se pencha pour pouvoir murmurer à son oreille sans que personne ne l'entende.

— Mon grand-père était un baron du charbon de la Virginie-Occidentale. J'ai plus d'argent que je ne pourrais en dépenser en trois vies. Mais même si je n'avais pas un sou, je ne vendrais jamais mes collègues. Jamais.

Il la regarda avec dégoût.

L'incertitude brilla dans les yeux d'Ashely. Puis l'entêtement fit son retour.

— Alors, pourquoi agir de façon si suspecte ?

— Tu veux dire, pourquoi je m'assure que je n'ai pas été suivi jusqu'à mon hôtel ? Alors que je suis le seul adulte de ce fiasco à avoir vu le visage des fugitifs ?

Son expression se fit hésitante et elle ouvrit grand les yeux.

— Eh merde. Tu as raison. Je suis désolée d'avoir tiré des conclusions hâtives.

Elle frissonna. Avait-elle froid ? Ce n'était pas l'impression qu'elle donnait. À en juger par la peau chaude de ses poignets et le rythme rapide de son pouls, elle n'avait pas froid.

— Tu n'avais pas besoin de me sauter dessus, chuchota-t-elle.

Lucas sentit son sang bouillonner. La sensation de son corps si proche du sien lui donnait très envie de lui sauter dessus malgré le fait qu'ils soient dans une ruelle miteuse.

— J'ai entendu quelqu'un me suivre et j'ai voulu voir qui c'était.

— Je dois améliorer mes compétences en matière de filature dans ce cas, mais je ne regrette pas de t'avoir suivie.

L'électricité se mit à crépiter entre eux. L'attirance qu'ils avaient tous deux essayé d'ignorer revenait à la charge.

— Une partie de moi espérait que tu étais impliqué pour que je puisse m'ôter ce baiser de la tête.

Il regarda ses yeux exotiques en amande et prit conscience qu'il tenait toujours les bras d'Ashley Chen au-dessus de sa tête et que son corps était fermement pressé contre le sien. Le contraste entre la chaleur de son regard et la froideur du mur de briques derrière elle lui donnait envie de se rapprocher encore plus.

La respiration de la jeune femme était hachée. La colère et la suspicion s'étaient transformées en une conscience physique et un désir passionné.

La veille, elle l'avait embrassé. Ce n'était que justice de lui rendre la pareille.

Il pencha la tête, captura ses lèvres et elle ouvrit la bouche avec un gémissement. C'était comme plonger dans le péché et la tentation. Le plaisir les embrasa, faisant disparaître la froideur de la nuit, la saleté humide de la ruelle et la sinistre réalité de l'affaire.

Le corps d'Ashley vint à la rencontre du sien et il l'embrassa avec plus d'ardeur, mêlant sa langue à la sienne, sentant la ferveur de sa réponse. Il ne lâcha pas ses poignets, mais de son autre main, il sortit sa blouse soyeuse de son pantalon pour pouvoir passer la main à l'intérieur et caresser ses seins parfaits.

La dentelle qu'il sentit sous sa paume le fit instantanément bander. Il trouva son téton à travers l'étoffe, fit rouler ce bouton de velours contre la dentelle rugueuse et maintint la jeune femme lorsque ses genoux firent mine de la lâcher. Il glissa sa cuisse entre les siennes, puis libéra sa bouche et défit les boutons de sa blouse d'une main, en soutenant son regard, sans pour autant lâcher ses poignets. Il y avait quelque chose d'interdit dans cette situation. Quelque chose de puissant à avoir cette femme à sa merci.

Elle frissonna lorsque l'air nocturne lui mordit la peau, mais ne protesta pas. Ses yeux brillaient de désir. Une fois les boutons défaits, il écarta le tissu et sentit sa bouche s'assécher. La lingerie noire mettait en valeur les seins d'Ashley. Il écarta le rebord en dentelle pour exposer un téton couleur cerise.

— Pas grand-chose au niveau de la poitrine, j'en ai peur.

Sa voix contenait une pointe d'excuse.

Comment une personne avec un corps pareil pouvait-elle avoir ne serait-ce qu'une once de doute quant à sa beauté ?

Il planta ses yeux dans les siens.

— Tu plaisantes ?

Il se pencha pour prendre son téton dans sa bouche et sentit ses genoux fléchir à nouveau. Il lâcha ses poignets et la souleva contre le mur.

Elle enroula ses longues jambes autour de sa taille.

— Tiens-toi bien, ordonna-t-il.

Il se régala de ses jolis seins, lui montrant très clairement l'effet qu'elle lui faisait. Elle enfonça les doigts dans ses cheveux et l'éloigna de sa poitrine. Ses lèvres rencontrèrent les siennes, humides et sauvages. Il la plaqua contre le mur et frotta son érection contre son bas-ventre. Elle gémit. Cette vibration passa entre eux comme une caresse.

C'était de la folie. Ils n'auraient jamais dû faire ça, mais après l'enfer des derniers jours, il voulait vivre une expérience qui n'avait rien à voir avec la mort ou la dépravation.

Il reposa les pieds d'Ashley au sol et défit le bouton de son pantalon. Il baissa sa fermeture éclair, les yeux rivés sur les siens pendant tout ce temps, mais ne vit aucune objection. Ils étaient dans un lieu public et s'ils étaient pris, ils se feraient virer tous les deux. Il glissa un doigt en elle et elle se serra autour de lui, haletant de plaisir. Il en ajouta un autre, les faisant entrer et sortir, trouvant le point qui lui faisait fermer les yeux. Ses bras tremblaient, s'accrochant à lui.

— J'ai tellement envie d'être en toi, Ash.

Elle émit un son qui était un mélange de supplication et de gémissement.

— Mais je n'ai pas de préservatif.

— Moi non plus.

La frustration étranglait sa voix.

Il aurait donné tout ce qu'il avait pour se glisser en elle en dépit du bon sens, mais il ne se laissait pas gouverner par le désir. Il prit sa main et la maintint au-dessus de sa tête, puis ajouta l'autre main pour la plaquer à nouveau contre le mur, la blouse déboutonnée, à moitié déshabillée. Elle frissonna en le regardant, les yeux immenses et lumineux tandis qu'il passait très lentement, très délibérément, le bout de son doigt sur ses lèvres, sa gorge, sa clavicule. Sur le pic turgescent d'un téton, puis le long de sa cage thoracique maigre. Il fit le tour de son doux nombril avant de suivre la peau lisse jusqu'à sa culotte de dentelle noire. Elle haleta quand il glissa deux doigts en elle.

Il embrassa le côté de sa bouche, voulant voir son visage

quand elle atteindrait le point de non-retour. Il posa sa paume sur son pubis, se servant de sa cuisse pour enfoncer ses doigts plus profondément en elle.

— Oh, mon Dieu. Je dois t… t'avertir.

Son souffle était haché et sa voix tremblait.

— Je suis bruyante.

— Bruyante ?

Il mordilla le lobe de son oreille.

— Quand je jouis. Je suis vraiment bruy…

Il avala son cri, faisant durer son orgasme jusqu'à ce qu'elle s'effondre mollement contre lui. Et il dut rester immobile, contrôlant sa respiration tandis que son rythme cardiaque ralentissait et que le sang était dévié vers d'autres parties de son corps.

Puis il la libéra doucement, remontant sa fermeture éclair, boutonnant son pantalon, son chemisier. Il renonça à essayer de rentrer sa blouse, mais rajusta sa veste et son manteau, les fermant pour l'aider à combattre le froid soudain dans l'air. Il garda les yeux rivés sur les siens pendant tout ce temps avant de reculer d'un pas.

Elle fronça les sourcils.

— Mais tu n'as pas…

— Ça n'a pas d'importance.

Le besoin de jouir battait toujours dans son sang, mais son cerveau avait repris le contrôle.

Elle l'observa pendant un long moment, essayant de lire en lui dans l'obscurité.

— On n'aurait pas dû faire ça. C'était une erreur.

— On en avait tous les deux besoin.

Il lui toucha la joue.

— Je n'en parlerai à personne. En fait, j'aimerais remettre

ça, un jour. Peut-être comme il faut, dans un lit et temps imparti.

Elle écarquilla les yeux et il rit de sa surprise.

— Je t'apprécie, Ashley, au cas où tu ne l'aurais pas compris.

Il lut la peur dans son regard et elle détourna sa joue.

— Ne fais pas ça.

— Ne pas faire quoi ? demanda-t-il. T'apprécier ? Tu penses que j'embrasse toutes les femmes que je croise dans la rue ?

Ashley lui envoya un regard dédaigneux.

— Si l'un de nous avait eu un préservatif, tu aurais eu ta récompense, et tu le sais.

Il était si près qu'il pouvait encore sentir les traces de son excitation et il avait du mal à retrouver ses esprits.

— J'ai eu ma récompense, ma belle. Te voir perdre le contrôle n'est pas quelque chose que je vais oublier de sitôt.

Les joues d'Ashley s'assombrirent, mais elle arborait un regard glacial.

— C'est peut-être ta personnalité chaleureuse qui fait que je t'aime tant.

Il espérait un sourire, mais son expression s'était fermée.

— Ne sois pas naïf, Lucas. Tu n'as pas besoin d'aimer quelqu'un pour le baiser, dit-elle.

Sa tentative de le repousser ne le surprit pas, mais elle le mit en colère.

— Tu as raison. Je n'ai pas besoin de t'apprécier pour te baiser, mais c'est le cas.

Il se pencha plus près.

— Et après t'avoir sentie jouir sur mes doigts, j'ai *vraiment* envie de te baiser. Alors, garde ça en tête la prochaine fois que tu me suivras dans une ruelle à minuit.

Elle parut légèrement choquée par son avertissement. Il n'était pas aussi gentleman que d'habitude. Elle se dégagea de son emprise et s'éloigna du mur comme si elle venait de prendre conscience de son environnement.

— Je te raccompagne jusqu'à l'hôtel.

Elle secoua la tête.

— Pas besoin. Je peux prendre soin de moi-même.

Puis elle partit sans un regard en arrière. Il la suivit discrètement à bonne distance en se demandant pourquoi il était attiré par une femme aussi compliquée. Il suivit ses pas vifs et furieux sur la route, et eut un sourire sinistre. Quelle que soit la raison, il était prêt à en supporter bien plus juste pour goûter à nouveau cette bouche.

CHAPITRE NEUF

ASHLEY ETAIT DE mauvaise humeur depuis la nuit précédente, où elle avait été prête à laisser Lucas Randall la baiser contre un mur de briques. Malgré cette scène embarrassante, son attirance pour cet homme grandissait au lieu de diminuer. Il avait été si *noble* à propos de tout ça. Le fait qu'ils aient tous deux mis en danger leur carrière pour ce moment de passion éphémère l'horrifiait.

Et la faisait vibrer.

Ce qui la consternait.

Sa vie était si banale. Si étriquée. Si *ennuyeuse*.

Cela devait arriver.

Cette connexion inattendue avec Lucas Randall l'avait bousculée et lui avait volé son bon sens habituellement inébranlable. Sa vie n'était pas un jeu. Elle avait cédé à ses désirs égoïstes une fois par le passé, et des gens étaient morts. Elle ne pouvait pas revivre ça. Elle ne survivrait pas une seconde fois.

Elle tapota son stylo sur son bloc-notes et se força à inspirer lentement. Il n'y avait aucune raison de penser que ses ennemis étaient toujours à sa recherche. Ils la croyaient morte depuis des années. C'était juste cette affaire qui la rendait nerveuse.

Elle étouffa un bâillement alors que sa nuit blanche la

rattrapait. Alex Parker ne l'avait pas encore rappelée concernant la possibilité que quelqu'un ait pénétré dans le système du FinCEN. L'ASAC Frazer semblait vouloir les retirer Mallory et elle de l'affaire, et le temps pressait. La dernière chose dont elle avait besoin après avoir travaillé si dur était un blâme dans son dossier. Elle n'avait même pas encore fini sa période d'essai au sein du DSC.

Mallory émit un bruit de l'autre côté de la table.

— Quoi ? demanda Ashley, heureuse d'être distraite de ses pensées tourbillonnantes.

Même si elle essayait de ne pas s'attacher à sa collègue, cela s'avérait impossible dans un espace aussi restreint.

Mallory leva les yeux de son ordinateur portable.

— J'ai demandé à Alex d'enquêter sur le signalement des fugitifs près du port.

Les autorités venaient de terminer la fouille du terminal de Conley. Ce n'était pas très encourageant.

— Et… ?

— L'appel venait d'un téléphone prépayé à Chinatown.

Ashley réfléchit à ce que cela impliquait.

— Ce n'est pas totalement invraisemblable. Quelqu'un voulait peut-être passer cet appel incognito par crainte des représailles – regarde ce qui est arrivé à Susan Thomas.

L'image du corps brutalisé de la femme lui traversa l'esprit. Ashley avait vu plus de morts violentes avant son dix-septième anniversaire que la plupart des gens en une centaine de vies, mais ce meurtre avait été particulièrement horrible. Elle savait par expérience que la seule chose qui atténuait l'horreur était le temps.

— C'est vrai, mais les seules personnes que je connais qui ont des téléphones prépayés ont généralement quelque chose à cacher.

Mallory écarta sa chaise de la table et se leva.

— Le propriétaire de ce téléphone prépayé vient de le rallumer. Alex a identifié la provenance du signal. Le restaurant Sun Garden à Chinatown.

Ashley attrapa son manteau.

— Ça te dirait de manger chinois ?

— Je suis affamée.

Mallory empocha son téléphone et vérifia son arme de poing, son arme secondaire et le Taser qu'elle portait habituellement.

Elles se dirigèrent vers la porte et l'ouvrirent, s'arrêtant brusquement en tombant sur Lucas Randall.

Ashley sentit le rose lui monter aux joues.

— Où vous allez, toutes les deux ?

Il la regardait avec méfiance comme si elle allait le mordre. Elle faillit gémir à voix haute en se rappelant qu'elle lui avait dit qu'il pouvait la baiser, mais qu'il n'avait pas le droit de l'aimer. Elle avait dû passer pour une sorte de nympho moralement dépravée, alors que tout ce qu'elle voulait, c'était le protéger.

— À Chinatown, répondit Mallory, comme Ashley jouait les muettes.

— Vous avez une piste ? fit-il, le regard brillant.

— Ouaip. Le téléphone portable utilisé pour signaler que les fugitifs ont été vus dans la zone portuaire vient d'être mis en service dans un restaurant du coin. On va aller vérifier. Voir si on peut identifier l'appelant.

Lucas croisa les bras et regarda Mallory.

— Et votre plan, c'est de faire quoi exactement ? Entrer et arrêter toute personne avec un téléphone portable ? Pour avoir été un bon samaritain ? Sloan ne va pas apprécier.

Mallory fronça les sourcils.

— Je vais demander à Alex d'appeler le numéro quand on sera là-bas. Histoire de voir si quelqu'un répond. On peut au moins photographier la personne. Si elle n'a rien à se reprocher, elle ne saura jamais qu'on a vérifié son identité. Si c'est un criminel, il pourrait nous mener directement aux fugitifs.

— Alex sait ce que vous comptez faire ? Ou Frazer ?

— Je dois faire mon travail, Lucas.

Mallory mit les mains sur les hanches quand Lucas planta son bras solidement contre le montant de la porte.

— Aux dernières nouvelles, tu es censée être assise à un bureau.

— Alors… quoi ? demanda Mallory. Je suis censée rester assise et faire des recherches sur le ViCAP plutôt que d'agir sur des informations sensibles alors même que le FBI est surchargé ? Envoyer Ashley toute seule ? Certainement pas.

Lucas semblait indifférent à son discours.

Les épaules de Mallory s'affaissèrent.

— Tu aurais une lime à ongles pour que je puisse me les limer après avoir fini de taper ?

Il lui sourit.

— Je te connais depuis trop longtemps pour te laisser me manipuler.

Elle lui fit la grimace.

— Alors, quelle est ton idée ? Donner l'info à la police de Boston ?

— Agent Chen.

Il se retourna et s'adressa directement à elle. La bouche d'Ashley était si sèche que c'était comme si elle avait avalé du sable.

— Il paraît qu'il y a un très bon restaurant chinois dans le coin et j'ai faim. Voudriez-vous vous joindre à moi pour le déjeuner ?

Elle força sa voix à rester stable.

— Ils reconnaîtraient un fédéral à un kilomètre à la ronde.

— On va s'arrêter à l'hôtel et se changer.

— Tu auras toujours l'air d'un fédéral, marmonna Mallory, mais il en était de même pour elle.

Peu d'agents pouvaient se fondre dans ce quartier. C'était un avantage qu'Ashley était ravie de pouvoir exploiter.

— Je vais faire semblant d'être le petit ami de l'agent Chen qui l'emmène déjeuner.

Le regard de Lucas laissait présager des problèmes.

Mallory roula des yeux.

— Alors tu ferais mieux de commencer à te comporter en petit ami et à l'appeler par son prénom.

Une fossette apparut au coin de la bouche de Lucas. Ashley se souvint de sa bouche sur son sein et ressentit un picotement entre les cuisses. Malgré le fait qu'ils étaient au travail, elle avait à nouveau envie de lui. Et à en juger par son regard, il en était conscient.

— Aucun problème. Ashley.

Sa voix devint rauque, et Ashley sentit des frissons sensuels la parcourir.

C'est une très mauvaise idée.

Il se retourna vers Mallory.

— On appellera quand on sera là-bas et Alex pourra mettre le téléphone sur écoute.

— Très bien.

Mallory retira sa veste et la jeta sur le dossier de son fauteuil de bureau. Il était clair que la situation ne lui plaisait pas, mais Lucas avait raison de dire qu'elle était officiellement cantonnée aux tâches administratives. Frazer n'avait pas apprécié qu'ils aient manqué de peu de croiser un meurtrier la veille. Ashley aurait dû être la première à dire à Mallory qu'elle ne pouvait pas participer à l'opération, mais il était difficile de retenir une autre femme, surtout sur une affaire aussi évocatrice d'émotions que celle-ci.

Mallory passa ses doigts dans ses cheveux courts et s'assit à nouveau derrière la table.

— Tu peux me rendre un service ?

— N'importe quoi.

Lucas sourit et Ashley sentit un « ping » naître sous sa cage thoracique comme une boule de flipper qui s'amuserait.

Mallory le regarda d'un air sévère.

— Ne crois pas que tu vas t'en tirer si facilement. Mais ramène-moi quelque chose à manger, d'accord ?

— Pas de problème.

Il s'éloigna de la porte et laissa Ashley passer devant.

— Vous avez réussi à identifier le conducteur du mini-van ? demanda-t-il, tout à son travail.

Le cœur d'Ashley s'emballa, mais Lucas ne semblait pas perturbé par leurs quasi-ébats nocturnes. Elle avait besoin de mettre ça derrière elle aussi. Elle avait besoin d'oublier qu'ils avaient failli faire l'amour.

— J'ai passé l'image dans les bases de données NGI du département de la Justice, ABIS du département de la Défense et IDENT de la sécurité intérieure en utilisant l'interopérabilité. Ça n'a rien donné. Je vais contacter Interpol.

Elle était contente de pouvoir se concentrer sur l'affaire.

— Je cherche toujours à savoir comment ils ont découvert

Susan Thomas, mais Alex Parker ne répond pas à mes appels. Au cas où tu ne l'aurais pas encore réalisé, ce n'est pas mon plus grand fan.

Il grogna et changea de sujet.

— Quelqu'un a-t-il trouvé quelque chose d'utile sur les victimes qui ont été identifiées jusqu'à présent ?

— Mallory les examine, mais elle n'a trouvé aucun lien. Je soupçonne que beaucoup d'entre eux étaient des fugueuses ou qu'elles ont été attirées depuis des pays étrangers, et les chances d'avoir leur ADN dans le système sont minimes.

Le visage de Lucas exprimait la colère.

— Si vous trouvez des liens avec des casinos, dis-le-moi.

— D'accord, parvint-elle à répondre. On commence à recevoir l'identité des clients photographiés dans les heures précédant la descente. L'agent Mayfield a dressé une liste et il y a une réunion cet après-midi sur la meilleure façon de les approcher et sur la technique d'interrogatoire à employer. Mallory a accepté d'assister à la réunion pour aider à élaborer des tactiques.

Elle consulta sa montre.

— Qu'est-ce que tu as fait ce matin ?

— Pas grand-chose.

— Tu te comportes de nouveau de manière suspecte, nota-t-elle sèchement.

— Il n'y a rien à dire.

Lucas appuya sur le bouton de l'ascenseur et ils montèrent à l'intérieur. Ils se placèrent de part et d'autre, se regardant fixement. Ils savaient tous les deux ce qui s'était passé la dernière fois qu'elle avait trouvé qu'il agissait de façon suspecte.

Elle décida de jouer franc jeu. Elle voulait qu'il la croie.

— Mallory a dit que tu étais très mauvais niveau *poker face*.

Il haussa un sourcil et lui indiqua de passer en premier lorsque les portes s'ouvrirent au rez-de-chaussée.

— Elle pense que quelqu'un d'autre a survécu à l'explosion.

Elle parla si doucement que les mots quittèrent à peine sa bouche.

— Mallory a tort.

Il inclina la tête et lui lança un regard froid qui fit se dresser ses cheveux sur sa nuque.

Et merde.

— Je n'aurais rien dû dire.

Il lui tint la porte et héla un taxi. Elle monta et croisa les jambes, consciente de la ligne ferme de sa mâchoire et de son regard dur. Il ne dit rien et en l'espace de deux minutes, ils étaient de retour à leur hôtel et se dirigeaient vers le huitième étage. Pour une raison quelconque, elle ne pouvait s'empêcher de penser que la dernière fois qu'ils avaient emprunté cette même route, le voyage s'était terminé par un baiser brûlant. À présent, Lucas était devenu distant et inaccessible.

Et c'était exactement ce qu'elle voulait, se rappela-t-elle.

— Si tu as un gilet, mets-le, lança-t-il par-dessus son épaule alors qu'elle arrivait à sa porte. Il ne s'arrêta pas et elle le regarda s'éloigner avec un sentiment familier d'isolement qui se refermait sur elle.

Depuis quand s'en souciait-elle ?

Irritée contre elle-même, elle entra dans sa chambre, défit son pantalon et le posa sur une chaise. Elle enfila un jean moulant et rentra son chemisier dedans. Elle regarda son gilet en Kevlar. Il était encombrant et gênant, mais elle n'avait aucune idée de ce qui l'attendait. En soufflant, elle retira son holster d'épaule, enfila le gilet et adapta un étui à sa ceinture. Par-dessus, elle passa un grand pull blanc à col roulé qui descendait jusqu'à mi-cuisse, et attrapa une veste en cuir assez longue pour couvrir le renflement de son arme. Elle mit ses cartes de crédit dans sa poche intérieure, enfila de grandes bottes et glissa un sac à main sur son épaule. Elle regagna le couloir au moment même où Lucas sortait de sa chambre, vêtu d'un jean, de baskets, d'un T-shirt bleu marine et d'un sweat à capuche gris.

Son T-shirt collait à ses pectoraux bien dessinés, laissant entrevoir ses abdominaux.

— Où est ton gilet ? demanda-t-elle en ignorant le couinement de sa voix.

— Je n'ai rien qui puisse le cacher, sauf ma tenue d'intervention. Pas sûr que ce soit approprié pour une reconnaissance sous couverture.

Elle appuya sur le bouton d'appel de l'ascenseur. Elle ne savait pas s'il était un connard sexiste de lui avoir dit de mettre le sien, ou juste un bon agent veillant sur un collègue.

Le Kevlar s'enfonçait dans sa taille.

— Tu vois que je porte le mien ? demanda-t-elle nerveusement.

Il la détailla lentement. Ses yeux bruns chauds croisèrent les siens.

— Non.

Le souvenir de la nuit précédente flottait dans l'air entre eux. Elle s'efforça d'adopter un visage impassible pour masquer son excitation. Elle ne se souvenait pas de la dernière fois qu'un homme l'avait autant retournée. Peut-être à l'université ? Sentant qu'elle tombait amoureuse, elle avait fui pour que personne ne souffre davantage.

— Où as-tu fait ta formation ? demanda-t-il.

L'ascenseur se déplaçait à la vitesse d'une tortue.

Sa curiosité sur sa vie était quelque peu troublante.

— Denver, Minneapolis et un court passage à New York. Ce dernier avait alimenté son addiction au shopping, mais n'avait pas atténué sa peur de l'océan.

— Ça t'a plu ?

Tiens-t'en au travail et tout ira bien.

— Les bons informaticiens sont très recherchés au sein du FBI, donc j'ai été bien occupée. Et j'aime être occupée.

— C'est pour ça que je n'arrête pas de demander de l'aide à Alex. Qu'est-ce qui cloche au FBI ? Pourquoi on peine à attirer les geeks ?

Les portes de l'ascenseur s'ouvrirent sur le hall et tous deux se frayèrent un chemin au milieu de la foule de gens qui faisaient la queue pour s'enregistrer. On aurait dit que la convention de tracteurs avait quitté la ville.

Elle contourna un groupe de femmes avec des valises.

— Les très bons éléments sont recrutés par des chasseurs de têtes au lycée. Et beaucoup d'élèves brillants ne prennent même pas la peine d'aller à l'université ou d'obtenir un diplôme, ce qui signifie qu'ils ne peuvent pas postuler au FBI en tant qu'agents.

Il haussa les sourcils d'un air interrogateur.

— Les plus brillants en savent déjà plus que la plupart des professeurs sur certains aspects de l'informatique.

— Les hackers, fit-il d'une voix où perçait le dédain.

— Pas seulement les hackers.

Il était facile d'être dédaigneux quand on ne comprenait pas.

— Et tous les hackers ne sont pas mauvais, ajouta-t-elle en haussant les épaules. Ce n'est pas très différent de jouer avec des LEGO, même si les « hackers » sont généralement plus préoccupés par la recherche de failles dans un système existant que par la construction de quelque chose à partir de zéro.

Ils sortirent par la porte principale et prirent la rue vers le sud.

— Les hackers commencent souvent par essayer de comprendre tout ça quand ils sont encore enfants. C'est comme un jeu. Un casse-tête. Même ceux qui font des choses folles comme essayer de pirater la NSA – ils ne croient généralement pas qu'ils peuvent réussir.

Il avait l'air sceptique.

— Tu as été une hackeuse ?

Elle tint la porte à une famille.

— Disons que je m'amusais sur le net.

— Ça ne répond pas à la question.

— C'est drôle, dit-elle d'un ton sec. Je pensais avoir réussi mes tests d'antécédents et mon polygraphe pendant mon entretien.

Son parcours était impeccable et elle le maîtrisait si bien qu'il était devenu plus proche de la vérité que la réalité compliquée et épineuse. L'hypnose et des heures de pratique lui avaient permis de réussir ces tests. Ça et le fait qu'elle croyait en elle et en ses raisons de rejoindre le FBI.

Le fait qu'elle ait menti ne serait un problème que si elle se faisait prendre.

— Tu es allée à l'université – est-ce que ça veut dire que tu n'es pas si douée que ça en informatique ? demanda-t-il ironiquement.

— Je suppose que je ne voulais pas me fermer de portes.

Elle lui adressa un sourire réticent lorsqu'ils rejoignirent le trottoir. La brise glaciale lui ramenait les cheveux dans le visage et Ashley regretta de ne pas avoir pris un bonnet et des gants.

— Mon père travaillait dans le secteur de la technologie et a toujours essayé de me transmettre l'importance de l'éducation et des qualifications. Il m'a appris le code dès que j'ai su écrire. L'informatique est devenue une seconde nature.

— Était ? Il n'est plus là ?

— Mes parents sont morts dans un accident de voiture quand j'avais 15 ans.

Ashley ravala la boule de chagrin qui se formait toujours quand elle pensait à son père et à sa mère. À force d'enquêter sur leur mort, elle était convaincue que cela n'avait pas été un accident.

Le regard de Lucas changea. Ses yeux se firent plus sombres.

— Je suis désolée.

Elle hocha brusquement la tête et se détourna. Elle n'aimait pas mentir, ce qui était une des raisons pour lesquelles elle n'aimait pas parler d'elle. Mais la vérité était dangereuse à bien des égards – un bon rappel de la raison pour laquelle elle ne pouvait pas se permettre de se rapprocher de qui que ce soit. Être seule n'était rien comparé au fait d'être responsable de la mort de quelqu'un.

— Tu aurais pu te faire un nom dans la cybersécurité. Au lieu de ça, tu as rejoint le FBI. Pourquoi ?

— J'aurais le droit de te poser autant de questions quand tu auras fini ?

Il sourit avec une pure confiance masculine.

— Ma vie est un livre ouvert. Dis-moi pourquoi tu as

rejoint le FBI et tu pourras me demander n'importe quoi.

— Je voulais faire la différence pour mon pays. Me battre pour la justice.

Elle haussa les épaules.

— Je voulais de la légitimité.

Il l'observa pendant un moment, comme s'il jaugeait sa réponse.

Peut-être était-ce trop honnête. Peut-être pensait-il que ses raisons étaient naïves, mais elle n'était pas du genre à partir à la guerre, et elle ne voulait pas se contenter de patrouilles. Rejoindre le FBI lui offrait la meilleure chance de mettre ses compétences à profit de manière constructive.

— Comment tu veux qu'on la joue ? demanda-t-elle alors qu'ils approchaient de Chinatown.

Il passa son bras autour de ses épaules et elle se figea lorsqu'il la rapprocha de lui. Il chuchota dans ses cheveux :

— Juste un homme qui emmène sa petite amie déjeuner. On peut s'asseoir, manger un bout et inspecter les lieux. Prendre des photos et voir si Alex arrive à localiser le téléphone. Si le signal est proche, on essaiera de le suivre. Si ce n'est pas le cas, on pourra toujours passer en revue l'affaire.

Cela semblait être un plan raisonnable, mais le corps de Lucas pressé contre elle était un peu trop agréable à son goût.

— Hé, fit-il en la serrant. Détends-toi et fais comme si tu m'appréciais.

Elle le regarda de travers, car il faisait ouvertement référence à leur échange de la veille au soir, alors qu'elle essayait de faire comme si rien ne s'était passé.

— Je t'apprécie, Lucas. C'est juste que je ne veux *pas* t'apprécier.

Il eut un petit sourire.

— Je ne sais pas quoi penser de cette déclaration. Heureusement que mon ego se porte bien.

— Ton ego n'a clairement aucun problème, marmonna-t-elle.

Il arbora un sourire pervers. Elle ne savait pas pourquoi elle le trouvait si attachant.

— Je devrais déposer une plainte pour harcèlement sexuel.

— Tu as raison, dit-il d'une voix soudain sérieuse. J'ai dépassé les bornes hier soir. Si tu n'es pas à l'aise avec ça…

— *Nous*, souligna-t-elle. *Nous avons* dépassé les bornes. J'étais clairement consentante. Dans le cas contraire, tu aurais de sacrés bleus à certains endroits clés.

Elle avait déjà connu trop de déceptions dans sa vie pour prétendre le contraire. Elle en avait davantage profité que lui, et s'était comportée comme une garce après coup.

Déterminée à jouer son rôle, elle caressa les doigts de Lucas sur son bras.

— Ce n'est pas un mauvais plan, bien que les locaux soient méfiants à l'égard des étrangers.

Leurs yeux se croisèrent et ils déglutirent tous deux et détournèrent le regard. Essayant de dissiper la tension, elle jeta un coup d'œil autour d'elle.

— Au moins, il n'y a personne qui nous suit.

Il la serra à nouveau dans ses bras avant de la libérer et de lui prendre la main.

— Je suis trop prudent. Je suppose que c'est ce qui arrive quand on essaie de vous faire sauter.

— La paranoïa peut avoir du bon, dit-elle prudemment.

C'était son mode de vie.

Ils continuèrent de marcher, se faufilant entre les gens en pause déjeuner. Il était étrange et inhabituel de tenir la main de quelqu'un. Bien trop romantique pour une femme comme elle. Elle avait réduit la romance dans sa vie à des coups d'un soir occasionnels et transpirants, et à de froids *sayonaras*. Si elle avait envie d'un dîner et d'un film, elle y allait seule, si elle voulait des fleurs, elle se les achetait.

Peut-être que des baisers torrides contre des murs froids et humides n'étaient pas si étonnants après tout.

— Alors, où as-tu grandi, Ash ? Ça te dérange si je t'appelle Ash ?

Personne, à l'exception de sa famille proche, ne lui avait jamais donné de surnom, mais elle s'efforça de répondre sur un ton neutre :

— Eh bien, comme on sort ensemble…

Elle leva la tête et croisa son regard. Les yeux de Lucas étaient d'un brun intense et profond. Les siens étaient noirs comme du charbon, mais ceux de Lucas étaient d'un marron riche et vibrant.

Elle s'éclaircit la gorge en essayant de faire le tri dans ses pensées.

— Après la mort de mes parents, j'ai vécu avec ma marraine à Long Island. Elle est morte il y a quelques années.

— Je suis désolée.

Ses doigts serrèrent les siens plus fort.

Il y avait quelque chose de si attirant dans les bonnes manières et l'intérêt sincère, surtout chez un mâle alpha grand et sexy. Elle n'avait pas réalisé qu'elle était sensible à ce genre d'attrait.

— Tu n'as personne d'autre ? Pas de frères et sœurs ? demanda-t-il.

— Ils sont tous partis.

La brise se leva. Une bonne excuse pour les larmes qui lui

étaient montées aux yeux.

— Et toi ?

— Trois grandes sœurs qui sont toutes mariées et ont des enfants.

Les yeux de Lucas scrutaient tous les visages qu'ils croisaient.

— La bonne nouvelle, c'est que ça évite à mes parents de me pousser constamment à fonder une famille.

— Quelle est la mauvaise nouvelle ?

Il lui adressa un sourire.

— Ça n'arrête pas mes sœurs.

Le cœur d'Ashley se mit à battre la chamade dans sa poitrine. Il était temps de passer à un sujet moins personnel.

— Voilà le restaurant.

Elle désigna une enseigne devant elle, écrite en anglais et en cantonais. Le Sun Garden. Ils s'arrêtèrent devant la vitrine et consultèrent le menu. Elle utilisa l'excuse d'appeler Mallory pour lui lâcher la main.

— On est au restaurant, dit-elle à sa collègue du DSC-4. Tu veux qu'on te ramène quelque chose en particulier ?

Elle sourit au cas où quelqu'un les observerait *bien*. Lucas l'avait rendue paranoïaque, elle aussi.

— Alex a *pingué* le téléphone prépayé il y a deux minutes et il était toujours à proximité, dit Mallory. Et du poulet kung pao, s'il te plaît.

Ashley croisa le regard de Lucas et hocha la tête.

— Pas de problème.

Ashley raccrocha et suivit Lucas à l'intérieur. Une odeur fabuleuse se dégageait des cuisines et le restaurant était rempli de clients asiatiques – ce qui était toujours bon signe. Il y avait de l'attente pour avoir une table, aussi s'installèrent-ils près d'un mur couvert de flyers, attendant patiemment qu'une serveuse les fasse asseoir.

Lucas fit courir sa main le long de son bras et prit ses doigts dans les siens.

— Je suppose que c'était une bonne nouvelle ? Il porta la main d'Ashley à ses lèvres et elle sut que ses yeux étaient grands comme des soucoupes quand il lui embrassa les doigts. Il se pencha pour effleurer sa joue de la main.

— Je ne suis pas le seul à avoir besoin de travailler sa *poker face*.

Elle parvint à s'extraire de sa torpeur en clignant des yeux. Il avait réussi à la déstabiliser, ce qu'elle n'appréciait pas. Elle l'attira alors contre elle en le tirant par le sweat, le mordillant assez fort pour le faire tressaillir avant qu'il n'ouvre la bouche. Puis il la surprit à nouveau en plaquant ses hanches contre les siennes et en l'embrassant passionnément. Un désir brut et primaire l'envahit, faisant battre son cœur et tanguer son cerveau. Il inclina le menton d'Ashley et démolit le peu de défenses qu'il lui restait.

Le bruit désapprobateur d'un raclement de gorge les poussa à se séparer comme un couple d'adolescents aux hormones en ébullition. Ils restèrent à se fixer pendant un long moment et les yeux de Lucas lui dirent qu'ils n'en avaient pas fini, loin de là.

Elle sentait ses joues chauffer. Elle l'avait embrassé pour lui prouver qu'elle avait le contrôle, mais il le lui avait encore arraché. Sa peau était hypersensible, ses nerfs vibraient. Elle n'aimait pas ça. Elle n'aimait pas ça du tout. Le moyen le plus rapide de mettre fin à cette attirance serait qu'ils s'envoient en l'air pour enfin pouvoir passer à autre chose. Mais il lui avait dit qu'il l'appréciait et elle ne savait que faire de cette information.

Il lui prit la main et la tira pour suivre la serveuse désapprobatrice jusqu'à la table. La femme pinça les lèvres, rechignant à arborer le moindre sourire, et les laissa avec des menus et de l'eau.

— Tu as faim ?

Il enleva son sweat à capuche et le posa sur le siège à côté de lui. Il tira son T-shirt par-dessus son arme de poing, laissant apparaître ses pectoraux. Il s'avérait qu'il n'avait pas besoin de porter un costume pour être appétissant.

— Je suis affamée.

Les narines de Lucas se dilatèrent et un muscle se contracta dans sa mâchoire. Il remercia d'un signe de tête la serveuse qui leur apportait du thé et des baguettes.

— Alors, qu'a dit Mal ?

— Il est là.

Ne voyant personne au téléphone, elle prit son menu. Quand la serveuse revint, elle commanda du bœuf avec une sauce aux haricots noirs et Lucas commanda du *chow mein* et du poulet *kung pao* pour Mallory. Elle ajouta du riz frit.

Lorsqu'ils furent de nouveau seuls, Lucas lui prit la main sur la table.

Elle le regarda avec méfiance.

— Tu as l'air d'apprécier beaucoup trop ce rôle.

— Dit la femme qui vient de m'embrasser avec fougue.

Une once de vengeance se lisait dans ses yeux sombres.

Elle retira sa main et leur servit du thé, un rituel qu'elle appréciait, reconnaissante de l'excuse que cela lui donnait de ne pas le toucher.

— C'était juste pour faire valoir un point.

— N'hésite pas à recommencer quand tu veux.

Un côté de sa bouche se retroussa en un sourire engageant. Il était assez séduisant pour faire tourner les têtes. Surtout ici, où il se distinguait par sa taille.

Elle s'efforça d'adopter un ton froid.

— Tu sais ce qui arrive quand tu joues avec le feu, le prévint-elle.

Tu te brûles.

Les yeux de Lucas lui indiquèrent qu'il avait compris, mais loin d'avoir l'air contrit, il semblait au contraire intéressé, et cela remuait quelque chose en elle qui annonçait des problèmes. Son portable sonna. Mallory. Dieu merci.

— Alex est sur le point d'appeler le numéro en prétextant du démarchage.

Ashley se rapprocha de Lucas de l'autre côté de la table et lui répéta à voix basse ce que Mallory lui avait dit.

— Ça sonne.

Elle garda la tête immobile tandis que ses yeux scrutaient les clients. Lucas faisait la même chose dans la direction opposée.

— Je l'ai, annonça Lucas.

Il jouait avec son téléphone comme s'il prenait une photo d'elle, mais il photographiait en réalité quelqu'un derrière elle. Elle multiplia les poses jusqu'à ce qu'il pose le portable, puis elle le regarda envoyer la photo d'abord à Mallory, puis à quelqu'un d'autre, probablement Parker.

L'estomac d'Ashley se mit à gargouiller au moment où les entrées arrivèrent. Elle pensait qu'elle serait trop tendue pour manger, mais dès qu'elle sentit la nourriture, la faim prit le dessus. Son portable sonna. Mallory de nouveau.

— Son nom est Charlie Lee. Il est recherché pour ne pas avoir payé sa caution suite à une agression.

Ashley transmit les informations que Mallory lui avait données à Lucas, qui avait déjà dévoré son entrée.

— Eh merde, marmonna Lucas entre deux bouchées de rouleau de printemps. Il est en mouvement.

— Tant pis pour le déjeuner.

Elle prit une rapide gorgée de thé.

Au lieu de sortir par la porte d'entrée, Lee se dirigea vers la cuisine. Dès qu'il fut hors de vue, Lucas se leva et ils marchèrent tous deux dans cette direction. Puis le type réapparut à la porte de la cuisine avec un sourire sur le visage, mais s'arrêta net quand il les vit approcher. Ashley et Lucas étaient peut-être en tenue décontractée, mais il était évident pour quiconque avait la moitié d'un cerveau qu'ils étaient en mission officielle.

Lee tourna les talons et disparut dans la cuisine. Lucas contourna une table et bouscula un couple qui se levait pour partir. Ils poussèrent des cris offusqués, mais Ashley les bouscula à son tour, s'excusant en cantonais. Elle suivit Lucas dans la cuisine.

Son regard passa sur les cuisiniers tandis qu'elle poursuivait leur cible, qui se dirigeait à présent vers la sortie arrière. Le type passa la porte avec l'agilité de Vil Coyote.

Lucas atteignit la sortie avant elle, et entra dans la ruelle. Elle avait une fraction de seconde de retard sur lui. Ils se mirent à courir à toutes jambes, martelant la chaussée, essayant désespérément de réduire la distance entre le suspect et eux.

— FBI. Plus un geste ! cria Lucas.

Le cœur d'Ashley battait la chamade et ses poumons la brûlaient, mais elle ne ralentit pas le rythme. Lucas gagnait du terrain sur le suspect, lentement au début, puis plus rapidement. Charlie Lee jeta un coup d'œil derrière lui, glissa sur des ordures et tomba par terre, décrivant deux roulades. Il se releva rapidement, mais un camion poubelle traversa l'allée devant eux en grondant, lui coupant la route. Lee essaya d'esquiver, mais il n'y avait pas assez d'espace entre le camion et la benne à ordures pour qu'il puisse se faufiler. Lucas le plaqua au sol et ils volèrent tous deux dans les airs, le camion s'arrêtant tandis que les deux hommes roulaient sur le sol.

Ashley sortit son arme et montra son badge au conducteur aux yeux écarquillés. Elle maintint le contact visuel jusqu'à ce qu'il stationne le camion.

Lucas passa les menottes à Lee en cinq secondes chrono. Ashley demanda qu'une voiture de police les rejoigne au restaurant tout en remettant le gars sur pied. Ils pourraient utiliser le fait qu'il n'avait pas payé sa caution pour obtenir des renseignements sur les personnes qui géraient le bordel clandestin – en supposant qu'il sache quelque chose. Peut-être quelqu'un l'avait-il payé pour mentir sur ce qu'il avait vu. Peut-être était-ce comme une farce pour lui parce qu'il détestait les forces de l'ordre.

Mais pour l'heure, Charlie Lee était ce qu'ils avaient de plus proche d'une piste.

Faisait-il partie de cette entreprise criminelle ? Étaient-ils solidement implantés aux États-Unis, ou commençaient-ils à peine ? Tout chez ces gars-là était extrêmement sophistiqué, et Ashley n'aimait pas ça.

— Je dois récupérer mon sweat-shirt, lui dit Lucas tandis qu'elle glissait son portable dans sa poche.

Ils ramenèrent le suspect vers le restaurant pour attendre la cavalerie.

— Pourquoi vous êtes-vous enfui, M. Lee ? demanda Lucas, en tenant l'homme par le bras.

Le type haussa les épaules et lui jeta un regard noir.

— Pourquoi travaillez-vous pour les fédéraux ?

Elle échangea un regard avec Lucas, mais ne répondit pas.

— Vous êtes la pire espèce de Chinois, ricana Charlie Lee.

Elle eut un sourire amer.

— Pardonnez-moi si je ne suis pas très impressionnée par les insultes d'un homme menotté.

Lee manifesta une certaine résistance lorsqu'ils s'approchèrent du restaurant, mais Lucas le poussa fermement.

Ils entrèrent dans la cuisine par la porte arrière. Les chefs étaient encore en train de cuisiner, mais ils leur jetèrent des regards nerveux quand ils revinrent à l'intérieur. Une porte latérale qu'Ashley n'avait pas remarquée s'ouvrit et un homme sortit avec une bière. La pièce derrière lui était remplie de tables de jeu et de groupes d'hommes, tous assis au milieu d'un épais nuage de fumée. Ashley attrapa son arme et la tint à deux mains, la pointant sur l'homme dans l'embrasure de la porte.

— Agents fédéraux ! Les mains en l'air.

Elle hurla les instructions à nouveau en cantonais.

Ashley saisit le type dans l'embrasure de la porte par l'épaule, lui fit faire volte-face, le poussa contre le mur et le menotta. Il n'y avait pas moyen que celui-là lui échappe.

— Que se passe-t-il, Chen ? murmura Lucas alors que le bruit dans la pièce se transformait en un silence intense.

Le son bienvenu des radios de police crépitait à l'intérieur du restaurant. Elle sortit son insigne doré.

— Agents fédéraux armés dans la cuisine !

Les officiers entrèrent prudemment dans la pièce, armes au poing. Ils regardèrent son badge. Elle reconnut un officier de police qu'elle avait déjà vu sur la scène de crime chez Susan

Thomas.

— Qu'est-ce qu'on a ? demanda-t-il.

— Un tripot illégal…

Le charme fut alors instantanément rompu. Les gens se dispersèrent comme des cafards, se dirigeant vers une autre sortie au fond de la pièce.

L'officier en uniforme la dépassa et attrapa le premier type qu'il put atteindre, le maintenant contre le mur pendant qu'il appelait des renforts.

Les yeux de Lucas étaient remplis de questions. Elle aurait pu mieux gérer la situation. Puis elle releva la tête de l'homme qu'elle avait menotté et regarda les pupilles de Lucas s'embraser sous l'effet de la haine. Il l'avait reconnu.

C'était l'homme qui conduisait le minivan le jour où Mae Kwon avait récupéré Agata Maroulis. Ils avaient enfin réussi à marquer des points face aux malfaiteurs.

CHAPITRE DIX

— C'EST DU très bon travail, agents Randall et Chen, dit Sloan en rentrant à toute vitesse dans son bureau.

Des gouttelettes de neige gelée se détachaient de son coupe-vent du FBI qu'elle jeta sur le dossier de son fauteuil de bureau. Elle passa une main dans ses cheveux mouillés, dégageant son visage. Ses joues étaient rougies par le froid, son expression concentrée.

Au total, seize personnes avaient été amenées pour être interrogées, y compris le personnel du Sun Garden. Ils n'avaient pas été très heureux de devoir fermer le restaurant, mais c'était ce qui arrivait quand on abritait un tripot illégal dans l'arrière-salle. Les personnes arrêtées avaient été placées dans des cellules de détention et des salles d'interrogatoire, restant là à mariner jusqu'à ce que le FBI décide de la manière exacte de les traiter.

— L'agent Rooney a tracé le téléphone portable et l'agent Chen a reconnu le conducteur du minivan sur les images de surveillance, lui expliqua Lucas, ne voulant pas s'attribuer le mérite de choses qu'il n'avait pas faites.

Le fait que l'homme qui avait récupéré Agata Maroulis à la gare était aussi celui qui avait enlevé Becca à sa mère pour rembourser une dette de jeu était un secret qu'il partageait avec Sloan. Ils ne pouvaient pas révéler cette information sans dévoiler leur source et ils n'étaient pas prêts à le faire. Étant donné la violence de ces criminels, ils ne pourraient peut-être jamais révéler que Becca était vivante.

Le conducteur du minivan s'appelait Ray Tan, et seul le fait que Becca ait assuré qu'il ne l'avait jamais touchée avait empêché Lucas de lui mettre son poing dans la figure.

Ashley avait fait un sacré boulot pour le repérer, compte tenu du grain de l'image vieille de deux ans. Elle était assise sur l'une des chaises en face du bureau de Sloan. Fuentes arriva, regarda autour de lui et s'affala sur le siège à côté d'elle. Appuyé contre le mur, Lucas était trop fatigué pour s'asseoir. Mayfield arriva derrière Fuentes. Elle croisa les bras.

Ashley portait toujours le jean et le pull qu'elle avait lors des arrestations, mais elle avait enlevé le gilet de protection. Ses vêtements décontractés adoucissaient sa dureté et la faisaient paraître moins redoutable. Lucas aurait voulu avoir les deux versions d'elle nue et se tordant sous sa langue.

— Rien au port ? demanda-t-il à Sloan, en faisant semblant de ne pas visualiser une relation sexuelle torride avec l'une de ses collègues.

— Rien.

Sloan laissa échapper un soupir.

Lucas se força à arrêter de regarder Ashley. *Et merde !* Il avait déjà été attiré par des personnes avec qui il travaillait auparavant, mais il ne s'était jamais laissé distraire. Il n'était pas un moine, mais il n'était pas non plus du genre à utiliser les femmes et à les jeter. Il aimait avoir des relations authentiques avec des femmes intéressantes. Le fait qu'aucune d'entre elles n'ait duré plus de six mois signifiait simplement qu'il n'avait pas encore rencontré la bonne. Il faisait de son mieux pour les quitter en douceur, mais son travail passait avant tout, et quand une femme ne pouvait pas supporter cette réalité, il passait à autre chose. Sans rancune. Pas de temps perdu sur l'horloge biologique qui, selon ses sœurs, faisait toujours tic-tac chez les femmes de plus de trente ans.

Mais il ne se souvenait pas de la dernière fois où quelqu'un l'avait touché aussi intensément qu'Ashley Chen.

— Les expéditions reprendront normalement à minuit. Vu que vous avez arrêté le type qui nous a dit avoir vu les fugitifs au port au même endroit qu'un associé connu du réseau de trafiquants, il y a de fortes chances que ce témoignage soit faux.

Ses traits tirés montraient clairement à Lucas ce qu'elle pensait de cette idée.

— Ou alors il aurait pu vouloir qu'on les attrape réellement pour se débarrasser de la concurrence, dit Ashley à voix basse.

— Quelle que soit la raison, les fugitifs n'étaient pas au port. On a fouillé chaque centimètre carré.

Sloan émit un grognement de frustration.

— Ce type a menti aux forces de l'ordre, a gaspillé des milliers de dollars de ressources policières, et a coûté une fortune au port. Il va payer. Maintenant, quelle est la meilleure stratégie pour interroger ces gens ?

Sloan regarda Ashley.

— Nous avons initialement arrêté Charlie Lee pour manquement à régler sa caution. Son téléphone portable est désormais une preuve. Nous pouvons le signaler comme étant le téléphone utilisé pour passer cet appel anonyme. Voyons si nous pouvons lui faire admettre qu'il a fait un faux témoignage et fait obstruction à la justice, suggéra Ashley.

— Il ne nous dira rien, intervint Lucas.

Sloan s'appuya contre le dossier de son fauteuil.

— Il fait l'objet d'un mandat d'arrêt pour n'avoir pas payé sa caution pour agression. En ajoutant ça au fait qu'il a fait faire perdre du temps à la police, nous pourrons peut-être monter un dossier suffisamment solide contre lui pour qu'il y réfléchisse à deux fois.

— On pourrait lui offrir le programme de protection des témoins, suggéra Ashley. C'est le seul moyen qu'il accepte de conclure un accord, mais s'il a de la famille à portée des malfaiteurs, vous pouvez oublier. Il ne parlera pas.

Sloan pinça les lèvres.

— Je vais parler au procureur de la protection des témoins. Et le chauffeur, Ray Tan ?

— Il a déménagé ici il y a deux ans et demi. Il venait de Macao. Nous attendons les vérifications d'Interpol. Nous savons qu'il était le chauffeur de Mae Kwon, mais à part ça, nous n'avons rien sur lui, hormis les accusations de jeu illégal.

Ashley lissa ses paumes sur ses cuisses dans un geste nerveux.

Sloan et Lucas échangèrent un regard rapide, et il surprit Fuentes qui les regardait d'un air spéculatif.

— Ma suggestion serait d'interroger tout le monde et de leur faire la même offre : nous dire tout ce qu'ils savent en échange de l'abandon des accusations de jeu illégal, fit Ashley.

— Charlie Lee devra être placé en détention provisoire pour nous couvrir, fit remarquer Sloan.

— Personne ne serait prêt à tomber pour des charges qui seront probablement réduites à un délit pour les primodélinquants, se moqua Fuentes.

Ashley s'avança sur le bord de sa chaise.

— C'est exactement là où je veux en venir. Mais ils penseront qu'on est prêt à tout pour obtenir des informations et qu'on n'a aucune piste pour l'instant. Ensuite, on les laisse partir.

— Quoi ? On vient juste d'attraper ces salopards, se plaignit Fuentes, comme si c'était lui qui les avait amenés.

Lucas se redressa, se détachant du mur. Il avait compris ce que Ashley suggérait.

— Elle a raison. Ne mentionnons pas que nous avons Ray Tan sur la vidéo de surveillance avec Agata Maroulis – pas encore. On le laisse partir. Ensuite, on suit tous ses mouvements. On met sous surveillance tous les endroits qu'il fréquente, on place des traceurs sur son téléphone, sa voiture, et tout ce qu'on peut trouver.

Il croisa le regard d'Ashley. C'était un bon plan. Un très bon plan.

— Vous pensez qu'il pourrait nous mener aux fugitifs ? demanda Sloan, dubitative.

Lucas acquiesça.

— C'est un associé phare de leur organisation. Il voudra peut-être leur dire à quel point nous sommes désespérés et désemparés, ne serait-ce que par un coup de fil.

Sloan regarda son bureau, réfléchissant aux alternatives. Finalement, elle hocha la tête.

— Je prendrai des dispositions pour mettre en place une surveillance après en avoir parlé à Salinger.

— Le commissaire et le maire ont appelé, dit Mayfield. Ils veulent être tenus informés.

— Vous pensez que c'est une bonne idée ? demanda Lucas à Sloan.

Elle posa ses coudes sur le bureau et passa ses deux mains dans ses cheveux humides.

— Non, fit-elle en croisant à nouveau le regard de Lucas. Mais c'est aussi leur ville. Dites à Dana de les faire patienter aussi longtemps que possible.

Dana était l'agent chargée des relations avec les médias. Lucas n'imaginait pas la pression que le mariage de Sloan devait subir, sachant que son mari travaillait pour le maire Everett.

Elle croisa son regard. Ce n'était qu'une question de temps avant que d'autres apprennent qu'ils avaient un témoin vivant. Il hocha la tête alors qu'un éclair de compréhension passait entre eux. Ils devaient attraper ces bâtards avant que ça n'arrive.

— Alors qui interroge les suspects ? demanda Fuentes.

— Mayfield et vous, prenez Charlie Lee et la moitié des autres. Parlez de Lee au procureur avant de l'interroger, voyez combien de temps il risque. Randall et Chen, prenez Ray Tan et les autres. Assurez-vous qu'aucun ne soit libéré avant que je n'en donne personnellement le feu vert, et ce ne sera pas avant demain matin au plus tôt. Plus d'erreurs.

Sloan soutint son regard et Lucas hocha la tête.

La vie de Becca en dépendait.

Andrew fixait l'ecran. La porte dérobée vers le FinCEN et divers autres organismes fédéraux venait d'être piégée, et toute tentative de l'utiliser déclencherait une mécanique complexe qui révélerait probablement son adresse IPS et sa localisation. Ses mains tremblaient.

Il avait eu la chance de repérer le changement de code à temps pour éviter de tomber dans le piège. Il était fatigué et n'avait pas été aussi attentif que d'habitude. Il devenait paresseux ou arrogant, mais cela faisait longtemps que personne ne l'avait défié.

Lapin les avait-il balancés ?

Non. Andrew avait surveillé de près les communications et l'activité de l'homme depuis l'explosion. Lapin avait plus à perdre que quiconque et savait exactement ce qui se passerait s'il parlait.

Andrew ferma le chemin qui l'avait mené au FinCEN et supprima tous les journaux dans son système. Cette faille lui avait coûté près d'un quart de million de dollars américains. Au moins, il avait pris soin de ne pas laisser de traces qui auraient permis à quiconque de le suivre jusqu'à ses autres repaires sur le web.

Il prit une gorgée de café. C'était impressionnant que quelqu'un ait compris comment il avait retrouvé la femme qui avait passé cet appel aux flics. Il regrettait qu'elle soit morte violemment, mais il valait mieux envoyer un message fort avec une seule victime que de risquer une autre trahison. Personne ne survivait après avoir balancé leur organisation.

Contrôler les impulsions les plus basses de son cousin était presque impossible. Au lieu de cela, Andrew les canalisait dans une direction qui aidait leurs affaires plutôt que de les détruire. Et si Andrew n'avait peut-être pas de goût pour la violence, il n'avait pas l'intention de passer trente ans dans une prison fédérale, ou pire, d'attendre son exécution.

La vie était un combat permanent et seuls les plus forts survivaient – il avait appris cette leçon plus de dix ans plus tôt, lors d'une catastrophe qui avait failli tous les détruire. Le fait qu'ils soient encore en vie était un miracle qu'il n'avait pas l'intention d'oublier.

La famille était la seule chose qui comptait. Son oncle l'avait recueilli après qu'Andrew eut tout perdu. Il ne comprenait peut-être pas son cousin, mais il l'aimait comme un frère. La loyauté était la seule chose qu'ils lui avaient demandée en retour, et Andrew se serait arraché le cœur plutôt que de les trahir.

Le chagrin de son ancienne vie s'était estompé avec les années et, au lieu de la douleur aiguë qu'il avait ressentie pendant si longtemps, c'était désormais une tristesse familière qui surgissait à des moments inattendus. Il chassa ses souvenirs.

Il n'avait pas le temps de verser dans les vieux regrets. Toute cette histoire avait coûté des millions à leur organisation, tout ça parce qu'un pervers voulait baiser une enfant. Cet idiot aurait simplement dû prendre un avion pour la Thaïlande ou l'Indonésie, où la vie n'était pas chère et où les jeunes filles ne manquaient pas. Il ignora la partie de lui-même que cette idée rebutait. C'était ainsi qu'ils gagnaient de l'argent, et c'était mieux que de vendre de la drogue, l'ancienne spécialité de son oncle.

Sa messagerie électronique lui annonça qu'il avait un nouvel e-mail. D'autres mauvaises nouvelles. Le FBI avait fait une descente dans un de leurs tripots à Boston et arrêté plusieurs personnes, dont Charlie Lee et Ray Tan.

Il poussa un juron.

Contrairement à la plupart des gens aux États-Unis, Ray et Charlie connaissaient les vrais noms des personnes qui dirigeaient l'opération américaine. Et les vrais noms pourraient conduire les autorités au clan des Dragon Devils.

Au cours de la dernière décennie, les Devils avaient secrètement étendu leurs activités jusqu'à devenir la plus grande organisation de ce type au monde. À présent, à cause à l'enlèvement d'une petite fille, toute leur organisation était menacée.

Tuer des flics et des agents fédéraux avait été une erreur, et il l'avait bien fait comprendre à son cousin après l'explosion. Si les fédéraux découvraient les responsables, ils les poursuivraient avec la même vigueur qu'ils avaient poursuivi les narcos colombiens et Ben Laden. Il ne voulait pas être sur la liste des personnes les plus recherchées par le FBI.

Peut-être était-il temps de se retirer temporairement de leurs activités. Les flics se rapprochaient trop.

Il quitta son bureau avec ses ordinateurs dernier cri et emprunta le couloir, s'arrêtant devant la chambre de son oncle. Il était tôt, mais le vieil homme dormait rarement.

Il s'inclina devant la porte. Le garde du corps de son oncle redressa l'échine.

— Ils sont sortis ? demanda son oncle de sa voix grave et rauque.

Andrew leva la tête.

— Non, mon oncle, mais ils sont en sécurité. Pour l'instant.

Ils se terraient dans un duplex qu'ils possédaient et qui avait un garage attenant. La présence policière et l'attention des médias étaient si intenses qu'ils avaient décidé d'attendre pour passer la frontière. Andrew travaillait sur un moyen de les faire sortir sans que personne ne vérifie leurs données biométriques ou leurs papiers.

— Mais on a un autre problème.

Il lui parla du fait que les fédéraux avaient découvert qu'il s'infiltrait dans leur système, et de la descente au tripot.

— Deux des nôtres ont été arrêtés. Le FBI se rapproche. Je

pense qu'on devrait déménager, au cas où. On devrait faire profil bas jusqu'à ce qu'ils aient d'autres chats à fouetter.

Le vieil homme le fixait avec des yeux noirs d'une intensité déconcertante. Andrew savait qu'il ne devait pas détourner le regard ni montrer la moindre faiblesse. Son oncle écrasait les faibles.

— Les autres établissements ont tous été relocalisés ?

— Dès que nous avons entendu parler de l'explosion, mon oncle.

Les explosifs avaient été l'idée de Mae Kwon après que la fille grecque s'était échappée. Un coup de génie impitoyable dont elle n'avait probablement jamais imagé être la victime. Si cela n'avait tenu qu'à lui, il aurait laissé les femmes en vie et se serait enfui. Rien ne déclenchait la ferveur des Américains aussi efficacement que d'attaquer leurs militaires ou leurs forces de l'ordre sur leur territoire.

Son oncle hocha la tête.

— Je veux qu'on me nettoie ce merdier. Je veux que mon fils rentre à la maison. Occupe-toi des derniers détails.

Andrew écarquilla les yeux, mais il n'osait pas discuter avec l'homme.

— Et oui, il est temps de bouger. Nous sommes là depuis trop longtemps. Prends les dispositions nécessaires. Nous ne devrions jamais nous sentir trop à l'aise.

Andrew s'inclina, cachant son sourire.

Ils possédaient plusieurs îles et de nombreux grands domaines. Ils avaient une véritable armée de gardes, même s'il préférait éviter de les faire affronter les forces spéciales. Trop de gens pourraient mourir sous les feux croisés et Andrew n'avait pas l'intention d'en faire partie. Ce n'était pas un lâche, mais il était terrifié par la mort. Ce qui était vraiment stupide.

Ce n'était pas comme s'il pouvait l'éviter indéfiniment.

— Oui, mon oncle.

— Tu es un très bon neveu, Andrew.

— Je suis ton loyal serviteur, mon oncle.

Andrew allait se retourner pour commencer les préparatifs quand les mots de Yu Chang l'arrêtèrent net.

— Envoie-moi cette fille.

Le sourire d'Andrew se figea.

— Une fille, mon oncle ?

L'homme ricana et le son se répercuta dans sa poitrine.

— Celle qui réchauffe ton lit. Elle doit être bonne si elle vient te voir si souvent.

Son oncle soutint son regard comme s'il le testait – comme si Andrew n'avait pas prouvé sa loyauté envers lui des milliers de fois.

— À moins qu'elle soit spéciale et que tu veuilles la garder pour toi tout seul ?

Andrew n'était pas assez fou pour admettre qu'il tenait à quelqu'un d'autre qu'au vieil homme. Il cacha sa détresse en s'inclinant encore plus bas. Il avait pris soin de cacher son affection pour Lily, mais son oncle savait tout ce qui se passait dans leur monde. Andrew quitta la chambre et passa rapidement devant son bureau et les pièces à vivre pour se rendre dans la cuisine. Toutes les femmes se figèrent en le voyant, sauf Lily qui lui adressa un sourire hésitant, les yeux brillants d'un sentiment qui aurait pu être de l'amour.

Il se plaça dans l'embrasure de la porte et dit sèchement :

— Lily. Mon oncle veut te voir.

— Moi ?

Elle avait une belle voix. Douce et lisse comme un murmure sur une peau chauffée. À présent, on y entendait la peur.

Les autres femmes de la cuisine se regardèrent en écarquillant les yeux. Personne ne désobéissait à Yu Chang. Pas même un neveu adoré. Les yeux d'Andrew examinèrent sa silhouette menue, et le peu qui restait de son cœur se brisa. Si cet homme découvrait ce qu'elle représentait pour Andrew, il la tuerait.

— Ne le fais pas attendre, grogna-t-il lorsque le silence se prolongea au-delà de ce qu'il pouvait supporter.

Ignorant son regard rempli de larmes, il commença à donner des ordres pour le déménagement. Lily vivait sur l'île, donc elle ne viendrait pas avec eux. Plus tôt ils partiraient, plus elle serait en sécurité.

Quelques heures plus tard, ses sanglots lui parvinrent aux oreilles alors qu'elle passait devant sa porte. Il mit ses écouteurs et augmenta le volume de sa musique. Il aurait dû savoir qu'il ne fallait pas s'attacher à quelque chose d'aussi vulnérable qu'une femme.

———

LORSQUE LUCAS QUITTA le bureau régional avec Ashley, il était presque minuit et aucun d'eux n'avait mangé plus d'une barre de céréales depuis des heures. Ils avaient interrogé tous les joueurs du tripot et les avaient renvoyés en cellule pour les faire mijoter. Lucas avait joué les gros durs, mais c'était la présence d'Ashley qui avait semblé les perturber le plus. Peut-être avaient-ils trouvé déstabilisant le fait qu'elle parle leur langue. Quelques-uns l'avaient insultée, mais elle ne s'était pas laissé faire, et ce qu'elle avait dit les avait calmés. Même l'interprète avait pâli.

Ashley Chen savait intimider les gens, et il aimait le fait qu'elle ne laisse personne lui marcher sur les pieds.

Ray Tan n'avait pas dit un mot. Il avait regardé Lucas comme si c'était un homme mort. Lucas lui avait rendu la pareille, mais avait pris soin de ne pas traiter M. Tan différemment des autres, même s'il savait que ce type était une ordure de menteur.

L'estomac de Lucas grogna quand ils sortirent sur le trottoir. La neige fondue s'était transformée en glace des heures plus tôt, rendant la route dangereuse. Février était vraiment le mois qu'il aimait le moins.

— Tu as faim ? demanda-t-il.

Ashley cligna des yeux, visiblement perdue dans son propre monde.

— Ouaip.

Elle semblait surprise par sa question.

— Il y a un *diner* pas loin, à moins que tu ne préfères commander au *room service* en rentrant à l'hôtel ?

Pour sa part, il en avait assez de la nourriture de l'hôtel, et il avait besoin de temps pour décompresser.

— Un restaurant, ça me paraît bien.

Ils prirent la direction du sud. Les trottoirs avaient été sablés, mais ils étaient encore glissants. Ashley glissa et il la rattrapa par le bras, essayant de garder ses distances même si le fait de la toucher lui donnait envie de s'accrocher davantage.

Les lumières du petit café familial brillaient vivement. Il lui tint la porte et ils trouvèrent un box dans un angle. Il y avait un type au comptoir et un autre couple se tenant la main de l'autre côté de la pièce. Lucas demanda de l'eau même s'il aurait préféré une bière. Ashley commanda un coca light. Les odeurs provenant de la cuisine n'étaient pas de la gastronomie française, mais elles le faisaient saliver. Cela faisait longtemps qu'ils n'avaient pas mangé, après avoir été obligés de sauter le déjeuner.

Après qu'ils eurent tous les deux commandé, Ashley se rapprocha de lui sur la banquette souple. Elle se pencha pour que personne ne puisse entendre.

— Et demain ?

La chaleur de sa cuisse si proche de la sienne lui fit souhaiter qu'ils ne travaillent pas sur une affaire.

— Fuentes et moi, on va passer la journée dans une camionnette de surveillance et suivre M. Tan. Quatre autres équipes de surveillance vont prendre diverses positions.

La bouche d'Ashley s'affaissa.

— Pourquoi je ne suis pas dans la camionnette ?

L'idée d'être à proximité d'Ashley pendant une période prolongée suscitait toutes sortes de pensées heureuses, dont aucune n'était liée à la poursuite de criminels.

— Sloan a décidé que tu serais plus utile à l'enquête en creusant un peu plus au niveau électronique.

Il aurait aimé pouvoir lui demander d'essayer de retrouver la mère de Becca, mais Sloan lui avait ordonné de n'impliquer personne d'autre. Il n'avait même pas eu le temps de commencer à chercher la femme.

— Parle aux geeks du QG et vois s'ils ont réussi à craquer le portable de Mae Kwon.

Il était convaincu que ce téléphone contenait une mine d'informations, s'ils parvenaient à y pénétrer.

Elle hocha sèchement la tête.

— C'est noté.

— Et s'ils ne veulent pas partager, essaie de voir si tu peux trouver comment les criminels trouvent leur clientèle ou comment ils sont payés.

— Première règle de toute enquête : suivre l'argent. Je vais parler à l'expert-comptable, pour voir où il en est.

Le repas arriva. Il était particulièrement copieux. Aucun d'eux ne parla avant d'avoir fini son assiette.

Finalement, Lucas s'essuya la bouche avec sa serviette.

— Est-ce qu'Alex a du nouveau ?

Quelque chose changea dans les yeux d'Ashley. L'antipathie entre eux était palpable.

— Je ne lui ai pas parlé, mais Mal a dit qu'il avait isolé cinq autres baraques potentielles et qu'il a envoyé les informations aux flics locaux. Les premières preuves suggèrent qu'ils se sont déjà enfuis. Il examine les données des téléphones portables, mais il n'arrive pas à isoler les numéros des trois fugitifs ; la densité de population dans cette partie de la ville est dingue. Il va générer une liste de clients potentiels, en utilisant les utilisateurs réguliers des antennes-relais locales. Il ne peut pas exclure les personnes qui vivent ou travaillent assez près de la maison close pour utiliser régulièrement cette tour, ni celles qui prennent les transports publics qui passent par là. Mais en établissant leur emploi du temps régulier, ça pourrait nous aider à éliminer des gens et nous laisser un plus petit groupe à analyser.

Lucas hocha la tête, impressionné.

— C'est mieux que l'ensemble de la population masculine de Boston et de ses environs, qui constitue notre réservoir actuel de suspects.

Ils avaient une liste petite, mais croissante de clients grâce à leur travail de surveillance. Il fallait que quelqu'un se mette à table. Ils devaient trouver ces enculés.

La fine peau de sa gorge s'agita lorsqu'elle déglutit.

— J'ai déjà commencé à fouiller dans les marchés du darknet pour essayer de trouver comment ils mettent en avant leurs produits, admit-elle.

— Je pensais que c'était intraçable ? demanda-t-il, surpris.

Elle lui jeta un regard.

— Rien n'est intraçable, surtout si ça implique de l'argent, mais ça ne veut pas dire que c'est facile. Les VPN et le cloaking deviennent de plus en plus courants, même lorsqu'on n'utilise pas de routage en oignon.

C'était comme si elle parlait une autre langue. Il comprenait les gens et l'ingénierie sociale, ainsi que le danger de la cybercriminalité, mais il ne comprenait pas les mécanismes.

Il attira l'attention de la serveuse pour avoir l'addition.

— Alors, où as-tu appris le chinois ?

Ashley s'essuya soigneusement la bouche avec sa serviette.

— Ma mère était chinoise de Hong Kong, donc elle parlait cantonais quand j'étais petite, répondit-elle en haussant les épaules. Je parle un peu, mais j'ai presque tout oublié.

— Tu maîtrises assez pour avoir foutu la trouille à certains des idiots en détention aujourd'hui.

— Je leur ai juste dit de ne pas me chercher ou leurs ancêtres s'en prendraient à eux.

Le regard dans ses yeux était amusé, mais fatigué.

— Pourquoi as-tu rejoint le FBI ? lui demanda-t-elle.

Il repoussa son assiette vide.

— Quand la sœur de Mallory, Payton, a été enlevée, ça a bouleversé nos vies. Tout le monde était suspect et tout le monde avait peur de quitter ses enfants des yeux. Je me souviens que le FBI est venu chez nous et a parlé à mes parents de la famille Rooney. Ils ont posé des questions sur ses parents et ont demandé s'ils auraient pu lui faire du mal. Je trouvais qu'ils étaient stupides de suggérer que les parents pourraient être impliqués.

Il fit la moue.

— Ça montre ce que j'en savais bien peu à l'époque. Dans la grande majorité des cas, les victimes de meurtre ont un lien de parenté ou une relation avec leur assassin.

— Ils ne l'ont jamais retrouvée, fit Ashley.

Une vieille colère remonta en lui, durcissant sa voix.

— Mais ils n'ont jamais cessé de chercher.

Il releva la tête.

— Tu savais que l'affaire Payton Rooney a été l'une des premières affaires de Frazer ?

Elle écarquilla les yeux et secoua la tête.

— Ça explique pourquoi il est si protecteur avec Mallory.

Lucas s'était lui-même posé cette question. Frazer, Mallory et Alex ne se connaissaient pas depuis longtemps, mais ils s'entendaient comme larrons en foire.

— Je pense que ça a un rapport avec le moment où Mallory a affronté l'assassin de sa sœur.

— Elle a failli mourir, déclara Ashley solennellement.

Le fait que Mallory ait imprudemment poursuivi un tueur en série, provoquant ce bâtard malade jusqu'à ce qu'il s'en prenne à elle, avait effrayé tous ceux qui la connaissaient. Mais Lucas comprenait ce que cela signifiait pour elle et combien de temps et avec quelle assiduité elle avait cherché des réponses. Parfois, les gens ne pouvaient pas aller de l'avant tant qu'ils n'avaient pas réglé leur passé. Et elle avait eu Alex et Frazer en renfort. Il aurait toujours parié sur eux plutôt que sur un sale type qui attaquait de petites filles.

— Alors, tu as rejoint le FBI pour retrouver Payton Rooney ?

Dit comme ça, cela semblait stupide.

— Et parce que les agents du FBI peuvent porter une arme

sans avoir un uniforme ridicule.

Il haussa les épaules, mal à l'aise à l'idée de parler de ses émotions.

— Après avoir quitté l'armée, je voulais toujours servir mon pays. Ça m'a semblé être un bon moyen de le faire.

— Merci pour ton engagement.

Les yeux charbonneux d'Ashley soutinrent les siens pendant un moment et la gorge de Lucas se serra.

D'habitude, il se contentait de hocher la tête et de dire à la personne que c'était normal, mais là, ça semblait plus profond. Les mots d'Ashley avaient un sens et étaient sincères.

— Merci pour le tien.

Elle haussa les épaules.

— Je suis juste une experte en informatique.

— Tu es un agent du FBI.

Elle secoua la tête.

— Ce que j'ai fait n'a rien à voir avec la guerre. C'est plutôt une histoire de survie personnelle, ce qui est l'opposé absolu de l'engagement militaire.

Elle détourna le regard et le moment passa. Il n'était pas sûr de comprendre, mais elle semblait soudainement fragile et il ne voulait pas la pousser. Cette pause avait calmé l'esprit de Lucas, permis à son cerveau de se poser. Son corps était une autre affaire.

— Je vais rentrer à l'hôtel.

Elle enfila son manteau, ses mouvements fatigués et saccadés.

Lucas fouilla dans sa poche pour trouver de l'argent, mais elle le devança.

Elle sourit, même si elle était visiblement épuisée.

— C'est pour moi.

— C'est aussi ce qui se rapproche le plus d'un rendez-vous pour toi depuis longtemps ?

Alors même qu'il plaisantait, le souvenir d'Ashley criant dans l'obscurité lui revint.

— Pas tout à fait.

La jeune femme rougit.

Ils retournèrent à l'hôtel, en prenant soin de ne pas se toucher, et prirent l'ascenseur en silence. Aucun d'entre eux ne parla pendant qu'ils marchaient vers la porte de la chambre d'Ashley, mais la tension était aussi électrique que du fil barbelé.

Il s'arrêta en même temps qu'elle, et elle le regarda avec des yeux méfiants qui semblaient l'attirer et le mettre en garde en même temps.

Ils étaient enfin arrivés à un accord. Même s'il avait envie de l'embrasser, même s'il avait envie de faire beaucoup, beaucoup, plus, il ne pouvait pas risquer de ruiner la relation de travail efficace qu'ils avaient établie. Et elle non plus.

Il lui caressa la joue.

— Bonne nuit, Ash.

Il se força à lâcher sa main alors que tout ce qu'il voulait, c'était enfoncer ses doigts dans ses cheveux et l'attirer contre lui.

— Bonne nuit, Lucas.

Elle ouvrit la porte et se glissa rapidement à l'intérieur.

Il se retrouva à fixer la porte, se maudissant alternativement de l'avoir laissée partir et sachant en même temps que le moment n'était pas le bon. Leur échange de la veille au soir l'avait laissé sur sa faim. Malgré l'avertissement d'Alex, Ashley Chen l'intriguait à la fois sur le plan physique et intellectuel. Ce n'était peut-être pas le bon moment pour commencer à penser à une relation, mais l'idée de s'en aller sans apprendre à mieux la connaître ne lui plaisait pas.

Peut-être prenait-il un simple désir sexuel pour plus important que ça ne l'était. Il avait envie d'elle, et elle semblait avoir envie de lui.

Et aucun d'eux n'allait faire quoi que ce soit dans ce sens, parce que le travail passait avant tout. Il se détourna et regagna sa suite, sachant qu'une douche froide l'attendait.

CHAPITRE ONZE

ASHLEY SORTIT DU lit en titubant à neuf heures du matin, jurant comme un marin dont la permission aurait été annulée deux heures après le début d'une beuverie bien méritée. L'alarme de son téléphone portable n'avait pas sonné et Mallory ne l'avait pas réveillée. Ashley jeta sa chemise de nuit et entra dans la douche, laissant échapper un petit cri lorsque l'eau froide entra en contact avec sa peau chaude. Elle régla la température et effaça la fin de soirée de son cerveau.

C'était le problème d'être une geek. Quatre heures du matin, c'était peut-être l'heure parfaite pour se faufiler sur la pointe des pieds sur le dark web à la recherche d'indices, mais il était légèrement difficile de se rendre au travail à neuf heures par la suite.

Elle se brossa les dents tout en remontant son pantalon, crachant dans le lavabo. Elle n'était parvenue à rien durant la nuit. Elle avait juste examiné un ensemble déprimant de sites qui vendaient du sexe. Il y en avait un nombre stupéfiant rien qu'aux États-Unis.

Ironiquement, le darknet vivait grâce au navigateur Tor, initialement développé et financé par les fédéraux. Il se voulait à l'origine un réseau sécurisé pour les agences gouvernementales et les dissidents du monde entier. Tor permettait de masquer son identité et son emplacement. Ce qui était idéal pour qui cherchait à éviter un harceleur, ou à s'exprimer sur le sentiment antigouvernemental dans un pays où la liberté d'expression vous valait d'être égorgé. Mais ce n'était pas le cas lorsque la situation était inversée et que les autorités fédérales essayaient d'attraper quelqu'un qui, par exemple, vendait des relations sexuelles avec des enfants à des pédophiles.

Elle vérifia son Glock 27 et son arme de secours, et enfila sa veste de tailleur. La traite des êtres humains à des fins sexuelles était colossale : on estimait que 600 000 à 800 000 victimes traversaient les frontières internationales *chaque année*. Il s'agissait de l'industrie à la croissance la plus rapide du monde criminel, avec des profits estimés à plus d'un milliard de dollars. Mais le fait qu'elle soit si répandue dans la société actuelle rendait encore plus difficile la traque d'organisations spécifiques. Ashley avait utilisé un moteur de recherche développé par la Defense Advanced Research Projects Agency du département de la Défense pour explorer les sites cachés, afin de pouvoir les parcourir plus tard, mais cela allait prendre du temps de trouver ces personnes, d'autant plus que les sites originaux avaient disparu.

Lucas, Fuentes et les autres membres de l'équipe de surveillance avaient plus de chances de retrouver les fugitifs avec un bon vieux travail d'enquête qu'en parcourant le cyberespace.

Elle était contente de ne pas être de mission de surveillance. Tout d'abord, Lucas Randall nuisait à ses bonnes intentions et elle ne pouvait pas se le permettre. Deuxièmement, le lien entre la Chine et cette affaire commençait à la déranger sérieusement. Il y avait peut-être 1,4 milliard de Chinois dans le monde et des centaines de sociétés secrètes et de triades, mais la sophistication du réseau, la peur que dégageaient ces criminels…

Non.

C'était impossible.

Il n'y avait eu aucune trace de leur activité au cours de la dernière décennie.

Pour sa propre tranquillité d'esprit, elle devait rester dans l'ombre et ne pas attirer l'attention sur elle – raison de plus d'éviter Lucas Randall. Il ne plaisantait pas quand il disait qu'il était blindé. Elle avait fait des recherches sur lui et c'était le genre de type friqué qui apparaissait dans les pages mondaines au Kentucky Derby. Ses parents possédaient même des chevaux de course. Une de ses sœurs était mariée à un sénateur flippant.

Ashley voulait juste faire son travail. Une partie de jambes en l'air à l'occasion serait la bienvenue, mais ce n'était pas essentiel. C'était juste pour satisfaire un besoin biologique. Mais elle ne pouvait pas se permettre de céder à cette faiblesse pour l'heure. Peut-être que lorsqu'elle retournerait à Quantico, elle trouverait un étalon sexy dans le groupe d'intervention destiné à la libération d'otages et qu'ils passeraient un bon moment.

Elle adressa un signe de tête sévère à son reflet pâle et ignora le fait qu'elle avait une mine atroce.

Elle allait finir en vieille prune solitaire, mais c'était mieux que d'être imprudente et morte, ou pire, de faire mourir d'autres personnes. Elle prit son ordinateur portable et son manteau, remarquant que malgré le soleil, il faisait froid dehors. Le mois de février à Boston était terrible.

Elle prit les escaliers pour descendre jusqu'au hall de l'hôtel, ayant besoin d'exercice. Une fois dans la rue, elle scruta son environnement. C'était toujours bien d'être prudente, mais Lucas l'avait rendue trop soupçonneuse.

Dans la rue, l'odeur du café lui fit faire un rapide détour pour prendre un café au lait avec une dose supplémentaire d'expresso et une banane qui avait connu des jours meilleurs.

Elle venait de jeter sa peau quand elle aperçut le premier signe annonciateur de problèmes. Ray Tan, le conducteur du minivan de Mae Kwon, et l'homme le plus louche du monde, marchait vers elle. Elle garda la tête baissée, mais il l'avait reconnue.

Bon sang.

Elle n'osa pas chercher alentour les équipes de surveillance ou appeler à l'aide. C'était son idée de laisser ce type en liberté et elle n'allait pas tout gâcher en arrêtant à nouveau cet idiot.

Le type marchait droit vers elle. Elle était obligée de s'arrêter ou de le percuter.

— Excusez-moi.

Elle leva le menton et utilisa son ton le plus ferme.

— Pourquoi travaillez-vous pour les fédéraux ?

Il fit un pas de côté quand elle essaya de le contourner.

Elle laissa un sourire froid effleurer ses lèvres, refusant de lui montrer une once de peur.

— Je vois que vous avez été libéré, M. Tan. Si vous ne voulez pas retourner en garde à vue, je vous conseille de vous écarter de mon chemin. Sinon, je serai ravie de vous raccompagner au bureau régional pour avoir empêché un agent du FBI de faire son travail.

Il inclina la tête, mais les mots qu'il prononça ensuite la glacèrent jusqu'à la moelle.

— C'est drôle, agent Chen, mais vous ressemblez beaucoup à l'une de mes amies.

— Alors vous non plus, vous n'arrivez pas à nous différencier ? ricana-t-elle alors que son cœur se serrait au point de lui faire mal.

— Au contraire.

Ses yeux s'attardèrent sur chacun de ses traits, puis descendirent lentement le long de son corps.

Pauvre mec.

— Je suis très doué avec les visages.

— Et pourtant, vous aviez étonnamment peu de choses à nous dire pendant l'interrogatoire d'hier soir. Vous êtes beaucoup plus bavard maintenant. Vous voulez venir faire une déposition ?

Il plissa les yeux et elle vit la violence qu'il gardait en laisse – le manque d'empathie pour les autres êtres humains. Ce n'était pas un homme bon. C'était un criminel qui l'aurait volontiers kidnappée, violée, vendue ou tuée s'il pensait pouvoir s'en tirer. Elle conserva son sourire et posa sa main sur son arme. L'homme suivit son mouvement des yeux et cette fois, quand elle fit un pas de côté, il la laissa s'éloigner.

— On se reverra, agent du FBI Ashley Chen, lui lança-t-il.

Elle marcha à reculons pour ne pas avoir à quitter le type des yeux.

— Comptez-y, M. Tan.

Elle ouvrit la bouche pour lui adresser une autre réplique cinglante, mais une moto d'allure sportive transportant un passager ralentit près du trottoir et détourna son attention. Les motards portaient des casques noirs avec des visières teintées. Soudain, elle se souvint d'une moto similaire qui l'avait dépassée dans la rue près du bordel bombardé, la veille.

L'un des hommes sortit un pistolet de sa veste.

— Arme à feu ! cria-t-elle en sortant son pistolet.

L'imposante baie vitrée derrière elle vola en éclats, inondant le trottoir de morceaux de verre brisé. Les gens commencèrent à crier et à courir. Une femme avec une poussette se tenait entre elle et la moto.

— Baissez-vous ! cria Ashley.

Ray Tan gisait sur le sol, du sang s'écoulant d'un trou dans sa poitrine.

La moto décampa. Ashley brandit son arme vers le véhicule et visa. Elle tira une fois, touchant le passager au bras. Le tireur ne riposta pas. Au lieu de cela, il serra son bras blessé et la regarda par-dessus son épaule tandis que le conducteur se faufilait entre les véhicules et disparaissait. Il y avait tellement de passants entre eux qu'elle n'osa pas tirer à nouveau.

Secouée, elle se mit à genoux et rampa vers l'homme qui se vidait de son sang sur le trottoir. Des cris et des hurlements retentirent tandis que les gens couraient autour d'elle, paniqués, pensant probablement qu'il s'agissait d'une attaque terroriste et non d'un assassinat.

Elle retira son manteau, puis sa veste de tailleur, fit une boule avec cette dernière et la pressa contre la blessure béante dans la poitrine de l'homme. Elle savait que d'autres agents se précipiteraient pour appeler des renforts et une ambulance.

Ray Tan ouvrit la bouche, haletant. Ses yeux étaient lointains quand ils se fixèrent sur les siens. Il y avait une note amusée dedans et il murmura d'une voix à peine audible au milieu du chaos de la rue :

— Vous recherchez les Dragon Devils, et pourtant vous ressemblez comme deux gouttes d'eau à l'une d'entre elles, dit-il en cantonais.

Le sang quitta son visage.

— Qui ça ? demanda prestement Ashley. Qu'est-ce que vous avez dit ?

Il ne répondit pas. Ses yeux roulèrent dans leurs orbites et son corps retomba, inerte. Quelqu'un l'attrapa et l'éloigna tandis que d'autres agents se précipitaient pour administrer un massage cardiaque au type, mais la majorité du sang de Ray Tan imprégnait déjà le béton de Boston et Ashley avait vu assez de morts pour reconnaître son emprise. Elle avait l'impression que ses entrailles s'étaient ratatinées. Ses genoux se dérobèrent, et elle se retrouva dans des bras puissants.

C'était Lucas.

Il l'éloigna du chaos de la fusillade, la plaçant contre la façade d'un magasin, cherchant à voir si elle était blessée. Des morceaux de verre étaient fichés dans ses genoux et ses paumes, et de petites coupures saignaient abondamment. Mais elle n'avait pas été blessée par les tirs.

— Ashley, reprends-toi. Tu es touchée ? demanda fermement Lucas.

Elle sortit de sa stupeur et réalisa qu'il lui parlait depuis un moment.

— Je vais bien.

Elle chassa le choc en clignant des yeux, son entraînement lui revenant. Elle ôta le verre de ses vêtements, et arracha un éclat de son pouce.

— Vraiment, Lucas, je vais bien.

Elle avait la voix rauque. Elle était essoufflée, comme si elle avait couru.

— J'ai réalisé quand cette moto s'est arrêtée que je l'avais déjà vue avant – près de la maison close, juste avant qu'on se dirige vers la tour et qu'on trouve le corps de Susan Thomas.

Les yeux de Lucas étaient presque noirs quand il la regarda. Elle jeta un coup d'œil autour d'elle et vit les urgentistes s'occuper de Ray Tan. À moins qu'ils ne sachent ressusciter les morts, ils perdaient leur temps.

— Qu'est-ce qu'il t'a dit ?

— Qui ça ?

Elle leva les yeux vers lui, la peur s'emparant de ses entrailles. Les Dragon Devils étaient l'un des gangs chinois les plus féroces, les plus impitoyables et les plus insaisissables qui soient. Elle pensait qu'ils avaient cessé de fonctionner plus de dix ans plus tôt. Elle pensait qu'ils étaient tous morts.

— Ray Tan. On aurait dit qu'il te disait quelque chose juste avant de s'évanouir.

Il ne s'était pas évanoui. Il était mort, mais personne n'était encore prêt à l'admettre. Ashley s'éloigna de Lucas et déploya toutes ses forces pour tenir sur ses pieds. Elle n'arrivait pas à croire que sa vie venait d'être irrémédiablement bouleversée et que pourtant tout semblait identique. Même ciel, même rue, même agent du FBI incroyablement beau qui lui donnait envie de plus qu'elle n'avait à donner. Elle devait s'en aller, mais courir en hurlant attirerait probablement trop l'attention.

— Qu'est-ce qu'il t'a dit, Ash ?

Elle revint à elle.

— Il m'a traitée de salope de fédérale et m'a reproché sa mort.

Elle détourna le regard, incapable de soutenir celui de Lucas alors que ses yeux se remplissaient de larmes. Ashley ne pleurait pas parce qu'un homme avait été tué, et elle se détestait pour ça aussi. Mais son empathie pour les gangsters et les criminels était morte des années plus tôt sur une plage de Thaïlande. Au lieu de cela, elle pleurait parce que, pour la première fois depuis qu'elle avait rejoint le FBI, son passé avait entravé une enquête. Elle avait menti pour protéger ses secrets.

Elle devait à présent trouver une solution au fait que son pire cauchemar s'était réalisé. Sa famille, qu'elle avait cru morte pendant des années, était derrière cette organisation et elle devait faire un choix. Allait-elle faire son travail, un travail pour lequel elle s'était entraînée, pour lequel elle avait travaillé dur et qu'elle aimait de tout son être, et allait-elle aider à mettre ces salauds en prison, comme il se devait ? Ou bien allait-elle s'enfuir et se cacher comme la jeune fille effrayée de 16 ans qu'elle avait été ?

Son cerveau lui criait *Fuis*, mais le bras chaud autour de sa taille lui donnait envie de rester.

Le sang coulait sur ses mains et ses genoux tandis qu'elle regardait les urgentistes charger Ray Tan sur un brancard et l'emmener. Tout ce à quoi elle tenait, tout ce pour quoi elle avait travaillé si dur était sur le point de s'effondrer. Une autre explosion catastrophique. Une autre vie dévastée. Mais elle était la seule à pouvoir le voir. Elle était la seule à le savoir.

TOUS LES PREPARATIFS pour le déménagement de leur quartier général sur une autre île étaient terminés. Andrew avait emballé le système informatique pour l'expédier sur le prochain vol, même s'il gardait toujours ses ordinateurs portables avec lui. Le fait que Lily ne soit toujours pas venue le voir le blessait. Elle savait sûrement qu'il n'avait pas le choix. Tout ce qu'il avait fait, c'était pour la protéger.

Avait-elle été obligée de retourner chez son oncle ? Ou avait-elle apprécié d'être avec l'un des patrons du crime les plus puissants du monde ?

Son oncle n'était pas un homme attirant, mais le pouvoir

était un formidable aphrodisiaque. Andrew avait vu certaines des plus belles femmes du monde passer devant Brandon et lui comme s'ils étaient de petits garçons, pour s'agenouiller aux pieds de son oncle.

La bile brûlait la gorge d'Andrew, mais il la ravala et la fit passer avec l'eau qui se trouvait sur son bureau. Les femmes n'étaient pas dignes de confiance. Elles trichaient et mentaient et prétendaient qu'elles vous aimaient, puis baisaient la moitié de l'équipe de football.

Mais Lily n'était pas comme ça.

La sueur s'accumulait sur son front. Lily était tranquille. Douce. Innocente, jusqu'à ce qu'il arrive. Elle vivait avec sa mère sur l'île et avait évité son attention pendant des mois avant d'oser ne serait-ce que lui parler.

Le détestait-elle pour ne pas l'avoir défendue ? Pour ne pas l'avoir revendiquée ? Ne savait-elle pas que cela aurait signifié sa mort certaine ? Il avait dû prétendre qu'il ne l'utilisait que pour le sexe pour que son oncle ne la voie pas comme une menace.

L'avait-il perdue ?

Bien sûr qu'il l'avait perdue.

Il se prit la tête entre les mains. Elle avait dit qu'elle l'aimait, mais il ne lui avait pas répondu. Jamais. Plus maintenant.

Une fois qu'il avait découvert qui était exactement son oncle, il avait été plus facile de comprendre certaines de ses actions. Yu Chang devait montrer sa force. Il devait être le mâle dominant de l'organisation, surtout maintenant. Andrew le comprenait. Mais combien de fois Andrew avait-il dû faire ses preuves auprès de cet homme ? Combien de femmes le vieil homme revendiquerait-il ? Et que se passerait-il si

Andrew voulait un jour prendre une épouse ? Son oncle insisterait-il pour la mettre dans son lit, elle aussi ? Ou le vieil homme choisirait-il l'épouse d'Andrew pour le contrôler ?

Cette idée l'épouvantait. Il avait appris des années plus tôt que sa propre survie dépendait de sa loyauté envers Yu Chang et il la lui avait offerte sans condition, mais l'idée d'épouser quelqu'un qu'il n'aimait pas juste parce que son oncle le lui demandait lui retournait l'estomac.

Ils l'avaient recueilli quand il était orphelin, l'avaient aimé et lui avaient donné un pouvoir et des responsabilités énormes. Après avoir perdu ses parents, puis Jenny, si peu de temps après, il avait ressenti le besoin de se sentir en sécurité quelque part. Il avait besoin de sa famille élargie, même si leurs pratiques commerciales s'étaient avérées illégales. Et au fil des ans, ils avaient fini par avoir besoin de lui, aussi. Ils ne pourraient pas exister sans lui. Ils ne sauraient même pas où trouver ce putain d'argent. Il écrasa son poing sur la table et savoura la douleur qui allait de son poignet à son coude.

Son portable sonna.

Brandon. Peu importait le nombre de fois qu'Andrew lui avait dit que ses actions étaient irréfléchies, cet idiot faisait toujours exactement ce qu'il voulait. Mais Andrew serait le premier à être accusé si Brandon se faisait attraper parce que les fédéraux avaient tracé son putain de téléphone portable.

— Tu ne devrais pas m'appeler, cracha-t-il.

— C'est important. Je crois avoir vu quelque chose quand on est allés… régler les derniers détails.

Brandon prononça ces mots sans difficulté, comme s'ils ne parlaient pas de tuer des gens. Des gens qui s'étaient comportés en complices loyaux jusqu'à ce que les circonstances rendent leur allégeance douteuse.

Andrew s'était résigné depuis des années au fait que son cousin était amoral et dépravé. La plus grande surprise était le fait qu'Andrew soit ne serait-ce qu'à moitié normal.

— Tu es là, Andy ? demanda Brandon.

— Oui, cracha-t-il.

Que voulait donc Brandon ? Andrew faisait tout son possible pour faire sortir Brandon et les autres, mais avec tous les flics et agents fédéraux du pays à leur recherche, ce n'était pas facile. Personne ne voulait s'impliquer dans les problèmes des Dragon Devils. Et les Devils ne révéleraient jamais à quel point ils avaient besoin d'aide, de peur que les autres gangs ne les considèrent comme faibles et n'essaient de prendre le contrôle de leurs opérations.

— Je te conseille de t'asseoir, dit calmement son cousin.

Qu'avait-il fait ?

— Crache le morceau.

Il était probablement la seule personne au monde à pouvoir parler à Brandon de cette façon, mais ils étaient plus des frères que des cousins. Il avait sauvé la vie de Brandon pendant l'une des pires catastrophes naturelles qui avaient jamais frappé. Le fait qu'ils aient survécu à cette épreuve était un miracle. Des milliers de personnes n'avaient pas eu cette chance.

— Il y a un agent du FBI qui travaille à Boston et qui s'appelle Chen. C'est l'une des personnes qui ont procédé à l'arrestation au tripot hier, et elle était dans la rue avec Ray Tan lorsque la fusillade a eu lieu ce matin. Elle m'a touché, mais je vais bien.

— Ne me dis pas que tu as tué un autre putain d'agent fédéral ?

Et une femme en plus. Le pays serait en ébullition.

— Ce n'est pas ça.

Il y avait quelque chose de craintif dans le ton de Brandon. Ce n'était pas quelque chose qu'Andrew associait habituellement à cette tête brûlée, pas même quand il était en fuite.

— Je n'ai pas le temps de jouer aux devinettes…

— L'agent du FBI ressemblait vraiment à ta petite sœur.

Andrew eut l'impression que quelqu'un l'avait frappé à la gorge. La rage grondait en lui, la rage que quelqu'un se moque de lui de cette façon.

— Jessie est morte.

— Je sais, mon frère, je sais. Mais… elle *te* ressemblait tellement. Je n'ai pas pu l'avoir comme l'endroit grouillait de flics. Tu devrais vérifier, c'est probablement juste une stupide coïncidence, mais ça a sauvé la vie de cette salope aujourd'hui.

Andrew aurait levé les yeux au ciel ou grogné sur l'idiotie de tirer sur des agents du FBI s'il n'avait pas été frappé de mutisme. Sa sœur était morte. Elle était morte quelques instants après leur terrible dispute et il ne se l'était jamais pardonné.

— Je dois y aller. Je n'arrive pas à croire que je sois coincé ici. Putain, Andy, sors-moi de ce trou à rats !

— J'y travaille, grogna Andrew comme si Brandon ne venait pas de le catapulter à nouveau dans un cauchemar de colère et de chagrin.

— Tu n'as qu'à chercher cette femme avec tes compétences informatiques de ninja de folie. J'ai peut-être imaginé des choses, ou elle te ressemblait juste. Peu importe. Mais c'était flippant, mon frère. Vraiment flippant.

Andrew poussa un profond soupir.

— OK. Très bien. Raccroche et débarrasse-toi de ce foutu téléphone ou les fédéraux *vont* te retrouver.

Il prit son verre d'eau, mais parvint à peine à le tenir tant sa main tremblait.

C'était stupide. Jenny était morte. Il posa le verre et alluma son ordinateur portable, réfléchissant à la meilleure approche pour rechercher cette femme appelée Chen sans que personne ne se rende compte de sa présence dans le système. Il voulait la preuve que cette salope de fédérale n'était pas sa sœur adorée. Ce n'était pas Jenny. Ça ne pouvait pas être Jenny.

CHAPITRE DOUZE

— QU'EST-CE QUI s'est passé, bon sang ?

Sloan se tenait dans l'entrée de la salle de repos, tel un ange vengeur.

Lucas secoua la tête et prit une grande gorgée de café. Il s'attendait à passer toute la journée serré à l'arrière d'une camionnette avec Diego Fuentes, mais c'était le FBI – jamais le temps de s'ennuyer, sauf quand il s'agissait de faire de la paperasse.

C'était un miracle que personne d'autre n'ait été tué. Les sentiments qui avaient bouillonné en lui lorsque le tireur avait pointé son arme sur Ashley étaient comme un étau autour de sa gorge. À ce moment-là, il avait été complètement impuissant. Il tenta de se défaire du sentiment d'étranglement. Il devait être professionnel. Il avait des choses à faire.

Il leur servit une autre tasse de café et suivit Sloan dans son bureau.

— Ils ont éliminé toute menace potentielle pour leur organisation avant qu'elle ne devienne un problème, répondit Lucas d'un ton bourru. Et ils nous ont fait passer pour une bande d'idiots au passage.

— Ces types nous font tourner en rond et nous ne sommes toujours pas près d'identifier le groupe responsable, et encore moins les trois hommes qui se sont échappés du bordel. Ils ont sapé tous nos plans d'action.

Sloan se frotta les yeux en s'installant derrière son bureau.

Il posa le café à côté d'elle.

— Merci.

Elle prit une gorgée et grimaça.

Le café était épais comme du goudron, mais il avait pour effet d'aider à lancer les neurones endormis.

— Les funérailles commencent demain.

La tristesse dans les yeux de Sloan faisait écho au poids qu'il ressentait dans sa poitrine. Et il y avait encore beaucoup de corps non identifiés à la morgue. L'affaire était un nuage de mort et de destruction sans pitié.

Sloan contracta la mâchoire.

— Et je n'ai pas vu mon lit, encore moins mon mari, depuis six jours. Je pense que Brian va me quitter pour quelqu'un qui ne le traite pas comme un espion ennemi et qui rentre parfois à la maison la nuit. Bon sang, le chat est de meilleure compagnie que moi.

Randall ferma la porte et s'assit, penché en avant, les coudes sur les genoux.

— Nous devons commencer à envisager la possibilité très réelle qu'ils aient une taupe. Quelqu'un qu'ils font chanter pour qu'il travaille pour eux.

La bouche de Sloan s'ouvrit sur un bâillement, mais elle parut loin d'être choquée.

— J'ai fait rechercher des dispositifs d'écoute électronique dans le bureau le jour où Susan Thomas a été assassinée, admit-elle. Rien à signaler, donc s'il y a une fuite, c'est une fuite humaine.

Elle reprit son café.

— On dirait que quelqu'un y a mis une poignée de terre.

Elle s'essuya la bouche avec le dos de sa main.

— Alors, comment suggérez-vous que l'on s'y prenne pour trouver la taupe ?

— Donner différents éléments d'information à différents groupes de personnes et voir ce qui ressort ? suggéra-t-il.

Les lèvres de Sloan se tordirent.

— Plus facile à dire qu'à faire tant qu'on n'a pas de vrais indices sur ces types.

— Nous avons des indices – c'est pour ça qu'ils paniquent.

Et cette panique signifiait un nouveau carnage dans les rues de Boston.

On frappa à la porte et Ashley passa la tête à l'intérieur. Mallory était allée chercher des vêtements propres dans leur chambre d'hôtel et à un moment donné, Ashley s'était douchée et changée. Ses cheveux étaient mouillés. Sa peau pâle. Les lèvres pincées. Une fusillade pouvait avoir cet effet. Elle était habillée tout en noir, ce qui semblait sinistrement approprié étant donné les circonstances. Il aurait voulu la toucher, la prendre dans ses bras et s'assurer qu'elle allait bien, mais ils étaient au travail, et elle était un agent du FBI, pas une civile, pas sa petite amie.

— Agent Chen. Entrez. Prenez un siège. Contente de voir que vous êtes toujours parmi nous, dit Sloan avec un sourire crispé.

Son estomac se serra en se rappelant qu'elle avait failli mourir. Des taches de sang maculaient ses genoux, et ses paumes étaient sillonnées de lacérations mineures, mais elle s'en était sortie relativement indemne. Les urgentistes avaient nettoyé ses plaies dans la rue, lorsqu'elle avait refusé d'aller à l'hôpital.

— Que s'est-il passé là-bas ? demanda Sloan.

— J'ai rédigé et envoyé mes rapports, répondit Ashley.

Le FBI adorait la paperasse, surtout quand un agent tirait avec son arme en public.

Si elle pensait s'en tirer à si bon compte, le regard patient de Sloan lui indiqua le contraire.

— J'ai veillé tard, en farfouillant sur le serveur Tor jusqu'à 4 heures du matin, donc je ne me suis pas réveillée à l'heure prévue. Je suis vraiment désolée.

Elle avait les yeux rivés droit devant elle, attendant manifestement d'être châtiée.

Sloan la regarda.

— Agent Chen, je suis consciente que nos horaires ne sont pas forcément traditionnels. Je suis assez intelligente pour apprécier les différentes compétences que les gens apportent.

La raideur des épaules d'Ashley s'atténua, mais sa bouche resta crispée.

— Je me rendais au travail à pied vers 9 h 30. J'ai pris un café, mais quand je suis sortie, j'ai vu Ray Tan marcher vers moi. Évidemment, je sais qu'il est suivi, mais je ne voulais pas qu'il le comprenne. Il a commencé à me reprocher de travailler pour le FBI. Je lui ai dit que s'il continuait à me harceler, je le ramènerais directement au bureau régional pour avoir gêné un agent dans l'exercice de ses fonctions.

Une ligne se forma entre ses sourcils.

— Il a fini par me laisser tranquille et c'est là que j'ai entendu la moto s'arrêter à côté de nous. Et que je me suis souvenue.

— De quoi ? fit Sloan en se penchant en avant.

— La même moto est passée devant l'agent Rooney et moi une fois qu'on a eu interrogé le buraliste près du bordel. Je m'en souviens parce qu'elle allait très vite et se faufilait dans la circulation.

— Ce seraient les mêmes gars qui ont tué Susan Thomas ? demanda Lucas.

Elle acquiesça.

— J'aurais dû faire le lien avec la fusillade d'hier.

— Est-ce qu'on peut mettre la pression à la balistique pour qu'ils comparent au plus vite la balle extraite du chien et celles qui ont été tirées ce matin ? suggéra Lucas.

— Je vais faire la demande.

Sloan nota quelque chose sur un bloc de papier. Elle se tourna vers Lucas.

— Les types sur la moto, vous avez vu si c'étaient les mêmes que ceux du bordel ou pas ?

Lucas secoua la tête.

— Ils portaient des visières teintées et étaient penchés sur une moto. Trop difficile de dire leur taille et leur corpulence, mais ça pourrait correspondre.

Lorsque Ray Tan avait confronté Ashley dans la rue, il avait été déchiré entre courir à son secours, arrêter le gars avec ce qu'ils avaient sur lui, ou se persuader qu'elle pouvait se débrouiller seule et rester sur place. Seule son inquiétude pour la sécurité de Becca l'avait poussé à rester dans la camionnette. Ils devaient mettre les principaux acteurs hors d'état de nuire pour que cette enfant ait une chance d'avoir une vie normale – mais chaque seconde passée à regarder Ashley dans la rue sans renfort l'avait fait hurler en silence.

Puis les balles avaient commencé à pleuvoir.

— Alors, quel est le plan ?

La voix d'Ashley vacillait et ses mains tremblaient. Elle refusait de croiser son regard. Elle était probablement encore sous le choc et devrait prendre un jour de congé.

— L'ASAC Frazer fait beaucoup de bruit pour que Rooney et vous retourniez à Quantico et continuiez de nous aider de là-bas. Il est furieux que vous ayez été impliqué dans une fusillade majeure ce matin et que vous ayez trouvé un cadavre encore chaud avant ça. Il s'est donné beaucoup de mal pour m'expliquer le rôle du DSC dans une enquête.

Les lèvres de Sloan se retroussèrent.

— En attendant, nos équipes sont convaincues qu'elles pourront craquer le téléphone portable dans les prochaines vingt-quatre heures et nous fournir toutes les informations qu'il contient.

Son expression se fit amère.

— Mais ils ont dit la même chose hier.

Sloan fixa la surface de son bureau pendant quelques instants.

— J'ai entendu dire que vous avez découvert comment ces gars ont retrouvé Susan Thomas.

— Vraiment ? marmonna Ashley d'un air las.

— Frazer m'a dit que vous aviez fait une suggestion à un consultant en cybersécurité avec qui il travaille. Ils ont cherché et trouvé des preuves que quelqu'un avait piraté le système FinCEN et extrait les informations liées au transfert d'argent entre les Stromberg et Susan Thomas.

Alex.

— Ils ont mis en place une trappe, réparé l'intrusion et patché d'autres systèmes fédéraux. Tout ça grâce à vous.

Lucas s'assit. Il aurait voulu pouvoir prendre la main pâle d'Ashley dans la sienne.

Alex ne pensait-il toujours pas qu'ils pouvaient faire confiance à cette femme ? Elle avait plus que prouvé sa valeur.

Ashley adressa un sourire féroce à Sloan.

— On vient de faire perdre beaucoup d'argent à ces gens, ça va les énerver.

— Sans parler de l'amélioration de la sécurité du gouvernement fédéral des États-Unis, ajouta Lucas.

Ashley finit par croiser son regard, mais ses yeux n'étaient pas sereins. Puis son expression se durcit et elle se tourna vers Sloan.

— Je voulais essayer de les retrouver sur le darknet. Parce qu'ils y retourneront, c'est juste une question de temps.

Son regard passait de l'un à l'autre, agité.

— J'ai juste besoin d'un point de départ. Si on pouvait coincer un des clients et trouver comment il a payé…

— Vous vous souvenez de l'avocat que nous avons récupéré juste avant que vous n'entriez mercredi ? l'interrompit Sloan, s'adressant à Lucas.

— Celui qui nous a donné le mot de passe ?

Sloan fit un brusque signe de tête.

— Theo Giovanni.

— C'est l'un des rares points de départ que nous avons, convint Lucas. Mais il est intouchable à cause du marché qu'il a passé.

Protéger la vie privée des gens et la liberté civile était important pour lui, tout comme tenir sa parole, mais Theo Giovanni était une pure ordure.

— Je sais, mais c'est dommage que nous ne puissions pas accéder aux données financières, Internet ou téléphoniques de cet enfoiré et voir s'il y a quelque chose qui pourrait nous aider.

Sloan poussa un soupir dramatique.

— Malheureusement, *officiellement*, il ne peut nous être utile d'aucune façon.

Ashley les regarda comme s'ils avaient perdu la tête. Lucas commençait à penser que c'était le cas.

— Veuillez m'excuser, je vais devoir aller me plonger dans le dark web. Vous savez où me trouver si vous avez besoin de moi, dit-elle.

— Faites votre apport à l'agent Randall à la fin de la journée, ordonna Sloan. Et si vous avez besoin de prendre des congés, faites-le.

— Bien, madame.

Ashley n'adressa pas un regard à Lucas en partant, et referma la porte derrière elle.

Lucas regarda Sloan en fronçant les sourcils.

— Je suppose que c'est votre premier test ?

Sloan eut un sourire sinistre.

— La plupart des membres de l'équipe, y compris vous, connaissaient son nom grâce à la surveillance initiale et à l'accord ultérieur que nous avons conclu avec lui, mais ce dégénéré est toujours vivant et bien portant. Ne serait-il pas mort si la fuite venait de l'un de nous ?

Lucas haussa les épaules. Peut-être ne l'avaient-ils simplement pas encore trouvé. Les gangsters avaient été bien occupés à régler d'autres problèmes.

— Espérons que Theo Giovanni reste en vie pour le bien de l'agent Chen.

Le téléphone de Sloan sonna et elle consulta l'écran. Elle haussa les sourcils jusqu'à la naissance de ses cheveux.

— Eh bien, ça, c'est du nouveau. Les Chinois nous envoient un de leurs hommes pour nous *aider* à enquêter.

— Ils ont des informations ?

— Je suppose que nous devrons le demander à l'inspecteur Nelson Shaw de la police de Hong Kong demain matin. Il travaille pour leur bureau de renseignement criminel.

Lucas sentit une poussée d'adrénaline.

— À quelle heure arrive-t-il ?

— Neuf heures.

— J'aimerais participer à cette réunion.

Les criminels auxquels ils avaient affaire n'étaient pas des débutants. Ils étaient bien trop organisés et disciplinés pour ne pas avoir perfectionné leur art quelque part. Peut-être que ce quelque part était Hong Kong.

— Allez-vous voir notre petite protégée aujourd'hui ? demanda Sloan.

Elle voulait dire Becca. Il hocha la tête.

— Avez-vous parlé d'elle à l'agent Chen ?

Malgré son état d'épuisement, le regard de Sloan était vif et évaluateur.

Il secoua la tête, trop fatigué pour lui lancer un regard noir. Elle s'enfonça dans son fauteuil de bureau, visiblement satisfaite.

— Il va nous falloir envisager de la déplacer dans un lieu sûr sans trop attendre.

Lucas frotta le haut de son nez pour essayer d'atténuer un mal de tête croissant.

— Vous n'avez pas encore trouvé la mère ?

Il ne chercha pas à retenir son grognement d'incrédulité.

— Je n'ai même pas eu le temps de *commencer* à la chercher.

Sloan pinça les lèvres, pensive.

— Si Chen réussit mon test et que Theo Giovanni ne connaît pas une fin tragique dans les prochaines vingt-quatre heures, mettez-la dans la confidence et demandez-lui de retrouver la famille de la jeune fille. Il doit bien y avoir quelqu'un quelque part qui se soucie de cette enfant.

— Et si ce n'était pas le cas ? demanda-t-il, posant enfin la question qui le dérangeait.

Et si, après tout ça, Becca se retrouvait en famille d'accueil ? Ce serait presque aussi dramatique que le système qui avait laissé tomber Agata Maroulis.

— Prenons les choses une catastrophe à la fois, Agent Randall.

Pour une raison quelconque, cela lui rappela les pilules contraceptives que ces trous du cul avaient forcé la petite fille à avaler. Plus de cinq cents avant qu'elle n'arrête de compter. Il se leva, fit un signe de tête à Sloan et sortit dans l'air frais de Boston, espérant qu'il serait assez froid pour apaiser la colère qui menaçait de le consumer. Il n'y avait pas moyen qu'il laisse le système abandonner cette gamine. Et ces salauds ne la toucheraient plus jamais.

CHAPITRE TREIZE

ASHLEY ETAIT ASSISE seule dans la salle de conférence où elle avait travaillé plus tôt avec Mallory. Elle avait fini l'interminable paperasse liée à la fusillade de la matinée et avait passé le reste de la journée à se terrer. La presse se déchaînait, plongeant les citoyens de Boston dans une frénésie terrifiante. Beaucoup avaient même peur de quitter leur maison. Heureusement, personne n'avait filmé l'incident sur son téléphone portable et son visage n'avait pas été diffusé dans les médias.

Peu importait la formation qu'elle avait reçue ou son expérience en tant qu'agent, être impliquée dans un échange de tirs l'avait ébranlée. La tentation de fuir avait été presque insurmontable. Après avoir recommencé sa vie à deux reprises, Ashley était réticente à abandonner une carrière qui lui donnait le pouvoir de se défendre, surtout contre un petit malfrat.

En tant que civile, elle n'était personne, mais en tant qu'agent du gouvernement, elle pouvait contribuer à épingler ces salopards. Travailler pour le DSC signifiait qu'avec un peu de chance, ils ne sauraient même pas qu'elle existait.

Les Dragon Devils avaient toujours été de loin la plus impénétrable de toutes les sociétés secrètes asiatiques, mais les Devils d'aujourd'hui ne ressemblaient pas forcément à ceux de

2004. Les dirigeants actuels ne savaient peut-être même pas qui elle était. Aucune trace de son oncle repoussant depuis que le tremblement de terre de Sumatra-Andaman avait fait un trou dans le monde. La vague gigantesque qui avait résulté du séisme avait volé plus de deux cent trente mille vies dans quatorze pays différents – pourquoi pas *la sienne* ? La tragédie avait traumatisé toute une génération et lui avait donné l'occasion de simuler sa propre mort.

Elle refusait de se demander si son frère avait survécu, ou son odieux cousin, bien que les commentaires de Ray Tan aient laissé entendre qu'un des deux au moins était encore en vie.

Elle avait deux choix : fuir ou garder la tête froide et aider à mettre ces bâtards sous les verrous.

Si le Bureau découvrait les mensonges qu'elle avait racontés pour entrer à l'Académie du FBI, elle se retrouverait sur la paille, et probablement accusée de fraude. Peu importait que son intention n'ait jamais été que de servir son pays et de rechercher la justice pour les autres. Le pouvoir en place serait d'un autre avis.

Quoi qu'elle fasse, qu'elle se batte ou qu'elle prenne la fuite, elle pourrait perdre sa carrière, mais au moins, de cette façon, elle avait une chance de compenser une partie du mal que sa famille avait perpétré.

Il était tard et Ashley poussa un large bâillement. Mallory avait été chargée de conseiller l'équipe sur le point d'aller interroger les hommes qui, selon eux, fréquentaient la maison close. L'équipe devait déterminer qui approcher en premier et quel angle adopter. Ils ne voulaient pas se retrouver avec une série de témoins potentiels morts sur les bras. Mais en même temps, ils devaient mettre fin à cette affaire et punir ceux qui étaient impliqués.

Le port, les postes-frontière et les aéroports restaient en état d'alerte pour repérer les fugitifs, mais Ashley avait le sentiment qu'ils étaient toujours bien là, à Boston. Sinon, comment auraient-ils pu réagir si rapidement lorsqu'ils percevaient une menace ? Et la façon dont le passager de la moto l'avait regardée… Le labo avait pu récupérer son ADN sur une trace de sang liée à son tir. Ils auraient peut-être une correspondance.

Le rapport balistique atterrit dans sa boîte aux lettres électronique. Il confirmait la correspondance entre l'arme utilisée pour tuer le chien de Susan Thomas et l'arme utilisée pour abattre Ray Tan dans la rue ce matin-là. C'était le même pistolet qui avait été utilisé pour exécuter Agata Maroulis de sang-froid lorsque la jeune fille s'était échappée.

Ashley frissonna. Sa famille était composée de monstres. Ils devaient être enfermés.

Son ordinateur portable lui indiqua les résultats d'une autre recherche qu'elle avait lancée au sujet de l'avocat qui leur avait donné le mot de passe pour entrer dans le bordel de Boston. Theo Giovanni.

Elle ne fut pas déçue. Associé d'un petit cabinet d'avocats de Boston, Theo était aussi effrayant qu'une tarentule à pattes rouges. Marié et père de trois enfants en bas âge, il dépensait beaucoup d'argent pour se divertir dans des restaurants et des clubs.

Cela aurait pu paraître légitime vu son travail, mais il consultait des sites pornos à la même fréquence que la plupart des gens consultaient Facebook. Elle lui avait envoyé un e-mail contenant un lien vers un site explicite spécialisé dans les jeunes adolescentes. Une fois qu'il aurait cliqué sur le lien, elle pourrait suivre toutes ses actions et mettre son micro sur écoute.

Le FBI n'aurait pas approuvé.

Malgré la mauvaise presse et la paranoïa générale, le Bureau s'efforçait de respecter la vie privée des citoyens américains, sans compter qu'il était trop occupé pour fouiner au hasard. C'était différent pour Giovanni. Il avait déjà obtenu ce qui équivalait à un laissez-passer dans cette affaire et il était clairement coupable. Rien de ce qu'elle avait découvert n'était couvert par un mandat ou admissible au tribunal et il était hors de question qu'elle admette avoir fait ça à qui que ce soit. Mais s'il lui donnait un indice à suivre, un fil d'Ariane qui pourrait la mener aux criminels... c'était toujours bon à prendre.

Il était presque 23 heures lorsque Giovanni se connecta à un compte bancaire en ligne au nom de l'un de ses jeunes associés.

Je te tiens.

Ashley se demanda si le pauvre associé était au courant.

Giovanni transféra plusieurs milliers de dollars vers un autre établissement en ligne et acheta des bitcoins, la monnaie virtuelle. Il effectua ensuite un paiement sur un site web du serveur Tor qui semblait assez inoffensif, mais elle doutait que quelqu'un ait payé mille dollars pour un kilo de carottes.

Elle regarda l'historique de ses transactions et vit qu'on le livrait dans une boîte aux lettres près de son lieu de travail. Probablement de la coke. Il pourrait être utile d'alerter le service postal américain au sujet de ce fournisseur.

Giovanni se déconnecta et éteignit son ordinateur... et plus rien. Elle désactiva tous ses programmes de surveillance et s'affala sur sa chaise, frustrée. Elle n'avait ni les ressources ni l'autorité pour le faire suivre. Mieux valait en rester là et rentrer à l'hôtel.

À l'extérieur, les journalistes brillaient par leur absence. Le bureau régional avait publié un bref communiqué contenant une description des hommes recherchés et demandant à toute personne ayant des informations de se manifester. La presse savait qu'elle n'obtiendrait rien de plus.

Elle garda la main près de son arme, regardant par-dessus son épaule. Il n'y avait que quinze minutes de marche pour regagner l'hôtel, mais elle aurait juré qu'elle était observée. Son portable sonna juste au moment où elle entra dans le hall de l'hôtel.

C'était son patron, Lincoln Frazer.

— Je veux que vous reveniez au bureau, dès que possible, dit-il sans préambule.

— Pourquoi ça ?

C'était la première fois qu'elle remettait en question une de ses décisions.

— Mallory m'a donné le récapitulatif des types de preuves que vous avez suivies. Vous pouvez faire la même chose d'ici.

— Je n'aurais pas pu reconnaître et arrêter le chauffeur de Mae Kwon qui a récupéré Agata Maroulis en Virginie, fit-elle valoir.

— Ils ont bien assez de monde sur cette affaire, agent Chen.

Frazer avait l'air de perdre patience.

— Vous n'êtes pas un agent de terrain.

Quelqu'un s'était-il plaint de ses capacités ?

Elle redressa les épaules.

— J'ai été sur le terrain pendant trois ans. Je sais comment effectuer une surveillance et procéder à une arrestation.

La ligne crépita de mécontentement.

— Si vous voulez redevenir un agent de terrain, Chen, vous n'avez qu'un mot à dire.

— Non, monsieur.

Et merde !

La sueur recouvrait son front. Pourquoi réagissait-elle de la sorte ? Elle aurait moins de chances d'être exposée en Virginie et elle ne voulait pas être virée du DSC-4. En supposant qu'elle ne soit pas renvoyée, c'était sa dernière rotation avant de pouvoir se concentrer sur sa spécialité, la cybercriminalité, qui était son rêve depuis des années. Elle était stupide. Sa détermination s'effondra.

— Je rentrerai à la première heure demain matin.

Elle raccrocha et fixa son téléphone, furieuse contre elle-même d'avoir cédé, même si c'était la décision la plus sensée. Mais personne d'autre au FBI n'était aussi doué qu'elle pour accéder aux aspects les plus douteux de l'environnement numérique. Et ces animaux avaient tué quatre de ses collègues agents, trois flics, plus de trente femmes, et assassiné Ray Tan alors qu'il se trouvait au milieu de plusieurs agents fédéraux.

Les Dragon Devils étaient audacieux. Ils seraient moins audacieux si leurs noms figuraient sur les écrans de télévision du monde entier. Peut-être pourrait-elle effectuer une dénonciation anonyme de l'organisation ? L'idée avait du bon, mais les deux derniers informateurs anonymes avaient mal fini. Elle avait besoin d'un plan.

— Ashley.

La voix de Lucas Randall, tout près de son oreille, était profonde et sonore. Elle lui donna l'impression que sa peau se séparait du reste de son corps.

Elle se retourna, ne laissant rien paraître du fait qu'il l'avait fait sursauter.

— J'étais sur le point de t'envoyer mon rapport par e-mail.

— Dis-moi tout.

Elle ouvrit la bouche, mais il lui prit le bras.

— Pas ici.

Il la dirigea vers les ascenseurs.

Lorsque les portes d'acier s'ouvrirent, trois femmes coururent pour les rattraper et Lucas maintint les portes ouvertes. Les femmes avaient l'air d'avoir bu quelques verres. Elles examinaient Lucas avec une admiration non dissimulée et il leur adressa un sourire lorsqu'elles descendirent au troisième étage.

Lorsqu'ils restèrent seuls dans l'ascenseur, il se retourna pour la regarder avec ses yeux couleur café. L'air devint chaud et épais. Il était difficile de respirer.

Elle avait toujours eu un faible pour un bel homme dans un beau costume, mais Lucas s'était habillé de façon décontractée pour sa mission de surveillance. Vu la façon dont son T-shirt collait à son corps, elle était presque sûre de l'apprécier quoi qu'il porte. Ou ne porte pas.

Arrête.

Les mots résonnèrent dans ses oreilles tout le long du chemin jusqu'au huitième étage.

Il l'*appréciait.*

Les portes s'ouvrirent et elle sortit, en essayant de ne pas penser à ce qu'elle ressentait également pour lui. Le fait qu'il ait écouté ses idées, et accordé du crédit à son travail, le fait qu'il l'ait embrassée comme si elle était la chose la plus importante au monde et qu'il l'ait fait jouir sans même la déshabiller. Il n'avait rien demandé en retour. Il ne l'avait pas poussée à faire plus que ce qu'elle voulait donner.

Il avait su l'exciter et la faire jouir, le tout en public. Dieu savait de quoi il serait capable avec un peu de temps et d'intimité.

Elle sentit le désir palpiter des semelles de ses chaussures jusqu'au bout de ses oreilles. Toutes les raisons de ne pas attraper Lucas Randall et de ne pas l'embrasser comme s'il était son dernier repas semblaient s'être évaporées. Elle partait le lendemain. Ils ne faisaient plus partie de la même équipe et le fait qu'ils travaillaient sur la même affaire était un détail technique. Le FBI se ficherait qu'ils se fréquentent. En fait, personne ne le saurait jamais.

C'était probablement la dernière fois qu'elle voyait Lucas Randall. L'idée la déprimait plus que de raison.

Rien à perdre – sauf le sentiment d'anxiété, de douleur et d'insatisfaction qui engendrait nervosité, excitation et distraction alors qu'elle avait besoin de se concentrer.

En arrivant devant sa porte, elle s'éclaircit la gorge.

— Laisse-moi déposer mes affaires.

Il s'apprêtait à dire quelque chose, quand son téléphone sonna.

— Sloan. Je dois répondre.

Il indiqua la direction de sa suite.

— N'hésite pas à me rejoindre.

Ashley entra dans la chambre en silence pour ne pas réveiller Mallory, mais la lumière du couloir lui révéla que la pièce était vide. Mallory devait encore travailler.

Ashley plaça son ordinateur portable personnel au fond de sa valise, qu'elle verrouilla, et prit son sac à main. Sa colère contre Frazer, sa frustration à l'égard de l'affaire et de sa vie en général la poussèrent à agir. Elle fit volte-face et quitta sa chambre, marchant à grands pas jusqu'au bout du couloir.

Même s'il lui avait dit d'entrer, elle frappa légèrement à la porte de Lucas et entendit des pas de l'autre côté. Quand il ouvrit, il n'était plus au téléphone. Il s'était débarrassé de sa veste, et ses cheveux bruns étaient ébouriffés, suggérant qu'il avait passé les mains dedans un peu trop souvent. Il ferma la porte et ouvrit la bouche, mais elle ne lui laissa pas le temps de parler.

Elle glissa ses mains autour de son cou et l'attira vers elle pour l'embrasser. Ses cheveux étaient doux et soyeux contre ses doigts et elle se hissa sur la pointe des pieds pour l'embrasser plus passionnément. Il n'hésita pas. Il l'attira contre lui jusqu'à ce que ses seins soient plaqués contre son torse. Son érection grandissait à une vitesse impressionnante contre son estomac.

Il la déplaça, embrassant son cou, sa mâchoire. Son odeur masculine forte la submergea de désir. Elle mordilla son cou et il gémit. Sa main glissa sous les couches de vêtements d'Ashley et fit sortir son chemisier de son pantalon. Il trouva le bonnet en dentelle de son soutien-gorge et se concentra sur son téton. Elle sentit le désir monter, enroula ses doigts dans les cheveux de Lucas et pencha la tête arrière.

— Tu es sûre de toi ? murmura-t-il contre sa peau.

— Affirmatif.

— Quelqu'un t'a tiré dessus aujourd'hui.

— Je suis au courant.

Elle haleta quand il pinça légèrement son téton.

— Je préfère être ici avec toi plutôt que de penser à ça.

Lorsqu'il la regarda, les yeux remplis d'inquiétude, elle lui prit la main et l'entraîna dans la chambre. Les lumières étaient éteintes, mais les lampes du salon brillaient à travers la porte ouverte. Elle lâcha sa main et ferma les rideaux. Quand elle se retourna, il s'était appuyé contre le montant de la porte et la regardait avec avidité.

Il la laissait imposer son rythme.

Elle posa son manteau sur la chaise voisine et son Glock sur la table de chevet. Puis elle enleva ses bottes et se débarrassa de sa veste de tailleur. Il ne bougea pas, la regardant se déshabiller. Sans son regard de braise et le renflement à l'avant de son jean, elle se serait demandé s'il était vraiment partant. Mais les yeux de Lucas brûlaient de désir pour elle, alors elle ralentit le rythme, transformant la chose en un strip-tease dès qu'elle eut enlevé ses chaussettes.

Lentement, elle défit les boutons de son chemisier noir et le retira délicatement de ses épaules avant de le laisser tomber sur la chaise. Les souvenirs de son tailleur abîmé de la matinée lui revinrent en mémoire. Le sang de Ray Tan avait maculé ses doigts et elle les avait frottés si fort et si longtemps que sa peau était à vif. Elle chassa ces images de son esprit. La mort n'était pas une nouveauté pour elle, et les hommes comme Ray Tan connaissaient les risques.

Elle aussi.

Elle n'allait pas perdre le sommeil en se lamentant sur la mort d'un gangster, mais cela lui rappelait que rien n'était acquis. Raison de plus pour passer une nuit dans les bras de Lucas.

Ses sous-vêtements étaient en soie couleur jean, avec assez de rembourrage pour donner à ses petits seins un coup de pouce nécessaire. Elle défit le bouton de son pantalon et fit lentement glisser le tissu le long de ses jambes. En soutien-gorge en dentelle et en culotte, elle s'avança vers lui. À présent qu'elle avait ôté ses chaussures, Lucas semblait plus grand, et elle aimait ça. Il passa ses mains sur ses hanches et l'attira contre lui.

— Tu es superbe.

Ses doigts caressèrent le bord de sa culotte.

— Mais…

Elle se figea.

— Quoi ?

— Tu es sûre que c'est une tenue de travail acceptable ?

Elle rit et une partie de la tension se dissipa. Elle ne s'était même pas rendu compte qu'elle était si nerveuse. Ses caresses la mettaient dans tous ses états.

— Hoover ne l'aurait peut-être pas approuvé pour le travail, mais il aurait pu l'apprécier les week-ends.

Il sourit. Puis il prit possession de sa bouche comme si elle était sienne.

Un frisson de désir la traversa. Elle sortit le T-shirt de Lucas de son jean et passa ses mains sur son torse musclé. Ses muscles étaient bien définis, mais sa peau était douce et chaude. Elle ne le faisait qu'occasionnellement et elle avait l'intention de profiter de chaque instant.

Ses doigts descendirent plus bas, prenant en main son anatomie à travers le jean. Elle le sentait palpiter contre sa paume comme s'il ne pouvait contrôler son besoin d'être plus proche.

Il fit glisser une bretelle de soutien-gorge le long de son bras et embrassa le haut de son épaule, descendant jusqu'à un sein, puis l'autre. Il la souleva et elle enroula ses jambes autour de sa taille, laissant échapper un couinement quand il la déposa sur une commode froide. Il descendit et suça ses tétons à travers la dentelle de son soutien-gorge. Sentir sa langue râpeuse contre le tissu rugueux fit monter l'excitation d'Ashley. Il descendit entre les genoux de la jeune femme, les mains sur ses cuisses, les pouces se posant délicatement sur la peau fine comme de la soie, là où ses jambes rejoignaient ses hanches. Il l'avait à peine touchée et elle était prête à exploser.

— Tout va bien ?

Il ne la quittait pas des yeux.

Elle était incapable de détourner le regard. Son inquiétude faisait naître en elle des émotions qu'elle n'était pas prête à affronter. Elle acquiesça et se mordit la lèvre, plaçant une de ses mains sur la sienne et la guidant entre ses cuisses.

La sensation de ses lèvres sur son mamelon et de ses doigts glissant sur sa peau, puis s'enfonçant en elle, la fit gémir et se tordre de plaisir. Elle était si excitée qu'elle éclata en un million de morceaux de lumière.

Elle revint sur Terre avec un sanglot, mais il ne lui laissa pas le temps de se remettre.

— Je croyais que tu avais dit que tu étais bruyante ?

Elle rit, même si son cœur battait la chamade.

— Celui-là m'a prise par surprise.

Il sourit comme si c'était un défi. Il défit son soutien-gorge et descendit le long de son corps en l'embrassant, lui ouvrant les cuisses avec ses larges épaules. Il exerça une légère pression sur sa poitrine et elle se pencha en arrière jusqu'à ce qu'elle heurte le mur. Sa barbe d'un jour contre sa peau sensible la fit se redresser d'un coup.

— Doucement, l'apaisa-t-il.

Il passa sa langue à la démarcation entre sa cuisse et son buste. Ce contact était si érotique et sensuel qu'elle en voulait plus. Elle ouvrit les jambes en grand. Et encore plus en voyant qu'il ne faisait pas ce qu'elle attendait de lui. Il passa à son autre cuisse et elle était sur le point de le supplier quand elle sentit son souffle chaud contre sa culotte. Elle agrippa ses cheveux lorsque la langue de Lucas passa sous la culotte en dentelle avant d'encercler son clitoris. Elle essaya de bouger, mais il tenait fermement ses hanches, et elle se dit qu'elle allait devenir folle de désir.

Il fit descendre sa culotte le long de ses jambes et la jeta dans la pièce. Elle était maintenant complètement nue et offerte à lui, et il était tellement concentré sur elle que c'en était hypnotisant. Il se pencha et la lécha avec force entre les cuisses. Elle sursauta comme si quelqu'un avait envoyé un millier de volts dans son système. Sa mâchoire râpeuse et sa langue exploratrice la firent trembler jusqu'à ce qu'elle fonde contre le mur.

Le désir la tenaillait, et elle sentait son appétit retrouver le même niveau que quelques minutes plus tôt. Ses mains et sa bouche s'occupaient d'elle avec une expertise à laquelle elle ne s'était pas attendue. C'était un homme qui connaissait bien le corps d'une femme et qui n'avait pas besoin de conseils pour satisfaire ses désirs.

Elle ne voulait pas savoir où il avait appris tout ça. L'idée qu'il ait fréquenté d'autres femmes n'aurait pas dû importer puisqu'il ne s'agissait que d'un coup d'un soir.

Il la caressait, en maintenant une pression et un rythme constants, et elle sentit l'orgasme monter à nouveau, mais elle voulait le toucher.

Elle dut le dire à voix haute.

— Bientôt.

Il s'attarda à nouveau sur ses seins, faisant rouler ses mamelons entre le pouce et l'index. Toutes ses zones érogènes vibraient de plaisir, et elle hurla en jouissant. *Merde alors.* Ce genre de sexe pouvait créer une dépendance. Elle ouvrit les yeux et le vit en train de la regarder, tout habillé, souriant comme un pirate.

Et merde. Il était vraiment trop sexy.

Elle l'attira contre elle. Elle fit passer son T-shirt par-dessus sa tête et le jeta par terre. Il était musclé, mais fin, avec un peu de poils sur la poitrine et deux petits mamelons bruns. Une ligne de poils descendait vers le bas. Elle la suivit du bout des doigts, repoussant son jean, le prenant en main et faisant briller ses yeux.

— Et si on passait à l'horizontale ? fit-elle doucement.

Il la souleva comme si elle ne pesait rien du tout, illusion qu'elle pouvait accepter. Il l'allongea sur le lit, son poids rassurant contre ses hanches.

Elle caressa la peau chaude et lisse de ses épaules, les lignes tendues de son cou, enfonça ses doigts dans les cheveux soyeux de sa nuque.

Il l'embrassa, prenant à nouveau le contrôle, la tenant fermement tandis qu'il lui dévorait la bouche. Il recula et entreprit de descendre le long de son corps. Il semblait obsédé par ses seins, ce qui était ironique vu qu'elle avait à peine besoin d'un soutien-gorge.

Très vite, elle fut hors d'haleine, son pouls devint incontrôlable, comme si elle était au bord d'un précipice. Ses ongles s'enfoncèrent dans les muscles de ses épaules, s'accrochant, essayant de s'ancrer dans la réalité physique de son corps chaud et dur pressé si près du sien. Un sentiment de vide s'installa en elle et même si ses baisers étaient incroyables, et qu'il était tout entier dévoué à son corps, ce qu'elle voulait vraiment, c'était qu'il la pénètre. Qu'il comble le vide en elle.

Elle poussa contre son épaule et il comprit ce qu'elle voulait, car il roula sur le dos et s'allongea en la regardant avec une pointe d'amusement dans les yeux.

— Tu es belle, dit-il doucement.

Elle cligna des yeux devant ce compliment inattendu.

Ne sachant que penser de la sincérité qu'elle entendait dans son ton, elle fit ce qu'elle faisait toujours quand elle n'était pas sûre d'elle. Elle l'ignora, choisit de le distraire. Elle se mit à genoux à côté de lui et fit glisser sa fermeture éclair jusqu'en bas, prenant en main sa tige rigide avec un gémissement d'approbation féminine. Elle descendit du lit et lui enleva son pantalon. Chaussettes et caleçon suivirent rapidement. Lucas se redressa sur ses coudes, observant sa nudité avec un plaisir évident.

Était-ce sa première fois avec une Asiatique ? Était-ce ce qu'elle voyait dans son regard ? L'appréciation de quelque chose de nouveau, de différent, d'un peu exotique ? Cette pensée la fit hésiter, mais quelle importance ? Ils n'allaient pas se marier. Ils étaient juste en train de baiser. Le vide de cette prise de conscience menaça de la submerger, puis elle se souvint de toutes les raisons pour lesquelles elle vivait de cette façon.

La raison pour laquelle Lucas la trouvait attirante n'avait pas d'importance. Il avait déjà prouvé qu'il était un meilleur amant que n'importe quel autre homme qu'elle avait fréquenté au cours de sa triste vie décousue.

Elle se mit à cheval sur l'une de ses cuisses épaisses et le regarda d'un air appréciateur. Puis elle embrassa tout son corps et le força à mendier un peu de son côté. Elle entendit le froissement d'un emballage, puis le bruit sourd de son portefeuille qui atterrissait sur la table de chevet.

Elle leva la tête et le regarda se couvrir. Elle sentit ses muscles se serrer avec impatience. Elle pressa ses mains sur sa poitrine en se mettant à nouveau à cheval sur lui, se pencha pour l'embrasser sur la bouche. Il la mordilla, l'embrassa doucement. Puis passionnément, jusqu'à ce qu'elle soit presque étourdie par le désir.

Avec précaution, elle le prit en elle, jusqu'à ce qu'il la remplisse entièrement. Elle se déplaça sur lui, lentement d'abord, s'habituant à la taille de son membre et à cette sensation intime. Elle poussa plus fort, et il s'enfonça encore plus profondément en elle, la faisant frissonner de plaisir. Les mains de Lucas s'enfonçaient dans les hanches d'Ashley, et la sueur lui collait les cheveux sur son front.

Il la prit de plus en plus fort, de plus en plus vite. Et même s'il n'y avait plus d'espace à remplir, elle en voulait toujours plus, elle voulait l'avaler tout entier. Il enfonça ses doigts dans ses longs cheveux, se cambrant jusqu'à pouvoir effleurer son cou de ses dents blanches. Il en voulait toujours plus, la forçant à se rapprocher à nouveau du point de non-retour, mais avec lui cette fois. Il écarta plus encore les genoux de la jeune femme, la pénétrant encore plus profondément et elle poussa un cri. Il s'allongea sur le lit et ses doigts trouvèrent son mamelon et son clitoris, les pinçant tous les deux exactement au même moment et la faisant voler en éclats. Ses cris se répercutèrent contre le mur.

Mais elle n'eut pas le temps de reprendre ses esprits. La gardant collée à lui, il la plaqua contre le lit et se mit à la pénétrer encore plus profondément. Sa peau était humide et chaude sous ses doigts. Il la pilonna, avec une brutale délicatesse, un côté à la fois implacable et rassasiant, trouvant le rythme parfait. Elle se contracta autour de lui, la pièce entière commença à tourner et elle poussa un cri. Il laissa échapper un gémissement féroce et les orteils d'Ashley s'enfoncèrent dans le lit lorsqu'il jouit en elle, la faisant basculer dans une frénésie incohérente.

La pièce continua à tourner comme un carrousel avant de revenir lentement à la normale.

Il était allongé sur elle, lourd, réel. Un homme sexy, en sueur, qui l'avait épuisée jusqu'à ce qu'elle soit incapable de se rappeler son nom de famille.

Son cœur battait la chamade et son souffle était trop rapide. C'était pour ça qu'elle n'aurait jamais dû faire ça. C'était pour ça que c'était dangereux. Alors qu'elle gisait sur le lit, épuisée après un échange aussi intime, il n'y avait plus de place pour la tromperie. Son cœur était mis à nu.

Il roula sur le côté et disparut dans la salle de bain.

Oh, mon Dieu. Il fallait qu'elle sorte de là. Il fallait qu'elle parte avant de faire quelque chose de stupide comme se confier à ce type. Elle se força à se lever et à aller chercher ses vêtements.

— Où penses-tu aller comme ça ?

Le grondement profond s'accompagna d'une main remontant le long de son corps tandis que l'autre descendait. Les genoux d'Ashley fléchirent et il la maintint contre son corps délicieusement nu.

— Je pensais qu'on avait fini.

Sa voix semblait étranglée. Elle n'était pas sûre de pouvoir supporter davantage de plaisir.

Il lui grignota l'épaule et écarta ses pieds. Seigneur, le plaisir qu'elle éprouvait était ridicule. Il était à nouveau dur et tout dans cette position était différent de ce qu'ils venaient de faire.

Il souleva ses pieds du sol. Elle était complètement sous son contrôle, ce qui l'effrayait et l'excitait à la fois. Elle était tellement habituée à être en charge que c'était à la fois terrifiant et exaltant de laisser quelqu'un d'autre prendre le contrôle.

Et ce n'était que pour quelques heures.

Le lendemain, elle serait de retour en Virginie et ses chances de tomber à nouveau sur le bel et viril agent Randall seraient minces.

Alors que ses mains se déplaçaient de manière experte, elle décida de se laisser faire. De prendre du plaisir et au diable les conséquences. Ils obtiendraient tous les deux ce qu'ils voulaient, et le lendemain ils pourraient passer à autre chose sans se demander comment les choses auraient pu se dérouler entre eux.

Elle le savait à présent.

Les choses auraient été formidables.

CHAPITRE QUATORZE

ASHLEY SE FAUFILA hors de la suite alors qu'il faisait encore nuit. Lucas ne bougea pas.

Elle s'était brièvement assoupie, mais la sensation inhabituelle de partager un lit avec une autre personne l'avait réveillée. L'idée de baisser la garde, ne serait-ce que dans les affres de la passion, la perturbait. Elle n'arrivait pas à se détendre. Elle avait regardé Lucas dormir pendant quelques minutes, puis s'était forcée à glisser hors du lit et de sa vie.

Les membres tremblants, elle enfila son pantalon et son chemisier, et passa ses doigts dans ses cheveux. Si quelqu'un la voyait, il saurait exactement ce qu'elle avait fait de sa nuit. Prenant soin de ne rien laisser derrière elle, elle rangea ses sous-vêtements dans les poches de sa veste de tailleur, sortit sa carte magnétique et se glissa dans sa propre chambre.

À l'intérieur, elle remarqua un mot de Mallory posé sur le lavabo. Elle était allée voir Rex, qui se remettait bien de sa blessure par balle. La jeune femme ne savait pas à quelle heure elle rentrerait.

Avait-elle deviné qu'Ashley avait passé la nuit avec Lucas ? Elle devait se douter de quelque chose, mais cela n'avait pas d'importance. C'était un coup d'un soir, pas une folle histoire d'amour.

Ashley se doucha rapidement, puis fit sa valise et appela

un taxi. Plus vite elle arriverait à l'aéroport, plus vite elle pourrait oublier un certain agent dont le sourire s'était frayé un chemin jusque dans son cœur.

Le cœur stupide.

D'une femme stupide.

Elle endossa à nouveau son rôle d'agent du FBI. Il était temps d'arrêter de prendre des risques insensés et de jouer avec une carrière qui représentait tout pour elle. Il était temps d'arrêter de mettre en danger les personnes auxquelles elle tenait en les laissant se rapprocher d'elle. Sa vie n'était pas un jeu. Ses mensonges n'étaient pas un caprice. Ils étaient nécessaires à sa survie, tout comme si elle était face au canon d'une arme.

On lui avait déjà donné une seconde chance. Elle ne comptait pas en avoir une troisième.

ANDREW FIXAIT LA photo de l'agent spécial Ashley Chen. Il n'avait pas été facile de mettre la main dessus, comme si elle ne voulait pas qu'on la trouve. À présent, c'était comme si une centrifugeuse tournait à pleine vitesse dans sa poitrine. Il n'arrivait plus à respirer. Il ne pouvait pas se lever. Il consulta sa date de naissance. Le 26 décembre 1984.

Le 26 décembre – le jour de la fin du monde. Le jour où Jenny Britton était morte.

Ça ne pouvait pas être une coïncidence.

Il fixa les traits durs de la femme, plus durs que la dernière fois qu'il l'avait vue à seize ans, mais si semblables à ceux de sa mère. Il sentit la nostalgie le gagner en pensant à la femme douce qui l'avait élevé.

Qu'aurait pensé sa mère de lui à présent ?

Il chassa cette idée. Sa mère ne saurait jamais ce qu'il était devenu.

Jenny s'était vieillie de quatre ans sur le papier. Une ruse qui l'aurait déstabilisé s'il avait essayé de la retrouver via sa véritable date de naissance.

Ce matin de décembre 2004 avait façonné son destin. Il était entré dans la villa par la porte ouverte et avait attrapé Brandon par son T-shirt et l'avait traîné dans les escaliers. Ils s'étaient précipités et avaient réussi à atteindre l'étage supérieur, à sortir par une fenêtre et à monter sur le toit où ils s'étaient assis en priant pour que l'eau ne monte pas plus haut. Ce temps passé sur le toit, à regarder, impuissants, les gens être emportés par la mer, à s'inquiéter de l'arrivée d'une autre vague, plus grosse celle-là, avait semblé durer une éternité. Dès que l'eau s'était retirée, Brandon et lui étaient redescendus et avaient commencé à chercher leur famille.

Son oncle avait été gravement blessé, le garde du corps tué. Ils avaient fait appel à l'un de leurs nombreux hélicoptères, et le vieil homme avait été évacué puis transporté par avion pour recevoir des soins médicaux. Andrew et Brandon avaient passé des jours à fouiller la zone à la recherche de Jenny, examinant les blessés, les mourants et enfin les morts à peine reconnaissables. Certaines nuits, il se réveillait avec la puanteur des cadavres pourris dans les narines.

Pendant plusieurs jours, ils n'avaient eu aucun signe d'elle, et il s'était résigné au fait que sa sœur bien-aimée avait été aspirée dans les mâchoires de l'océan, son corps perdu pour l'éternité. Puis on lui avait parlé d'une femme qui avait été amenée et qui portait les mêmes vêtements que Jenny : un T-shirt rouge Mickey Mouse et un jean bleu. Le visage de la fille était horriblement défiguré et il n'aurait su dire avec certitude si c'était elle jusqu'à ce qu'il repère les boucles d'oreille en diamant que son oncle lui avait offertes à Noël et qui brillaient sur ses lobes d'oreilles noircis.

Avant le tsunami, il était tellement en colère de la direction que sa vie avait prise qu'il avait à peine remarqué ce qui se passait avec sa sœur. La perte de ses parents, sa petite amie du lycée qui s'était avérée être une salope qui se faisait toute l'équipe de football. Il pensait que l'univers était morne et déprimant. Ses préoccupations égoïstes lui avaient masqué la réalité du monde dans lequel ils avaient été jetés.

Il n'avait pas compris la vraie nature des affaires de son oncle jusqu'à ce qu'il ait vu l'homme tuer le petit ami de Jenny de sang-froid. Il n'avait pas compris les sentiments tordus que son oncle nourrissait pour sa sœur jusqu'à ce qu'elle le lui ait crié en ce matin fatidique.

Il ne l'avait pas crue à ce moment-là. Pas vraiment. Et quelques instants plus tard, il était trop tard.

Jenny avait toujours été la rebelle. La militante. Elle était provocatrice, et tellement obstinée. Après avoir grandi en Californie, elle ne s'était pas bien adaptée à la vie en Asie. Elle refusait de reculer devant un conflit. Elle refusait de se laisser faire. Elle ne *pliait* jamais.

Elle n'aurait jamais survécu dans le monde de déviance et de vice de leur oncle. Bien que le chagrin l'ait presque détruit, Andrew était heureux qu'elle soit morte – au moins, elle ne savait pas ce qu'il était devenu.

Mais en réalité, elle était vivante. Il toucha la photo. Bien vivante.

C'était un agent du FBI. Jenny était un agent du FBI qui essayait de retrouver les hommes qui dirigeaient le bordel de

Boston.

Une part de lui avait envie de rire, l'autre de hurler. *Elle était vivante* ! Quelle ironie que l'entreprise de trafic sexuel de son oncle l'eut ramenée dans leur vie. L'idée qu'elle sache qu'il était complice de tout cela, qu'il avait tout mis en place et qu'il était responsable de toutes leurs cyberopérations faisait naître un sentiment de honte en lui. Il ne pouvait prétendre qu'il ignorait ce qui se passait. Il ne pouvait prétendre que c'était quelqu'un d'autre. Si elle découvrait que les coupables étaient les Dragon Devils, elle saurait que c'était lui. Elle le saurait et le mépriserait pour sa faiblesse.

Il appela Lapin.

— Allô.

Au ton poli de l'homme, Andrew sut que ce n'était pas le bon moment. Il s'en fichait.

— Il y a un agent du FBI appelé Ashley Chen. Je veux savoir où elle loge.

— Je ne sais pas…

— Tu as vingt minutes pour le découvrir.

Il raccrocha. Peut-être était-ce une bonne chose qu'il ait laissé l'homme en vie. Même les pervers avaient leur utilité.

Il se reprit et se leva. Il ne voulait pas dire à Yu Chang la vérité sur Jenny, mais s'il ne le faisait pas, Brandon le ferait, et alors la loyauté d'Andrew serait remise en question.

Il ne voulait pas mourir.

Les préparatifs de leur déménagement étaient presque terminés. Des hommes transportaient des caisses de biens jusqu'à un bateau à proximité. Andrew était impatient de partir. Il y avait une possibilité bien réelle que les Américains les recherchent activement à présent. Peut-être Jenny était-elle en train de leur dévoiler tout ce qu'elle savait sur son frère ringard et ses proches douteux.

Ils allaient déménager dans un endroit dont Jenny n'avait jamais entendu parler. Ils y seraient en sécurité.

Il s'avança dans le couloir, frappant doucement à la porte.

— Qui est-ce ?

Le vieil homme avait l'air en colère.

Andrew entra. Lily était à genoux au bout du lit. Quelque chose en lui se flétrit et mourut. Il ne s'attendait pas à ce qu'elle soit encore là. Ses veines se mirent à palpiter douloureusement.

Elle leva les yeux, puis les détourna alors qu'il traversait la pièce jusqu'à l'endroit où son oncle était assis à son bureau, vêtu d'une simple robe de chambre en soie qu'il portait lâche.

— Je comprends ce que tu trouves à cette fille, Andrew. J'apprécie que tu la partages avec moi.

Le vieil homme avait prononcé ces mots comme si Lily était une bouteille de whisky ou un bonbon, ou juste une pute. Voilà ce qu'il avait fait. Il avait réduit quelque chose qui aurait pu avoir un sens pour Andrew en un service impersonnel à partager entre hommes.

Andrew s'inclina.

— Tout ce que j'ai est à toi, mon oncle.

Du coin de l'œil, il vit Lily tressaillir, et son estomac se contracta. Le vieil homme l'avait volontairement gardée avec lui jusqu'à l'arrivée d'Andrew. C'était la raison de sa présence, pour qu'il n'y ait pas de malentendus à ce sujet. Pas d'atténuation de la réalité.

Andrew se retourna et lui parla comme si elle n'était qu'une simple domestique.

— Habille-toi et retourne à la cuisine. Ils ont besoin d'aide pour tout emballer.

Yu Chang et lui seraient partis dans quelques heures, et elle n'aurait plus jamais à le voir. Elle serait en sécurité.

Des larmes lui montèrent aux yeux, mais la jeune fille garda le regard braqué sur son oncle. Le vieil homme lui avait déjà appris qui était le chef.

Andrew avait la nausée. Il essayait de la protéger, mais il ne pouvait rien laisser paraître. Son oncle n'était pas tout à fait stable, surtout lorsqu'il s'agissait de parler de Jenny, la sœur d'Andrew, ou de sa mère, Jun. Il était impossible d'anticiper comment l'homme pourrait réagir en entendant parler de Jenny, surtout s'il avait à portée de main quelqu'un qu'il considérait comme jetable.

Son oncle regarda Lily, semblant réfléchir à l'ordre d'Andrew. Ce dernier resta le regard rivé sur la fenêtre jusqu'à ce que son oncle réponde :

— Tu peux y aller. Mais attends mon neveu dans son lit et fais pour lui tout ce que tu as fait pour moi. Il a l'air fatigué, aide-le à se détendre. Il le mérite.

Son oncle sourit alors qu'Andrew sentait ses boyaux se tordre. Et pourtant, il savait qu'il devrait rester allongé et la laisser le toucher et le prendre en elle, même s'il était aussi mou qu'un calamar. Son oncle savait tout ce qui se passait dans le monde d'Andrew. Tout.

Sauf au sujet de Jenny. Il ne savait pas pour Jenny.

Une fois que Yu Chang aurait eu des nouvelles de sa sœur, ce petit jeu de pouvoir avec Lily n'aurait plus lieu d'être. Andrew attendit impatiemment que la jeune femme coure chercher ses vêtements qui étaient empilés sur une chaise près de la porte. Elle fit glisser sa robe par-dessus sa tête, s'inclina et partit aussi vite que possible. L'humiliation brillait sur les joues de la jeune fille.

C'était sa faute à lui.

Il aurait dû savoir qu'il ne fallait pas s'attacher. La repousser était le seul moyen de la faire sortir de ce cauchemar. Il avait été stupide de croire qu'ils pouvaient avoir une relation normale.

Quand la porte se referma, Andrew leva le menton.

— Prépare-toi, mon oncle. J'ai de mauvaises nouvelles.

L'expression de son oncle s'assombrit légèrement, mais Andrew garda le silence. Le vieil homme pensait que son fils avait été capturé ou tué. Andrew se délecta du chagrin de Yu Chang pendant une fraction de seconde avant de réaliser à quel point il était tombé bas. Se réjouir de la douleur d'autrui ne le rendait pas meilleur que l'homme de l'autre côté de la pièce.

Andrew s'approcha et lui tendit la photo.

Son oncle se leva à l'aide de la canne dont il avait besoin depuis que sa jambe avait été cassée à trois endroits par le tsunami. Les mains de l'homme tremblèrent et Andrew fut choqué de voir des larmes couler.

— Jun ? dit-il d'une voix tremblante.

Son oncle manqua de trébucher.

Andrew secoua la tête.

— Pas Jun.

Sa mère aurait eu tellement honte si elle l'avait vu en cet instant, trahissant la petite fille qui à une époque représentait tout pour lui.

— Jenny. Jenny est vivante.

———

LUCAS S'AFFALA SUR une chaise dans le bureau de Sloan et

consulta sa montre pour la troisième fois en une minute.

— Où est ce type ?

L'inspecteur Nelson Shaw de la police de Hong Kong était en retard.

— Je n'en sais rien.

Sloan le regarda attentivement, consciente de son attitude renfrognée.

Après une folle nuit de sexe, Lucas aurait dû être aux anges. Mais se réveiller dans un lit vide à cinq heures du matin l'avait rendu furieux. La nuit précédente avait manifestement signifié des choses très différentes pour Ahsley et lui. La femme s'était glissée hors de sa chambre sans un mot. Quand il avait frappé à sa porte sur le chemin du travail, personne n'avait répondu. Puis, lorsqu'il était arrivé au bureau régional, Sloan l'avait informé que la nuit précédente, les agents du DSC-4 avaient reçu l'ordre de retourner en Virginie – fait qu'Ashley n'avait pas mentionné. Il n'aurait pas dû être aussi en colère, mais il était révolté d'avoir été traité comme une prostituée sans intérêt.

Ce n'était pas comme ça qu'il opérait. Ce n'était pas lui. Il ne se souvenait pas de la dernière fois où une femme l'avait laissé tomber… en fait, il était presque sûr qu'Ashley Chen était la première.

— Chen a-t-elle découvert quelque chose d'intéressant concernant Theo Giovanni hier ?

Les mots de Sloan retournèrent le couteau dans la plaie béante.

— Non, mais je suis sûre qu'elle vous aurait informée si elle avait trouvé quelque chose.

Peut-être entre le moment où elle lui avait fait des avances sous la douche et celui où il l'avait prise sur le canapé. Il était furieux contre lui-même de s'être laissé détourner de l'enquête. Il n'avait pas l'habitude de se comporter comme un ado aux hormones en ébullition. C'était pourtant ce qu'il avait fait.

— C'est bon signe que Giovanni soit encore en vie, marmonna Sloan.

Au moins, il semblait qu'elle avait dormi la nuit précédente, mais il y avait des rumeurs selon lesquelles elle était sur le point de perdre sa place de cheffe d'équipe. Après les efforts qu'elle avait déployés dans cette enquête, cela aurait été totalement injuste, mais connaissant le fonctionnement de la politique du Bureau, c'était presque une fatalité.

— Après le départ de cet inspecteur de Hong Kong, je veux que vous vous concentriez sur la recherche de la mère de l'enfant.

Ils étaient seuls, mais elle ne mentionna tout de même pas le nom de Becca.

— Demandez de l'aide si vous en avez besoin, tant que vous faites confiance aux gens que vous mettez dans le coup.

Elle lui jeta un regard lourd de sous-entendus.

— Je vais devoir briefer la personne qui me remplacera.

Et merde.

— Bien, madame.

Le temps pressait et il était déchiré. S'ils divulguaient le fait que Becca avait survécu, ils pourraient faire intervenir le service d'aide aux victimes et aider réellement la jeune fille. Mais il y avait eu trop de victimes en lien avec le bordel de Chinatown pour être sûr de pouvoir protéger la jeune fille une fois que les malfaiteurs auraient découvert qu'un témoin avait survécu.

Ils devaient en finir.

Ils devaient faire taire ces gens.

Ils devaient découvrir qui était l'enfant et si oui ou non elle avait une famille qui s'en souciait. La mère de Becca pourrait leur donner des informations sur la partie tripot de l'opération, mais il n'y avait aucune chance que cette femme récupère son enfant. Peut-être qu'il y avait des grands-parents, ou une tante qui aurait pu accueillir Becca.

L'idée que quelqu'un puisse troquer son enfant contre de l'argent le rendait fou de rage. Il avait grandi dans une bonne famille, pas seulement privilégiée, mais *bonne*. Travailleuse. Dévouée. Honorable. Une famille dont il était fier. Il faisait de son mieux pour leur rendre la pareille.

Il se leva et commença à faire les cent pas dans la petite pièce. Il devait attraper ces criminels. Il avait besoin de s'assurer que la jeune fille serait en sécurité.

Sloan répondait à un e-mail alors que l'heure tournait.

Dès qu'il aurait parlé à cet inspecteur, il demanderait à Ashley de l'aider à retrouver la famille de Becca. C'était ce qu'il avait prévu de faire la veille, et il ne comptait pas laisser son travail être impacté par le fait qu'ils avaient couché ensemble.

Le DSC les assistait toujours, mais de loin. Plus important encore, il lui faisait confiance. Ashley Chen n'était peut-être pas très douée avec les gens, mais c'était un bon agent. Travailleuse. Dévouée. Sexy.

Certes, le côté *sexy* était un peu problématique.

Théoriquement, ils auraient dû informer le FBI qu'ils avaient une histoire, sauf qu'il n'y avait rien entre eux. Elle était partie sans un putain de mot.

— Au moins, la balistique a permis de relier le meurtre de Susan Thomas, l'assassinat de Ray Tan et celui d'Agata Maroulis.

Cela suggérait un réseau sophistiqué de crime organisé. Un réseau qui commençait à s'effilocher. On sentait la panique dans leurs actions, mais Lucas voulait éviter qu'il y ait d'autres victimes.

— Mais où est passé ce type ?

La frustration de Sloan transparaissait dans son ton.

On frappa à la porte et Lucas ouvrit. Un homme asiatique en costume noir se tenait dans l'embrasure de la porte avec Diego Fuentes.

— Voici l'inspecteur Nelson Shaw, police de Hong Kong, bureau du renseignement criminel, le présenta Fuentes. Il dit qu'il pourrait avoir des informations sur les auteurs de ces crimes.

Fuentes s'appuya contre le montant de la porte en mâchant un chewing-gum d'un air laconique.

Nelson Shaw s'inclina formellement. Il avait des cheveux courts, d'un noir d'encre, et des yeux intelligents qui laissaient penser qu'il savait qu'il était évalué. Il leur serra la main fermement.

— Merci d'avoir accepté de me rencontrer. J'espère que nous pourrons nous rendre service mutuellement.

Ses mots étaient formels, son accent plus britannique que chinois, ce qui amena Lucas à se demander où il avait étudié.

Ils s'installèrent dans la salle de conférence que Mallory et Ashley avaient quittée. Lucas pouvait encore sentir la crème parfumée d'Ashley. Il ne pensait pas pouvoir chasser cette odeur de son cerveau.

Elle n'avait pas laissé de mot et ne lui avait pas envoyé de message.

Il posa son café sur la table avec un bruit sourd. *Passe à autre chose.* Il se comportait comme un amoureux transi. Ce n'était qu'un coup d'un soir. Elle avait été plus que claire en partant de la sorte, et il devait s'en accommoder. Elle n'était pas faite pour les relations. Elle était piquante et capricieuse, obstinée, impétueuse, opiniâtre. Déterminée à être indépendant. Et elle vivait en Virginie.

Il voulait quelqu'un avec qui il pourrait passer du temps. Faire des choses normales, comme aller au restaurant, au cinéma, passer du temps avec sa famille, faire de la randonnée, peut-être de l'exercice.

Notamment en étant nus…

Il se passa les mains sur le visage et prit une grande gorgée de café.

La caféine était son alliée.

Nelson Shaw sortit un dossier de la sacoche en cuir qu'il portait en bandoulière. Il le posa sur la table avec une série de photos de mauvaise qualité. Elles présentaient un éventail d'hommes asiatiques âgés de 20 à 80 ans.

Lucas avait passé assez de temps avec Alex Parker dans des réunions de cybersécurité pour se méfier de tout ce qui était chinois. Cela incluait donc l'inspecteur et tout ce qui pouvait se trouver dans cette sacoche. En tête de liste, les dispositifs d'écoute électroniques, suivis de près par les clés USB accidentellement oubliées. Il était dans la nature humaine de vouloir les brancher sur des ordinateurs pour voir ce qu'ils contenaient, et c'était le principal moyen d'introduire un cheval de Troie dans un réseau sécurisé.

Les gens étaient toujours le maillon faible. La curiosité et la naïveté de l'homme venaient constamment compromettre sa sûreté et sa sécurité. Il suffisait de réfléchir à l'origine du nom « cheval de Troie ».

Il regarda attentivement Nelson Shaw et désigna les photos d'un signe de tête.

— Qui sont ces types ?

— Je crois que ce sont les personnes responsables de la mort de vos agents et policiers.

L'inspecteur étala les photos, mais Lucas n'en reconnut aucune.

— Comment le savez-vous ?

Son ton était revêche, même à ses propres oreilles.

Sloan le regarda avec surprise.

Nelson Shaw afficha une mine amusée.

— Connaissez-vous le vieux dicton, l'ennemi de mon ennemi est mon ami ?

— Ces gens sont vos ennemis ? demanda Lucas.

Nelson acquiesça.

— Les Dragon Devils ont été le fléau de la Chine continentale pendant de nombreuses années avant d'élargir leurs horizons.

— Les Dragon Devils ? Je n'ai jamais entendu parler d'eux, fit Lucas.

Nelson inclina la tête.

— Peu de gens en ont entendu parler. Ils sont encore moins nombreux à mentionner leur nom à la police.

— Vous savez manifestement qui ils sont, mais vous n'avez jamais été en mesure de les attraper ou de les arrêter ? demanda Lucas.

Nelson perdit son sourire.

— Nous avons parfois été à deux doigts de le faire.

— Ce n'est pas suffisant, dit froidement Lucas.

La bonne humeur initiale de Nelson s'évanouit.

— Je crois que vous partagez cette expérience, agent Randall.

Le type avait raison, et Lucas laissa échapper un rire amer.

— Vous avez des noms ?

Jusqu'à présent, ces malfaiteurs leur tournaient autour, et il voulait un moyen de les arrêter et de les mettre en prison. Et si les autorités chinoises étaient disposées à l'aider, il était tout à fait d'accord. Tant qu'ils n'attendaient rien en retour.

— Les Devils ont fui la Chine continentale pour s'installer à Hong Kong dans les années 70. Lorsque Pékin a récupéré le territoire en 1997, les Devils se sont déplacés vers Taïwan, mais en opérant dans toute l'Asie, transportant de l'héroïne et d'autres drogues. Ils ont mis en place des salles de jeux, des réseaux d'extorsion et de prostitution, et des trafics d'êtres humains.

Le visage de Nelson était impassible. Il désigna la photographie d'un homme d'âge moyen.

— C'est la dernière photo prise de l'homme que l'on croit être le chef, Yu Chang. Chang était à Macao en 2003 pour faire des affaires avec d'autres criminels. Un de nos hommes a réussi à faire sortir cette photo en douce. Le lendemain, notre agent infiltré a été découvert en six morceaux, étalé sur la plage comme s'il prenait un bain de soleil. On lui avait arraché les yeux et la langue alors qu'il était encore vivant – c'est une de leurs signatures.

Nelson avait adopté un ton soigneusement neutre.

Lucas regarda Sloan. Ils n'avaient pas divulgué ce détail du meurtre de Susan Thomas, mais c'était un mode opératoire inhabituellement barbare pour cette partie du monde.

— Yu Chang est-il toujours aux commandes ?

Lucas fixa l'image de l'homme. Il devait avoir plus de 60 ans à présent, peut-être 70.

— Nous l'ignorons. Nous savons que l'organisation est

farouchement fidèle à son chef, mais nous ne savons pas qui est ce chef. Ils sont notoirement secrets sur leurs opérations – plus que la plupart des sociétés secrètes.

— Qu'est-ce qui vous fait penser que les Dragon Devils sont responsables de l'explosion du bordel de Chinatown ? demanda Lucas.

Nelson pinça les lèvres.

— Nous n'avons pas de preuves concrètes, seulement circonstancielles.

Sloan poussa un profond soupir qui parut dégonfler tout son corps. Ils espéraient avoir une piste solide.

Nelson sortit une vieille photo de Ray Tan.

— Cet homme était un associé connu des Dragon Devils en 2003. Il était mêlé à leurs opérations de jeu à Macao, mais nous avons perdu sa trace. Il a de nouveau attiré notre attention lorsqu'il a été assassiné dans la rue hier.

Les pièces du puzzle se mirent en place.

— Et c'est pour ça qu'ils l'ont tué, dit Lucas. Parce qu'ils savaient qu'il avait des informations précieuses qu'il pouvait utiliser pour négocier sa liberté.

— Ray Tan n'aurait jamais trahi les Devils. Personne ne l'aurait fait. Vous avez vu ce qui arrive à ceux qui le font.

Nelson soutint le regard de Lucas d'un air froid.

Lucas détourna les yeux. Oui, il avait vu ce qui arrivait à ceux qui croisaient ces gens. Avec une série de meurtres brutaux, les malfaiteurs avaient réussi à créer une atmosphère de peur et de silence terrifié. Tant qu'ils seraient en fuite, la communauté s'inquiéterait et le FBI semblerait compétent.

Le téléphone de Sloan sonna. Elle consulta l'écran et poussa un juron.

— Le maire Everett est dans le bureau du SAC et veut des

informations. Fuentes, venez avec moi. Randall, continuez à parler à l'inspecteur Shaw. Obtenez autant d'informations que vous pouvez sur cette organisation.

— Nous sommes ravis de pouvoir vous aider, dit formellement l'inspecteur.

— Merci. Si nous parvenons à relier pour de bon les Dragon Devils à la maison close, nous pourrons commencer à accumuler plus d'informations provenant d'autres sources. Votre aide est la bienvenue.

Elle serra la main de Nelson, et Fuentes et elle quittèrent la pièce.

Lucas et Nelson se jaugèrent quand la porte se referma.

— Je suis le principal expert des Devils, dit Nelson calmement.

— Pourquoi n'avons-nous jamais entendu parler d'eux avant ?

Lucas ne prit pas la peine de cacher qu'il n'était pas convaincu.

Nelson émit un petit rire qui n'avait rien d'amusé.

— Les dirigeants chinois ne veulent pas que les gens sachent que quelqu'un a déjoué leurs efforts pendant près de cinquante ans.

Lucas fronça les sourcils.

— Comment ont-ils échappé aux autorités pendant si longtemps ?

Nelson haussa les épaules.

— Ils sont très riches et très prudents. Ils passent sous le radar. Les membres du gang sont plus terrifiés par leurs chefs que par les autorités. Chaque fois que nous obtenons des informations sur eux, ils ferment boutique et déménagent. Ils disparaissent. Ils sont intelligents. Ils ne prennent pas de risques. Et ils semblent toujours en savoir plus qu'ils ne devraient sur nos activités.

— Vous pensez qu'ils ont un infiltré au sein de vos forces de police ?

— Au sein des vôtres aussi, fit Nelson. Ils savent tout ce que fait mon service. Ils connaissent probablement mon numéro de siège pour le vol de retour.

— Ils ont assassiné un tas de représentants de la loi ici. Ce n'est pas exactement passer sous le radar.

Nelson inclina la tête.

— Peut-être que je me trompe sur leur implication. Je sais juste que je cherche ce gang depuis de nombreuses années maintenant.

Lucas haussa les sourcils. Le gars ne devait pas avoir plus de 30 ans.

Nelson remarqua son scepticisme.

— Cet homme qui a pris la dernière photo de Yu Chang ? fit Lucas.

— C'était mon père.

L'expression de Nelson demeura identique, mais son timbre de voix changea.

— C'était un inspecteur sous couverture du HKPD. J'avais seize ans.

— Toutes mes condoléances, dit Lucas.

— Ça a été une période difficile.

Le sourire de Nelson était stoïque.

— Je l'aimais, et je ne veux pas qu'il soit défini par sa mort, mais je veux que ses assassins soient traduits en justice.

Cela le convainquit plus que tout ce que l'homme avait pu dire. Lucas se pencha sur les photos.

— Dites-moi tout ce que vous savez.

Nelson poussa un soupir.

— Le problème, c'est que même après de nombreuses années de traque, je ne sais que très peu de choses, admit-il.

Il étala les photographies sur la table.

— Voici les personnes que nous pensons avoir été impliquées dans la gestion des opérations des Dragon Devils à Macao en association avec Ray Tan en 2003.

Lucas examina les images, puis en désigna une.

— Avec 15 kilos de plus, ce pourrait être la personne que j'ai vue au bordel.

L'homme qui avait rendu secrètement visite à Becca.

Nelson hocha la tête avec enthousiasme.

— Xiang Cho. Vous l'avez vu ?

— Oui. Il est plus gros et a beaucoup moins de cheveux que sur cette photo.

— C'est un individu très dangereux. Il a été dans l'armée pendant de nombreuses années. Il est aussi dangereux qu'un serpent, mais pas aussi intelligent.

— Expérimenté avec les explosifs ? demanda Lucas.

Nelson acquiesça.

Lucas aurait donné tout ce qu'il avait pour passer dix minutes seul dans une pièce avec cette ordure. Il regarda les autres photos, mais n'en reconnut aucune.

— Si ce type, Yu Chang, n'est plus à la tête du gang, qui est son successeur le plus probable ?

— Les Devils ont été créés par le grand-père de Yu Chang dans les années 50. La direction se transmet au sein de la famille depuis lors.

— Leur propre petite dynastie ? Donc je suppose que Yu Chang a un fils ?

Nelson sortit une autre photo de son dossier. Un adolescent avec un sourire arrogant qui aurait pu être l'un des hommes que Lucas avait vu dans le bordel.

— Oui, mais la rumeur dit que toute la famille a été emportée par le tsunami de 2004. Nous ne les avons plus revus depuis – il y a juste eu des rumeurs. Ils sont allés encore plus loin dans la clandestinité, et leur mode de fonctionnement est devenu presque mythique. Mais quelqu'un a survécu – l'empire semble s'être considérablement étendu ces dernières années, et il est devenu encore plus puissant avec l'avènement d'Internet.

Ils avaient donc probablement un spécialiste de l'informatique dans leurs rangs, comme Ashley l'avait supposé.

— Fait intéressant, dit Nelson en sortant une autre photo, Yu Chang avait une sœur, Jun, qui est morte dans un accident d'avion fin 2003.

Lucas se laissa tomber sur son siège et essaya de prétendre que c'était intentionnel. La photo montrait le portrait de mariage d'une grande femme chinoise et d'un homme blanc et blond au bronzage californien, tout en dents.

— Jun et James Britton. Ils ont eu deux enfants, Andrew et Jenny.

Une autre photo, et Lucas prit un coup de massue dans la poitrine. Les enfants souriaient sur des portraits d'école séparés. Le garçon semblait le plus âgé des deux et portait des lunettes épaisses. La fille avait des cheveux d'ébène qui étaient presque assez longs pour qu'elle puisse s'asseoir dessus.

Il connaissait ces yeux, la ligne de ce cou élégant, la pente de ce nez. Si ce n'était pas Ashley Chen, elle avait une jumelle. Lucas sentit sa gorge se serrer.

— Que faisait le mari de Jun ?

— James Britton dirigeait une société informatique dans la

Silicon Valley.

Il m'a appris le code dès que j'ai su écrire.

— Les rapports de police suggèrent que l'accident d'avion n'en était pas un, poursuivit Nelson, mais ces mots résonnèrent dans un long tunnel de déni.

Lucas prit un moment pour digérer l'information.

— Qu'est-il arrivé aux enfants ?

— Ils sont allés vivre avec leur oncle.

— Leur oncle qui est le chef présumé d'une famille du crime organisé chinois ? Comment est-ce possible ?

— Yu Chang a probablement payé quelqu'un aux États-Unis pour que ça arrive.

Lucas fixa l'homme. Son cœur était rempli de lave en fusion.

— Je vais avoir besoin d'un nom.

Nelson inclina lentement la tête.

— Les rumeurs disent que la fille, Jenny, a péri pendant le tsunami. On nous a signalé que son frère et son cousin l'ont recherchée dans les décombres.

Garde un œil sur Ashley Chen.

Chaque détail de sa vie est consigné et tout s'imbrique parfaitement. C'est comme si tout avait été chorégraphié.

Lucas se sentait stupide. Il avait été si prompt à rejeter les mises en garde de ce type avec qui il avait fait la guerre – dont l'instinct était aiguisé comme une lame de rasoir et affiné par une vie d'expérience.

Était-il possible que l'agent spécial Ashley Chen soit la nièce de Yu Chang ? Travaillait-elle pour l'autre côté ? Leur fournissait-elle des informations ? Il sentit la bile monter dans sa gorge en pensant qu'il avait été sur le point de lui parler de Becca. Il la revit en train de parler à Ray Tan dans la rue la veille – il se souvint que le passager n'avait pas tiré alors qu'elle se trouvait juste devant lui.

Il avait été stupide.

L'avait-elle séduit exprès ? Pour être au cœur de l'enquête ? Ou peut-être parce que Mallory avait mentionné qu'elle soupçonnait que quelqu'un avait survécu à cette explosion ? Avait-elle fouillé sa propre chambre ? Il y réfléchit, mais il n'y avait rien qu'elle ne sache déjà.

Lucas aurait voulu s'excuser, mais il ne pouvait pas laisser l'inspecteur de Hong Kong seul. Il devait faire part de ses soupçons à Sloan. Mais il hésitait encore. Ashley avait fait beaucoup pour cette enquête, et s'il se trompait, il pouvait ruiner sa carrière pour rien, hormis le fait qu'elle ressemblait à une femme morte.

Mais s'il ne se trompait pas…

Il devait découvrir où était Ashley, qui elle était, et ce qu'elle faisait exactement.

Il prit des photos de plusieurs visages et envoya un texto rapide à la seule personne au monde qui lui ferait confiance sans poser trop de questions. Alex Parker.

Nelson le regardait d'un œil spéculatif. Savait-il déjà pour Ashley ? S'attendait-il à ce qu'elle soit là ? Pensait-il utiliser cette photo pour faire chanter Lucas ou le FBI ? Travaillait-elle en fait pour le gouvernement chinois ?

— Que voulez-vous en échange de cette information ? demanda Lucas d'un ton brusque, en serrant le poing dans la poche de sa veste.

— Mon gouvernement veut que les Dragon Devils soient traduits en justice et mis hors d'état de nuire, et il vous aidera par tous les moyens possibles.

Nelson perdit toute trace d'affabilité en soutenant le regard de Lucas.

— Quant à moi, je veux venger la mort de mon père.

Lucas poussa un soupir. Il n'avait pas réalisé qu'il retenait son souffle.

— Une vengeance ?

Nelson haussa les épaules.

— Des représailles.

Il n'y avait pas beaucoup de différence entre les deux.

— Je vous informerai de notre avancée.

— Je veux être là quand vous les arrêterez, déclara fermement Nelson.

— Je vais en parler à ma hiérarchie. Lucas ne comptait pas faire de promesses qu'il ne pourrait pas tenir. Il fit un geste pour montrer la sortie à l'inspecteur. Il avait un tas de choses à faire, à commencer par retrouver l'agent qui avait bouleversé son monde la nuit précédente.

L'inspecteur s'arrêta dans l'embrasure de la porte, les sourcils froncés.

— Ma mère a pleuré toutes les nuits pendant un an quand mon père a été assassiné. Elle a encore pleuré quand j'ai rejoint la police, mais je lui ai promis, ainsi qu'à moi-même, de trouver son assassin et de m'assurer que son sacrifice n'avait pas été vain.

Il soutint le regard de Lucas.

— Je sais que vous ne me faites pas confiance, mais rappelez-vous, je suis venu vous fournir votre première piste solide.

Il lui offrit sa carte de visite.

— Je reste à Boston pour quelques jours au cas où. Contactez-moi si vous avez besoin d'aide.

Lucas prit sa carte et raccompagna l'inspecteur jusque dans la rue, le regardant s'éloigner. Puis il appela Parker.

CHAPITRE QUINZE

B RANDON N'ARRIVAIT PAS à croire que Jenny ait survécu. Et cette salope égoïste et agaçante n'était pas seulement en vie, elle avait simulé sa propre mort, changé d'identité et rejoint ce foutu FBI. C'était un geste courageux de la part de la princesse choyée, mais sa petite cousine n'avait jamais manqué de courage. Elle faisait passer son frère pour une mauviette.

Andrew *était* une mauviette, mais c'était aussi la seule personne sur la planète, à part son père, dont Brandon se souciait. Ce qui rendait la situation difficile.

Andrew avait été dévasté au moment où il avait finalement accepté que sa sœur était morte. Brandon l'avait physiquement traîné à l'écart une fois que le risque de maladie était devenu trop élevé dans un endroit où l'odeur de la décomposition humaine remplissait l'air.

Il traversa les cuisines animées de l'hôtel où logeait Ashley comme s'il y travaillait. La chemise blanche et le pantalon noir lui permettaient de se fondre facilement dans la masse. Dans le couloir donnant sur la cuisine principale, une rangée de chariots de room service s'alignait le long du mur.

— Toi.

Un chef rougeaud passa les portes battantes, portant un grand plateau de nourriture qu'il posa délicatement sur un chariot.

— Chambre 441. Où est ton uniforme ?

Brandon eut un sourire enfantin.

— Je suis nouveau. On m'a dit d'attendre les instructions ici.

Le chef leva les yeux au ciel. Il retourna dans la cuisine et revint un moment plus tard, enfonçant une veste rouge dans la poitrine de Brandon.

— Dépêche-toi. Chambre 441. Avant que ça ne refroidisse.

— Oui, monsieur.

Brandon boutonna sa veste tandis que l'homme retournait à sa cuisine. Le gars se serait pissé dessus s'il avait su à qui il venait de parler. Brandon prit le chariot et le poussa jusqu'à l'ascenseur de service situé au bout du couloir. C'était presque trop facile. Il se mit à siffler en appuyant sur le bouton, appréciant l'odeur du repas. Il se nourrissait exclusivement de Ramen depuis une semaine et il n'en pouvait plus. Être en fuite et se cacher dans un appartement pourri de Cambridge n'était pas son idée de l'amusement. Il regarda les chiffres grimper. Jenny, Jenny, Jenny... Il avait hâte de voir la tête qu'elle ferait en le découvrant.

Ils devaient tourner sa survie à leur avantage. Si cela n'avait tenu qu'à lui, il l'aurait fait chanter pour qu'elle travaille pour eux, ou bien il l'aurait laissée tranquille, lui faisant croire qu'elle était en sécurité. De cette façon, il aurait pu la tuer à un moment plus adéquat – peut-être lorsque toutes les forces de l'ordre des États-Unis auraient cessé de les chercher. Il aurait voulu lui montrer à quel point il était en colère qu'elle leur ait menti. Qu'elle ait manqué de respect à son père, à son frère et à lui en se comportant comme une petite salope sournoise. Il aurait voulu qu'elle meure dans ce putain de désastre en Thaïlande. Il faisait encore des cauchemars où il voyait la vague, mais il n'en dirait jamais rien à personne. Il avait été obligé de passer ces corps au crible comme des ordures. Il frissonna.

Oui, s'il avait été aux commandes, Jenny aurait payé sa trahison de son sang. Mais ce n'était pas lui qui commandait. Pas encore.

Son père était obsédé. Il avait failli mourir de chagrin quand ils l'avaient perdue.

À présent, le vieil homme voulait la récupérer. Il voulait la punir. Mais surtout, il *la* voulait.

Brandon avait entendu la façon dont son père était devenu fou de rage lorsque Jun avait rencontré un Américain à l'université et l'avait rapidement épousé. Il avait cassé tous les meubles de sa maison. Brandon soupçonnait que la seule raison pour laquelle le vieil homme n'avait pas tué James Britton était que la mère de son père l'avait interdit.

Honorer les parents était tout dans la culture chinoise, même pour des hommes comme Yu Chang.

Brandon ne pensait pas que c'était une coïncidence si, moins de six mois après la mort de sa grand-mère, l'Américain était décédé lui aussi. Mais le chagrin de Yu Chang à la mort de Jun était authentique.

Seul le fait que Jenny ressemblait tellement à sa mère avait empêché son père de s'effondrer complètement. Après avoir vu des photos de la fille, il avait payé des sommes énormes pour acheter des avocats et des fonctionnaires afin d'avoir les enfants de Jun sous son toit, et il avait semblé sincèrement heureux quand ils étaient arrivés. Le fait que le vieil homme veuille baiser Jenny était malsain, mais Brandon s'en fichait. Ce n'était pas une affliction qu'il partageait. Le côté têtu et provocateur de sa cousine ne l'attirait pas du tout. Il aurait préféré qu'elle meure pour de bon.

Brandon eut un délicieux frisson en pensant à ce que Yu Chang ferait à Jenny, mais il était moins emballé par ce que son père pourrait lui faire à lui s'il ne la ramenait pas à la maison. Son père avait soixante-treize ans à présent, mais il contrôlait toujours les Devils d'une main de fer.

Brandon poussa le chariot du room service dans le couloir jusqu'à la chambre 815 et frappa à la porte.

— Qui est-ce ? fit une voix derrière la porte.

— Room service.

Une femme aux cheveux courts et sombres ouvrit la porte. Ce n'était pas Jenny. L'autre agent ?

— Je n'ai rien commandé. Vous vous êtes trompé de chambre.

Elle écarquilla les yeux en voyant le canon de son arme qu'il avait caché sous une serviette sur son bras.

— Reculez d'un pas, et personne ne sera blessé, dit-il calmement. Je cherche votre amie.

La bouche de la femme s'entrouvrit, mais elle recula rapidement pour s'éloigner de l'arme. Il poussa le chariot à l'intérieur et referma la porte doucement derrière lui.

— Assise, ordonna-t-il.

Elle s'effondra sur la chaise la plus proche, puis se jeta sur le téléphone. Il attrapa sa main et la retira du combiné, la frappant légèrement avec le côté du pistolet.

Elle retomba de côté sur la chaise. Il prit la ceinture d'une robe suspendue dans le placard et lui attacha les mains derrière le dos.

— Que voulez-vous ?

La peur se lisait dans ses yeux.

Il lui toucha la joue.

— Je veux savoir où est Ashley Chen ?

La femme fronça les sourcils.

— Je n'ai aucune idée de qui c'est. J'ai de l'argent…

Il la gifla à nouveau, et elle poussa un petit cri, comme si elle avait trop peur pour hurler à pleins poumons.

— Je n'ai pas besoin de votre argent, cracha-t-il. Je veux savoir où est l'agent du FBI Ashley Chen, et quand elle reviendra.

— Le F-FBI ?

Du sang coulait de son nez. L'empreinte de sa main avait laissé une marque indélébile sur sa peau.

— Je ne connais pas d'agents du FBI. Je viens d'arriver. Vous avez dû vous tromper de chambre.

Ses yeux étaient énormes. En temps normal, il l'aurait trouvée attirante. Il la laissa parler, essayer de s'en sortir avec ses démentis. Il avait une description de la colocataire d'Ashley Chen et cette femme correspondait au profil. Une autre salope de fédérale.

Il sortit un rouleau de ruban adhésif de sa poche et le posa sur un meuble.

— Je vous en supplie, ne me faites pas de mal. Je ferai tout ce que vous me direz. Je ne dirai à personne que vous êtes là. Je suis enceinte.

Elle déglutit, et il l'entendit lutter contre l'hyperventilation. Il arracha un morceau de ruban adhésif et le colla sur sa bouche. Puis il scotcha ses jambes à la chaise. Elle se montrait étonnamment docile pour un agent des forces de l'ordre, mais les femmes étaient faibles. Toutes ces conneries féministes, et pourtant elles étaient si inférieures. Il avait des chiens qu'il respectait plus. Il appuya avec force sur son nez jusqu'à ce que ses yeux menacent de sortir de leurs orbites et même si elle était attachée, elle essaya de se lever et de s'enfuir. Cinq minutes trop tard.

Elle perdit connaissance, et il relâcha son nez pour qu'elle revienne à elle.

Quand elle ouvrit les yeux, il sortit son couteau d'un étui niché dans le creux de son dos.

— Je ne veux pas te faire de mal. Je veux juste parler à ton amie.

Ses yeux s'agitaient nerveusement tandis que la lame se rapprochait.

Elle secoua la tête frénétiquement et commença à balancer la chaise. Elle bascula et s'écrasa sur le sol. Le poids combiné de la chaise et de son corps lui brisa un os du bras.

Le cri qu'elle poussa derrière le ruban adhésif fit naître un frisson d'excitation chez Brandon.

Lorsqu'elle se remit suffisamment pour se concentrer à nouveau sur lui, il lui adressa une grimace de fausse compassion et retira les liens qui la retenaient à la chaise. Puis il la fit rouler sur le dos et posa son pied sur son bras cassé.

La sueur collait ses cheveux à son front, et des larmes coulaient de ses yeux.

Il se pencha plus près.

— Tu veux que je continue toute la journée ?

Elle secoua la tête.

Il retira le ruban adhésif de ses lèvres rouges et gonflées.

— Où est-elle ?

Elle déglutit convulsivement et le regarda avec crainte.

— Je ne sais pas.

Il soupira. Après avoir mis un nouveau morceau de ruban adhésif sur ses lèvres, il la traîna sur le sol par son bras cassé. Elle s'évanouit à cause de la douleur, mais elle s'en remettrait.

Il la jeta sur le lit. Il pourrait faire ça toute la journée. L'odeur de la nourriture fit gargouiller son estomac, et il attrapa une assiette sur le chariot et commença à manger, en attendant que la chienne se réveille. Plus vite elle lui dirait où était Jenny, plus vite ses souffrances prendraient fin.

Ce n'était pas sorcier. Il ne savait pas pourquoi les gens mettaient si longtemps à comprendre.

ASHLEY S'ETAIT RENDUE directement au DSC depuis l'aéroport et avait passé la journée enfermée dans son box à éviter le plus de monde possible. Sa conscience lui dictait de ne pas hésiter à risquer sa carrière – elle devait répéter à son patron ce que Ray Tan avait dit, à savoir que les coupables étaient les Dragon Devils. Il fallait capturer ces personnes et les forcer à rendre des comptes. S'ils l'entraînaient dans leur chute, eh bien tant pis.

Elle avait surveillé la porte du bureau de Frazer, mais il ne s'était pas présenté, et elle ne voulait pas en discuter au téléphone. Elle n'avait pas encore rencontré la nouvelle petite amie de son patron, mais elle avait entendu dire que la femme venait de vendre sa propriété dans les Outer Banks et faisait ses bagages avec sa sœur adolescente et son chien. Elle espérait qu'elle savait dans quoi elle s'embarquait. Frazer était la personne la plus distante, la plus difficile et la plus orgueilleuse qu'elle ait jamais rencontrée, ce qui n'était pas peu dire, vu à quel point elle était orgueilleuse, distante et difficile.

Son téléphone était resté silencieux toute la journée. L'absence de nouvelles de Lucas Randall n'aurait pas dû la perturber, mais elle ne pouvait s'empêcher de se demander ce qu'il avait pensé lorsqu'il avait découvert qu'elle était partie sans un mot. Était-il en colère ? Ou peut-être s'en fichait-il et avait-il décidé de simplement faire comme si de rien n'était ?

Ce qu'il ressentait n'avait pas d'importance – cela ne changerait rien –, mais elle ne pouvait pas s'empêcher de penser à lui. Elle avait fini par éteindre son portable et le ranger dans un tiroir pour se débarrasser de la distraction constante de l'écran vide. L'envie de l'appeler, de lui expliquer, de lui dire exactement ce que la nuit précédente avait signifié pour elle… était dangereuse. Elle ne voulait pas mettre en danger un homme qui pouvait représenter tant pour elle si elle l'y autorisait.

Au lieu de cela, elle reporta son attention sur l'écran de l'ordinateur. Elle avait passé sa journée à faire des recherches sur l'avocat véreux, Theo Giovanni, qui était au tribunal presque toute la journée, et à remonter la trace des pilules contraceptives qu'ils avaient trouvées dans le bordel. Le laboratoire avait trouvé une correspondance chimique, et les pilules étaient disponibles en ligne, bien qu'illégalement. Elle en avait commandé en utilisant une fausse identité fournie par le FBI. Elle devait à présent découvrir où elles étaient fabriquées et où les contrefacteurs de produits pharmaceutiques effectuaient leurs opérations bancaires. Puis, avec un peu d'aide du gouvernement fédéral et du système judiciaire, elle allait geler leurs actifs.

La bonne nouvelle était que les pilules semblaient être des copies génériques de marques pharmaceutiques, plutôt que des concoctions empoisonnées. Cela signifiait probablement qu'ils prévoyaient de faire affaire sur le long terme, ce qui lui convenait puisque cela donnait aux fédéraux le temps de procéder à des arrestations.

Et les fabricants fournissaient peut-être encore des pilules aux malfaiteurs, ce qui constituait une autre piste et un autre moyen de localiser les nouvelles maisons closes.

Elle avait appelé les services postaux américains pour leur demander de l'aide et attendait qu'un de leurs agents la contacte.

Un mal de tête commençait à poindre, martelant ses tempes et lui donnant la nausée. Elle prit une gorgée de sa bouteille d'eau et chercha des antalgiques dans son tiroir. Pas de chance. Elle prit son téléphone et le consulta par réflexe. L'écran était désespérément vide quand elle le remit dans sa poche.

Elle leva la tête et réalisa qu'il faisait nuit. Elle était la dernière personne sur place. Elle étira son cou.

Elle ne pouvait pas attendre plus longtemps, et l'idée de transmettre l'information de manière anonyme avait perdu de son attrait. Elle devait se rendre chez Frazer. Il ne serait pas content de la voir, mais il comprendrait quand elle lui aurait tout dit.

Il pourrait la faire arrêter.

L'idée fit bouillir l'acide de son estomac, mais l'équipe devait savoir qui elle poursuivait pour avoir une chance de les attraper.

Alors qu'elle se levait pour partir, Matt Lazlo entra dans la pièce.

Il haussa les sourcils.

— Salut. Comment ça s'est passé à Boston ?

— C'était tragique, admit-elle.

— Tout va bien ? Tu as l'air un peu pâle.

— J'ai l'impression que je couve quelque chose.

Une dose tardive de culpabilité.

Elle prit une autre gorgée d'eau pour faire disparaître la nausée.

— Tu as oublié quelque chose ?

— Non, dit l'ancien Navy SEAL en secouant la tête. Je suis allée voir ma mère – qui était dans le coma dans un établissement voisin – et Frazer m'a appelée pour me demander de prendre un dossier et de le déposer en rentrant.

Elle fronça les sourcils. Pourquoi Frazer ne lui avait-il pas demandé à elle de déposer le dossier ? Il savait qu'elle était de retour. Alex Parker avait-il aussi confié ses soupçons à Frazer ? Malgré tout ce qu'elle avait sacrifié pour servir son pays ?

Il sait que tu mens, mais il ne peut pas le prouver.

La réalité de la situation atténua l'affront. Parker avait raison. Elle avait menti pour entrer au FBI. Elle avait falsifié ses antécédents et passé des mois à s'entraîner pour duper le détecteur de mensonges afin d'être acceptée dans le programme. Être en colère contre Alex Parker, c'était comme être en colère contre un flic qui vous arrêterait pour excès de vitesse. Il fallait accepter la responsabilité de ses actes. Cela faisait partie de la vie d'adulte.

— Comment va Scarlett ? demanda-t-elle, essayant de prolonger son temps en tant que membre de l'équipe.

Scarlett Stone était la fiancée de Matt, physicienne brillante et légèrement grincheuse, et la fille de l'espion le plus célèbre de l'histoire du FBI. Jusqu'à ce qu'elle et Matt aient prouvé l'innocence de son père et démasqué le véritable traître.

Ashley eut un choc en réalisant que, sur le papier au moins, ce serait elle la traîtresse.

— Occupée. Entre le temps passé avec son père et notre déménagement…

Matt jeta un dossier sur son bureau et se dirigea vers celui de Frazer. Elle le suivit.

— Je n'aurais jamais cru que je me retrouverais avec une femme qui choisit ses appareils électroménagers en fonction de la possibilité ou non de les pirater et qui veut installer des panneaux solaires sur son toit.

Il sourit. Il avait des airs de Captain America.

— Hé, on organise un barbecue dans quelques semaines.

— Un barbecue ? En février ?

— C'est l'idée du père de Scarlett. Il a envie d'un barbecue et il a un peu peur de ne pas tenir jusqu'à l'été.

Bon sang. L'idée d'aller en prison lui donnait envie de vomir. Qu'est-ce qui lui était passé par la tête ?

— Comment va-t-il ?

Matt haussa les épaules.

— Il suit le meilleur traitement contre le cancer possible, mais il est très malade. Ils sont tous tellement heureux d'être à nouveau ensemble. On se croirait dans un épisode de *La Famille des collines*.

Il eut le genre de sourire qui mettait les femmes à genoux. Mais Ashley ne pensait qu'aux cheveux bruns, aux yeux expresso et aux baisers qui auraient dû être accompagnés d'un avertissement pour le cœur.

— Tu devrais venir.

Elle fut ramenée au présent.

— J'en serais ravie.

Mais il y avait des chances qu'elle soit partie d'ici là. *Persona non grata.* Jetée sur le trottoir. Étiquetée comme une traîtresse. Accès refusé.

Une photographie imprimée était tombée par terre à côté de l'imprimante de Frazer.

— Tu as besoin de ça ? demanda-t-elle en s'approchant et en prenant le papier.

Matt jeta un coup d'œil à ce qu'elle tenait tout en feuilletant les dossiers dans la pile du bureau de Frazer.

— Je ne crois pas.

Elle baissa les yeux sur l'image qu'elle tenait. C'était une vieille photo granuleuse de Yu Chang et elle sentit sa salive s'évaporer.

— Ils ont une piste concernant les suspects de Boston, fit-il en pinçant les lèvres. Tu n'es pas au courant ?

Elle secoua la tête.

— J'ai désactivé mes e-mails et mon téléphone pour essayer de travailler.

— Pourquoi n'y ai-je pas pensé ?

Il sourit et Ashley aurait tant souhaité qu'il soit célibataire et être tombée amoureuse de cet homme, plutôt que d'un homme qu'elle ne reverrait jamais.

Et Matt avait pardonné à Scarlett sa tromperie, même si ce n'était rien en comparaison de celle d'Ashley. Elle ouvrit la bouche pour lui dire la vérité, rapidement, avant de perdre son sang-froid.

— Une organisation appelée les Dragon Devils, dit-il en baissant la tête pour se concentrer sur les dossiers, ne voyant pas qu'elle restait bouche bée. Un inspecteur de Hong Kong est venu au bureau régional de Boston et leur a donné quelques pistes. Parker a réussi à réduire la zone de localisation probable des suspects à un rayon d'un demi-bloc. Les flics surveillent la zone. Je n'en reviens pas que personne ne te l'ait dit. Parker a souligné que c'était ton idée.

— Alex Parker ne m'aime pas beaucoup, dit-elle d'un air sombre alors que les implications de cette révélation tournaient en boucle dans son esprit.

— Hé, fit Matt en lui tapant sur l'épaule. C'était une bonne idée, et il a bien précisé qu'elle venait de toi. Je suppose que ta boîte mail doit déborder de messages de félicitations. L'appartement est à Cambridge. Ils ne tarderont pas à attraper les fugitifs.

Elle cligna des yeux, réalisant soudain ce que cela signifiait. Elle n'avait pas à mettre son âme à nu devant Frazer. Elle n'avait pas besoin de confesser ses péchés. Son cœur martelait ses côtes avec un sentiment d'espoir renouvelé.

— J'adorerais venir à votre barbecue.

— Tu viendras accompagnée ?

Ses yeux bleus la cherchaient.

Elle prit une profonde inspiration, et l'étau autour de sa gorge se desserra.

— Peut-être.

Elle lui souhaita une bonne nuit, prit ses affaires et sortit, ayant désespérément besoin d'être seule quelques instants pour réfléchir. Les griffes glacées de l'hiver lui labourèrent la peau et le vent glacial assombrit son humeur. Ou peut-être était-il plus facile de mettre sa dépression sur le compte de la météo, plutôt que de chercher la cause profonde de son malheur. Elle n'avait pas de vie en dehors du travail. Chaque fois qu'elle se souciait de quelqu'un, elle devait s'en éloigner pour le protéger.

Cela changerait-il si les Devils étaient arrêtés ?

Elle entra dans le parking et se dirigea vers sa voiture. Une bande de NAT – des nouveaux agents en formation – passa devant elle en se rendant à la cantine.

Elle se souvenait de chaque minute de cette formation de seize semaines. L'entraînement physique brutal, la formation intensive aux armes à feu, la difficulté des tactiques défensives. Mais échouer à cette formation exténuante n'était pas la chose qu'elle craignait le plus. Chaque fois qu'ils l'appelaient par son nom, chaque fois qu'ils la prenaient à part pour la réprimander ou la féliciter, elle s'attendait à ce qu'ils lui disent de prendre ses affaires et que c'était fini. Mais ils ne l'avaient jamais fait.

Au lieu de cela, elle avait excellé, absorbant tout, apprenant les statuts et les lois fédérales, la conduite défensive, la conscience situationnelle. Chaque cours avait été une nouvelle arme dans son arsenal pour se défendre contre les gens qui lui voulaient du mal.

Une branche craqua dans les bois voisins, et elle sursauta, son cœur se mettant à tambouriner dans sa poitrine. Elle se força à se détendre et à ne pas poser sa main sur son arme. La dernière chose dont elle avait besoin était de tirer sur un farceur ou un Marine idiot.

Elle monta dans sa voiture, vérifiant mécaniquement la banquette arrière. Elle jeta son sac et son ordinateur portable sur le siège passager. Ses bagages de Boston étaient encore dans le coffre.

Elle quitta la base en voiture, passant devant les Marines qui gardaient les lieux. Elle s'arrêta dans une pizzeria où l'on pouvait commander à la part et prit la direction de son deux-pièces à quinze kilomètres au sud, en mangeant au volant.

Lorsqu'elle s'arrêta devant la maison qu'elle n'avait pas vue de la semaine, toutes ses pensées s'évanouirent.

Lucas Randall se tenait appuyé contre une camionnette blanche garée à côté de sa place de parking.

L'adrénaline inonda son système sanguin, et elle se fit violence pour ne pas se jeter à son cou.

— Qu'est-ce que tu fais là ? demanda-t-elle en sortant de

voiture.

Elle détestait être ainsi pantoise. Elle était désespérément accro.

Il la fixait avec intensité.

— Il fallait que je te voie.

— À propos de l'affaire ?

Qui se souciait de l'affaire ?

— Nous n'en avons pas terminé.

Son ton l'avertit qu'il était en colère, comme elle s'en doutait. Mais elle ne s'était pas attendue à ce qu'il la suive jusqu'en Virginie.

Peu importait à quel point elle aurait voulu l'embrasser, elle devait le forcer à s'éloigner. Son oncle aurait détruit tout ce à quoi elle tenait.

— Je suis désolée que tu sois venue jusqu'ici pour rien, Lucas. Je croyais que tu avais compris que ce qui s'est passé hier soir n'avait pas vocation à se reproduire. C'était seulement une façon de décompresser pendant une affaire difficile.

Elle lui jeta un regard rapide. La lueur dans ses yeux était quasi sauvage.

— Ah ça, c'est certain qu'on a décompressé.

Son sourire était tranchant. Elle fit mine de passer devant lui, mais il l'attira contre lui. Elle le laissa faire et se détesta de cette faiblesse.

Avait-elle oublié ce qui était arrivé à Martel ? Était-elle prête à sacrifier une autre personne à laquelle elle tenait pour un moment de plaisir éphémère ?

Luca s'appuya contre la portière de la voiture, la tenant fermement. Elle s'agrippa à lui, pour garder l'équilibre et parce qu'elle ne voulait pas le lâcher. Puis il l'embrassa.

C'était un baiser implacable, un baiser de punition, et elle le laissa prendre les commandes parce qu'elle le méritait après ce qu'elle lui avait fait. Elle voulait ressentir ce léger goût de punition pour lui avoir menti. La porte de la camionnette s'ouvrit derrière elle, et elle essaya de se retourner pour voir si quelqu'un avait besoin de passer.

Lucas leva la tête et elle s'attendait à ce qu'il les écarte tous deux du chemin, mais au lieu de cela, il la tint emprisonnée dans ses bras tandis que quelqu'un lui enfonçait un bâillon dans la bouche et lui mettait un sac sur la tête.

La panique l'envahit. Elle voulut se débattre, mais c'était trop tard. Elle n'arrivait plus à respirer. Quelqu'un lui saisit les poignets, les menottant dans son dos.

Elle leva le genou, mais il atteignit une partie moins vulnérable de son corps. Puis elle se retrouva soulevée et jetée dans le véhicule, jambes et bras liés. Allongée sur le sol métallique dur, respirant par le nez, elle essayait de ne pas hyperventiler. Quelqu'un la fouilla et lui prit son téléphone portable, son pistolet et son arme de secours.

Lucas ?

Oh, mon Dieu.

Que se passait-il ? Avait-elle eu raison de le soupçonner ? Lucas travaillait-il avec les Dragon Devils ?

Tout le monde avait un prix, même les plus riches.

Elle essaya de crier à l'aide, mais la porte se referma sur ses cris étouffés. Le moteur démarra. Les larmes lui montèrent aux yeux, mais elle refusa de les laisser couler. Elle n'avait pas pleuré depuis qu'elle avait seize ans, en voyant son oncle tuer un jeune homme dont elle pensait être tombée amoureuse.

Une main lourde la maintenait immobile, face contre terre.

— Calme-toi.

Lucas.

Elle laissa échapper un sanglot.

On l'avait kidnappée, et Lucas Randall était impliqué. La panique s'empara d'elle, et elle commença à se débattre. Elle ne pouvait pas retourner chez son oncle. Elle ne voulait pas retourner auprès de ce monstre. Elle se dégagea et sa tête heurta violemment le côté de la camionnette.

Bon sang.

Sa vision se fractura comme du verre qui se brise. Des étoiles se mirent à tourner autour d'elle tandis qu'elle sombrait dans l'inconscience, craignant d'être celle qu'on avait trahie.

CHAPITRE SEIZE

Lucas Randall venait d'une famille riche et privilégiée. Il avait fait la guerre et travaillé pendant six ans comme agent du FBI sur des affaires parmi les plus difficiles des États-Unis. C'était la première fois qu'il compromettait sa moralité.

Ils avaient roulé toute la nuit. Ashley avait dormi pendant presque tout le trajet. Lucas lui avait enlevé son bâillon parce qu'il ne voulait pas qu'elle suffoque, et avait desserré les liens de ses jambes. Elle ne risquait pas de s'échapper.

Le fait qu'il ait dû la maintenir au sol alors qu'elle se battait de toutes ses forces le rendait malade. S'il ne l'avait pas maintenue fermement avant qu'elle ne réalise qu'elle avait des problèmes, ils n'auraient jamais pu la maîtriser sans que quelqu'un soit sérieusement blessé – probablement elle.

Cela allait à l'encontre de chaque cellule de son être.

Alex avait proposé de venir la chercher seul, mais même s'il était prêt à confier sa vie à cet homme, il n'aurait confié celle d'Ashley Chen à personne. Elle était trop importante pour lui.

L'inspecteur Nelson Shaw avait fait sauter le couvercle de l'affaire, mais Lucas et Alex étaient les seuls à le savoir. Lucas aurait dû aller voir son patron avec la photo de Jenny Britton ; il ne savait pas pourquoi il ne l'avait pas fait, mais il y avait trop de choses qui ne collaient pas. Il bafouait les droits civils d'une collègue et agent, mais… et s'il avait tort ? Et si c'était une coïncidence qu'Ashley Chen ressemble comme deux gouttes d'eau à la nièce morte de leur principal suspect ?

Les questions lui brûlaient les lèvres, et il avait besoin de réponses.

Alex tourna dans un chemin étroit et la route non pavée gronda sous les pneus. Ils y étaient presque.

Lucas regarda la silhouette inerte d'Ashley et se rappela qu'il ne devait pas se laisser avoir par son innocence ou son ignorance apparente. C'était une menteuse. Elle s'était probablement jouée de lui depuis le début. C'était elle qui avait été à l'initiative de leur premier baiser. De leurs premiers ébats. Bien sûr, c'était lui qui l'avait plaquée contre le mur de la ruelle et l'avait doigtée, mais elle l'avait laissé faire.

Bon sang.

Il se sentait terriblement mal. Peut-être avait-elle tout simulé : l'attirance folle, les orgasmes foudroyants. Il se sentait sali et fou de rage, mais rien de tout cela n'avait d'importance en comparaison avec la vie des gens.

Il avait failli lui dire pour Becca. Il était fou rien que d'y penser. Il devait se méfier de sa colère, ainsi que de sa douleur.

Alex s'arrêta et s'étira avant de sortir. Lucas ouvrit la porte latérale et se glissa à l'extérieur, reconnaissant de sentir l'air glacial et revigorant du matin sur son visage.

— Rentrons-la avant que le soleil ne se lève.

Alex s'éloigna.

L'aube se levait sur la côte du Massachusetts. Les ombres crépusculaires et la lumière diffuse révélèrent à Lucas un avant-poste isolé avec un petit cottage entouré d'arbustes livrés à eux-mêmes et d'arbres rabougris.

Il se tourna vers la camionnette. Pas la peine de retarder

l'inévitable. Il glissa ses mains sous le corps d'Ashley et la souleva, pour une raison stupide, en essayant de ne pas la réveiller. Elle se cabra et lui donna un coup de tête si fort que son nez s'écrasa, et il la lâcha. *Merde.* Il tomba à genoux, se tenant le visage.

La saleté !

Il la regarda courir à l'aveuglette, trébuchant dans l'aube grise en direction de la plage.

Lucas ignora le sang qui coulait sur son visage et se lança à sa poursuite. Il l'entendait lutter contre les broussailles. Elle ne pouvait pas voir et ne pourrait pas s'en sortir en cas de chute. Cette femme allait se briser le cou. Elle n'avait aucune idée de là où elle allait. Elle aurait pu courir vers une falaise.

Se souciait-elle seulement de vivre ou de mourir ?

Peut-être *pouvait-elle* voir, car elle trouva le chemin qui menait à la plage. Pendant quelques secondes, elle courut aussi vite qu'elle le pouvait, même avec un sac sur la tête et les bras menottés derrière le dos. Puis, tout aussi soudainement, elle arrêta de bouger, tout son corps tendu.

Il voulut l'attraper par l'épaule, mais elle se tordit pour éviter le contact.

— Qu'est-ce que c'est que ça ? C'est quoi ce bruit ? demanda-t-elle avec colère.

Il fronça les sourcils. De quoi parlait-elle ? Il pencha la tête et écouta attentivement.

— C'est une mouette.

— Des vagues ? Ce sont des vagues ? On est près de la mer ?

Sa voix monta dans les aigus.

C'était une conversation étrange à avoir à ce moment précis. Il desserra la ficelle du sac et le retira de sa tête. Son maquillage avait coulé, ses cheveux étaient décoiffés et son œil droit était tuméfié.

La bouche de Lucas devint sèche. C'était de sa faute à lui. Il ne l'avait pas bien retenue.

Mais elle ne le regardait pas. Son regard était fixé sur les kilomètres et les kilomètres de sable, et sur les vagues qui s'écrasaient en un rythme aussi vieux que l'océan lui-même.

Elle se mit à trembler. Puis elle recula.

— Non, non, non ! Emmène-moi loin d'ici.

Mais à quoi jouait-elle ? Il voulut la toucher, mais elle s'écarta de lui comme si c'était *lui* qui *l*'avait trahie. Elle se retourna et se mit à courir pour remonter le sentier, mais dès qu'elle repéra la cabane isolée au bord de la plage, elle s'arrêta et se retourna vers lui.

— Je ne peux pas rester ici. Emmène-moi ailleurs.

Son visage était déformé par l'angoisse.

— Mais pas ici. Pas près de l'océan.

— Ce n'est pas toi qui décides, *Jenny.*

Sa lèvre inférieure tremblota et elle détourna le regard. Puis elle se remit à courir à toutes jambes en direction de la route cette fois.

Lucas la rattrapa en quelques secondes et la prit dans ses bras. Elle cria, mais le vent vola sa voix, la tissant dans son récit obsédant.

Elle planta ses dents dans la chair de Lucas, et il se libéra avec un juron. Il passa devant Alex qui se tenait dans l'embrasure de la porte et les regardait.

Elle se raidit dans ses bras en voyant l'autre homme.

Lucas la jeta sur le lit fait. Les rideaux étaient fermés, et il y avait des verrous sur la fenêtre.

Ça ne l'empêcherait pas de les briser si elle en avait

l'occasion.

Deux jeux de menottes étaient attachés au cadre métallique du lit.

— Je ne peux pas rester ici, sanglota-t-elle. Si une vague arrive, on est tous morts.

Cette femme était passée du statut d'agent fédéral glacial à celui de folle, ce qui reflétait assez bien ce qu'il ressentait.

— Vous ne comprenez pas à quel point c'est dangereux ? Une seule vague et tous ceux qui vivent sur cette côte sont morts !

Elle était à la limite de l'hystérie.

Il essuya le sang sur son visage et la regarda avec incrédulité.

— Sérieusement ? Après tout ce que tu as fait, tu t'inquiètes d'un tsunami ? Tu sais à quel point ça a l'air dingue ?

Ses mots ou son ton parurent l'arracher à sa panique. Ou peut-être avait-elle réalisé qu'il ne comptait pas tomber dans le panneau.

Elle continua de sangloter, mais arrêta de supplier. C'était probablement de la comédie de toute façon.

Il la poussa vers le lit, mais elle se débattit, chaque centimètre de son corps poussant contre le sien, luttant pour la liberté et remuant des souvenirs qu'il voulait oublier. Il devait laisser tomber Ashley Chen ou Jenny Britton ou peu importait son nom. Passer la porte et oublier son existence. Oublier qu'elle lui avait menti et qu'elle s'était jouée de lui comme un putain de concerto pour violon.

— Je dois aller aux toilettes.

Elle éleva la voix, et il sut qu'elle était sérieuse. *Formidable.* Il savait que ça se produirait, mais il n'aimait pas ça.

Et il n'allait certainement pas laisser Alex interférer dans cette partie du programme.

Le fait qu'elle n'ait même pas demandé pourquoi ils l'avaient emmenée ou pourquoi il l'appelait « Jenny » en disait long. Elle avait menti pour entrer au FBI. Elle était soit une espionne à la solde des malfaiteurs qu'ils poursuivaient, soit employée par un gouvernement étranger. Il lui ôta les menottes et resta impassible pendant qu'elle agitait ses poignets, grimaçant devant l'afflux sanguin. Il ouvrit la porte des toilettes.

— Fais vite.

Le goût du sang sur ses lèvres lui rappela qu'il ne devait pas la sous-estimer.

Elle lui lança un regard plein de dégoût en fermant la porte.

Il secoua la tête.

— Tu peux toujours courir.

Des larmes perlaient dans les yeux d'Ashley, mais il se força à les ignorer et à penser plutôt à tout ce que Becca avait enduré au fil des ans. Elle était la vraie victime dans cette affaire.

— Je te déteste, dit-elle lentement, mais d'un ton où suintait le venin. Tu te targues d'être honorable et noble, mais tu n'es qu'un salaud hypocrite et suffisant. Je pensais que tu étais différent, Lucas.

Il ne laissa pas son ton accusateur l'atteindre.

— Ce n'est pas moi qui suis en tort.

— Peut-être que si, dit-elle avec amertume. Ils sont à ma recherche, tuant probablement tous ceux qui se trouvent sur leur chemin. Et plutôt que d'aider à les attraper, tu m'enlèves et tu me détiens illégalement. Tu es aussi mauvais qu'eux.

La douleur qui brillait dans ses yeux mettait à mal la détermination de Lucas, mais à présent qu'il s'était engagé là-dedans, il devait aller jusqu'au bout. Il consulta sa montre.

— Tu as 60 secondes pour utiliser les toilettes avant que je ne menotte ton cul à ce lit. Je te suggère de t'y mettre.

Elle pinça les lèvres et releva le menton.

— Oui, je suppose que les menottes sont la seule chose qu'on n'a pas essayée l'autre nuit.

Il soutint son regard.

— Je ne t'aurais jamais touché si j'avais su la vérité.

Elle tressaillit, et il se rappela de ne pas se laisser avoir par cette démonstration de vulnérabilité.

Elle lui tourna le dos et fit ce qu'elle devait faire. Il détourna les yeux. Quand elle eut fini et se fut lavé les mains, il la menotta au lit et glissa un bâillon entre ses jolies dents blanches pour qu'elle ne puisse pas crier.

Et pendant tout ce temps, elle le fixait comme si c'était lui qui avait menti au FBI.

———

— OU EST Ashley Chen ? demanda Andrew d'une voix faussement calme.

— Merde. Tu veux te faire prendre ?

Les mots étaient durs au téléphone. Lapin prenait enfin son courage à deux mains.

— Tu ne peux pas t'en prendre au FBI comme ça ! Tu as tué une femme innocente qui était enceinte de quatre mois.

Andrew n'approuvait pas les actions de Brandon, mais ce qui était fait était fait.

— Et qu'est-ce que tu fous là au juste ? Ils doivent être à

des kilomètres maintenant. Au Canada aussi bien, dit Lapin.

— Tes questions donnent l'impression que tu n'en as rien à faire. Tu as abandonné ? Tu envisages de te retourner contre nous ? Tu penses pouvoir être un jour en sécurité après ça ?

Andrew laissa transparaître son amusement incrédule.

— Comment penses-tu que ta famille va réagir en apprenant que tu as violé une enfant ? La femme que tu aimes te soutiendra-t-elle ?

— Je ne l'ai pas violée, marmonna Lapin entre ses dents.

— Elle a treize ans et était retenue contre son gré. Tu sais ce qui arrive aux pédophiles en prison ?

— Il n'y a pas de preuve, insista Lapin.

Andrew eut un rire mauvais et amer exprimant ce qu'il ressentait vraiment.

— Et une vidéo de toi penchant la gamine sur le lit et la prenant par-derrière ? Est-ce que ce serait une preuve suffisante ? Ou te voir en train de lui demander de t'appeler *papa* ? Espèce de malade. Et l'enregistrement où tu demandes à Mae Kwon d'ajouter la jolie petite Mia Stromberg à son écurie de mineures ? Que vont penser les gens à ton avis ?

Lapin déglutit bruyamment.

— Tu as enregistré ça ?

— J'ai tout enregistré.

Il laissa s'écouler quelques instants. Ils avaient déménagé, et Andrew était sûr que personne ne pourrait les retrouver là où ils se trouvaient à présent. Avec l'agitation autour de Jenny, il avait réussi à éviter Lily avant de partir la veille. Dieu merci. Il n'aurait pas supporté de voir le dégoût qu'elle devait éprouver pour lui dans ses yeux. Elle était en sécurité à présent. Il était mieux seul.

— Je dois savoir où se trouve Ashley Chen.

— Je ne sais pas. Elle est partie, insista-t-il.

— Débrouille-toi. Sinon, tu seras le prochain à qui on rendra visite.

Il posa le téléphone et on frappa à la porte.

— Allez-vous-en.

On frappa à nouveau. Il s'approcha et ouvrit, prêt à engueuler l'idiot de l'autre côté qui ne comprenait manifestement pas l'anglais.

Lily se tenait là, la tête baissée, tenant un plateau sur lequel se trouvaient un verre et une bouteille d'eau.

— Qu'est-ce que tu fais là ? cracha-t-il.

Après tout ce qu'il avait fait pour essayer de la protéger.

— Le *dai lo* a donné l'ordre que je vous accompagne.

Son ton était aussi apathique que son expression.

Une voix criait en lui. Il ne voulait plus qu'elle soit exposée à ce monde. Il ne voulait pas que son oncle s'approche d'elle. Cela avait été une erreur de ne pas se battre pour elle. Elle garda la tête baissée en posant le plateau sur une table voisine. Ses mains tremblèrent.

— Le *dai lo* a dit que si tu ne voulais pas de moi dans ton lit, je devrais réchauffer le sien.

L'horreur de la situation s'abattit sur lui.

— Tu veux être avec lui ? demanda prudemment Andrew.

Ses yeux marron brillèrent d'une telle indignation que l'espace d'un instant, ils redevinrent ce qu'ils étaient auparavant. Avant qu'il ne foute tout en l'air. Il y avait des cernes sous ses yeux, et une peur qui n'était pas là avant.

— Je ne fais que suivre les ordres, *monsieur*.

Elle inclina la tête et fit mine de partir, mais il lui attrapa le poignet.

— Je ne veux pas que tu partes, chuchota-t-il férocement.

La revoir. La toucher… même en sachant que son oncle l'avait aussi touchée, faisait saigner quelque chose dans sa poitrine.

Elle leva la tête vers lui, mais plutôt que de l'amour, il vit du dégoût dans ses yeux. Il resserra sa prise. L'endroit le plus sûr serait dans son lit. Mais si elle n'aimait pas ça.

— Attends-moi dans ma chambre. Ne pars sous aucun prétexte.

Il attendit qu'elle croise son regard, mais elle refusa. Au lieu de cela, elle s'inclina et s'éloigna de lui. Quand il ferma la porte, la solitude se referma sur lui. Il détestait ce qu'il était devenu.

Son téléphone sonna. Lapin.

— Écoute, je ne sais pas comment trouver Ashley Chen.

L'homme parlait à voix basse, comme s'il craignait d'être entendu.

— Mais je connais quelqu'un qui devrait le savoir.

Il donna un nom et une adresse à Andrew, et raccrocha.

Andrew fixa le morceau de papier pendant un long moment, sachant que s'il le donnait à Brandon, il signerait l'arrêt de mort de cette personne. Tel était l'homme qu'il était devenu. Celui qu'il était à présent. Il ramassa le verre d'eau et le jeta contre le mur du fond. Il se brisa en mille morceaux qui s'éparpillèrent dans toute la pièce en éclats tranchants comme des lames de rasoir.

Si seulement sa sœur n'était pas réapparue du côté des vivants…

CHAPITRE DIX-SEPT

— Tiens.

Alex fourra une tasse de café fumant dans les mains de Lucas.

— Donne-lui ça. Ça nous assurera qu'elle reste sage pour la matinée pendant que je vérifie ses ordinateurs.

Lucas recula devant le breuvage fumant et le posa sur le comptoir.

— Je refuse de la droguer.

Alex lui adressa un sourire triste.

— Il y a des choses pires que ça.

La cicatrice qui barrait son sourcil se contracta. Elle datait de sa période à l'armée, plus précisément en Afghanistan. C'était le souvenir d'une bagarre avec deux pilotes de l'armée de l'air qui avaient tabassé un jeune caporal arrogant parce qu'il mettait sa musique trop fort. Alex avait expédié les pilotes la queue entre les jambes et réprimandé le gamin pour cette nuisance sonore. Le jeune soldat était mort plus tard dans une embuscade qui avait valu à Alex la croix pour service distingué. Ladite embuscade avait fait naître des ombres dans ses yeux qui n'avaient jamais disparu.

Parfois, il avait l'impression que cette période remontait à la veille. D'autres fois, il lui semblait que ça n'avait pas été sa vie.

Alex était un homme qu'il fallait avoir dans son camp. Et à en juger par sa mine résignée, il n'était pas plus heureux de cette situation que Lucas, même si ses soupçons au sujet d'Ashley avaient finalement été confirmés.

— Lucas, on a enlevé un agent fédéral. Si quelqu'un le découvre, on est dans la merde. La droguer pour la faire taire ne risque pas d'empirer les choses, mais ça pourrait nous donner le temps de comprendre ce qu'elle fait exactement.

Lucas fit rouler ses épaules et détourna le regard. La cabane appartenait à un ami d'Alex. Quelqu'un qui ne poserait pas de questions. Mais ils ne prévoyaient pas un séjour à long terme.

Le fait qu'Alex et lui aient enfreint la loi le contrariait. Pourquoi risquait-il sa carrière pour une femme qui lui avait menti à lui et à l'organisation à laquelle il avait consacré sa vie ? Et qu'est-ce qui motivait Alex ? Si on venait à découvrir ce qu'ils avaient fait, cela mettrait fin à leur carrière. Pire, cela pourrait les conduire dans une prison fédérale.

— On doit déterminer si elle travaille pour les Dragon Devils ou pour le gouvernement chinois et décider de l'incidence de cet élément sur l'affaire.

— Si c'était aussi simple, tu aurais informé la SSA à Boston et mis en place une surveillance.

L'expression d'Alex s'adoucit. Il avait entendu la conversation de Lucas avec Ashley. Il savait qu'ils entretenaient une relation. C'était déjà assez grave que Lucas ait couché avec cette femme, mais elle l'avait également touché sur le plan émotionnel, et ce qu'il ressentait pour elle affectait son jugement. Contrairement à certains, il devait aimer une femme pour coucher avec elle.

Ce qui compliquait la situation.

— Je ne peux pas croire qu'elle soit une taupe travaillant pour l'opposition. Elle nous a donné quelques bonnes pistes, admit-il finalement.

— On n'infiltre pas les échelons supérieurs d'une organisation en faisant un travail de merde, fit remarquer Alex.

Lucas poussa un profond soupir. Son nez le lançait suite au coup de tête qu'Ashley lui avait administré plus tôt.

C'était un bon agent, mais Alex avait raison.

— Dès qu'on aura confirmé certains faits, on ira voir Frazer et Sloan. Et il y a quelque chose d'important que tu dois savoir…

Il parla à Alex de Becca, s'exprimant à voix basse pour qu'on ne puisse pas l'entendre.

— Si Sloan est remplacée et que l'équipe apprend que Becca a survécu, on ne peut pas se permettre que les Devils aient infiltré les nôtres.

L'idée qu'Ashley ait pu contribuer au meurtre d'une petite fille rendait le fait qu'ils aient couché ensemble complètement répugnant.

Alex hocha la tête.

— On doit mettre la main sur ces types avant qu'ils ne s'aperçoivent que la gamine est en vie. Tu as raison. On doit savoir si Chen leur a fourni des informations.

Lucas prit à contrecœur la tasse de café sur le comptoir. L'image d'Agata Maroulis bondissant sur la pointe des pieds quelques secondes avant de quitter le trottoir et d'entrer dans le minivan de Mae Kwon lui traversa l'esprit. Toutes ces victimes avaient été droguées de force pour être plus faciles à maîtriser lorsque les trafiquants avaient des clients. Son estomac se retourna.

Il vida la boisson dans l'évier et la regarda s'écouler.

— Lui ôter sa liberté, c'est une chose. La priver de son esprit, c'en est une autre.

Il s'appuya contre l'évier et regarda les feuilles des arbres nains qui frémissaient sous la forte brise.

— Je dois l'interroger.

Mais il ne le voulait pas.

Alex secoua la tête.

— Voyons ce que j'obtiens de ses ordinateurs portables avant de la confronter. J'ai déjà suivi son activité en ligne. Quoi ? demanda-t-il en voyant l'expression de surprise de Lucas. Je t'ai dit que son passé était suspect, mais je n'ai jamais pu comprendre pourquoi.

Il consulta sa montre.

— Donne-moi une heure, et s'il y a quelque chose de suspect sur les ordinateurs, je le trouverai. On pourra décider ensemble de quoi faire ensuite.

— Mallory sait-elle pour Ashley ? demanda soudain Lucas.

Alex mit ses mains dans les poches de son jean.

— Pas encore.

Mallory n'approuverait pas ce qu'ils avaient fait.

— Rex, le retriever, a eu des complications avec son bilan sanguin, et ils ont décidé de le garder chez le vétérinaire une nuit de plus avant de le laisser sortir. J'ai essayé de l'appeler à l'instant, mais elle ne répond pas.

Il fronça les sourcils.

— Avec un peu de chance, elle ne saura même pas que j'ai quitté Washington. Je serai peut-être à la maison pour le dîner.

Mallory serait contrariée lorsqu'elle le découvrirait. Elle aimait bien Ashley. *Et merde*, lui aussi l'appréciait. Mais la carrière de cette femme était terminée et une fois que cela se saurait, elle deviendrait un paria. Il s'agissait désormais de déterminer à quel point elle avait trahi le Bureau, son pays, et ce qu'elle avait découvert exactement sur cette affaire. Elle aurait de la chance d'éviter la case prison.

Alex alla chercher les ordinateurs portables d'Ashley, qu'ils avaient récupérés dans le coffre de sa voiture la nuit précédente. Il les posa sur la table de la cuisine. Puis il sortit son ordinateur portable, un objet fin qui semblait tout droit sorti d'un film de science-fiction.

— Tu devrais te reposer tant que tu le peux, lui dit Alex.

Lucas était fatigué et frustré, mais ses chances de dormir étaient comparables à celles qu'Alex et lui avaient de remporter le prix Nobel de la paix.

À la place, il prit les clés de la camionnette.

— Je vais aller chercher quelque chose pour le déjeuner.

Il sortit, mais au lieu de prendre la camionnette, il tourna vers la plage. L'odeur de l'océan s'abattit sur lui en une brise salée et glaciale. Le sable recouvrait ses bottes alors qu'il se dirigeait vers l'eau. Les vagues s'écrasaient à quelques mètres de lui, et il fixa l'horizon gris argenté en souhaitant ardemment ne jamais avoir rencontré Ashley Chen. Les yeux bleus de Becca lui revinrent à l'esprit, accentuant le sentiment de culpabilité et d'échec. Une partie de lui aurait voulu n'avoir jamais reconnu Ashley sur les photos, et l'autre aurait voulu clamer sa trahison aux informations nationales.

Il ramassa un caillou et élimina le sable qui le recouvrait avec son pouce. Il se pencha pour le jeter et le regarda ricocher à la surface de l'eau à intervalles de plus en plus réduits jusqu'à ce qu'il finisse par manquer de force et couler.

Une belle métaphore de sa carrière, qui était pourtant la victime la moins tragique de ce véritable merdier.

Peu de temps après, un cri venant du haut de la plage attira l'attention de Lucas. Alex sprintait vers lui. Son ami avait perdu toute trace de couleur, et la sueur plaquait ses cheveux courts sur son front. *Et merde.* Qu'avait-il découvert ? Ashley s'était-elle échappée ?

— Ces salauds ont envoyé un commando à l'hôtel.

Alex peinait à respirer, mais pas à cause de la course.

— Ils ont trouvé une femme morte dans une des chambres, et je n'arrive pas à joindre Mallory.

Sa voix tremblait.

— Je l'ai entendu aux informations. Frazer ne sait rien.

Ils remontèrent la plage à la hâte.

— Quel est le numéro de Sloan ?

La voix d'Alex vibrait d'émotion.

— Ce n'est pas elle. Ils n'auraient jamais pris Mallory au dépourvu.

— Et si ça l'est ?

— Ce n'est pas elle, Alex.

Lucas composa le numéro de téléphone de Mallory en passant la porte d'entrée. Il vérifia la chambre pour s'assurer qu'Ashley était toujours là. La porte vint s'écraser contre le mur, la réveillant en sursaut. Elle le regarda fixement, ressemblant à une victime de kidnapping. Son œil était gonflé comme si elle avait été battue. Elle était menottée au lit comme une otage.

Bon sang.

Le fait qu'il ait été réduit au rang de kidnappeur lui donnait l'impression de perdre la tête.

Peut-être qu'Ashley avait raison. Il n'était pas lui-même. Il ne se comportait pas de la sorte. Mais il ne savait pas comment protéger Becca autrement, et il avait besoin d'entendre l'histoire d'Ashley de sa bouche. Il tenait à elle – sinon cette situation ne lui aurait pas arraché les tripes.

Mais quand le téléphone de Mallory tomba sur la messagerie vocale, l'heure n'était pas aux sentiments.

Son pouls se mit à battre à un rythme effréné.

Alex le suivit dans la chambre, mais resta près de la porte comme s'il avait peur de ce qu'il pourrait faire s'il s'approchait de leur captive. Les mains de Lucas étaient moites – si quelque chose arrivait à Mallory, il ne pourrait plus jamais regarder Alex, les parents de Mallory ou lui-même dans les yeux.

Lucas ne pouvait même pas imaginer ce qu'il ressentirait si la femme qu'il aimait de tout son cœur, la femme qui portait son enfant, était assassinée. C'était déjà assez difficile de s'inquiéter pour l'une de ses meilleures amies. Il composa le numéro de Sloan.

— Où êtes-vous, bon sang ? cracha-t-elle.

— Je suis une piste sur la mère.

Apparemment, mentir était une seconde nature pour lui.

— J'ai besoin que vous reveniez ici tout de suite. Le SWAT est intervenu le site de Cambridge – ils avaient déjà filé.

Son cœur se serra douloureusement quand il prononça les mots suivants.

— J'ai entendu dire qu'il y avait eu un autre meurtre…

— Ils l'ont massacrée, fit Soan d'une voix tremblante. Le bébé est mort, lui aussi. Les malfaiteurs ont dû découvrir que nous avions des agents à l'hôtel et ils ont envoyé un tueur à gages.

Ses genoux vacillèrent et il s'effondra sur le lit.

Faites que ce ne soit pas Mallory. Faites que ce ne soit pas

Mallory. Faites que ce ne soit pas Mallory.

— C'était une conseillère en beauté nommée Catriona Malcolm, et ces salauds l'ont torturée.

L'étau qui comprimait son cœur et sa gorge se desserra, même si l'horrible réalité de la mort d'une autre femme était tout de même bien présente. Il couvrit le micro de sa main. Puis se tourna vers Alex qui ressemblait à un mort-vivant.

— Ce n'est pas elle.

Alex leva la tête, les yeux pleins d'espoir.

Sloan poursuivit.

— Ils ont dû découvrir dans quelle chambre se trouvaient Chen et Rooney, et les cibler…

— Mais Rooney va bien ? Vous en êtes sûre ?

— Elle allait bien quand je lui ai parlé ce matin. Elle a eu de la chance. Pas Catriona Malcolm. Il y avait la convention de Mary Kay en ville, et l'hôtel était complet hier soir. Rooney a quitté l'hôtel hier pour prendre l'avion pour la Virginie, mais son vol a été retardé. Elle a dû trouver un autre endroit où passer la nuit. J'ai essayé de la rappeler quand j'ai appris pour ce meurtre, mais je n'ai pas pu la joindre. Je suppose qu'elle est dans l'avion. J'ai appelé Frazer. Je lui ai dit d'envoyer une équipe de protection au cas où elle serait spécifiquement visée.

S'agissait-il de représailles pour avoir attrapé Ashley ? Bon sang, si les actes de Lucas avaient conduit à la mort d'une femme…

Il recouvrit le micro à nouveau.

— Elle a changé d'hôtel la nuit dernière. Elle doit être dans l'avion. C'est pour ça qu'elle est injoignable.

Alex s'affaissa et enfouit son visage dans ses mains.

Sloan poursuivit :

— Frazer essaie de joindre l'agent Chen depuis un moment. Il a l'air énervé.

Lucas jeta un coup d'œil à l'endroit où Ashley, menottée au lit, observait leurs moindres mouvements.

— Chen est avec moi.

— Dites-lui de l'appeler dès que possible si elle veut garder son emploi. J'ai besoin que vous reveniez.

— J'ai trouvé une piste que nous devons suivre.

Ce n'était pas un mensonge.

— Il y a de fortes chances pour que mon temps en tant que cheffe d'équipe ne se compte qu'en heures, voire en minutes, à moins que nous n'attrapions ces criminels, fit Sloan, l'un air tendu. Ce n'est pas le moment de roucouler.

Lucas tremblait de colère. De roucouler ? Elle avait vraiment dit *ça* ?

Il peinait à maîtriser sa colère. Il avait disparu sans prévenir et cohabitait avec un agent avec lequel il avait récemment couché, mais le terme « roucouler » n'était vraiment pas le plus adapté à la situation. Il pouvait difficilement dire la vérité à Sloan. Toutes leurs carrières étaient en jeu.

Il ravala son indignation.

— Alors, faisons en sorte d'attraper ces connards.

— Exactement. *Elle* vous demande.

Becca.

— J'arriverai dans la soirée.

— Venez plus tôt, marmonna-t-elle avec colère. Appelez-moi dès que vous arrivez, même si on me retire l'affaire, compris ? Je veux renforcer la sécurité de notre amie et l'ATF ne peut pas se passer d'autres agents.

— Compris.

Il raccrocha et poussa un soupir.

— Mallory ne sait probablement pas encore qu'ils ont

trouvé un corps à l'hôtel.

Il frotta sa montre en sentant le regard d'Ashley dans son dos.

— Elle va bientôt atterrir.

Alex leva la tête.

— Je n'aurais jamais dû désactiver le dispositif de traçage de son ordinateur portable. Je n'aurais jamais dû la laisser seule.

Ses mains tremblaient encore.

— Les femmes sont rarement séduites par la perspective que leur mari soit un harceleur paranoïaque – du moins celles que je connais.

Alex éclata de rire.

— Tu crois que je l'ignore ?

Il releva les yeux.

— Je dois rentrer la voir.

— On doit d'abord finir ça, dit sèchement Lucas.

Même s'il aimait Mallory, elle n'était pas la seule à être en danger.

— Frazer envoie des renforts pour accueillir Mal à l'aéroport. Demande à un de tes jets de t'attendre à Logan pour que tu puisses partir dès qu'on en aura fini ici, mais on ne doit pas se déconcentrer.

Ashley fit un bruit derrière lui. Puis elle lui donna un coup de genou dans le dos. Il grogna et se leva, faisant le tour pour pouvoir lui enlever son bâillon sans recevoir une botte dans la figure.

— Que s'est-il passé ?

Sa voix était rauque, et lui vrillait les nerfs comme un archet de violon. Tout comme la vue de son œil au beurre noir.

— Tes copains ont massacré la nouvelle occupante de ta chambre d'hôtel à Boston. Je suppose qu'ils ont compris que la victime était du FBI et qu'ils ont essayé de lui faire cracher le morceau à ton sujet.

Il ne chercha pas à masquer son dégoût.

— La femme était enceinte.

Alex poussa un juron.

— Tu penses que j'ai quelque chose à voir avec ça ?

Son regard était inébranlable.

— Ils me cherchent.

— Exactement. Quand ils ont réalisé qu'on en avait après toi, ils ont envoyé quelqu'un pour t'aider à t'échapper.

— M'aider à m'échapper ?

Elle lui jeta un regard noir de son bon œil.

— Mon Dieu, je n'avais pas encore réalisé à quel point tu étais stupide.

Il ignora l'insulte.

— Où sont-ils ?

— Si je le savais, on les aurait déjà arrêtés.

Son amertume semblait sincère, mais il ne serait pas dupe cette fois.

— Je croyais que vous aviez une piste concernant un autre lieu ? Pourquoi ne sont-ils pas en prison ?

— Tu étais au courant ? demanda Lucas, surpris.

— Matt Lazlo l'a mentionné avant que je quitte le bureau hier soir.

Alex pencha la tête sur le côté et répondit :

— Ils ont fait une descente là-bas, mais il n'y avait personne. Les criminels avaient manifestement été avertis.

Ce qui n'arrangeait pas ses affaires, et elle le savait.

— Ça n'a rien à voir avec moi. Vérifiez mon téléphone portable...

— C'est déjà fait. Mais tu aurais pu utiliser un téléphone interne au bureau, rétorqua Alex.

— Mais je ne l'ai pas fait.

Elle poussa un profond soupir et ses yeux se firent distants.

— Je suis tellement stupide. Ils ont dû se rendre compte que j'étais toujours en vie. Vous devez me laisser partir. Ils ne reculeront devant rien pour me récupérer.

— Tes menaces ne nous font pas peur…

— Ce ne sont pas des *menaces* ! Vous ne voyez pas que j'essaie de vous *sauver* ?

Son expression était remplie d'indignation et de dégoût, miroir des sentiments de Lucas.

— Ils n'arrêteront pas de chercher jusqu'à ce qu'ils me trouvent, et ils tueront quiconque se mettra sur leur chemin. Je ne veux pas que vous mouriez.

Sa voix se brisa. Ses yeux brillaient.

— Je ne veux plus qu'il y ait de morts.

Les larmes ne le laissaient jamais de marbre. Pendant un moment, il voulut la prendre dans ses bras. La réconforter.

Trompe-moi une fois…

— Épargne-moi tes histoires, fit Lucas en blindant son cœur. Tu as simulé ta propre mort, tu t'es fabriqué un passé de toutes pièces et tu as rejoint le FBI sous une fausse identité. Une innocente n'aurait pas agi ainsi.

Elle détacha ses yeux des siens.

Il brandit la copie du portrait d'école que Nelson Shaw lui avait si généreusement fournie.

— Dis-nous la vérité, Jenny. Aide-nous à attraper ces types et à les enfermer. On dira au procureur que tu as coopéré.

— Pff. Tu penses vraiment que le procureur peut me protéger de ces gens ? ricana-t-elle. Et au passage, tu comptes aussi lui révéler cet enlèvement et cet interrogatoire ?

— Bien sûr.

— Eh bien, ne t'en donne pas la peine, fit-elle d'un ton mordant. Personne ne me croira de toute façon.

Il ignora ses paroles.

— Ce qu'il y a de mieux à faire pour toi, ce serait de nous aider à les attraper…

— Qu'est-ce que tu crois que j'essaie de faire ? cracha-t-elle.

Mais bien sûr.

— Alors pourquoi tu ne nous as pas dit que tu connaissais Ray Tan ?

Une ligne se forma entre ses sourcils.

— Je ne le connaissais pas.

— Eh bien, tu as eu une sacrée conversation avec lui quelques secondes avant qu'il ne soit abattu dans la rue, et tu t'en es sortie indemne !

Les murs tremblèrent sous la force de ses mots, et elle tressaillit. *Merde.* Il devait maîtriser sa colère.

— Je ne le connaissais pas. Je ne l'avais jamais vu avant.

Elle détourna la tête et fixa la petite fenêtre.

— Mais, tu as raison, il m'a reconnue. Il a dit que je ressemblais à l'une des Dragon Devils que le FBI recherchait.

— S'il ne t'avait jamais rencontrée, comment t'aurait-il reconnue ?

Elle se tordait dans tous les sens, essayant d'échapper à ses liens.

Lucas détourna les yeux de son corps qui se tortillait. Même au milieu d'une discussion sur la trahison et le meurtre, elle gardait cet effet sur lui.

— Je suppose qu'il connaissait soit ma mère, soit mon frère. Il y a un fort air de famille. Ou peut-être qu'il a vu une photo de moi enfant comme celle que tu as. Mon oncle vénérait ma mère.

Elle avait dit cela sur un ton amer.

— Il avait un grand portrait d'elle dans la plupart de ses maisons, et je lui ressemble comme deux gouttes d'eau, sauf que je suis plus « blanche ».

— Donc, de ton propre aveu, tu savais que c'étaient les Dragon Devils qui avaient tué Ray Tan, mais tu n'as pas pris la peine de dire au FBI qui ils recherchaient ?

Lucas n'était pas à l'aise à l'idée d'interroger une femme attachée sur un lit.

— Je comptais le dire à Frazer hier, mais il n'était pas là. Ensuite j'ai voulu le dire à Matt, mais il m'a expliqué que Boston connaissait déjà le nom de l'organisation criminelle derrière l'explosion de la maison close et il m'a dit que vous aviez trouvé un emplacement secondaire – grâce à ses suggestions à elle, se rappela-t-il tardivement – alors je me suis dit que je n'avais pas besoin de renoncer.

— À ta couverture, tu veux dire ?

— À ma *vie* !

Elle le regarda d'un air noir et il resta hors de portée. Son nez lui faisait toujours sacrément mal.

— Pour qui travailles-tu ?

La question venait d'Alex, posté dans l'embrasure de la porte.

— Pour l'Oncle Sam, comme vous…

— Les Chinois ? Les Coréens ?

Elle secoua la tête et recracha les cheveux de sa bouche. Elle laissa échapper un rire dur.

— C'est quoi ces préjugés ?

— Des préjugés ?

L'expression d'Alex en disait long.

— Moi ?

— Tu cherches une excuse pour me jeter depuis le moment où on s'est rencontrés. Tu es quoi au juste ? Un *consultant* ? N'importe quoi.

Il ouvrit la bouche pour se défendre, mais elle lui coupa la parole.

— Tu penses avoir tout compris, hein ? Je suis une salope aux yeux bridés qui utilise son sex-appeal et sa féminité pour arracher des secrets à des hommes sensibles.

Lucas ne s'était jamais considéré comme sensible, mais il avait certainement été sensible à Ashley Chen.

— Tu penses que j'attends mon heure, que je collecte le plus d'informations possible avant de rentrer chez moi... où ça, à Pékin ? Sauf que je ne suis jamais allée à Pékin et que je me considère comme une Américaine, pas comme une Asiatique, ni même comme une Américaine d'origine asiatique, bien que les gens ne puissent pas se défaire de ces fichues étiquettes dont la société a besoin pour nous cataloguer.

Il y eut un long silence dans la pièce avant qu'Alex ne réponde très lentement et prudemment :

— Ce n'est pas ton origine ethnique qui me dérange, Ashley. Ça n'a jamais été le cas. C'est ta duplicité.

Ses mots lui firent l'effet d'une lame.

— Donc tu enquêtes sur tous ceux qui travaillent pour le DSC...

Alex croisa ses bras sur sa poitrine.

— Oui. En effet.

Elle cligna des yeux, visiblement décontenancée.

— Tu nies que tout ce que tu as indiqué dans les formulaires d'entrée au FBI était un mensonge ? demanda Lucas.

Son regard passa de l'un à l'autre. Sa voix se fit moins forte.

— Pas tout.

Les lèvres de Alex se retroussèrent.

— Alors, dis-nous la vérité. Toute la vérité.

Lucas essayait de se convaincre qu'ils n'avaient pas fait l'amour. Elle était juste une criminelle sur laquelle ils enquêtaient.

— C'est le moment. Dis-nous pourquoi toi – la nièce d'un des plus grands patrons du crime au monde – tu as changé d'identité et infiltré le FBI.

— Infiltré ? Je n'ai rien infiltré du tout.

Elle inspira profondément afin d'apaiser partiellement son indignation.

— Très bien. Enlevez-moi ces foutues menottes, et je vous dirai tout. Mais je dois m'éloigner le plus possible des gens que j'ai...

Elle s'interrompit et le regarda fixement.

— Assurez-vous de protéger tous les gens ayant un lien avec moi, y compris mes voisins. Je sais que ça ne va pas être facile, mais les Devils ne se soucient pas de qui ils blessent ou tuent pour obtenir les informations qu'ils veulent. Dites à Matt de faire attention à Scarlett, et à Jed de prévenir Vivi et Michael.

Elle le regarda dans les yeux.

— Vos familles doivent prendre des précautions supplémentaires. Celles de Frazer et Darsh aussi.

— Très bien, fit-il, l'air dubitatif.

— Je suis sérieuse. Vous ne savez pas à qui vous avez affaire...

— À qui la faute ? demanda-t-il à voix basse.

Elle détourna les yeux.

Il s'approcha d'elle et lui enleva ses menottes. Ses mains tombèrent sur les oreillers, comme si elles étaient trop faibles pour bouger. Lentement, elle commença à serrer et desserrer les poings, essayant de faire circuler le sang à nouveau.

— On t'écoute, dit Alex de façon impartiale depuis le seuil de la porte.

Ashley lui lança un regard furieux puis s'efforça de tendre ses bras devant elle pour pouvoir les secouer. Lucas ne la toucha pas. Il n'essaya pas de l'aider. Il était presque sûr que s'il le faisait, il révélerait tout ce qu'il ressentait pour elle. Il ne pouvait pas se permettre de faire preuve d'une telle faiblesse.

Elle s'assit avec une grâce qui démentait ses récentes épreuves.

— Je dois aller aux toilettes, et ensuite j'apprécierais une tasse de quelque chose de chaud. Du thé si possible.

Malgré tout ce qu'elle avait traversé, elle réussissait toujours à s'entourer de ce drapé de froideur.

Alex haussa les sourcils. Il avait visiblement retrouvé un peu d'humour, car il lui adressa un petit sourire avant de s'incliner et de partir. Lucas resta dans la chambre pendant qu'Ashley utilisait les toilettes et se lavait. Elle laissa la porte légèrement entrouverte, et il ne la poussa pas. La situation entre eux était déjà assez précaire.

Elle revint dans la pièce, les cheveux humides après s'être lavé le visage. La peau autour de son œil droit était tachetée de noir.

Lucas sentit à nouveau cet horrible malaise au creux de son estomac.

— Allons te chercher de la glace pour ton œil.

— Sérieusement ?

Son dédain la fit grimacer.

Elle s'était blessée en essayant de s'éloigner de lui, et la honte qu'il ressentait était bien réelle. Mais ce n'était pas lui le méchant.

— Tu t'attendais à quoi exactement ?

La colère sembla la quitter, et sa lèvre inférieure se mit à trembler.

— À ça. Je m'attendais exactement à *ça*.

Elle jeta un regard sur le lit.

— Moins le fait embarrassant que j'ai couché avec la personne qui l'a découvert.

Elle releva légèrement le menton.

— Comment as-tu fait, d'ailleurs ? Pour le découvrir ?

Il n'avait rien découvert du tout.

— L'inspecteur Nelson Shaw de la police de Hong Kong est venu au bureau régional de Boston pour nous faire part de ses soupçons sur les Dragon Devils. Tu as eu de la chance. Fuentes et Sloan ont quitté la pièce avant qu'il ne me raconte une triste histoire sur la pauvre nièce morte de Yu Chang.

Elle ferma les yeux pendant un moment.

— Nelson Shaw a perdu son père à cause des Devils.

— Tu connais Shaw ?

— Pas personnellement.

Elle frotta les marques rouges sur ses poignets.

— J'ai fait beaucoup de recherches sur l'organisation au cours des années…

— Pour les aider à garder une longueur d'avance sur la loi ?

— Non, fit-elle en regardant le sol, mais son ton était tout sauf doux. Pour être sûre de garder une longueur d'avance sur eux.

CHAPITRE DIX-HUIT

LE TEMPS ETAIT écoulé. Cinq minutes après son retour de la scène de crime à l'hôtel, Sloan avait été appelée au bureau de l'agent spécial en charge.

Elle jeta un coup d'œil à l'horloge au-dessus du bureau de la secrétaire. Midi pile. L'heure où elle allait se faire virer. Elle frappa à la porte du bureau de son patron, un peu plus fort que nécessaire, mais au moins elle ne l'enfonça pas.

— Entrez.

Le SAC Don Salinger n'était pas un mauvais gars, mais il savait que les résultats – ou l'absence de résultats – avaient un impact sur son évaluation. Une semaine s'était écoulée depuis l'explosion – une éternité dans ce genre d'enquête. Les gens attendaient des réponses. Ils les méritaient. Ils voulaient se sentir en sécurité.

— Carly, voici l'agent spécial superviseur Greg Trainer, les présenta Salinger. Il va prendre en charge l'équipe.

Trainer était un homme grand et mince aux épaules voûtées. Elle avait entendu parler de lui. Il avait la réputation de faire preuve d'une détermination sans faille pour traquer les criminels, et de faire de la politique tatillonne au bureau.

— Vous avez fait du bon travail, Sloan, lui dit Trainer, en tendant la main pour la serrer.

Elle essaya de se dire qu'il n'était pas condescendant.

— J'ai une bonne équipe, mais ces criminels semblent toujours avoir une longueur d'avance sur nous. Je pense qu'il y a une fuite quelque part.

— C'est une accusation sérieuse.

Les yeux bleu pâle de Trainer la jaugeaient.

Peut-être sa folie intérieure était-elle visible. Une explosion où vous aviez perdu trois flics et quatre de vos propres agents, suivi d'une série d'homicides horribles, pouvait avoir cet effet sur une personne.

— Eh bien, ça a été une sacrée semaine.

Son patron semblait contrarié par son attitude, mais elle s'en fichait. Cela constituerait un point noir dans son dossier, peu importait l'attitude qu'elle adopterait à présent. De plus, elle n'avait pas l'énergie. Elle n'avait pas dormi plus de huit heures depuis le jour où Mia Stromberg avait été kidnappée.

— Est-ce pour cela que vous avez insisté pour cacher à tous, même à votre propre équipe, le fait qu'un témoin ait survécu à l'explosion ? demanda Trainer avec désinvolture.

Un malaise lui parcourut l'échine.

— J'ai estimé qu'il fallait en informer le moins de gens possible.

Elle regarda Salinger. Elle ne lui en avait parlé qu'après avoir mis en place la protection rapprochée avec l'ATF.

Salinger la soutint.

— Vu ce qui est arrivé à tous les autres témoins ou témoins potentiels que nous avons eus, c'était une sage décision.

— Votre mari est-il au courant ? demanda Trainer.

— Non, fit-elle en plissant les yeux. Il n'en sait rien.

Trainer s'appuya contre le bureau du SAC. Il cherchait peut-être à le mesurer en vue de sa prochaine promotion.

— Pour un témoin aussi important, elle nous a donné très

peu d'éléments.

Il faisait comme si c'était également de sa faute.

— C'est une jeune fille de treize ans abusée sexuellement qui a été retenue en captivité pendant deux ans et qui a survécu à une explosion majeure, rétorqua Sloan. Elle a besoin de temps pour s'adapter, et elle jouera son rôle de témoin lorsque nous aurons attrapé quelqu'un contre qui elle pourra témoigner. Nous avons des équipes qui cherchent à localiser la mère.

Trainer haussa les sourcils surmontant ses yeux pâles.

— Combien d'agents avez-vous sur la piste de la mère et du tripot ?

— Deux.

Elle n'avait pas demandé à Salinger d'approuver l'implication de Chen, mais ils avaient besoin de quelqu'un avec des compétences informatiques supérieures à la moyenne, et les agents du FBI travaillaient toujours en binôme sur le terrain.

Elle perçut le mécontentement de son patron à ses lèvres pincées, mais il ne dit rien.

— Où en sont-ils ? demanda Trainer.

— Ils suivent une piste en ce moment.

Elle résista à l'envie de regarder sa montre. Elle n'avait aucune idée de la raison pour laquelle Lucas Randall avait jugé bon de s'évaporer à ce moment précis. Elle s'attendait à mieux de sa part.

— Vous auriez dû mettre plus d'agents là-dessus au lieu de perdre votre temps à fouiller le port, lui dit Trainer.

Vu le nombre d'heures qu'elle avait passées à chercher dans des conteneurs d'expédition humides, il pouvait se mettre son avis là où elle le pensait.

— Nous avions des informations plausibles les signalant au port.

— Des informations qui venaient en fait d'un de leurs associés. C'était un leurre, et nous sommes tombés dans le panneau, fit Trainer d'un ton mordant.

Elle mit les mains sur ses hanches.

— Cette enquête suit un rythme effréné. Nous ne pouvions pas ignorer cette information. Auriez-vous laissé partir tous les bateaux sans les fouiller ?

Trainer pinça les lèvres et Sloan aurait aimé avoir l'énergie nécessaire pour le descendre véritablement. *Quel crétin.*

Salinger intervint :

— Vous avez été réaffectée à l'unité antiterroriste. Il y a eu une augmentation constante des discussions souterraines depuis l'explosion, suggérant que certaines factions veulent exploiter notre supposée faiblesse pendant que nous recherchons ce gang asiatique.

Ce n'était pas exactement une rétrogradation, mais être remplacée parce que vous n'obteniez pas de résultats n'était jamais très agréable. Elle soutint le regard de son patron.

— Merci, monsieur. Dois-je rester pour informer le SSA Trainer de la situation ici ?

Salinger secoua la tête.

— Je l'ai déjà mis au courant et j'affecte personnellement les agents Mayfield et Fuentes à son équipe – je sais qu'ils vous ont assisté de près. Prenez le reste de la journée. Reposez-vous.

Il agissait tout en bienveillance et en douceur, et voulait se débarrasser d'elle aussi vite que possible.

Elle adressa un signe de tête à Trainer et tourna les talons. L'ascenseur était rempli de gens qui fuyaient son regard. Elle serra les dents et leva le menton. Depuis près de 20 ans, elle évoluait soit au sein de l'armée, soit au FBI. Elle savait comment le système fonctionnait. Se faire frapper quand on était à terre faisait partie du processus.

Elle prit un carton près de la photocopieuse et entra dans son bureau. Fuentes et Mayfield se précipitèrent derrière elle comme deux chiots surdimensionnés.

— Que s'est-il passé ? demanda Fuentes.

— Est-ce que c'est vrai ? Vous n'êtes plus sur l'affaire ?

Mayfield serrait si fort son dossier que ses jointures en devenaient blanches.

Sloan ouvrit le tiroir du haut de son bureau.

— En effet, je ne suis plus sur l'affaire, mais ce n'est pas vraiment un scoop. Vous avez tous les deux été assignés pour aider du nouveau chef d'équipe, le SSA Greg Trainer. Il vient du bureau régional de New York.

Elle récupéra ses affaires, mais elle était du genre minimaliste. Elle emballa quelques stylos et cahiers posés sur son bureau, quelques livres sur les enquêtes criminelles. La photo de son mari fut la dernière chose qu'elle prit. Elle la plaça soigneusement dans son carton. Elle espérait qu'il lui parlerait encore après ça. Il savait que sa carrière était importante à ses yeux, mais il aurait sûrement préféré vivre avec une femme qu'il verrait plus d'une fois par mois.

Mayfield était indignée.

— Je vais envoyer une lettre pour…

— Dire au patron qu'il a pris la mauvaise décision ?

Sloan grimaça.

— Ce ne serait pas très malin.

Même si les femmes tenaces avaient tendance à se démarquer dans ce genre d'environnement, et ce n'était peut-être pas la pire chose à faire. Les femmes discrètes étaient piétinées, puis mises de côté et oubliées. Elle sourit. Personne ne l'avait jamais décrite comme étant discrète.

Fuentes se gratta la tête.

— On a récupéré un tas d'ADN dans l'appartement de Cambridge qu'on passe dans le CODIS. Il était enregistré au nom d'une autre société aux Caïmans. L'expert-comptable dit que c'est une société-écran.

— Je ne suis plus sur l'affaire, l'interrompit Sloan en levant la main. Informez-en le SSA Trainer.

Elle glissa son ordinateur portable dans sa sacoche, enroula le cordon d'alimentation et le rangea à côté de l'ordinateur.

— Il y a une chose que je dois vous dire.

Ce serait mieux qu'ils l'apprennent de sa bouche.

— Et j'aimerais que vous ne divulguiez pas cette information, et que vous ne révéliez pas à Trainer que je vous l'ai dit.

Ils la regardèrent tous deux d'un air impatient.

— Vous savez, la deuxième gamine que Randall a sauvée de la maison close ?

— Eh bien quoi ? demanda Fuentes avec méfiance.

— Celle qui est morte ? demanda Mayfield.

— Elle n'est pas morte. Randall et moi l'avons fait admettre dans un hôpital local sous un faux nom. L'ATF la surveille.

— L'ATF ?

On aurait dit que quelqu'un avait planté une lame dans le dos de Fuentes.

— Un ami à moi. Que j'ai connu à l'armée.

— Vous ne nous avez pas fait confiance là-dessus, mais à Randall, oui ?

— Ce n'était pas personnel, Diego. Il était là, et nous avons pris la décision commune de ne pas divulguer la survie de l'enfant.

Ce ne serait plus un secret bien longtemps, et elle devait mettre Lucas au courant, ce qui aurait été beaucoup plus facile s'il s'était trouvé au bureau.

— Une fois une telle information divulguée, elle échappe à tout contrôle. Vu ce qui est arrivé à Susan Thomas, Ray Tan et Agata Maroulis, je ne le regrette pas. C'était la bonne décision.

Fuentes et Mayfield paraissaient abasourdis par la tournure des événements.

— C'est là que se trouve le beau gosse ? demanda Fuentes.

Sloan éclata de rire.

— Le beau gosse ?

— Il est beau, convint Mayfield. Si je n'étais pas fiancée…

— Avec un connard, grogna Fuentes.

— Derek n'est pas un connard, rétorqua Mayfield, défendant le gars avec qui elle sortait depuis un peu plus d'un an, même si Sloan ne s'était jamais rapprochée de lui non plus.

C'était l'assistant de Kurt Stromberg. C'était grâce à cela que le FBI avait été appelé sur l'affaire si rapidement.

— Un vrai connard, murmura Fuentes avec un sourire.

Mayfield lui donna un coup de poing dans le bras, puis sembla se rappeler que la situation n'avait rien d'amusant. Elle se retourna pour regarder Sloan avec des yeux tristes.

— Qu'allez-vous faire maintenant ?

— Rentrer chez moi.

Sloan fit exprès de répondre à côté. Elle enfila son manteau d'hiver, attrapa son parapluie derrière la porte, prit son sac à main et son ordinateur portable, et replia son gilet tactique sur son bras. Elle souleva son carton. Fuentes voulut l'aider, mais elle s'écarta. Elle n'avait pas besoin d'aide.

Ils la suivirent hors du bureau et jusqu'à la porte de

l'escalier. Les autres membres de l'équipe observaient la scène en silence. Puis l'ascenseur s'ouvrit, et Salinger et Trainer en sortirent.

— Allez-y, les exhorta Sloan. Attrapez-moi ces salauds.

Elle donna un petit coup d'épaule à Mayfield. Cette affaire était plus importante que son ego.

Sloan descendit les escaliers du parking et déposa ses affaires dans le coffre de sa voiture. Elle attendit d'être seule dans son véhicule pour appeler Brian. Elle atterrit sur la messagerie vocale, et ferma les yeux.

Ses mains tremblaient. Il était possible que le bureau du maire sache déjà qu'elle avait été remplacée, ce qui était une pensée douloureuse.

Peut-être qu'il en avait eu assez d'elle. Peut-être qu'il était à Aruba avec une blonde aux longues jambes, et qu'elle n'en savait rien.

Leur mariage était en difficulté depuis un certain temps déjà, mais elle se consolait en se disant qu'au moins elle avait son travail. Mais son mariage semblait soudain beaucoup plus important qu'elle ne le pensait. Elle voulait se battre pour garder son mari. Elle sentit les larmes monter, mais elle refusa de les laisser couler. Elle espérait juste que cette affaire n'avait pas complètement ruiné leur mariage. Elle appela Randall, et tomba sur la messagerie vocale également. Elle lui laissa un message lui disant qu'elle avait été réaffectée et lui demandant de la retrouver à l'hôpital. Elle jeta son téléphone sur le siège passager. Elle ne savait pas pourquoi les gens s'embêtaient encore avec les téléphones. Personne ne décrochait jamais.

Elle espérait que Randall et Chen auraient retrouvé la mère de Becca. Avec un peu de chance, ils devanceraient l'équipe de Trainer, même si, en tant que chef d'équipe, c'était à lui que reviendrait le mérite.

Elle soupçonnait Randall et Chen de s'envoyer en l'air. Elle avait vu les regards qu'ils se lançaient.

Cela faisait des mois qu'elle et son mari n'avaient pas fait l'amour, et le manque d'intimité contribuait à creuser un fossé entre eux.

Elle aperçut son reflet dans le rétroviseur.

Bon sang. Aucune personne saine d'esprit n'aurait voulu avoir des relations sexuelles avec elle. Elle avait vu des cadavres avec plus de couleurs. Elle prit son sac à main et appliqua du fond de teint et du rouge à lèvres.

Frazer n'avait pas été tendre avec elle dans le dernier message qu'il lui avait laissé. Chen allait être dans la merde si elle ne faisait pas son rapport. Mais Sloan était contente que Chen travaille encore sur cette affaire. L'agent était intelligent et tenace, comme Sloan se targuait de l'être autrefois.

Sloan pinça les lèvres et vérifia qu'elle n'avait pas de rouge sur les dents. Satisfaite, elle releva le pare-soleil et démarra le moteur.

Sa carrière était peut-être impactée, mais au moins ils avaient réussi à sauver deux des choses les plus importantes de cette opération. Ils avaient récupéré sans dommage Mia Stromberg, ce qui était la raison initiale de la création de cette équipe. Et ils avaient sauvé Becca d'une vie d'esclavage sexuel.

La liberté de Becca valait mieux qu'une lettre de recommandation. Sloan vérifia que la voie était libre et sortit lentement de sa place. Elle savait exactement où elle devait être.

———

— Finissons-en.

Ashley se fichait d'avoir dormi dans les mêmes vêtements, que son œil droit lui fasse terriblement mal et qu'elle ne puisse pas voir grand-chose à travers. Tout était arrivé par sa faute, parce qu'elle avait eu la bêtise de vouloir travailler pour le FBI. Parce qu'elle avait menti et triché. Elle avait essayé de faire la différence alors qu'elle aurait dû rester loin des projecteurs.

Elle ne s'était jamais considérée comme naïve, mais en y regardant bien, ses choix de carrière puaient l'idéalisme stupide et l'optimisme aveugle.

Lucas lui fit signe de le suivre, et elle emprunta un petit couloir dans la cabane pittoresque. C'était un endroit sympathique si l'on oubliait sa proximité avec l'océan. Elle chassa la peur de son esprit. Peu importait que ce soit totalement irrationnel, elle avait survécu au pire tsunami de l'histoire et n'avait pas à rougir d'être terrifiée par la puissance de l'océan.

Elle jeta un regard à Lucas. Un duvet sombre lui obscurcissait la mâchoire. Des rides de fatigue s'étiraient aux coins de ses yeux. La honte envahissait ses traits chaque fois qu'il la regardait.

Les regrets qu'il éprouvait pour ce qu'ils avaient fait la rendaient malade. Elle n'aurait pas dû le toucher, mais elle avait craqué pour lui au premier regard.

Je n'en parlerai à personne.

Pour son propre bien, elle espérait qu'il disait vrai. Elle savait qu'il ne fallait pas céder à ses pulsions. Ce n'était pas une leçon facile à oublier, mais d'une certaine façon, avec Lucas, elle s'était laissé aveugler par l'illusion qu'elle avait le contrôle. Elle avait fait une succession de mauvais choix.

Le petit salon renfermait des canapés rembourrés et une

cheminée déjà remplie de bois d'allumage. Elle ralentit le pas. Son temps avec cet homme touchait à sa fin. Aussi douloureuse que soit la situation, elle voulait pouvoir savourer ces derniers moments.

Elle toucha la photo d'un couple souriant embrassant un enfant en bas âge et poursuivit son chemin. Ce qui importait à présent, c'était de persuader ces deux êtres humains censément intelligents qu'ils devaient la laisser partir. Elle n'était pas la méchante. Elle n'avait trahi personne. Elle avait juste essayé d'aider. Elle méritait peut-être d'être arrêtée, mais le FBI devait d'abord attraper les Dragon Devils. Sa présence prolongée en leur compagnie les mettait en danger ainsi que tous ceux qu'ils aimaient. Elle ne pouvait pas supporter l'idée d'être responsable d'une autre mort.

Elle aurait pu éviter cette situation si elle n'avait pas séduit Lucas en mentant sur son identité – sauf qu'elle n'avait pas menti. Elle était l'agent du FBI Ashley Chen. Elle n'avait simplement pas commencé comme ça. Dieu savait qui ou ce qu'elle allait devenir quand tout serait terminé.

Elle s'arrêta net sur le seuil de la cuisine, mais Lucas la fit avancer et elle se laissa tomber sur une chaise en face d'Alex, qui avait allumé ses deux ordinateurs portables.

Cette invasion de sa vie privée était douloureuse. Non pas qu'elle leur en veuille de penser qu'elle était une traîtresse. Elle savait que les apparences le laissaient entendre. L'heure n'était plus à l'ego.

— Je vais te donner le mot de passe…

— Je n'en ai pas besoin.

La condescendance de Parker lui donna envie de le gifler. Elle avait tenté de vérifier ses antécédents lors de leur première rencontre et avait déclenché des pièges et des alarmes à chaque étape. C'était à ce moment-là qu'il avait commencé à la suspecter.

Parker tourna son ordinateur portable vers elle. Évidemment, il avait pénétré dans son système.

Elle eut un rire dépourvu de gaieté.

— Mallory est au courant pour l'enregistreur de frappe ? Ou bien elle était carrément dans le coup ?

Toutes les couches de son être s'enroulaient les unes sur les autres en une boule d'autopréservation. C'était pour cela qu'elle ne nouait pas d'amitiés. Cela faisait trop mal quand on nous trahissait. Elle jeta un coup d'œil à Lucas et sut que derrière son expression impassible, il pensait exactement la même chose.

Parker retourna l'ordinateur face à lui.

— J'ai eu de la chance.

— Menteur. Tu n'aurais pas pu y arriver autrement. Tu as découvert qu'on partageait une chambre et tu as décidé d'en profiter pour fouiner un peu.

Il haussa les épaules comme s'il n'était pas question de la vie privée d'Ashley.

— S'il n'y avait rien eu de fâcheux dans tes activités, tu ne l'aurais jamais su, pas vrai ?

— Heureuse de savoir que tu te soucies de mes droits constitutionnels.

Il semblait amusé, ce qui l'agaçait.

— Oh, crois-moi, je comprends. Tout est de ma faute, et j'ai eu ce que je méritais.

Lucas prépara du café. Il avait l'air fatigué. Usé, plus las que d'habitude, mais diablement beau. Ashley sentit son cœur faire un petit bond dans sa poitrine. Elle devait l'éloigner d'elle. Elle ne pourrait pas supporter que quelque chose lui arrive.

— Je suppose que personne ne sait que je suis ici ? demanda-t-elle prudemment.

— Juste nous, répondit Lucas.

— Je n'en parlerai à personne.

La dernière fois qu'ils avaient échangé ces mots, ils parlaient de sexe. Elle vit dans les yeux sombres de Lucas qu'il
avait saisi l'insinuation.

— Laissez-moi partir, et je disparaîtrai. Personne ne saura
jamais que vous m'avez kidnappée.

— Tu nous pardonneras ?

L'humour cynique dans la voix de Lucas la surprit.

— Je pensais que vous travailliez pour mon oncle quand
vous m'avez enlevée, et cette peur est quelque chose que je
n'oublierai pas de sitôt.

Lucas écarquilla ses yeux marron et le remords s'afficha
sur son visage. *Trop tard, mon gars.*

— Donc non, je ne vous pardonnerai pas – pas avant un
bon moment. Mais je comprends.

Parker l'ignora, tapant furieusement sur le clavier.

— Pas de traceurs électroniques sur ce système.

Elle leva les yeux au ciel.

— Dieu merci.

— Plutôt que de le critiquer, pourquoi tu ne nous donne-
rais pas ta version des faits ? lança Lucas depuis l'autre côté de
la pièce d'une voix faussement calme.

Elle le regarda en plissant les yeux.

— À quoi bon si vous n'en croyez pas un mot ?

— Essaie toujours. Je pourrais te surprendre.

Les sous-entendus de la phrase bourdonnaient entre eux.
Pendant un moment, ses pupilles s'embrasèrent. Puis son

regard se fit de glace comme l'Arctique en janvier. Il se détourna pour servir le café, trop dégoûté pour converser avec elle plus que nécessaire. Il posa une tasse fumante devant elle et s'éloigna à nouveau.

Parker prit l'ordinateur portable personnel d'Ashley et le posa sur le comptoir pour travailler, sans doute pour éviter qu'elle ne renverse sa boisson et ne grille les circuits imprimés. Chose qu'elle aurait certainement faite si elle avait eu quelque chose à cacher.

— Pourquoi Jenny Britton a-t-elle simulé sa propre mort ? demanda Lucas. Ou est-ce que toute ta famille de criminels a vu le tsunami comme une énorme opportunité à exploiter ?

Au mot « tsunami », sa bouche devint sèche, et elle jeta un coup d'œil par la fenêtre. Sa peur était quelque chose qu'elle avait réussi à contrôler grâce à une hypnothérapie intensive et en ne restant jamais trop près du bord de mer. Elle était gênée d'avoir perdu son sang-froid la veille, mais elle avait été kidnappée, alors peut-être ne devait-elle pas être trop dure avec elle-même.

Lucas s'assit sur la chaise laissée vacante par Parker, suffisamment près pour qu'elle puisse sentir son odeur masculine.

— Il ne nous reste pas beaucoup de temps, Ashley, dit-il d'un ton impatient.

Ce rappel la fit sortir de son inertie. Elle ne faisait peut-être plus partie du combat, mais elle faisait partie du problème. Et elle voulait que ces animaux soient capturés encore plus que Lucas.

— Quand j'avais 16 ans, mes parents ont été tués dans un accident d'avion au large de Malibu.

Il encaissa le fait qu'elle lui avait menti lorsqu'elle lui avait dit que ses parents étaient morts dans un accident de voiture.

Les accidents de voiture étaient plus fréquents, mais l'impact émotionnel était le même. Elle enroula ses mains autour de la tasse pour se réchauffer.

— Nous étions dévastés.

— Nous ? demanda Lucas.

— Mon frère Andrew et moi. Il avait un an de plus que moi.

Elle était presque certaine que c'était lui qui gérait les systèmes informatiques des Devils.

— Comme si la perte de nos parents ne suffisait pas, deux semaines plus tard, l'avocat de la famille nous a annoncé que nous allions vivre avec un oncle dont nous n'avions jamais entendu parler, à Macao. J'ai flippé.

Elle fixait son café. Elle était encore protectrice de la jeune fille qu'elle avait été et ne voulait pas qu'ils jugent ses actions. Jenny Britton était la meilleure partie d'Ashley Chen.

— Je me suis plainte et je me suis rebellée. Je me suis même enfuie, mais les flics m'ont retrouvée et m'ont ramenée. Ils nous ont mis sur le bateau en octobre. Ça aurait dû être la dernière année de lycée d'Andrew.

Le café était fort et amer. Elle ajouta du sucre. Cela lui donnait quelque chose à faire de ses mains.

— Mon oncle et son fils ont essayé de nous montrer que nous étions les bienvenus. Au début, je pensais que ça allait bien se passer. Dès que j'aurais dix-huit ans, je recevrais l'héritage de mes parents et je pourrais partir. J'étais trop stupide pour réaliser que mon oncle cherchait à nous apaiser à court terme. Il a engagé un professeur particulier qui nous inculquait toutes sortes de conneries culturelles chinoises dans nos leçons – comment les femmes devaient être pudiques et féminines. Comment on devait les voir, mais pas les entendre.

Comment elles devaient être des femmes au foyer. Comment elles devaient apprendre à faire plaisir à un homme à la maison et dans la chambre à coucher.

Elle avait envie de vomir.

— Ce n'est pas comme ça que j'ai été élevée. Ma mère avait reçu une bonne éducation et était l'égale de mon père en tous points. Inutile de dire que j'ai continué à me rebeller et que les choses sont devenues bien réelles, rapidement. Yu Chang nous a emmenés en Thaïlande pour les vacances de Noël, et j'ai commencé à faire le mur.

Elle leva les yeux et croisa le regard de Lucas.

— Il n'a jamais imaginé que je serais assez folle pour lui désobéir.

Lucas avait un sourire crispé. Il ne l'imaginait que trop bien.

— J'ai rencontré un garçon, un Allemand. Je lui ai menti sur mon âge. Oui, dit-elle en voyant son expression, je mens depuis longtemps. Je me suis éclipsée la nuit de Noël, et j'ai laissé Martel me faire l'amour pour la première fois sur une plage isolée.

Le souvenir de la perte de sa virginité était entaché de sang et de violence. Les larmes menaçaient encore de couler quand elle y pensait. Si seulement elle ne l'avait jamais rencontré.

— Le lendemain à la villa, quand je suis descendue, mon oncle et mon cousin étaient dans le jardin en train de battre Martel. Mon cousin m'avait suivie et nous avait vus faire l'amour.

La rage et l'horreur s'emparèrent d'elle à ce souvenir, et ses mains tremblaient tellement qu'elle posa prudemment le café sur la table pour ne pas le renverser.

— Yu Chang a étripé Martel devant moi.

L'expression de Lucas devint sinistre.

Le meurtre de Martel n'avait jamais été résolu. Elle était la seule témoin à ne pas être liée à l'organisation de son oncle, et elle s'était fait passer pour morte pendant plus de dix ans. Il n'avait jamais obtenu justice. Il n'avait jamais été vengé.

— Puis la vague est arrivée.

Ses jointures blanchirent, et elle se força à se détendre.

— C'est pour ça que tu as paniqué sur la plage hier.

Elle vit un éclair de compréhension passer dans les yeux de Lucas.

Elle jeta un coup d'œil à la fenêtre et réprima un frisson.

— Si tu avais vu ce que j'ai vu, tu comprendrais pourquoi vivre sur la plage est une folie.

Un côté de sa bouche se retroussa.

— Les gens paient des millions de dollars pour vivre sur la plage.

— Ce sont des imbéciles. Tous autant qu'ils sont.

— Je ne manquerai pas de le dire à ma mère, dit-il d'un ton ironique.

Ces mots firent naître une étrange douleur dans le cœur d'Ashley. Éprouver de la tristesse à l'idée qu'elle ne rencontrerait jamais la mère de Lucas était ridicule. Ils avaient fait l'amour, rien de plus. Elle n'avait jamais été invitée à rencontrer les parents de qui que ce soit, n'avait jamais obtenu l'approbation parentale de ses relations. Elle pouvait partager le lit d'un homme pendant un moment, mais elle n'avait pas l'étoffe d'une épouse.

Puis elle se réprimanda mentalement. Ce besoin inné d'approbation parentale ne l'avait jamais quittée, même en grandissant. Elle ne savait pas si c'était parce qu'elle était américano-asiatique ou une orpheline peu sûre d'elle. Dans tous les cas, elle détestait ce qu'elle ressentait.

— Que s'est-il passé après que la vague a frappé le rivage ?

Son cœur se mit à battre la chamade lorsqu'elle repensa à la suite cauchemardesque des événements, comment elle avait été traînée sous l'eau et retournée comme une vulgaire poupée de chiffon. La nature s'était montrée cruellement indifférente envers ses victimes. Aucune pitié.

Son thérapeute l'avait aidée à rationaliser sa peur. L'hypnothérapie avait permis de la contrôler. Aucune des deux méthodes n'était infaillible.

— J'ai cru que j'étais morte. J'ai littéralement vu le tunnel de lumière et entendu mes parents m'appeler. J'ai perdu connaissance. Quand je me suis réveillée, j'étais empêtrée dans les branches d'un arbre et je me demandais pourquoi j'avais si mal.

Au début, elle avait été reconnaissante d'avoir survécu, puis horrifiée.

Elle savait que le seul moyen d'échapper à l'emprise de son oncle, s'il était encore en vie – et les cafards s'en sortaient toujours – était de disparaître en espérant qu'il pense qu'elle avait succombé. C'était une perspective intimidante pour une jeune fille de seize ans, à des milliers de kilomètres de chez elle.

— Je savais que ce serait ma seule et unique chance de m'échapper. Je ne savais pas où j'étais, mais j'ai trouvé le sud et je suis allée dans cette direction.

Son pouls martelait ses tempes en rythme.

— Les gens se précipitaient sur les mobylettes et les jeeps, mais certains endroits étaient impraticables, et tout le monde devait finir par marcher. La plupart des gens tournaient en rond, hébétés. Puis quand quelqu'un a crié qu'une nouvelle vague arrivait, on a tous couru vers les hauteurs.

Elle serra les poings pour les empêcher de trembler.

— Quand le soleil a commencé à se coucher ce premier jour, je suis allée dans les buissons pour me soulager et j'ai trouvé une fille morte qui faisait à peu près ma taille et ma corpulence.

Il lui avait fallu tout son courage pour échanger son T-shirt avec celui d'un cadavre. Puis elle avait mis les boucles d'oreilles en diamant que son oncle lui avait offertes la veille dans les petits trous d'oreilles de la fille et lui avait volé ses chaussures. Ce qu'elle avait fait ensuite était la seule chose dans sa vie dont elle avait vraiment honte. La fille était morte, et ça n'avait pas d'importance. C'était une profanation.

Ashley avait fait en sorte que cette jeune femme ne puisse jamais être identifiée visuellement.

Les deux hommes l'observaient attentivement. Peut-être avaient-ils compris les terribles non-dits auxquels elle avait dû se résoudre pour échapper à son oncle. Peut-être qu'ils n'en avaient que faire.

— Le lendemain, j'ai continué à marcher. Je ne parlais à personne, comme je ne voulais pas qu'ils remarquent mon accent américain. On pourrait dire que je faisais semblant d'être traumatisée, mais je ne faisais pas semblant.

Elle fronça les sourcils. C'était étrange de voir quels étaient les souvenirs qui restaient. La vue de femmes réconfortant des enfants pieds nus sur le bord de la route. Les touristes qui aidaient les gens du coin. Les locaux aidant les étrangers alors même qu'ils étaient confrontés à la destruction totale de leurs maisons et de leurs moyens de subsistance.

— Au bout d'un jour, je délirais à cause du manque de nourriture et d'eau, et je ne pouvais plus continuer, mais alors que la nuit tombait, un convoi de secours est arrivé et m'a fait monter à bord. Quand je me suis réveillée, j'étais dans un hôpital bondé de Phuket. J'ai emprunté le téléphone d'un touriste américain et j'ai appelé ma grande tante du côté de mon père. C'était une diplomate à la retraite.

Elle vit la lueur d'intérêt dans les yeux des deux hommes. Sa tante avait immédiatement compris l'importance de la faire sortir du pays et de la ramener aux États-Unis sans que Yu Chang ne découvre qu'elle avait survécu. Sa tante avait voulu extraire Andrew aussi, mais Ashley ne savait pas s'il avait survécu. Elle n'en savait toujours rien.

— Ma tante avait un ami qui travaillait pour la Croix-Rouge.

Ashley ne savait pas comment elle avait réussi, mais deux jours atrocement tendus plus tard, Jenny Britton s'était retrouvée dans un avion-cargo à destination de l'Australie.

— Je suis arrivée à Canberra et de là, ma tante a demandé l'aide d'un autre de ses amis et m'a secrètement ramenée aux États-Unis en utilisant les canaux diplomatiques.

Il n'y avait aucune trace de son arrivée ou de son départ d'Australie.

— Comment s'appelait-elle ? demanda Lucas.

— Ma tante ? Meredith Beauchamp – Merry. Elle est morte il y a quelques années.

Elle soutint le regard de Lucas.

— C'est la marraine dont je t'ai parlé.

Elle tenait à ce qu'il sache qu'elle n'avait pas menti sur tout. Il détourna le regard.

— Comment as-tu créé cette fausse identité ? demanda Parker.

Elle avait essayé de faire comme si Parker n'était pas là dans la pièce, en train de la juger.

— Le petit ami de longue date de ma tante était retraité de la CIA. Frank Pratsky. Il est mort l'année dernière.

Cette perte l'avait doublement frappée.

Le visage de Parker témoignait de sa compréhension.

— Il a utilisé ses contacts au sein de l'Agence.

Et sa fausse identité avait été si bonne qu'elle avait trompé tout le monde, y compris le service de vérification du FBI.

Les seules personnes à l'avoir jamais remise en question étaient Alex Parker et Lucas Randall.

— Tu as menti sur ton âge, fit Lucas d'un ton accusateur.

— J'ai largement dépassé l'âge du consentement si c'est ce qui t'inquiète, répondit-elle.

Elle essaya d'atténuer son ressentiment.

— J'ai ajouté quatre ans pour détourner l'attention de ceux qui auraient pu me chercher en ligne.

— Donc tu as été diplômée de Cornell à dix-neuf ans ?

Parker pianotait toujours sur l'ordinateur d'Ashley.

— J'ai travaillé dans l'industrie technologique et j'ai rejoint le FBI dès que j'ai pu.

— Sauf que tu n'avais que vingt-deux ans, souligna Lucas.

Comme si c'était son plus grand péché.

— Et tu as vingt-sept ans maintenant ?

— Jenny Britton aurait eu vingt-sept ans la semaine prochaine.

— Ashley Chen a trente ans.

— Et qui est la suivante ? Tu as une nouvelle identité toute tracée ?

La colère brillait dans les yeux de Lucas.

Elle le regarda fixement, abasourdie. C'était tout ce qu'il trouvait à dire après l'avoir écoutée lui raconter comme elle avait échappé de peu à la mort et fait un voyage épique jusqu'à l'autre bout du monde ?

— Hmm… fit-elle en posant un doigt sur sa lèvre inférieure. Peut-être une call-girl de luxe pour répondre aux besoins des hommes blancs d'âge moyen ? Je suis sûre que je ferais fortune.

Il lui lança un regard noir.

En quoi cela le dérangeait-il ? Il lui avait dit qu'il détestait les menteurs, mais tout le monde n'avait pas la même chance que lui avec ses proches. Et il en avait raconté de belles à Sloan le jour même. C'était probablement une autre raison de lui en vouloir. Elle corrompait son âme.

— Comment as-tu réussi à duper le polygraphe ? demanda Parker.

Elle fixa le plateau de la table. Il était en bois brut. Elle caressa le matériau granuleux.

— J'ai fait beaucoup de cauchemars après le tsunami et j'ai passé des années en thérapie. Et j'ai fait *beaucoup* d'hypnothérapie. J'ai commencé à m'en servir pour faire face à tous les aspects de ma vie qui me stressaient. Les examens, la proximité avec la plage, les cocktails.

— Peut-être que je devrais essayer quand je rendrai visite aux parents de Mallory, plaisanta Parker.

Elle cligna des yeux, choquée. Il n'avait jamais plaisanté avec elle auparavant. Jamais. Pas une seule fois. Il parut s'en rendre compte lui aussi, et détourna le regard.

— Quand j'ai décidé de rejoindre le FBI, Frank s'est procuré un détecteur de mensonges, et on s'est entraînés jusqu'à ce que je puisse le battre neuf fois sur dix.

— Il approuvait ce que tu faisais ?

Elle n'aimait pas le jugement qui perçait dans la voix de

Lucas concernant l'une des rares personnes à lui avoir offert un soutien indéfectible. Ashley n'avait pas pu faire confiance à beaucoup de personnes dans sa vie, mais Frank avait été un véritable cadeau.

— Il pensait que j'étais folle de postuler au FBI, point final. Il trouvait que les fédéraux étaient une bande de je-sais-tout avec un balai dans le cul – c'étaient ses mots, pas les miens.

— Il avait raison, murmura Parker.

— Il voulait que je rejoigne la CIA, mais je savais que si je le faisais, ils m'enverraient en Chine ou en Asie, et alors j'aurais eu plus de chances de tomber sur quelqu'un qui m'aurait reconnue.

— Au lieu de ça, tu rejoins le FBI et tu finis par enquêter sur tes proches, fit remarquer Lucas d'un ton railleur.

Elle plissa les yeux.

— Je ne suis pas proche d'eux.

— C'est ce que tu dis, lâcha-t-il.

— Ce sont des monstres, et je les déteste.

— Pourquoi ne pas avoir avoué tout ça aux autorités avant ?

Lucas posa ses mains sur ses hanches, et elle dut se forcer à détourner le regard. Elle ne voulait pas qu'une attirance physique basique vienne brouiller ses pensées.

— Elles auraient pu te protéger.

— Sérieusement ?

Était-il vraiment si naïf ?

— Je ne savais même pas s'ils avaient survécu au tsunami. Ils m'auraient enfermée dans une pièce et m'auraient soutiré des informations. Puis ils m'auraient mise à la porte. Ils ne m'auraient jamais laissé approcher des forces de l'ordre ou des ordinateurs.

— Tu es la nièce d'un des plus grands chefs de gangs organisés d'Asie. Tu ne penses pas que tu aurais pu leur dire quelque chose d'utile ?

Elle remarqua qu'il ne niait pas le fait qu'elle n'aurait jamais été autorisée à rejoindre les fédéraux.

— Alors, pour quelques bribes d'informations probablement périmées, j'étais censée sacrifier ma vie ? Tu penses que Yu Chang n'aurait pas compris que quelqu'un donnait des informations au FBI ? Qu'il ne s'en serait pas pris à moi ? Tu as vu ce qui est arrivé à Susan Thomas ?

— Tu ne penses pas que le FBI aurait pu te protéger ?

Elle croisa les bras sur sa poitrine.

— Non.

— Tu as déjà entendu parler de la protection des témoins ?

— Écoute, j'aime le FBI et j'y crois. Mais dans le temps, Yu Chang avait des hommes partout. Il collectionnait de quoi faire chanter les gens et était assez riche pour acheter qui il voulait. Je ne pouvais pas risquer qu'il apprenne que j'étais toujours en vie. Je voulais juste combattre les criminels et servir mon pays.

— Et pourtant, tes mensonges et ton manque de foi ont tourné en dérision l'organisation que tu prétends aimer. Tu le sais, n'est-ce pas ?

La déception dans le regard de Lucas finit par l'atteindre.

Elle déglutit péniblement.

— Je ne me suis jamais moquée du FBI. J'y ai consacré ma *vie* – pas de mari, pas d'enfants, pas d'amis, *rien* sauf mon travail.

Et comment la remerciait-on ?

En la traitant de traîtresse.

Elle les regarda échanger un regard qui lui indiqua qu'ils

ne la croyaient toujours pas. La douleur prit le dessus, et elle se leva.

— Très bien. Peu importe. J'ai fui tout ce que je connaissais quand j'avais 16 ans. J'ai été emportée par cette vague terrifiante, et j'étais *heureuse* à l'idée de mourir. Vous ne comprenez pas dans quelle peur je vivais ? Mon oncle voulait me mettre dans son putain de lit.

Cette révélation leur ôta tout cynisme.

— Avez-vous la moindre idée de ce que c'est que de sentir les yeux d'un homme sur votre corps, sur vos seins, entre vos jambes, et de savoir que ce n'est qu'une question de temps avant que ce déviant ne vous viole ? Sachant que personne ne viendra à votre secours, même si vous criez très fort ?

Lucas tressaillit.

— Seize ans, dit-elle en le fixant, et j'aurais préféré mourir que de me soumettre à toutes les choses qu'il voulait me faire. Alors, oui, cracha-t-elle, mentir sur mon identité pour mettre fin à ce genre de violation ne me semblait pas une mauvaise idée sur le moment. C'était *nécessaire.*

Elle respirait fort par le nez, s'efforçant de rester calme.

— Et il ne va pas s'arrêter maintenant qu'il sait que je suis en vie. Il va continuer à me chercher, et quand il me trouvera, il ne va pas me tuer. Il va m'enfermer et m'utiliser comme il le voulait il y a tant d'années. Il va trouver un moyen de me forcer à le baiser et à le sucer, probablement en menaçant quelqu'un que j'aime. Alors je vais prétendre que je l'aime, parce que pour une raison folle – et je dis bien *folle* –, il était obsédé par ma mère, et maintenant il est obsédé par moi.

Les larmes lui montèrent aux yeux, lui brouillant la vue. *Bon sang.* Elle avait juré de ne pas pleurer pour ça.

— Il ne s'arrêtera pas tant que l'un de nous ne sera pas

mort, et vous n'êtes pas en sécurité avec moi.

— C'est pour ça que tu n'es proche de personne.

Les mots doux de Lucas lui portèrent un coup au cœur.

— Je préfère être seule, insista-t-elle.

— Et s'il découvre qu'on a déjà couché ensemble ? insista Lucas.

Une vision de Martel lui traversa son esprit. Le son déchirant du métal déchirant la chair. Des rivières de sang écarlate se détachant de la pierre lisse et pâle. Elle se détourna pour qu'il ne puisse pas voir la dévastation sur son visage.

— Espérons que nous ne le saurons jamais.

CHAPITRE DIX-NEUF

— Quinze. Deux points pour la paire.

Les yeux de Becca s'illuminèrent et elle avança sa fiche sur la planche de crib. Sloan regarda les cartes qu'elle avait en main et sut qu'elle allait perdre, mais si cela mettait un sourire sur le visage de Becca, cela en valait la peine.

L'agent Curtis était partie déjeuner et parler à son patron pour finaliser les détails de l'hébergement et de la protection d'une personne légalement déclarée morte. Dès le soir même si possible. Sloan voulait que Becca quitte l'hôpital avant que tout le monde n'apprenne qu'ils avaient un témoin vivant. Elle essaya à nouveau d'appeler Randall, mais l'agent ne répondait pas.

Le FBI pourrait utiliser cette information pour tendre un piège à l'hôpital, mais c'était risqué. Quoi qu'ils choisissent de faire, Becca n'avait pas besoin d'être là.

— Tu vas peut-être bientôt partir d'ici.

Sloan aborda le sujet et posa un sept.

— Vingt-deux.

Becca posa un neuf, mais son sourire avait disparu.

— Trente et un.

— Tu es douée, dit Sloan à la gamine en déplaçant à nouveau sa fiche.

Sloan aurait de la chance de ne pas perdre.

— J'avais l'habitude de jouer avec ma mère.

Cet aveu offrait la transition idéale avec l'autre sujet que Sloan devait aborder.

— L'agent Randall est à la recherche de ta mère.

La lueur de panique dans les yeux de Becca laissait entendre qu'elle n'était guère enthousiaste à l'idée de se retrouver avec elle.

— On ne te renverra pas chez elle, ma chérie. Ta mère a commis de graves délits à ton égard.

— Je ne veux pas qu'elle aille en prison.

Sloan posa sa main sur celle de Becca et la serra.

— Ce n'est pas à toi de prendre cette décision. Elle doit faire face aux conséquences de ses actes. Et nous devons trouver ton petit frère. Pour être sûr qu'on s'occupe bien de lui.

Ses grands yeux bleus croisèrent les siens.

— Vous pensez que je pourrais être à nouveau avec lui ?

— C'est possible, mais je n'en suis pas sûre.

Sloan ne voulait pas donner de faux espoirs à Becca.

La poignée de la porte tourna, et deux médecins que Sloan ne reconnut pas entrèrent. Becca, elle, les connaissait. Les cartes volèrent dans la pièce tandis que la jeune fille bondissait hors du lit et courait vers la fenêtre.

Sloan voulut prendre son arme, mais elle fut trop lente. *Et merde.* L'homme le plus grand avait appuyé un 9 mm contre sa tempe.

— Je crois que vous nous cherchiez, agent Sloan du FBI. Nous avons décidé de vous faciliter la tâche.

Son anglais était très bon ; il n'avait presque pas d'accent.

L'autre type s'approcha de Becca, qui tremblait devant la fenêtre. Il lui tendit un sac en plastique.

— Mets ça.

Son anglais était beaucoup plus guttural.

Becca ne bougea pas, et l'homme la frappa au visage.

— Fais-le.

— Laissez-la tranquille, dit Sloan.

Le pistolet s'enfonça plus fort dans sa tempe tandis que son bras était impitoyablement relevé dans son dos. Même si elle réussissait à désarmer ce type, l'autre était trop proche de Becca pour qu'elle puisse empêcher la fille d'être blessée.

Les yeux de la gamine étaient aussi larges que des soucoupes. Elle fouilla frénétiquement dans le sac et en sortit des vêtements.

Sloan avait commis une erreur critique. Au début, Randall et elle avaient estimé qu'une sécurité accrue risquait d'attirer l'attention sur la présence de Becca et lui ferait courir un plus grand risque d'être repérée. Ils avaient opté pour moins de sécurité et donc moins d'attention, mais d'une manière ou d'une autre, les criminels avaient su. L'avaient-ils suivie ? Cette idée était intolérable.

Ou Trainer avait-il parlé de Becca à l'équipe sans renforcer sa sécurité au préalable ?

Qu'est-ce que ça pouvait bien faire ?

Son cœur battait la chamade tandis que son cerveau tournait à plein régime pour essayer de trouver une solution. Il ne faisait aucun doute qu'ils tueraient la gamine de treize ans si Sloan se défendait – l'adolescente était le principal témoin de l'affaire. La question était : pourquoi Becca et elle n'étaient-elles pas encore mortes ?

Le gars récupéra le Glock dans l'étui de côté de Sloan. Sentir ce poids rassurant disparaître lui porta un sérieux coup au moral.

— Ne faites rien de stupide. Je veux juste des informations.

— C'est ce que vous avez dit à la femme de l'hôtel ?

Il éclata de rire.

— C'était une erreur malheureuse.

Sloan cligna des yeux devant son insensibilité. Son absence de sentiment laissait penser qu'elle avait affaire à un psychopathe, mais ils avaient aussi leurs faiblesses. À savoir leur énorme amour propre.

— Si vous laissez Becca tranquille, je vous aiderai à quitter le pays sans que personne ne le sache.

Il secoua la tête.

— Faites ce que je dis, et elle ne sera pas blessée.

La bouche de Sloan s'assécha. Avait-elle seulement le choix ?

— Très bien. Que voulez-vous ?

— Nous allons sortir d'ici, rapidement et sans bruit. Mon ami Cho là-bas mettra une balle dans la tête de la petite Rosie si vous faites quoi que ce soit pour attirer l'attention sur nous.

— Son nom est Becca, siffla Sloan.

Il se pencha plus près.

— C'est moi qui décide de son putain de nom. Elle mourra d'une balle dans la tête si vous nous trahissez. C'est compris ?

Il l'attrapa par les cheveux pour qu'elle le regarde.

Elle avait déjà vu le mal avant et le reconnaissait dans ses traits. Elle hocha la tête. Elle aurait voulu pouvoir tenter quelque chose. Si ça n'avait tenu qu'à elle, elle se serait battue, mais l'idée qu'ils fassent à nouveau souffrir Becca…

Mais ils finiraient par lui faire du mal à un moment donné.

Bon sang, elle se sentait tellement inutile. Malgré tout son entraînement, elle était prise au dépourvu.

Où les emmenaient-ils ? Pourquoi ne pas les abattre sur place ? Avaient-ils peur de faire une scène et d'attirer la sécurité ? Ils n'en avaient rien eu à faire quand ils avaient tué Ray Tan en pleine rue.

Il la poussa vers la porte, lâcha son bras et mit sa main dans sa poche, le doigt sur la gâchette. Cho prit la main de Becca avec une poigne qui devait être douloureuse.

— Pas de scène, ou vous mourrez toutes les deux, ainsi que tous ceux que je croiserai en sortant. On va prendre votre voiture, et on va partir sans que personne ne soit blessé.

Elle hocha la tête de manière saccadée. L'ATF n'allait pas tarder à se rendre compte de leur disparition et à remonter leur trace. Si elle pouvait les garder en vie en attendant, elles avaient une chance de s'en sortir.

———

LUCAS REGARDA ASHLEY s'allonger sur le lit et lever les bras au-dessus de sa tête. Il essaya de ne pas s'arrêter sur les marques rouges sur ses poignets. Même si elle était obéissante et flexible, l'idée qu'elle soit faible ou soumise était ridicule.

Si ce qu'elle disait de son oncle était vrai, ce type était un monstre, et elle avait fait preuve d'un courage incroyable pour lui échapper. Mais tout cela pouvait être un mensonge. Complexe et convaincant, mais un mensonge tout de même. Elle avait elle-même avoué être douée en la matière.

— Pourquoi as-tu couché avec moi ? demanda-t-il, incapable de se contenir.

— Je n'ai pas couché avec toi. On a baisé.

L'expression glaciale de son visage tentait de le repousser, mais il réalisa soudain qu'il la connaissait mieux que ça. Il avait vu son talon d'Achille quand elle avait retracé les moindres faits et gestes d'Agata Maroulis, et quand elle avait appuyé sa veste sur le trou béant de la poitrine de Ray Tan alors qu'il pouvait la détruire. Pourquoi aurait-elle fait ça si elle travaillait vraiment pour son oncle ?

La théorie d'Alex selon laquelle elle travaillait pour les Chinois n'avait pas beaucoup de sens non plus puisqu'elle n'avait aucune affiliation avec qui que ce soit là-bas.

— Ne le mentionne plus jamais, au cas où mon oncle le découvrirait.

Sa voix était glaciale.

Lucas sentit sa lèvre se retrousser.

— Pourquoi ? Tu t'inquiètes pour moi ?

Ses narines se dilatèrent.

Il passa une menotte métallique autour de son poignet. Puis il se pencha sur elle pour fermer l'autre, mais il s'interrompit, la bouche au-dessus de la sienne. Il ferma la menotte, sans la serrer autant qu'avant. Puis il effleura doucement sa bouche de ses lèvres.

— Non. S'il te plaît.

Son murmure rauque contre ses lèvres le ramena à la réalité de leur situation.

Il battit en retraite, choqué de voir les larmes couler sur le visage d'Ashley. Il s'écarta vivement du lit et se passa la main dans les cheveux.

— Je suis désolé. Je n'aurais pas dû faire ça.

Bon sang.

Les cheveux d'Ashley étaient étalés comme de la soie noire sur l'oreiller.

— Tu ne peux pas ignorer mes avertissements sur ce que mon oncle te fera s'il découvre qu'on a couché ensemble. Je sais que tu ne me crois pas, mais j'ai vu un jeune homme mourir pour ça. Il a été assassiné juste devant mes yeux.

Ses mots débordaient d'émotion, mais les larmes ne coulaient pas.

— Je ne plaisante pas quand je dis que tu dois t'éloigner de moi et passer ça sous silence…

— Passer sous silence le fait que dès notre rencontre, on a été attirés l'un par l'autre ? Que travailler avec toi était un enfer parce que, quelle que soit l'importance de l'affaire, je ne pouvais m'empêcher de penser à ton bon goût ?

— C'était juste du sexe, insista-t-elle.

— Tu sais bien que non, Ash. Si c'était juste du sexe, je ne serais pas fasciné par ta beauté ou intrigué par ta putain d'intelligence.

— C'est juste un fétichisme des femmes asiatiques…

— Je n'ai pas de fétichisme des Asiatiques !

Il criait à nouveau, ce qui n'était vraiment pas nécessaire alors que la femme avec laquelle il se disputait était déjà si vulnérable. Soudain, l'idée qu'elle soit coupable de quoi que ce soit, sauf d'avoir secrètement changé d'identité, lui parut bien lointaine.

Bon sang.

Ça avait été une énorme erreur. Il aurait simplement dû l'arrêter, mais il n'aurait plus jamais eu l'occasion de lui parler en privé. Et il avait besoin d'entendre son explication de sa propre bouche. Le problème, c'était que son histoire sonnait horriblement vrai. Alex devait être en train de vérifier autant de détails que possible pour savoir que faire ensuite. Le téléphone de Lucas sonna, et il consulta l'écran. Sloan lui avait écrit pour lui dire qu'elle avait été retirée de l'équipe et qu'il devait se présenter au SSA Greg Trainer.

Il passa les mains dans ses cheveux. Encore des bonnes nouvelles. Il avait connu Trainer au bureau de San Antonio. Un connard procédurier qui irait loin au FBI.

Il ne répondit pas à Sloan. Tout ce qu'il dirait aggraverait les mensonges qu'il lui avait déjà servis. Il se dirigea vers la fenêtre et regarda dehors. Le ciel couvert et le vent glacial s'accordaient à son humeur.

Après quelques instants, il prit la parole :

— Je n'ai pas peur de ton oncle, Ash. Je vais faire tomber ce fils de pute et démanteler le reste de son empire, un bordel et une salle de jeu à la fois.

— Tu *devrais* avoir peur de lui. C'est un monstre.

Lucas s'assit à côté d'elle sur le lit et écarta doucement une mèche de cheveux de son front.

— C'est une brute.

— Une brute avec une armée privée, précisa-t-elle.

— Je n'ai pas peur des brutes, peu importe le nombre de mercenaires qu'elles ont. Mon travail est de capturer les gens comme lui et de les enfermer pour qu'ils ne fassent pas de mal aux autres. C'est ce que nous faisons, nous autres les je-sais-tout avec un balai dans le cul.

Il émit un rire léger dépourvu d'amusement.

— En fait, la seule chose dont j'ai peur, c'est de toi – que tu puisses mentir et que je sois assez stupide pour tomber dans le panneau. Ou pire que j'ai blessé et terrorisé une femme innocente. Je ne suis pas sûr de pouvoir me le pardonner.

— Je ne sais pas si je pourrai te pardonner non plus.

Elle se détourna.

Alex se présenta à la porte et frappa bruyamment.

— On a un problème.

Il conduisit Lucas dehors, et ils marchèrent jusqu'à la

plage. Quand ils arrivèrent au niveau de l'écume, Alex dit enfin :

— J'ai appelé un vieux contact de l'Agence.

Alex n'admettait pas souvent avoir travaillé pour la CIA. Sa remarque surprit donc Lucas.

— Il connaissait Frank Pratsky, et j'ai interrogé le gars sur sa famille et sa vie privée. Son histoire concorde à ce niveau-là. Pour autant qu'on sache, Ashley Chen était sa nièce par l'intermédiaire de sa compagne de longue date, Merry Beauchamp.

— Et l'ordinateur portable et le téléphone d'Ashley ? Des traces de communication entre elle et les Dragon Devils ?

Alex se frotta la nuque.

— Eh bien, son ordinateur portable est loin d'être *clean*, et elle est vraiment douée pour couvrir ses traces. J'ai la preuve qu'elle a fait ses propres tests d'intrusion.

Lucas cligna des yeux. Était-ce la façon subtile d'Alex de dire qu'elle était une hackeuse ?

— Mais tout ce que j'ai trouvé se rapporte à des affaires sur lesquelles elle a travaillé – dont beaucoup qu'elle a aidé à résoudre, ou d'anciennes sur lesquelles elle enquête toujours. Il y a un dossier sur les Dragon Devils.

Lucas se crispa.

— Mais elle n'y a rien ajouté depuis plusieurs années.

Alex faisait les cent pas.

— Son téléphone portable est irréprochable, et je n'ai pas trouvé de prépayé dans ses affaires. Financièrement, elle est solvable. Elle a obtenu son diplôme à une vitesse impression-nante grâce à une bourse. Elle a des goûts vestimentaires de luxe, mais elle a toujours eu un bon emploi et vécu selon ses moyens. Sa tante et Pratsky lui ont laissé tout ce qu'ils possédaient, elle a donc un bon plan d'épargne retraite.

— Donc elle n'a pas besoin d'argent.

Alex leva les yeux vers les nuages.

— Je ne doute pas qu'elle ait un plan de secours pour changer d'identité et échapper à son oncle, et probablement au FBI aussi. Mais si j'étais à sa place, je ferais pareil.

Il arrêta de faire les cent pas.

— Lucas, je pense qu'elle pourrait dire la vérité.

C'était une chose pour lui de la croire, mais Alex avait des soupçons la concernant depuis le début. S'il avait à présent des doutes…

— Donc, tu me dis qu'on a enlevé et séquestré une femme qui avait déjà vécu l'enfer ?

Il avait l'impression que ses dents avaient été soudées ensemble.

— Plus ou moins.

Alex n'avait pas l'air ravi non plus.

— Il vaut mieux que ce soit nous qui trouvions une solution plutôt que Sloan…

— Sloan vient d'être remplacée, dit Lucas à Alex. Le chef d'équipe est maintenant un gars nommé Greg Trainer.

— Qu'est-ce qu'on sait de lui ?

— Dents longues. Lèche-cul. Qui suit les règles à la lettre. Il obtient des résultats, mais c'est un odieux connard.

Alex sourit.

— Formidable. Je viens de parler à Mal. Elle va bien.

On n'aurait jamais deviné que quelques instants plus tôt, le type était rongé par l'inquiétude. Ils regardèrent la plage. Une femme promenait son chien.

— Deux hommes de ma société l'attendront à l'aéroport, mais si elle le découvre, elle me tuera. Elle se plaint déjà des tentatives de protection de Frazer.

Il jeta un coup d'œil à Lucas.

— J'ai aussi envoyé un gars à l'hôpital pour s'occuper de la petite fille.

L'émotion serra la gorge de Lucas. Il hocha la tête. Sloan avait dit qu'il devait retourner à Boston et aider à protéger Becca jusqu'à ce qu'ils puissent la mettre en lieu sûr. Si Trainer comptait révéler à toute l'équipe que Becca avait survécu, alors il devait se bouger.

— Qu'est-ce qu'on fait d'Ashley ? demanda Alex.

— On la laisse partir. Et on prie pour qu'elle s'éloigne le plus possible des Dragon Devils.

— Et le fait que tu sois tombé amoureux d'elle ?

La boule dans la gorge de Lucas ne cessait de croître, mais il ne chercha pas à le nier. Il ne l'avait peut-être pas su au premier regard, mais ses sentiments avaient grandi lentement et s'étaient renforcés avec le temps – et ce, malgré les mensonges d'Ashley.

— Je dois m'assurer qu'elle est en sécurité.

Fuir était sa meilleure chance de rester en vie, même si l'idée de ne plus jamais la revoir lui faisait l'effet d'un coup de poing dans le ventre.

— La seule autre personne qui sait pour cette nièce morte est l'inspecteur de Hong Kong ?

— Et les Dragon Devils.

Ils commencèrent à remonter la plage.

— Une chance qu'ils gardent l'information pour eux ?

— Oui, dit Lucas en sentant son cœur s'assombrir. S'ils sont tous morts.

Seul le cri des mouettes les suivit sur la plage.

SLOAN AVAIT UNE vue dégagée sur la porte d'entrée.

Elle était attachée à l'une des nouvelles chaises de la salle à manger qu'elle et Brian s'étaient achetées pour Noël. La coûteuse chaise en érable vermoulu était assortie à la table qu'ils s'étaient également offerte. Mais peu importait le cadre, ils n'arrivaient jamais à la maison à temps pour manger ensemble.

Chaque fin de soirée, chaque discussion animée ou conversation guindée criait dans sa tête. Pourquoi l'avait-elle négligé à ce point ? Pourquoi avait-elle toujours fait passer ses besoins après les siens ?

Mon Dieu, faites qu'il soit en sécurité. C'était un mardi, et il allait habituellement à la salle de sport ce soir-là, mais ces types ne le savaient pas. Lui avait-on déjà signalé sa disparition ? Dans ce cas, il y avait de fortes chances qu'il reste au bureau pour être plus proche du maire, et du FBI, si et quand ils la trouveraient. Il y dormait souvent de toute façon.

Ne rentre pas à la maison.

Cho regardait Becca avec une expression avide sur son visage hideux. Ils l'avaient bâillonnée parce qu'elle s'était mise à crier et ne semblait plus vouloir s'arrêter. Sloan avait essayé de montrer à la fille d'être forte, mais c'était difficile dans une telle position de faiblesse. Et dire que c'était ce que Becca avait enduré pendant des années, cette violence psychologique et physique. Le FBI n'avait pas réussi à la protéger. Ils n'avaient pas bien évalué le danger.

L'autre type, M. Psychopathe, était allongé sur un pouf qui avait appartenu à ses parents, et buvait le single malt de Brian. Il avait un bandage autour de son biceps – la balle d'Ashley

Chen quand l'homme avait abattu Ray Tan dans la rue ? Peut-être. Elle n'en savait rien.

Il était beau et son visage lui était vaguement familier, mais elle n'arrivait pas à retrouver d'où elle le connaissait. C'était dommage qu'il soit le mal incarné.

Ils l'avaient d'abord fait conduire jusqu'à un entrepôt à Southie, puis ils avaient pris une autre voiture pour aller chez elle en banlieue.

Elle tremblait. Leur choix était logique. Personne n'allait les chercher au domicile de l'ancienne cheffe d'équipe. Le côté positif, c'était que plus ils restaient là, plus les fédéraux avaient de chances de les rattraper. Elle connaissait des négociateurs de talent qui pourraient les sortir de là vivants. Et si cela échouait, ils avaient certains des meilleurs tireurs d'élite du monde. Elle voulait bien prendre une balle si cela signifiait que ces deux connards mourraient et que Becca vivrait.

— Qu'est-ce que vous attendez ? demanda-t-elle.

M. Psycho lui adressa un sourire en coin.

— Je veux savoir où se trouve l'agent Chen.

Elle redressa soudain la tête. Que voulait-il dire par là ? Puis elle réalisa que c'était pour ça qu'il lui semblait familier. Il ressemblait à Chen.

Était-ce une coïncidence ? Ou avaient-ils un lien ?

Le téléphone de l'homme sonna avant qu'elle ne puisse lui poser la question. Elle écouta attentivement ce qu'il disait, essayant de glaner des indices. Il apaisait son interlocuteur, lui disant que tout s'était bien passé et qu'il ne fallait pas s'inquiéter. À un moment donné, il parut ragaillardi et se redressa en souriant.

Il préparait leur départ, réalisa-t-elle soudain. Elle avait l'horrible sentiment qu'elle ne vivrait pas assez longtemps pour faire ses adieux.

Pourquoi ne pas simplement la tuer ? Pourquoi l'attacher ? Pourquoi attendre dans sa putain de maison ?

Je vais me rattraper, Brian. Reste loin de la maison.

Elle pensait que ses prières avaient fonctionné, jusqu'à ce qu'elle entende sa clé dans la porte d'entrée.

— Brian. Cours !

M. Psycho l'assomma avec son propre Glock.

Cho attrapa son mari, le traîna à l'intérieur et referma la porte derrière lui.

— Il ne sait rien. Laissez-le tranquille ! cria-t-elle.

M. Psycho sourit et secoua la tête. Becca écarquilla les yeux.

Brian regarda autour de lui d'un air hagard.

— Qu'est-ce que vous faites là, bordel ?

Cho le poussa dans un siège pour qu'il soit face à elle. Puis l'homme lui attacha les poignets derrière le dos avec du ruban adhésif.

— Je suis vraiment désolée, chéri.

Les larmes lui montèrent aux yeux. Elle n'avait jamais voulu faire entrer le danger chez eux.

Les yeux de Brian passèrent sur chaque personne dans la pièce, se posant sur Becca comme s'il n'arrivait pas à croire ce qui se passait.

— Qu'est-ce que vous voulez ? Qu'est-ce que vous faites dans ma putain de *maison* ?

Il commença à se débattre, mais Cho appuya sur ses épaules.

— Je veux savoir où je peux trouver un certain agent du FBI, dit M. Psycho d'un ton doucereux.

Pourquoi Chen était-elle si importante ?

Brian le regarda fixement.

— Vous pensez que vous pouvez torturer ma femme pour la faire parler ? Elle ne vous dira jamais rien.

Le sourire que le psychopathe lui adressa fit frissonner Sloan.

Non.

Cho mit du ruban adhésif sur la bouche de Brian.

— Vous avez raison. Je pense qu'elle est trop courageuse et stoïque, mais vous ? Quelque chose me dit que vous êtes son point faible.

Le psychopathe sortit un couteau et en testa la pointe.

— Je crains qu'il ne soit un peu pointu.

Une larme roula sur la joue de Sloan. Les yeux de Becca étaient encore écarquillés d'horreur, mais Sloan ne pouvait rien faire pour empêcher la fille de voir ce qui allait suivre.

CHAPITRE VINGT

A SHLEY SE DOUCHA en attendant que les hommes reviennent. Elle n'avait plus qu'un poignet attaché, et de façon assez lâche. Était-ce un test ? Les nouveaux agents en formation apprenaient à se débarrasser des menottes à l'académie, mais il était plus probable que Lucas ait sous-estimé l'étroitesse des os de son poignet.

Ils avaient récupéré ses bagages dans sa voiture en Virginie. Elle avait donc des vêtements de rechange et une trousse de maquillage complète. Cela ne suffirait pas à masquer son œil au beurre noir, mais cela avait au moins le mérite de renforcer son estime d'elle-même.

Elle résista à la tentation de fouiller dans l'ordinateur portable d'Alex Parker, même s'il était là, à sa portée, et qu'elle n'aurait probablement plus jamais l'occasion de s'y glisser. Elle ne pensait pas pouvoir trouver son mot de passe dans le temps imparti. Elle ne toucha pas à ses ordinateurs à elle non plus, car elle voulait prouver quelque chose.

Elle n'essayait pas de s'enfuir. Ce n'était pas elle, la criminelle.

Lorsqu'ils revinrent de leur tête-à-tête sur la plage, elle ressemblait de nouveau à une professionnelle accomplie, vêtue d'un tailleur pantalon bleu marine, assise avec les deux mains posées bien en vue sur la table.

Lucas s'arrêta brusquement en passant la porte. Alex eut un petit sourire par-dessus son épaule. Elle le regarda remettre son arme dans son étui.

Bon sang, ce type était effroyablement rapide.

— Eh bien, comme ça, on n'aura pas à se donner la peine de le faire, dit Lucas de façon énigmatique.

— De faire quoi ?

— Te libérer.

Il consulta sa montre.

— Où veux-tu qu'on te dépose ?

— Pardon ?

Elle ne comprenait pas.

— On te croit, fit Alex. On te doit des excuses. *Je* te dois clairement des excuses. Je suis désolé que mes soupçons t'aient mise en danger, mais tu ne peux pas dire qu'ils n'étaient pas justifiés.

Elle fronça les sourcils.

— Il faut qu'on parte d'ici au plus vite. Je dois assister à une réunion…

Lucas la regarda comme si elle les retenait.

Elle écarquilla les yeux en réalisant ce que ça signifiait. Ils allaient vraiment la laisser partir ? Ils avaient cru ce qu'elle leur avait dit. Ou ils faisaient semblant.

— J'ai changé d'avis. Je ne veux plus fuir.

— Tu n'as pas le droit de changer d'avis à ce sujet.

Lucas entra dans la chambre où elle avait été retenue, et elle entendit le cliquetis des menottes et les draps qu'on arrangeait. Il revint trente secondes plus tard et pointa son doigt sur elle.

— Si tu restes, tu meurs. C'est aussi simple que cela.

Elle secoua la tête.

— Je suis la meilleure chance qu'a le FBI d'attraper ces gens.

Il laissa échapper un petit rire cynique.

— Quoi ? Après toutes ces années, tu vas finir par te sacrifier pour cette cause ?

Elle sursauta, comme piquée au vif.

— Tu l'as dit toi-même, Ash, tu n'as qu'une seule chance de survivre à cette épreuve, et on te l'offre. Appelle Frazer, démissionne du Bureau pour raisons personnelles avec effet immédiat, et disparais. Tu peux lui envoyer son badge et ton arme. Alex et moi, on ne t'a jamais vue. *Ceci* – il agita son doigt entre eux – n'est jamais arrivé. Ça te permettra d'échapper au radar du FBI et ça te donnera une longueur d'avance sur les gens qui te traquent.

Quelque chose dans sa voix le trahissait, et elle se souvint de ce que Mallory avait dit à propos de sa *poker face*. Elle se leva et posa sa main doucement sur son bras.

— Il ne cessera jamais de me chercher, Lucas. Je serai en fuite à regarder en permanence par-dessus mon épaule jusqu'à ma mort. Je ne veux pas vivre comme ça.

— C'est la seule façon pour toi de vivre.

— Je peux servir d'appât.

— Non, fit-il en refusant de la regarder.

— Dis-lui, Parker. Dis-lui que le meilleur moyen d'attraper ces animaux est de m'utiliser comme appât.

Au lieu de répondre, Alex la fixa pendant un long moment. Puis il rangea les ordinateurs portables d'Ashley dans leurs sacoches respectives, prit ses bagages et sortit par la porte de la cabane.

Elle fut stupéfaite par son silence. Elle pensait qu'il n'aurait pas hésité un instant à lui faire courir ce risque.

Elle croisa les bras sur sa poitrine.

— Tu ne peux pas m'empêcher d'aller voir Sloan.

— Sloan n'est plus en charge de l'enquête. Elle a été remplacée par un type nommé Greg Trainer. C'est l'un de ces agents avec un balai dans le cul dont t'a parlé ton parrain. Si tu lui révèles ta véritable identité, il te mettra en prison et t'agitera comme un drapeau rouge pour prouver au monde entier que son équipe est en train de démanteler les Dragon Devils et leurs associés. On te fera passer pour la taupe. Les Devils sauront exactement où tu es et comment t'atteindre.

Il la plaqua contre le comptoir de la cuisine.

— Tu dois sortir d'ici avant que je ne change d'avis.

Ses mots étaient censés être une menace, mais sonnaient comme un souhait.

— Tu me crois vraiment quand je dis que je suis du côté du FBI ? demanda-t-il. Ou c'est un jeu pour voir ce que je vais faire ?

Il la saisit par les coudes et l'embrassa passionnément, comme s'il n'aurait plus jamais la chance de l'embrasser à nouveau. Elle lui rendit son baiser, voulant faire durer ce moment aussi longtemps que possible, mais sachant qu'il se terminerait bien trop tôt.

Puis il recula et posa son front contre le sien.

— Je suis désolé de t'avoir kidnappée. Et je suis désolé que le seul moyen pour te protéger soit de te laisser partir.

Ashley ferma les yeux et saisit le devant de sa chemise. Elle hocha la tête, puis s'écarta de son torse, rompant le contact. Elle le dépassa et se dirigea vers la camionnette. Il avait présenté les choses à l'envers. Le seul moyen pour elle de le protéger était de s'éloigner.

L'ODEUR DU SANG était si forte que Sloan essayait de respirer par la bouche. Le regard d'agonie sur le visage de Brian, la façon féroce dont il se battait avec ses agresseurs, la détruisait. Ils lui avaient coupé l'oreille, et le sang imprégnait son cou et le col de sa chemise. Elle se débattait de toutes ses forces contre ses liens, mais ne pouvait se libérer.

La réaction de Becca était surréaliste. Ce n'était pas de l'horreur ou de la répulsion, cela ressemblait étrangement à de la satisfaction.

Le téléphone portable de M. Psycho sonna, et il répondit avec un léger froncement de sourcils. Il avait à peine transpiré. Il raccrocha et fit courir le couteau le long du torse de Brian, puis descendit lentement jusqu'à son pénis.

— Peut-être qu'on devrait accélérer un peu les choses.

Il fit sauter le bouton du pantalon de Brian et baissa la fermeture éclair comme pour ouvrir un paquet cadeau. Brian se figea, les yeux exorbités.

— Un mari peut pardonner à sa femme de s'être fait mutiler l'oreille à cause d'elle, mais il ne lui pardonnera jamais d'avoir perdu sa queue. Si on peut parler de queue.

Le regard du psychopathe se posa sur Becca.

— Va la chercher.

Cho détacha Becca et arracha le ruban adhésif de ses lèvres si violemment qu'elle hurla. Puis il la traîna et la força à s'agenouiller aux pieds de Brian.

Le psychopathe releva le menton de Becca avec le tranchant de la lame.

— Touche-le. Tu sais comment faire.

Oh, mon Dieu, non. Non.

Sloan ne pouvait pas supporter de voir ça.

— Je ne sais pas où est Chen !

— Tu peux mieux faire. Je veux juste lui parler. Je n'ai pas besoin de savoir où elle est.

— Je n'ai pas son numéro.

Sa voix se brisa comme la glace recouvrant un étang. Le psychopathe rapprocha le couteau des parties génitales de Brian, et elle s'empressa d'ajouter :

— Mais j'ai le numéro de l'agent qui est avec elle.

La psychopathe lui apporta son téléphone.

— Lequel est-ce ?

Sloan s'éclaircit la gorge.

— Randall. Lucas Randall.

Le minable sourit en lui collant une bande de scotch sur la bouche.

Il prit le téléphone de Sloan et s'assit les jambes croisées sur leur belle table de salle à manger.

— Ce n'était pas si difficile, n'est-ce pas ?

Ses yeux captèrent le regard horrifié de Sloan et il sourit.

Oh mon Dieu. C'était un monstre. Elle n'aurait pas dû lui donner cette information, mais il était hors de question qu'elle fasse endurer à Becca davantage de torture. Elle s'effondra, les larmes aux yeux, tandis qu'il passait le coup de fil.

LUCAS ETAIT PRESQUE sûr que tout le monde dans le véhicule savait que son cœur était en train de voler en éclats, mais personne n'y fit allusion. Alex avait insisté pour conduire, mais Lucas avait refusé de le laisser faire. Parker était désormais endormi à l'arrière. Lucas avait besoin de se concentrer sur quelque chose, sans quoi il risquait de changer d'avis et de chercher un autre plan pour garder Ashley à ses côtés aussi longtemps que possible.

Mais même s'ils utilisaient Ashley comme appât – ce qu'il refusait d'envisager sans le soutien du FBI – il n'y avait aucune garantie de capturer l'oncle alors qu'il était probablement caché dans un endroit exotique loin de la juridiction américaine. Et il n'y avait aucun moyen de savoir à quel point le réseau des Devils était étendu aux États-Unis. C'était à Lucas de le découvrir – dès qu'il aurait dit au revoir à Ashley et Alex, et se serait assuré que Becca était bien installée dans une planque sécurisée. Cela faisait deux heures qu'il ignorait les appels de Sloan et de Fuentes, et à ce rythme, il aurait de la chance d'avoir un travail à son retour.

L'aéroport international de Logan apparut et, quelques minutes plus tard, il s'arrêta devant les Départs.

La dernière fois qu'il s'était senti aussi mal, c'était quand il avait découvert une cave remplie de cadavres.

Il savait qu'il devait faire ses adieux à cette femme qu'il ne connaissait que depuis quelques jours, mais qu'il aimait déjà plus que quiconque.

Elle restait assise à côté de lui en silence. Son visage était tendu, ses jointures translucides sous sa peau pâle.

— Je suis désolée pour tout.

— Tout ?

Elle afficha un sourire triste.

— Pas tout.

— Je suis désolé pour ça.

Il désigna son œil au beurre noir sans trop s'approcher. S'il la touchait, il ne pourrait plus la lâcher. Et Ashley Chen ne pouvait pas rester.

Elle posa la main sur la poignée et commença à ouvrir la porte, et il se força à s'accrocher au volant.

Elle hésita.

— Je sais que ça ne fait aucune différence, mais je ne t'ai pas menti sur les points vraiment importants. Je tenais juste à ce que tu le saches.

Son portable les interrompit. C'était Sloan, et il devait décrocher.

— Donne-moi trente secondes, d'accord ?

S'il y avait un mauvais moment pour prendre un appel, c'était bien celui-là. Elle acquiesça. Peut-être était-elle aussi réticente que lui à lui dire au revoir. Ou peut-être essayait-il de s'en convaincre.

— Randall, dit-il.

— Je dois parler à Ashley Chen.

Il ne reconnaissait pas la voix de l'homme.

— Qui est-ce ? Où est la SSA Sloan ?

— Sloan ne peut pas parler pour le moment. Je veux parler à Ashley Chen immédiatement.

Il avait envie de dire au gars d'aller se faire foutre, mais il avait déjà assez d'ennuis. Il mit son téléphone sur haut-parleur et le lui tendit.

— Oui ? demanda-t-elle d'une voix incertaine.

— Ashley Chen ?

Les yeux d'Ashley s'écarquillèrent tandis qu'elle perdait toutes ses couleurs.

— Oui.

Sa voix était plus ferme.

— Quelqu'un d'autre peut-il entendre cette conversation ?

— Non, mentit-elle en regardant Lucas, puis Alex.

L'homme rit.

— Ça fait longtemps qu'on ne s'est pas parlé, cousine. Tu aimes ta nouvelle vie ?

— C'est mieux que quand j'étais avec toi.

Lucas jeta un coup d'œil à l'arrière de la camionnette. Alex était au téléphone, parlant rapidement à quelqu'un à l'autre bout du fil. Merde, s'ils avaient le téléphone de Sloan, où était la SSA ?

— Qu'est-ce que tu veux ? Où est Sloan ?

— Pas de mots doux ? Je ne t'ai pas manqué ?

— Où est l'agent Sloan ? répéta-t-elle avec force.

Alex se pencha en avant et leur montra un SMS sur son portable. Sloan et Becca avaient été enlevées à l'hôpital.

— Elle est un peu occupée en ce moment, dit l'homme.

Ashley avait l'air confuse. Pas étonnant, vu qu'elle ne savait pas qui était Becca. Mais elle savait quoi faire.

— Becca est avec toi ? demanda-t-elle.

— La fille va bien. Elle s'amuse.

Son ton glaça l'échine de Lucas.

— J'ai besoin de savoir qu'elle n'est pas morte, insista Ashley.

Une preuve de vie était une exigence cruciale lors d'un enlèvement. Cela donnait une raison de garder les otages vivants.

— Et j'ai besoin que tu fausses compagnie à tes copains du FBI et que tu rentres pour une réunion de famille. Je t'enverrai les détails dans quelques heures, et tu ferais mieux de te mettre en route, sinon tu risques de manquer les réjouissances. Mais la gamine n'y échappera pas.

Une photo apparut à l'écran, et Lucas eut envie de vomir. Ils avaient Becca. Après tout ce qu'il avait fait pour essayer de la protéger.

Il était tellement occupé à soupçonner Ashley qu'il avait quitté la balle des yeux. La culpabilité faillit le submerger, mais il avait un travail à faire.

Refoulant sa rage, il coupa le micro du téléphone.

— Dis-lui que tu viendras, mais que si Becca ou Sloan sont blessées, personne ne te retrouvera jamais.

Elle hocha la tête et transmit le message. L'homme à l'autre bout rit.

— Sloan te présente ses excuses. Elle ne viendra probablement pas à ce rendez-vous, mais l'enfant sera là. Elle sera libre si tu viens seule. Sinon…

Il raccrocha.

— Tu as tracé l'appel ? demanda Lucas à Alex.

— Oui. Le domicile de Sloan. Les flics sont en route.

SLOAN RAMPA SUR le parquet, le sang suintant du couteau planté dans son côté gauche. Chaque centimètre était une torture, la lame s'enfonçant dans la chair chaque fois qu'elle bougeait ou respirait. Le sang coulait en traînées désordonnées sur son corps, laissant d'affreuses traces sur les planches luisantes.

Elle avait déjà vu ça sur des scènes de crime. Elle n'avait jamais envisagé d'en vivre une.

La psychopathe l'avait poignardée, puis avait frappé Brian si violemment à la tête avec son Glock qu'il avait perdu connaissance. Puis ce fils de pute avait attrapé la main de Becca et était parti comme si de rien n'était.

Le psychopathe avait parlé à Chen. Il l'avait appelée « cousine ». Sloan ne connaissait pas leur histoire, mais ça n'avait pas l'air d'être une réunion de famille heureuse. On aurait dit que l'agent exigeait une preuve de vie, ce qui signifiait qu'elle voulait toujours sauver Becca. Avec un peu de chance, la cavalerie tracerait l'appel jusqu'à chez elle et arriverait à temps pour les sauver, elle et son mari.

Brian n'avait pas bougé.

Quand elle l'atteignit, elle le fit rouler sur le dos. Sa semi-nudité lui rappela ce qu'on venait de lui faire, et elle remonta son caleçon pour lui offrir un peu de dignité. Elle savait qu'il ne fallait pas toucher à une scène de crime, mais ils n'étaient pas encore morts.

— Brian, réveille-toi.

Son pouls battait régulièrement sous ses doigts tremblants. Elle commençait à se sentir étourdie par la perte de sang et ne voulait pas s'évanouir. Pas encore. Pas s'ils étaient en train de mourir. Son souffle n'était qu'un léger frôlement d'air sur le dos de sa main.

— Brian.

Elle lui tapota doucement la joue, et il remua.

Il roula sur le côté et vomit. Ce n'était pas bon signe après une blessure à la tête.

— Ça va ? demanda-t-elle.

— Oui. Je crois.

Il roula sur le dos et jura.

— Ils sont partis.

Il grogna en se tenant la tête.

— Est-ce qu'ils ont amené Rosie ?

— Rosie ?

Elle fronça les sourcils, confuse. Puis leurs yeux se croisèrent et elle sut…

Elle s'écarta de lui.

— Tu connaissais cette fille ?

C'était son tour d'avoir la nausée.

— Non ! Non, fit-il, indigné. L'un d'eux a dû l'appeler comme ça. Je n'irais jamais dans un bordel.

Elle se tint le côté en riant d'un rire sans joie. Sa blessure à la tête avait dû lui porter un sacré coup.

— Alors comment sais-tu qu'elle venait du bordel ?

Elle rit encore plus quand les pièces du puzzle s'imbriquèrent. Toutes ces nuits tardives, leur vie sexuelle sans passion, le fait de dormir au bureau. Tout cela prenait enfin du sens. Un sens sinistre. Sa tête la lançait et ses rires se transformèrent en sanglots. Le sang continuait de s'écouler de sa blessure au côté.

Elle s'éloigna de lui. La douleur n'était rien à côté du dégoût que lui inspirait sa présence.

— Je n'en reviens pas. C'est *toi* la taupe. Toi. Tout ce qu'on a dit au bureau du maire. Des anecdotes que tu m'as arrachées en faisant semblant de t'intéresser à mon travail.

Merde. Elle était si inquiète pour lui, se sentait si coupable d'avoir fait entrer ces criminels dans leur maison, et c'était lui !

Elle avait été stupide. Tellement stupide. Elle se tint le côté alors qu'une vague d'agonie la traversait.

Il rampa jusqu'à elle à quatre pattes.

— Carly, je t'aime. S'il te plaît, ne dis rien. Ça ruinerait ma réputation. Et la tienne ! Personne ne voudra d'un agent du FBI dont le mari…

Elle lui jeta un regard noir.

— Baisait des enfants ? Tu as raison. Mais tu es un pédophile. Tu mérites que ta réputation soit ruinée.

— Carly, supplia-t-il.

Mais il avait dû voir la dure réalité gravée sur son visage entre les grimaces de douleur. Il n'y avait aucun moyen pour elle de dissimuler ça.

— Espèce de salope moralisatrice. Tu penses que je serais allé chercher ailleurs si tu avais été douée ?

Elle déglutit, sentant malgré elle sa vision s'estomper. Elle crut entendre des sirènes.

— J'ai affaire à des gens comme toi tous les jours, Brian. Tu peux m'insulter et, bien sûr, ça peut faire un peu mal, mais je sais comment les déviants comme toi justifient leurs appétits tordus. Vous blâmez quelqu'un d'autre comme les lâches que vous êtes.

— Salope.

Il passa ses doigts autour de sa gorge.

— Qu'est-ce que tu fais ?

Elle voulut s'enfuir, mais ne trouva pas d'appui sur le sol couvert de sang. Elle chercha son arme, mais elle ne l'avait plus. Elle n'arrivait plus à respirer.

Non.

Sa vision commença à s'estomper alors que ses poumons réclamaient de l'oxygène. Elle avait survécu à ce cauchemar pour être assassinée par son propre mari ? Et elle savait, en regardant fixement ses yeux impitoyables, qu'il trouverait un moyen de retourner la situation. Qu'il se ferait probablement passer pour un putain de héros pour avoir essayé de la sauver de ces criminels.

Pas question.

Elle saisit la poignée du couteau, et frissonna en le sortant de sa chair brûlante. Il ne le vit pas. Il était trop occupé à resserrer sa prise sur sa trachée pour l'étrangler.

Elle plongea la lame de toutes ses forces dans le rein de son mari. Il écarquilla les yeux, qui parurent sortir de leurs orbites quand elle tordit la lame.

Il était mort avant de toucher le sol.

CHAPITRE VINGT ET UN

LUCAS ALLUMA LE moteur de la camionnette. La portière
d'Ashley se referma tandis qu'il s'éloignait du trottoir.

— Lucas, lui cria Alex.

— Quoi ?

— On ne peut pas aller chez Sloan…

— Pourquoi pas ?

— Parce que Chen et toi serez renvoyés sur l'enquête si
vous le faites. On ne pourra pas retrouver Becca.

Merde alors.

— Mais les flics pourraient les attraper avant qu'ils ne
s'échappent.

Ces salauds ne pouvaient pas avoir plus de quelques minutes d'avance sur la police.

Alex secoua la tête.

— Ils ne dévoileraient jamais leur main sans un plan
d'évasion valide. Ils sont partis, mon pote.

Il n'arrivait pas à le croire. Un coup de klaxon le ramena à
l'instant présent, et il donna un coup de volant pour éviter une
collision.

— Qui est Becca ? demanda Ashley, confuse.

Alex répondit à sa place. Lucas devait se concentrer pour
ne pas avoir d'accident alors que son cœur était sur le point
d'exploser dans sa poitrine.

— Une fille de treize ans qui a survécu à l'explosion de Chinatown. Lucas et Sloan ont gardé sa survie secrète pour la protéger.

— Donc Mallory avait raison. Tu cachais quelque chose, dit-elle doucement.

— Elle n'est pas la seule à l'avoir compris.

Alex consulta son portable.

— Un des gars de la protection rapprochée m'écrit depuis l'hôpital. Les vidéos de surveillance montrent quatre personnes quittant l'endroit visiblement de leur plein gré. Sloan, Becca, et deux Asiatiques.

— Ils pointaient probablement une arme sur la gamine, dit Lucas.

Sloan n'aurait rien fait qui puisse compromettre la sécurité de Becca.

— Et l'agent de l'ATF ? Elle va bien ?

Alex attendit un moment après avoir envoyé son message.

— Reilly dit qu'il a parlé à l'agent de l'ATF. Elle faisait une pause. Sloan était seule avec la gamine quand les membres du gang sont entrés, vêtus de blouses blanches, et sont repartis.

— Pourquoi ils ne les ont pas tuées sur-le-champ, comme ils ont tué tous les autres ? Pourquoi les enlever ?

La mâchoire de Lucas se crispa. La pression dans son cerveau menaçait de faire sauter le sommet de sa tête. Pourquoi avaient-ils soupçonné que quelqu'un avait survécu à l'explosion ? Avaient-ils une taupe au sein du FBI ? Si ce n'était pas Ashley, alors qui ?

— Peut-être pour prouver quelque chose ? Ils peuvent atteindre n'importe qui, n'importe où, personne n'est en sécurité ? suggéra Ashley. Ou bien pour les utiliser comme otages pour sortir du pays ?

— Ils pourraient prendre n'importe qui en otage, fit Alex, écartant cette idée. Ils ont pris Sloan pour t'atteindre. Ils ont enlevé la gamine pour contrôler Sloan et éliminer un témoin.

— S'ils font du mal à Becca…

Mais ils l'avaient déjà fait. La photo était gravée dans son esprit. Alors qu'il lui avait promis qu'elle était en sécurité. Il écrasa son poing sur le volant et ne termina pas sa phrase.

— Des nouvelles de Sloan ?

Alex appela quelqu'un tandis que Lucas freinait violemment. Il avait tourné en rond et ne savait pas quelle direction prendre.

— Elle est vivante et on l'emmène aux urgences. Elle a perdu beaucoup de sang, et ils pensent qu'elle ne s'en sortira pas. Son mari a été retrouvé mort dans la maison. Aucun signe des malfaiteurs. Aucun signe de Becca.

Alex avait donc raison. Ces types étaient en cavale.

— J'ai merdé.

— On a tous merdé, mais ce n'est pas l'heure des regrets. On a besoin d'un plan, leur dit Alex. On peut déjà aller au jet et déterminer notre meilleur plan d'action.

— Le meilleur plan d'action est de faire ce qu'ils disent et d'échanger Becca contre moi, dit Ashley.

— Ce serait du suicide, objecta Alex.

— Tu as un meilleur plan ? demanda-t-elle.

Alex secoua la tête.

— Mais si on arrive avant et qu'on organise la rencontre ?

Il haussa les épaules.

— On pourrait les surprendre et récupérer l'enfant.

Lucas soutint le regard d'Alex dans le rétroviseur.

— Et si c'était Mallory ?

La mâchoire d'Alex se contracta.

— Je ne la laisserais pas s'approcher à moins de 150 km de ces salauds.

— Vous semblez oublier que je suis toujours officiellement un agent du FBI, et que c'est de ma faute, les interrompit Ashley. J'ai mon mot à dire, et je veux sauver la fille et attraper ces criminels. Je suis consciente du danger.

Lucas sursauta. Officiellement, rien n'avait changé. Personne d'autre ne connaissait le faux passé d'Ashley, à part les Devils eux-mêmes. Si elle voulait que rien ne change, Ashley devait faire attention à ses actes. Rationnellement, la seule solution était de donner l'impression qu'elle obéissait à leurs instructions.

Le cerveau de Lucas était fatigué par le stress et le manque de sommeil. Il avait besoin de temps pour démêler la toile des pensées qui tourbillonnaient dans son esprit.

Un agent de sécurité s'approcha pour les éloigner de la zone. Les doigts de Lucas se crispèrent sur le volant.

— Ashley et moi, on pourrait peut-être les suivre grâce à leurs téléphones portables, suggéra Parker. On pourrait travailler dans l'avion et on arrivera peut-être à définir l'emplacement de leur QG avant d'arriver.

Elle se retourna sur son siège, visiblement surprise.

— Tu travaillerais avec moi ?

— Pour sauver une enfant et un agent fédéral ? Je travaillerais avec Satan lui-même.

Ashley laissa échapper un rire aux accents authentiques.

Lucas la croyait. Il n'y avait plus aucun doute dans son esprit. Plus d'incertitudes stupides.

Quelle vie elle avait dû avoir. Toujours en cavale. Toujours sur ses gardes. Et elle s'était avérée si douée que même les Dragon Devils n'avaient pas su qu'elle était en vie jusqu'à deux jours plus tôt. Et ils avaient déjà tué deux personnes et en avaient kidnappé une autre pour l'atteindre. Combien d'autres seraient blessées avant qu'elle ne les confronte ?

L'agent de sécurité frappa à la vitre passager, mais Lucas avait pris sa décision. Il enfonça l'accélérateur et partit en trombe.

———

ASHLEY BUVAIT SON café comme si une invasion de zombies était imminente et que la caféine était le seul remède pour ne pas être transformé. Les dernières vingt-quatre heures avaient été des montagnes russes émotionnelles. Des gens étaient morts à cause d'elle, et à présent, sa famille avait kidnappé une adolescente pour forcer Ashley à les rejoindre. Elle ne voulait pas penser à ce que Becca devait endurer. Elle était un agent du FBI spécialisé dans la cybercriminalité. Elle avait vu des vidéos et lu assez de rapports de victimes pour comprendre l'horrible vérité. Elle aussi était une femme, et toutes les femmes vivaient avec la peur bien réelle d'une agression sexuelle.

— On devrait le dire à Frazer.

Lucas sirotait son propre café, la regardant attentivement comme si elle allait perdre la tête.

— Non.

Ashley détesta le côté suppliant de son ton.

— Il peut nous donner une légitimité qui nous fait défaut en ce moment. La légitimité n'était-elle pas une des raisons pour lesquelles tu as rejoint le FBI ?

Elle passa une main sur son visage.

— Je ne suis pas sûre d'être en mesure de poursuivre cet objectif particulier.

— Il a raison, dit Alex. Frazer pourrait aider, surtout quand on sera à l'étranger.

Elle lui lança un regard noir. Alex Parker avait toujours été prudent et vigilant avec elle. Cette nouvelle version plus amicale la déconcertait davantage que son côté suspicieux.

— Si ma couverture est grillée avant qu'on attrape ces types, je perdrai tous mes pouvoirs d'arrestation. Quand il découvrira la vérité, il me virera du DSC si vite…

— Pourquoi voulais-tu tant rejoindre le DSC, d'ailleurs ? demanda Alex.

Elle le regarda, essayant de comprendre s'il plaisantait ou non.

— Je voulais renforcer l'équipe de cybercriminalité. On sait tous les deux que les meilleurs ne travaillent pas pour les fédéraux. Regarde les idiots qui essaient de craquer le téléphone de Mae Kwon.

Il fronça les sourcils.

— Ils ont abandonné et l'ont envoyé à mes gars hier. On l'a craqué et on a obtenu quelques données, mais pas autant qu'on l'espérait. Elle nettoyait ses dossiers chaque semaine.

— On a donc une semaine de clients ? demanda Ashley.

Il secoua la tête.

— Non. On a trois jours de nouveaux clients.

Elle poussa un juron.

Lucas était assis, les regardant sans un mot. Elle ne pouvait pas lire en lui, mais elle était particulièrement consciente de chacun de ses mouvements.

— Tu as regardé dans les dossiers supprimés ? demanda-t-elle

— Bien sûr. Il y a quelques traces mineures, mais leur informaticien…

— Mon frère, interrompit Ashley. Je pense que c'est mon frère.

Elle termina son café et se leva pour faire les cent pas.

— Ma carrière au DSC est terminée.

— Il y a d'autres façons de mener le bon combat, dit Alex doucement. Et ça paie généralement mieux, en plus.

Ashley sourit, faisant comme si ses rêves n'avaient pas été brisés.

— Je suppose que c'est ce que je vais faire alors. En supposant que je passe les prochains jours sans être arrêtée ou tuée.

Lucas tressaillit.

— Pour ce que ça vaut, dit Alex, je pense qu'il y a une chance sur deux que Frazer te vire.

Elle pensait quant à elle que sa décision ne ferait aucun doute.

— Mais s'il te vire, appelle-moi, fit Alex en lui glissant sa carte de visite. Mon entreprise aura toujours besoin de gens avec tes compétences.

— Sérieusement ?

Il hocha la tête, mais elle n'était pas sûre de le croire. Elle fixa la carte, se demandant si elle contenait un dispositif de traçage.

— Merci.

Elle empocha la carte et se tourna vers Lucas.

— Très bien. Raconte tout à Frazer. Veille à ce qu'il prévienne tout le monde de prendre des précautions supplémentaires. Ce n'est pas sûr qu'ils aient quitté le pays. Je ne supporterai pas que quelqu'un d'autre soit blessé à cause de moi.

Lucas hocha la tête.

Son portable sonna sur la table. Il se pencha en avant. Une

image d'une vieille cathédrale apparut à l'écran. Le message en dessous disait : « Ashley Chen. Viens seule, ou la fille mourra. »

— Où ça se trouve ?

Lucas tourna le téléphone vers Ashley.

— Macao, répondirent Parker et elle à l'unisson.

Elle le regarda avec surprise avant de poursuivre :

— Yu Chang avait une maison là-bas. C'est là qu'Andrew et moi on est allés vivre quand on a quitté les États-Unis.

— Réponds et exige une preuve de vie, fit Lucas avec un calme qui démentait la tension dans sa mâchoire.

Elle répondit par texto et, quelques instants plus tard, une photo apparut : une fille aux cheveux blonds, attachée et bâillonnée dans ce qui ressemblait à une soute d'avion. Ashley s'affala sur son siège. Elle aurait tellement aimé être restée loin de Boston, et ne pas avoir une bande de gangsters impitoyables pour famille.

Lucas fixa l'écran.

— On a besoin de trouver un autre endroit où les Dragon Devils n'auront pas toutes les cartes en main, lui dit-elle. Quelque part où il leur faudra du temps pour se rendre. Un endroit qui nous mettrait sur un pied d'égalité.

— Pas d'avantage du terrain, convint Alex.

— Hong Kong ? suggéra-t-elle. On pourrait impliquer Nelson Shaw et le HKPD.

Lucas secoua la tête.

— Non. Si Nelson Shaw te voit, ton secret n'en sera plus un.

Ashley leva les yeux au ciel, surprise. Elle estimait que son secret n'en était déjà plus un. Elle ravala la boule dans sa gorge.

— Tu penses à quelque chose ? insista Lucas.

Elle avait une idée. C'était un endroit idéal pour une réunion de famille. Elle fit une recherche rapide sur Google pour trouver une photo et l'envoya à l'expéditeur. Était-ce son frère ? Aidait-il son oncle et son cousin à la traquer ?

— Où est-ce que ça se trouve ? demande Lucas, en regardant son écran.

— En Thaïlande, fit Ashley en se forçant à se détendre. C'est la plage où on était quand la vague a frappé. Ça va les faire flipper autant que moi.

Elle ajouta un message rapide. « Quand j'arrive, tu la libères. Si tu la blesses, tu ne me reverras plus jamais. Je veux ta parole, Andrew. »

Elle retint son souffle, attendant la réponse.

« Tu as ma parole, Jen-Jen. »

Son cœur s'arrêta un instant devant son vieux surnom. C'était vraiment Andrew. Son frère était impliqué dans un trafic d'esclaves sexuels.

Alex prit le téléphone et retira la carte SIM. Il s'assurait ainsi qu'il n'y avait aucun moyen pour les kidnappeurs d'appeler et d'arranger un autre endroit à la dernière minute. S'ils la voulaient – et elle savait qu'ils la voulaient – ils devraient accepter ses conditions, et se rendre à cet endroit. Ce n'était pas grand-chose, mais c'était déjà mieux que rien.

— Je dois parler au pilote, dit Alex en se levant. La route est longue jusqu'en Thaïlande. On ferait mieux de prendre un vol commercial. Plus facile de se fondre dans la masse des touristes, mais moins facile de préparer notre prochain coup.

— Tu devrais rentrer chez toi avec Mallory. Ce n'est pas ton combat, dit-elle.

Alex lui lança un regard qui fit se dresser ses cheveux sur sa nuque.

— Ils en ont fait mon combat quand ils ont torturé et assassiné une femme qu'ils pensaient être ma fiancée. Mallory a la protection dont elle a besoin pour le moment. Je vais m'assurer qu'ils ne répètent pas leur erreur.

Il leur demanda de bien vouloir l'excuser.

Lucas et elle étaient désormais complètement seuls, et elle en était douloureusement consciente. Elle ferma les yeux et se sentit tanguer. Elle était épuisée. Elle avait été trop effrayée pour faire plus que somnoler pendant son enlèvement et trop occupée à sauter Lucas la nuit précédente.

— Tu as besoin de t'allonger.

Il lui prit le bras et la tira doucement vers la chambre à coucher située à l'arrière de la cabine. Elle le laissa l'entraîner, voulant le garder près d'elle jusqu'à ce que le moment soit venu de le repousser pour toujours. À l'intérieur, il ferma les petits volets et tira la couverture. Elle s'assit sur le matelas et retira ses bottes, s'allongeant sur l'oreiller, se demandant ce qui allait se passer ensuite. Son oncle avait des amis partout dans le monde. Comment supporterait-elle d'être à nouveau à sa merci ? Elle ne savait pas si elle en serait capable.

Lucas se pencha pour l'embrasser sur la joue.

Elle lui attrapa la manche.

— Reste. Un petit peu.

Elle n'aimait pas l'impression de besoin qui se dégageait de sa voix, mais elle tint bon jusqu'à ce qu'il cède, enlève ses chaussures et s'allonge à côté d'elle, passant son bras autour de sa taille et la serrant contre lui.

— Dors, Ash.

Elle crut sentir ses lèvres effleurer ses cheveux, mais elle n'en était pas sûre.

Les émotions menaçaient, le sentiment croissant d'amour

pour cet homme l'emportait sur sa peur, même si elle savait qu'elle ne pourrait pas l'avoir plus de quelques heures.

Mais, pour la première fois de sa vie d'adulte, elle dormait avec un homme qui savait tout ce qu'il y avait à savoir sur elle – et qui la prenait tout de même dans ses bras.

Elle sentit le poids des mensonges qui l'avaient accompagnée pendant toutes ces années la quitter. Elle n'avait pas réalisé quel fardeau ils avaient été jusqu'à ce que leur poids disparaisse.

Elle se blottit dans ses bras et sentit le sommeil la gagner.

Malgré tout, elle s'accrochait au côté de la loi et de l'ordre. C'était grisant de savoir qu'elle n'avait pas besoin de tout faire toute seule. Mais c'était de sa faute s'ils s'en étaient pris à ses collègues. Elle avait un plan pour éloigner Becca de ses ravisseurs. Elle ne savait simplement pas si elle survivrait.

ANDREW ETAIT ASSIS dans le noir dans son bureau. Il venait d'avoir des nouvelles de sa sœur, une sœur qu'il croyait morte il y avait encore peu de temps. Il savait qu'elle était toujours en vie et qu'elle se faisait passer pour l'agent Ashley Chen du FBI. Mais voir ce message qui lui était adressé avait rendu cette idée abstraite bien réelle. Tout en lui s'était figé.

« *Si tu la blesses, tu ne me reverras plus jamais. Je veux ta parole, Andrew.* »

Elle savait désormais sans aucun doute qu'il était impliqué dans les affaires de leur oncle. Elle savait qu'il essayait de la retrouver et de la ramener à la maison. Et quand Yu Chang la rattraperait, il la blesserait et l'humilierait pour l'avoir trompé et s'être enfuie.

Andrew l'avait trahie de la pire façon possible.

Il écarta son ordinateur portable. Il avait fait ce qu'il fallait pour survivre. Elle s'était échappée. Il était resté coincé avec leur oncle et avait été obligé de rejoindre son organisation pour ne pas être écrasé. Il n'avait pas eu le choix.

Il sortit un autre téléphone portable et appela Brandon, qui avait finalement trouvé un jet privé appartenant à un marchand d'armes libyen avec lequel ils faisaient occasionnellement affaires. Andrew n'aimait pas avoir affaire à des gens comme le Libyen. À côté des affaires de cet homme, leur trafic d'êtres humains était dérisoire. À présent, ils lui devaient une faveur.

— Est-ce que ça a marché ? demanda Brandon.

Ils avaient découvert qu'une des filles de la maison close avait survécu à l'explosion grâce à Lapin qui les avait appelés dès qu'il l'avait su. Cho suivait déjà Sloan, alors quand l'ex-cheffe d'équipe s'était rendue directement à l'hôpital après avoir été licenciée, Andrew avait compris que la survivante s'y trouvait probablement. Le plan pour les enlever avait été l'idée d'Andrew. Sloan saurait comment contacter l'agent spécial Chen, et la prise en otage de l'enfant serait une raison suffisante pour que sa sœur au cœur sensible lui obéisse.

Lapin avait payé pour le désordre qu'il avait créé. Andrew avait entendu aux nouvelles que Brian Templeton était mort.

— Elle arrive, dit Andrew. Mais elle a dit que si tu faisais du mal à l'enfant, elle disparaîtrait.

Son cousin poussa un juron.

— Je lui ai donné ma parole, Brandon.

— Qu'est-ce que ça peut faire ? Elle n'en saura rien.

— Je lui ai donné ma *parole*, Brandon. Et elle le saura. Tu veux apprendre à Yu Chang qu'elle a encore fui ?

Brandon poussa un soupir frustré.

— La salope. Une fois qu'elle aura mis le pied à Macao, elle sera à nous.

— Elle ne va pas à Macao.

C'était ce qu'il ne comptait pas révéler à son oncle.

— Quoi ? grogna Brandon.

— Elle a dit de la retrouver à la villa en Thaïlande.

— En Thaïlande ?

Il y avait de la peur dans la voix de Brandon, une peur qu'aucun d'entre eux n'avait jamais admise. C'était un cauchemar qu'ils partageaient, une terreur inexprimée. Elle avait fait un choix intelligent.

— Tu l'as déjà dit au vieux ?

— Non.

Andrew aurait voulu pouvoir confier sa tâche à son cousin.

— Il n'acceptera jamais.

— Elle a déconnecté et désactivé sa carte SIM. Je n'ai aucun moyen de la contacter. S'il veut attendre pendant qu'on envoie quelqu'un en Thaïlande pour la récupérer…

— Il ne fera pas ça non plus, dit Brandon.

Le vieil homme était trop fier pour reculer devant un défi, surtout venant d'une femme. Il serait là.

— Parle-lui, insista Andrew.

Brandon savait gérer son père.

— Ça pourrait être un piège mis en place par le FBI. Ce serait bien plus intelligent d'observer à distance. D'essayer de la récupérer quand elle sera seule.

— Je vais lui parler, mais il ne changera pas d'avis. On se voit dans quelques heures.

Andrew raccrocha, essayant encore une fois de ne pas

penser au fait que Yu Chang voulait avoir des relations sexuelles avec sa sœur. Cette idée était insupportable. Peut-être que le vieil homme l'avait simplement effrayée toutes ces années auparavant, en essayant de la faire rentrer dans le rang de la seule façon qu'il connaissait.

Sauf qu'il avait vu comment l'homme l'avait regardée pendant ces quelques mois. Il avait vu la façon dont Yu Chang l'avait plaquée contre le mur après avoir tué le jeune Allemand. Avec chaleur, avec désir.

Lily était toujours dans sa chambre. Il ravala sa frustration. Il avait été trop occupé pour aller la voir, trop honteux.

Il aurait dû faire comprendre à son oncle qu'elle était importante pour lui, que ce n'était pas une pute avec laquelle il pouvait jouer. De bien des façons, ce qui s'était passé était la faute d'Andrew, et il ferait en sorte que cela ne se reproduise jamais. Même si cela ne risquait pas d'arriver. Le vieil homme était tellement obsédé par Jenny, qu'il avait probablement déjà oublié Lily.

Cela changerait si Andrew ne ramenait pas sa sœur dans le giron familial.

Il passa sa main sur son visage. Il devait préparer le voyage. Mais pour la première fois depuis qu'il était venu vivre avec Yu Chang, il sut qu'il ne voulait plus continuer de cette façon. Mais quelle était l'alternative ? S'enfuir et se cacher, comme Jenny l'avait fait ? Il suffisait de voir comment les choses avaient tourné pour elle.

Il retourna à son ordinateur et essaya de se rappeler qui ils connaissaient en Thaïlande, et qui ils pouvaient acheter.

CHAPITRE VINGT-DEUX

Lucas savait que se mettre au lit avec Ashley était une erreur, mais refuser aurait été aussi impensable que d'arrêter de respirer. Il avait merdé. Le moins qu'il puisse faire était de la prendre dans ses bras.

Il ne s'attendait pas à s'endormir.

Il ne s'attendait pas à se réveiller avec la femme en question pressant un doux baiser contre sa joue, comme pour lui dire tranquillement au revoir. Il se redressa, prit son visage entre ses mains et prit possession de sa bouche.

Elle gémit, mais, pendant un moment, il crut qu'elle allait mettre fin au baiser. Il l'embrassa plus passionnément, la goûtant réellement pour la toute première fois. Il n'y avait plus de mensonges entre eux à présent. Aucune barrière. Il commença à défaire les boutons de sa chemise.

— On ne peut pas, dit-elle en se pressant contre son érection.

— On est en train de le faire.

Il avait ouvert sa chemise et baissé son soutien-gorge, et vint goûter un téton couleur cerise, la faisant gémir à nouveau.

— Et Parker ? murmura-t-elle dans un souffle.

— Parker a sa propre femme.

Il la suça fort, et ses talons s'enfoncèrent dans le lit, ramenant sa poitrine vers sa bouche. Il recula pour admirer le travail – elle était si belle. Puis il chercha à en avoir plus.

Il la déshabilla frénétiquement, et elle lui ôta ses propres vêtements jusqu'à ce qu'ils soient nus, les membres enchevêtrés, jouant avec leurs doigts et leur bouche. Il posa sa paume sur son cœur et sentit le bruit sourd et féroce de sa force vitale, lui rappelant à quel point elle était forte, à quel point elle avait dû l'être. Un léger frisson parcourut ses os, égalant le tremblement de Lucas. Tout ralentit en une danse sensuelle.

— Tu me tues, Ash.

Il écarta les cheveux de son front et plongea son regard dans ses jolis yeux. Il déposa un baiser au niveau de son ecchymose. Il aurait tant voulu pouvoir revenir en arrière.

— Tu préfères qu'on t'appelle Jenny maintenant ? demanda-t-il.

Ses pupilles se dilatèrent et elle secoua la tête.

— Jenny est morte ce jour-là sur la plage.

Il lui mordilla la lèvre inférieure.

— Je pense qu'il y a encore beaucoup de Jenny Britton enfouie au plus profond de toi, là où elle ne peut plus être blessée.

Son expression devint soudain triste, et il décida d'apporter tant de plaisir à cette femme qu'elle en oublierait les mauvais moments, et ne pourrait envisager un avenir incertain. Quand il eut terminé, les yeux d'Ashley étaient troubles et sa peau humide. La fois précédente, leurs ébats avaient été passionnés. Cette fois… il n'était pas prêt à mettre un nom dessus. Pas encore. Peut-être jamais.

Il trouva un préservatif dans son portefeuille, se délectant de la façon dont elle écartait les cuisses pour l'accueillir. Il se glissa en elle, et ils retinrent tous les deux leur souffle, tant c'était bon.

Il commença à effectuer des va-et-vient, tenant ses mains au-dessus de sa tête et la regardant droit dans les yeux, enchaînant les mouvements de bassin, lentement et profondément, puis plus fort, plus rapidement jusqu'à ce qu'elle se morde la lèvre et enroule ses longues et fortes jambes autour de ses hanches.

Elle ferma les yeux et pencha la tête en arrière, la tension s'accumulant dans les lignes de son cou. Il aurait voulu passer sa langue sur sa peau et en goûter le sel, mais elle était trop près de jouir, et il ne voulait pas lui voler ce moment, pas après tout ce dont elle avait déjà été privée. Elle cria, même si elle essaya de se retenir. Il se fichait de savoir si Alex les entendait, ou même l'équipage, ou le pays tout entier. Il s'enfonça plus fort, prolongeant l'orgasme qui contractait son corps autour de son membre tendu jusqu'à ce que lui aussi atteigne un orgasme fracassant.

Après quelques battements de cœur dangereux, son esprit revint dans la pièce. C'était la première fois qu'il faisait l'amour dans un avion. Et, à en juger par la clameur des émotions qui résonnaient dans sa tête, la première fois qu'il faisait réellement l'amour.

Elle resta à le contempler en silence, et il évita son regard, car la dernière chose dont ils avaient besoin était qu'il s'emporte. La situation était trop compliquée pour s'occuper de ça pour l'heure. Il y avait trop d'enjeux pour se laisser distraire.

Il se retira et se débarrassa du préservatif, puis se pencha pour embrasser sa tempe. Elle tressaillit quand il posa ses lèvres sur son hématome.

— Je suis vraiment désolé, dit-il en remontant à côté d'elle.

Elle toucha sa mâchoire.

— C'était un accident. C'est moi qui ai donné un coup de tête dans le van.

— Moi aussi, je m'en suis pris plein la gueule.

Il se frotta le nez.

— Où as-tu appris ce mouvement ?

— L'un des instructeurs me l'a appris à l'académie. Il m'a dit que je ne réussirais jamais. Un jour il m'a coincée contre un mur devant tous les autres NAT. Il a commencé à rire, disant que je me battais comme une fille, et qu'il était sûr que tous les sales types seraient doux avec moi. J'étais tellement en colère. Ma tête était la seule partie de mon corps que je pouvais bouger, alors je l'ai utilisée. Il ne s'y attendait pas et il a eu le nez cassé. Je pensais que c'était un vrai con jusqu'à ce qu'il vienne vers moi à la remise des diplômes et me félicite personnellement. Il m'a dit que j'avais fait du bon travail et qu'il était fier de moi.

D'après son expression, cela signifiait beaucoup pour elle.

— Tu veux dire que c'était en fait un type bien sous ses airs bravaches ?

Elle rit en dessinant de son pouce les contours de sa lèvre inférieure.

— Je suppose que tu as réussi avec brio cette partie de la formation.

— J'ai adoré l'entraînement aux tactiques défensives. Surtout me mesurer aux instructeurs.

Il savait ce que le gars avait essayé de faire avec Ashley – lui faire oublier les conventions sociales et la pousser à utiliser autant de force que nécessaire pour faire son travail et rester en vie.

— C'est essayer de mémoriser toutes les lois fédérales qui m'a vraiment pris la tête.

Elle rit, une étincelle apparaissant dans son regard, mais elle s'éteignit lorsqu'elle fronça les sourcils.

— Je me suis débattue avec autant de force parce que je pensais que tu travaillais peut-être pour mon oncle.

Merde.

— Je suis vraiment désolé.

— Je sais.

Elle passa son pouce sur sa lèvre, et ce contact fut comme un feu qui enflamma son sang, attisant son désir.

Elle le poussa sur le dos et regarda son érection croissante.

— On dirait que tu vas pouvoir te rattraper dans un avenir très proche, surtout si tu as un autre préservatif.

Elle le prit en main et le caressa de ses doigts fins, alimentant son désir. Ils avaient besoin de travailler. De se reposer. D'établir un plan. Mais il y avait encore des heures interminables de vol avant d'atteindre leur destination, et c'était peut-être la dernière fois qu'ils pourraient partager une telle intimité.

Elle fit glisser sa langue le long de son corps, et soudain, il réalisa qu'il ne pourrait pas survivre à Ashley Chen. Si quelque chose devait arriver à la jeune femme, il préférerait ne plus être de ce monde.

———

Ashley se doucha, s'habilla et se glissa hors de la cabine. Alex Parker était assis dans un fauteuil en cuir blanc souple. Il travaillait sur une table. Elle essaya de faire disparaître la rougeur de ses joues. Apparemment, abandonner ses mensonges avait aussi arraché une partie de son armure.

— Des nouvelles de Sloan ? demanda-t-elle.

Il secoua la tête.

— Toujours en chirurgie.

Elle regarda par le hublot. Ils survolaient toujours la terre.

— Tu ferais mieux de ne pas le blesser, dit-il, la prenant par surprise.

Elle marqua un temps d'arrêt.

— Tu es assez improbable dans le rôle du protecteur.

Il s'affala sur le siège d'en face.

— Vraiment ?

— Oui.

— Je ne l'avais jamais vu épris avant.

— Épris ?

Ce mot démodé la ravissait et la déprimait à la fois. Elle allait affronter l'un des plus grands parrains d'Asie, voire du monde. La seule chose qui pourrait l'empêcher d'exécuter sa vengeance était la mort. Ce n'était pas le moment de penser à avoir un homme dans sa vie.

— Depuis combien de temps vous vous connaissez, d'ailleurs ? demanda-t-elle, curieuse d'en savoir davantage à propos de Lucas Randall.

— On a servi ensemble dans l'armée.

— Hum. Je pensais que vous vous étiez rencontrés par le biais de Mallory.

— C'est l'inverse. Lucas nous a présentés.

Le regard dans ses yeux montrait ce que cela signifiait pour lui.

C'était une leçon d'humilité de voir à quel point il aimait sa collègue. Elle voulait la même chose. Avec l'homme qui dormait dans la chambre d'à côté. Les chances d'obtenir satisfaction étaient infinitésimales.

— Je suis désolé de t'avoir embarquée là-dedans.

Elle commença à se ronger la peau des cuticules.

— Quand je pense à toutes les personnes qui ont été blessées, je suppose qu'il aurait été préférable que je ne rejoigne pas le FBI.

Elle croisa son regard et fut surprise par l'empathie qu'elle y vit.

— Ils auraient fait du mal à quelqu'un d'autre.

Il eut un sourire en coin.

— Je comprends la nécessité de combattre le mal, tout comme je comprends que la justice ne consiste pas toujours à suivre les règles.

Ses yeux argentés regardaient droit dans son âme.

— Mais tout le monde ne pense pas comme nous. La plupart des gens respectent les règles.

Elle détourna le regard devant ce rappel.

— Qu'a dit Frazer ?

Alex sourit.

— C'était plus coloré que ce à quoi je m'attendais, mais ça aurait pu être pire. Il n'a pas envoyé les militaires à nos trousses.

Et merde. Elle croisa les bras sur sa poitrine et se prépara à ce qui allait suivre.

— Il va garder ça pour lui ou je vais être arrêtée dès que je rentrerai chez moi ?

— Je pense qu'il n'a pas encore décidé.

Elle encaissa l'information.

— Qu'est-ce que tu fais ?

— Je recherche toute activité que je pourrai relier aux Devils.

— Est-ce qu'on pourra prendre nos armes en Thaïlande ? demanda-t-elle.

— J'en doute. Frazer essaie d'obtenir de l'aide sur le terrain. Et j'essaie de trouver des alternatives.

Il s'appuya contre le dossier de son siège.

— Greg Trainer veut la tête de Lucas. Il dit qu'il a manqué à son devoir, et que c'est pour ça que Sloan et la fille ont été enlevées.

La colère et la culpabilité se disputaient en elle. Ses actes avaient gravement affecté la carrière de Lucas.

— Comment je répare ça ?

Il fit une grimace.

— Ça risque d'être difficile sans tout avouer.

— Alors je vais tout avouer.

— Frazer a dit de le laisser s'en charger pour le moment.

Rien ne devait mettre en péril le travail de Lucas. Elle ne le permettrait pas.

— On a trouvé la source de la fuite à l'hôtel – quelqu'un a piraté leur système la nuit d'avant.

Ashley grimaça. *Son frère.*

— Comment ont-ils trouvé Becca ?

— Ils ont suivi Sloan depuis son bureau.

— Elle ne les a pas remarqués ?

— Ils ont mis un traceur sur sa voiture.

Et merde.

— Comment savaient-ils qu'elle les mènerait à la fille ? demanda Ashley.

— Bonne question.

Alex fronça les sourcils puis leva les yeux vers elle.

— Tu veux m'aider à chercher dans les relevés téléphoniques pour voir si quelqu'un leur fournissait des informations de l'intérieur ?

Elle consulta sa montre. Encore dix heures avant Bangkok.

— Allons-y.

CHAPITRE VINGT-TROIS

ANDREW SE TENAIT au-dessus de la forme recroquevillée de la jeune fille blonde. Cho, l'un des sbires de Brandon, voulut frapper la fille, mais Andrew leva la main.

— Laisse-la, dit-il sèchement en cantonais.

Cho regarda Brandon avant de s'incliner devant lui et de s'éloigner.

— J'ai promis qu'on ne lui ferait pas de mal.

Il lança un regard noir à son cousin.

Brandon haussa les épaules.

Andrew s'éclaircit la gorge.

— Quel âge a-t-elle ?

— Treize ans. Elle a travaillé pour nous pendant deux ans. Elle affirme qu'elle ne leur a rien dit, et je la crois.

Son sourire indiqua à Andrew qu'il ne s'était pas contenté de le lui *demander*. La torture était l'une des spécialités de Brandon.

— Mais nous ne sommes plus aux États-Unis, alors ce qu'ils savent n'a pas d'importance.

Il était fort probable que les fédéraux connaissent leur identité à présent. Son oncle avait sacrifié leur anonymat pour récupérer Jenny. Ils devraient s'enterrer si profondément qu'ils verraient à peine la lumière du jour. Ils disposaient tout de même de beaucoup d'argent, d'hommes farouchement loyaux et de terres sous diverses formes dans toute l'Asie du Sud-Est.

Lily entra dans la pièce et posa un plateau repas sur la table basse. Il vit le regard de son cousin glisser sur elle, et la lumière se fit. Brandon savait qu'il avait un faible pour la jeune femme. Avait-il dit à son père qu'Andrew avait réussi à la mettre dans son lit ?

Il n'avait pas voulu que Lily les accompagne pour ce voyage. Il voulait qu'elle soit renvoyée chez elle. Mais son oncle avait insisté.

— D'où vient la fille ? demanda-t-il en cantonais.

Les mots étaient rugueux dans sa gorge. Être confronté à la sinistre réalité humaine de leur entreprise criminelle ne faisait pas le même effet que poster des photos de jeunes femmes nubiles et souriantes sur Internet et de canaliser l'argent vers des cachettes sûres. Soudain, son cœur se mit à battre la chamade. Sa peau était brûlante. Si ses parents avaient été en vie, ils auraient eu tellement honte de lui.

— On n'a pas enlevé la gamine si c'est ce que tu penses, dit Brandon, la bouche pleine de pomme. Sa mère nous l'a livrée pour rembourser une dette de jeu.

Andrew essaya d'ignorer le fait que Lily quittait la pièce, mais c'était impossible. Il pouvait sentir sa présence comme un fantôme dans son esprit. Ou peut-être était-ce sa propre conscience.

Il regarda par le hublot. Ils étaient sur un grand bateau au milieu de la mer d'Andaman. Jenny se dirigeait vers eux pendant qu'ils parlaient.

La porte s'ouvrit et son oncle apparut. Brandon et lui s'inclinèrent. Le vieil homme entra dans la pièce en boîtant, la canne à la main, serra son fils contre sa poitrine et ferma les yeux. Andrew ne l'avait jamais vu aussi reconnaissant.

Yu Chang regarda Andrew.

— Tu as bien fait, mon neveu.

Puis il s'éloigna de Brandon et sortit son couteau. Andrew se figea quand Yu Chang saisit la fille terrifiée par les cheveux et tira sa tête en arrière, exposant sa gorge. Andrew vit la main du vieil homme se resserrer sur la poignée.

— Arrête ! s'écria Andrew.

Le vieil homme se retourna, surpris.

— Jenny a dit que si la fille n'était pas libérée saine et sauve, elle disparaîtrait pour toujours. Je lui ai donné ma parole que la fille serait indemne, mon oncle. Il s'inclina, sachant que l'homme pouvait facilement retourner le couteau contre lui.

Yu Chang marqua une pause, puis inspira et expira profondément par le nez. Son visage se calma alors.

Andrew espérait pouvoir poursuivre.

— Jenny veut qu'on libère la fille dès qu'elle arrivera à la villa.

Le regard de son oncle dériva vers le rivage. Ils avaient tous failli mourir à cet endroit. Le domestique de Yu Chang s'était noyé, et Yu Chang avait été gravement blessé.

Si seulement il avait pu y rester…

Andrew chassa cette pensée de son esprit et détourna le regard. Il n'avait jamais imaginé qu'il voudrait trahir la seule famille qui lui restait.

Et Jenny ?

Elle l'avait abandonné à cette vie. À quoi donc s'était-elle attendue ?

— Je vais honorer ta promesse, Andrew.

Les lèvres de Yu Chang s'incurvèrent, mais il n'y avait aucun sourire dans ses yeux.

— Mais si elle s'échappe ou si Jenny ne vient pas, c'est ta jolie petite pute qui paiera.

Andrew se figea. C'était pour *ça* qu'il avait amené Lily avec eux. Son oncle ne lui faisait pas confiance, pas quand il s'agissait de choisir entre Yu Chang et sa sœur. Andrew aurait voulu crier que Lily n'était pas une pute et lui dire de la laisser tranquille, mais il savait qu'il aurait signé leur arrêt de mort à tous les deux. Au lieu de cela, il fit comme toujours. Il s'inclina.

— Oui, mon oncle.

———————

— ÇA NE peut pas être bon signe.

Lucas regardait par le hublot. Un groupe de véhicules de l'armée venait d'entourer le jet privé sur le petit aérodrome en périphérie de Phuket.

— Ce sont des amis à toi ?

Alex secoua la tête.

— Non. Donnez-moi vos armes.

Lucas et Ashley lui remirent tous deux leurs pistolets du gouvernement et regardèrent Alex les placer dans le coffre avec sa propre arme, un M1911. Il plaça son ordinateur portable personnel et celui d'Ashley à l'intérieur également.

— La combinaison est la suivante : sens horaire sept, trois, deux, sens antihoraire six, quatre, sens horaire un. Ne facilitons pas la tâche à quelqu'un qui trouverait une raison de nous arrêter.

— Qu'est-ce que je peux faire ? demanda Ashley.

Elle s'était habillée en tenue tactique et avait l'air sexy et compétente. Étant donné que sa vie et sa carrière étaient en jeu, il ne savait pas comment elle faisait.

— Mets ton gilet. Assure-toi que ton badge est visible.

Il était à sa ceinture, l'insigne doré brillant sous le soleil chaud de la Thaïlande.

Lucas appela Frazer, mais continua à parler en attendant qu'il décroche :

— Prends ton ordinateur de travail et affiche ton visage le plus sévère d'agent du FBI. Tout fonctionnaire se faisant payer par une organisation criminelle pourrait y réfléchir à deux fois avant de nous confronter lors d'une mission officielle.

— Hum. On est vraiment en mission officielle ? demanda-t-elle.

Il ne répondit pas. Frazer était au bout du fil. Il avait demandé des services à tous les gens qu'il connaissait, et il avait de nombreuses relations. Alex répéta les informations aux deux autres.

— Frazer dit que le directeur du FBI a autorisé cette mission juste avant que nous n'entrions dans l'espace aérien thaïlandais, mais ils attendent le feu vert du gouvernement thaïlandais pour notre séjour.

L'armée thaïlandaise s'approchait de la porte de l'avion. Trente secondes plus tard, les militaires martelaient la porte, exigeant d'entrer.

— Je dois les laisser entrer avant qu'ils ne défoncent la porte et ne détruisent notre stratégie de sortie.

Alex les regarda tous les deux d'un œil critique.

— Restez calmes. Ne dites rien, sauf que nous sommes ici pour une affaire officielle, et que nous suivons la piste d'une citoyenne américaine kidnappée. Cela peut prendre du temps avant que le feu vert ne leur parvienne. Ne mentionnez rien d'autre. Soit ils nous laissent partir immédiatement, soit on attendra que quelqu'un de l'ambassade se présente. On se retrouvera ici dès qu'on sera libérés.

Il ouvrit la porte principale avant qu'ils ne puissent répondre et des hommes en uniforme vert de l'armée firent irruption dans l'avion, pointant leurs armes sur eux et l'équipage, leur criant de se mettre à terre, avant de leur passer les menottes.

— Nous sommes ici au nom du gouvernement américain... commença Lucas.

— Silence !

Le fou au visage sévère qui lui hurla dessus ne plaisantait pas.

Et merde. Lucas n'aimait pas la tournure que prenaient les événements.

On les força à descendre les marches, la chaleur subtropicale collant son T-shirt à son corps comme un tissu humide. Ashley n'avait rien dit, mais elle devait être inquiète que son oncle soit à l'origine de cet accueil musclé.

Ils les poussèrent vers un bus. Les choses ne se présentaient *vraiment* pas bien. Soudain, l'un des soldats sépara Ashley du groupe et la dirigea vers un autre véhicule. La colère et la peur envahirent Lucas, et il écarta un garde du chemin et se plaça entre l'homme et la femme dont il était tombé stupidement amoureux. Fixer le canon d'un fusil n'était pas le meilleur moment pour avoir cette révélation, mais le timing n'avait jamais été son point fort. Il ouvrit la bouche pour dire à Ashley ce qu'elle représentait pour lui quand la crosse d'un fusil s'écrasa sur le côté de sa tête, et le monde fut plongé dans l'obscurité.

— NE LE touchez pas ! cria Ashley.

Mais le soldat frappa à nouveau Lucas.

— Vous allez le tuer, imbécile.

Elle se débattit pour l'atteindre, mais un autre homme arriva pour aider le premier, et ils la traînèrent jusque dans une jeep. Alex criait sur l'individu qui semblait être le responsable, et n'avait pas remarqué qu'elle avait été kidnappée. Elle aurait préféré qu'il se concentre sur le sauvetage de Lucas. Le conducteur démarra. Le deuxième soldat assis sur le siège passager pointa son pistolet sur elle. Elle se retourna et regarda par la fenêtre arrière. Lucas gisait immobile sur le tarmac ; Alex se débattait contre ses ravisseurs.

Faites qu'il aille bien.

Alors qu'elle le regardait, Lucas se retourna finalement. Deux soldats le mirent debout et il resta la fixer.

Ashley allait devoir se sortir de ce pétrin toute seule.

— Je suis un agent du Bureau Fédéral d'Investigation des États-Unis. J'exige de savoir quel est cet outrage ?

— Nous avons des ordres. Restez tranquille, et personne ne vous fera de mal.

Elle commençait à en avoir assez de se faire enlever à tout bout de champ, mais au moins ils lui avaient menotté les poignets devant elle.

— J'exige de rejoindre mes collègues, immédiatement.

— Vos collègues sont détenus pendant que nous recherchons dans l'avion la victime d'un enlèvement. Nous avons reçu des informations.

Hum.

— Pourquoi suis-je séparée d'eux ? J'exige de rester avec eux.

Elle ne prononça ces mots que pour avoir une excuse pour

se rapprocher.

L'homme du côté passager faisait de grands gestes avec son pistolet. Elle saisit l'arme, la faisant tourner dans sa main avec une telle dextérité qu'il resta là, abasourdi.

— Garez-vous, ordonna-t-elle au conducteur, assise suffisamment loin pour que le passager ne puisse pas récupérer son arme.

Le conducteur voulut prendre son pistolet.

— Lâchez votre arme, ou je vous mets une balle à tous les deux. Garez-vous. Maintenant.

Quand il obtempéra enfin, elle lui dit :

— Jetez la clé des menottes sur mes genoux.

Elle leva les yeux vers les siens et comprit qu'il avait l'intention de faire quelque chose de stupide.

— Essayez ça et votre ami mourra. Les mains sur le tableau de bord. Vous, cria-t-elle au passager, car c'était le seul volume sonore qu'il semblait saisir. La clé, maintenant.

Il parut comprendre qu'elle était sérieuse, et la clé atterrit entre ses cuisses. Elle la ramassa et la garda en main, sans quitter du regard les deux hommes en face d'elle. Sans doute son oncle avait-il payé grassement quelqu'un pour l'éloigner de ses partenaires.

— Dehors.

Le passager sortit de la voiture et resta planté au beau milieu de la route, ne sachant manifestement pas quoi faire. Elle verrouilla sa porte et pointa l'arme sur la tête du conducteur.

— Sortez lentement votre arme et jetez-la dans le bac côté passager. Laissez les clés sur le contact et sortez de la voiture.

Il comprenait manifestement l'anglais et obéit à ses ordres. Dès qu'il sortit, elle verrouilla sa portière. Elle se glissa sur le siège conducteur et conduisit assez loin pour s'arrêter en toute sécurité et retirer les menottes. Les deux hommes avaient sorti leurs téléphones et appelaient des renforts. Du côté de son oncle ou de l'armée ?

Ils avaient fait ce qu'elle était certaine qu'ils devaient faire – la laisser seule sans renfort.

Elle reconnaissait cette partie de la côte. La végétation tropicale luxuriante. Les falaises calcaires escarpées. Elle caressa l'idée de se faufiler jusqu'à l'avion, mais il était probable qu'il soit bien gardé, et les chances d'y retrouver Lucas et Alex étaient minces. Elle n'avait aucune idée de l'endroit où on les avait amenés, et si elle essayait de les retrouver, elle finirait emprisonnée.

C'était mieux ainsi. Voir Lucas blessé lui avait fait comprendre ce qu'elle ressentait pour cet homme. L'idée qu'il soit assassiné devant elle comme Martel était inacceptable. Elle ne s'en serait pas remise. Jamais. Elle préférait pourrir en prison ou se soumettre au désir tordu de son oncle plutôt que de voir Lucas souffrir.

Elle approchait d'un petit village rempli de boutiques touristiques, de petits hôtels et de centres de plongée. Le quartier avait été reconstruit depuis le tsunami et tout semblait plus chic, plus cher. Des panneaux bleus et blancs d'alerte au tsunami indiquaient un itinéraire d'évacuation. Des haut-parleurs flambant neuf brillaient sous le soleil couchant – un système d'alarme précoce qui donnait aux habitants et aux touristes une chance de survivre si l'impensable se reproduisait. Elle pouvait voir la mer bleue étincelante sur sa gauche, et ses mains tremblaient au souvenir de ce mur d'eau venant s'écraser sur elle. Elle s'arrêta à côté d'un magasin d'articles de plongée, haletante et en sueur à cause de la chaleur et de la peur. Même si cela faisait longtemps, elle ne ferait plus jamais confiance à l'océan. Mais l'océan n'était pas l'ennemi aujourd'hui. Elle enleva son gilet pare-balles et retira son T-shirt humide de sa peau. Un bus déjà bondé avançait au ralenti à quelques mètres de là, devant une petite épicerie. Elle glissa un pistolet à l'arrière de son pantalon, et l'autre dans sa botte.

Sans perdre un instant, elle fit signe au chauffeur de bus qu'elle allait juste acheter à boire et sauta à bord. Heureusement, le commerçant et le chauffeur de bus acceptèrent ses dollars américains.

Elle avait aussi acheté un chapeau pour se protéger du soleil. Elle rabattit le bord sur ses yeux et s'enfonça dans son siège, se rendant à cette réunion de famille à laquelle elle ne pouvait échapper.

LUCAS AVAIT L'IMPRESSION d'avoir été écrasé par un camion. Alex criait et gesticulait à l'intention de leurs ravisseurs, mais Lucas ne parvenait pas à détacher ses pensées d'Ashley à l'arrière de cette foutue jeep.

Il cracha du sang près des bottes du soldat qui lui avait défoncé le crâne avec un putain de fusil. Son regard devait renfermer la promesse d'un châtiment, car le petit con recula d'un pas.

Une limousine arriva, et il cligna des yeux lorsque l'inspecteur Nelson Shaw de la police de Hong Kong et un autre homme en sortirent et se précipitèrent vers le jeune homme qui semblait être le responsable. Les lettres « FBI » furent répétées en boucle à un volume croissant.

La tête de Lucas le lançait violemment quand Alex

s'approcha de lui.

— Tu le connais ? demanda Alex.

Lucas n'eut pas besoin de répondre. Nelson Shaw s'avança :

— Agent Randall.

Sa bouche formait une ligne sinistre.

— Je suis désolé.

— J'avais entendu dire que les Thaïlandais étaient amicaux. Apparemment pas.

Lucas eut du mal à parler avec sa mâchoire douloureuse.

— C'est de ma faute. Je leur ai demandé de vous retenir quelques minutes le temps qu'on arrive. Je ne leur ai pas demandé de vous frapper.

L'homme qui était arrivé avec Nelson s'approcha et cria au soldat le plus proche de les libérer avant de se présenter.

— Je suis l'inspecteur Benny Shinwari. Police royale thaïlandaise, Division de la répression des crimes.

Il lui tendit la main et Lucas la serra à contrecœur.

— Ils disent que vous avez résisté à l'arrestation. Je m'excuse. Ils ont cru que vous étiez des kidnappeurs et que l'agent Chen était en fait une victime.

Il portait un SIG Sauer P320 dans un étui latéral.

— Où est l'agent Chen ? demanda Lucas, qui aurait aimé arrêter de voir double.

Les soldats étaient remontés dans leurs camions. Le major s'approcha et aboya quelque chose à l'inspecteur thaïlandais dans sa propre langue.

L'inspecteur de Bangkok blanchit.

— Il y a eu une incompréhension. Il dit avoir reçu l'ordre d'emmener l'agent Chen à un autre endroit.

— Dites-lui de trouver au plus vite d'où viennent ces

ordres parce que ça doit être quelqu'un qui est de mèche avec les Dragon Devils, dit précipitamment Nelson. Et dites à ses soldats de la ramener dès que possible.

L'inspecteur Shinwari alla transmettre le message. Lucas vit l'un des soldats du major tendre un téléphone à son supérieur. Les yeux de l'homme s'écarquillèrent et il commença à aboyer des instructions à ses troupes, qui coururent pour monter à bord du convoi. Les chauffeurs démarrèrent et les véhicules partirent en grondant.

— Qu'est-ce qui vient de se passer ? demanda Lucas.

— Montez dans la voiture, dit précipitamment l'inspecteur Shinwari, je vous expliquerai en chemin.

Mais Alex préféra courir jusqu'aux marches de l'avion. Lucas le regarda parler rapidement à l'équipage, qui restait planté là, ne comprenant pas ce qui se passait. Alex rentra à l'intérieur. Lucas savait exactement ce qu'il faisait. Deux minutes plus tard, il réapparut avec un sac noir, deux gilets pare-balles et leurs armes.

Personne ne broncha quand Alex lui tendit le SIG. Lucas vérifia la chambre tandis que l'inspecteur s'élançait derrière le camion de l'armée. Ils le rattrapèrent au bout de quelques kilomètres et se garèrent sur le bord de la route. Le camion s'était arrêté pour récupérer les deux soldats qui avaient emmené Ashley. Aucun signe d'elle ou de la jeep.

L'inspecteur bondit hors du véhicule et Lucas baissa la vitre. Il aurait aimé pouvoir comprendre leur langue.

L'inspecteur remonta dans le véhicule.

— Il semble que l'agent Chen se soit enfuie avec la jeep et ait pris leurs armes. Ils ne savent pas où elle est allée.

Lucas échangea un regard avec Alex. Eux savaient. Il remonta la fenêtre.

— Qu'est-ce que vous faites là, Nelson ? demanda Lucas.

La dernière fois qu'ils avaient parlé, le type lui avait dit qu'il restait à Boston pour quelques jours.

— Mon patron m'a ordonné de retourner à Hong Kong.

Il n'avait pas l'air ravi de la situation.

— Puis la nouvelle de l'agression de l'agent du FBI en charge de l'équipe est tombée, ainsi que l'enlèvement de votre seul témoin, et j'ai su que les emmerdes étaient bien là. J'ai reçu un tuyau selon lequel on avait vu Yu Chang embarquer sur un bateau au large de la Thaïlande. Je suis immédiatement venu ici. J'ai essayé d'appeler votre bureau pour coordonner une opération, mais j'ai été redirigé vers l'ASAC Lincoln Frazer. Il n'avait pas l'air très content.

Lucas grimaça.

— Il m'a dit qu'il avait des agents en route pour la Thaïlande, et que si je voulais participer à l'arrestation, je devais ramener mon cul à l'aéroport de Phuket dès que possible et vous assister.

Nelson jeta un coup d'œil à l'inspecteur Shinwari.

— Benny et moi, nous avons déjà travaillé ensemble à de nombreuses reprises par le passé. Nous savions que nous n'arriverions pas à temps pour votre arrivée, alors nous avons demandé aux militaires de vous retenir.

Lucas lui jeta un regard noir.

Benny intervint :

— Nous avons dit qu'il s'agissait d'un enlèvement. Nous n'avons pas dit que vous étiez les kidnappeurs.

Ses mains se crispèrent sur le volant.

— Est-ce qu'on reste ici pour chercher l'agent Chen, ou est-ce qu'on se rend sur le lieu de l'échange mentionné par Frazer ?

Des milliers de pensées traversaient la tête de Lucas, et aucune n'était bonne.

— L'échange doit se faire à Khao Lak. Allons-y.

— Vous avez apporté du liquide ?

Benny regarda le sac noir dans le rétroviseur avec intérêt.

— Ils ne voulaient pas d'argent.

— L'immunité ? Ils doivent savoir que cela ne tiendra pas juridiquement auprès des autorités thaïlandaises, souligna Benny.

— Ils n'ont pas demandé l'immunité.

— Alors que voulaient-ils ?

Benny perdait patience.

Lucas regarda par la fenêtre.

— Ashley. Ils veulent l'agent Chen.

— Pourquoi voudraient-ils…

— Son vrai nom est Jenny Britton. Vous savez, la nièce morte dans le tsunami ? Eh bien, c'est l'agent Chen.

La mâchoire inférieure de Nelson se décrocha.

— Putain de merde. Et Yu Chang l'a découvert ? Il veut la punir pour sa trahison ?

La colère s'afficha soudain sur ses traits, et Lucas lut dans ses pensées.

— Ou bien s'enfuit-elle pour retrouver la sécurité du cercle familial ? Est-ce à cause d'elle qu'on n'a pas pu attraper ces salauds pendant toutes ces années ?

— Non, grogna Lucas.

— Vous êtes sûr de ne pas vous être laissé aveugler par son joli visage ? demanda Nelson.

L'inspecteur ne passa pas loin des lésions permanentes en prononçant cette phrase.

Lucas le fixa.

— Elle a dit que son oncle nourrissait une obsession sexuelle malsaine pour sa mère, puis pour elle. Elle m'a expliqué que, quelques instants avant que la vague ne frappe, il a tué un de ses petits amis, un certain Martel Gunter.

Les yeux de l'inspecteur local s'agrandirent.

— Elle a profité de la catastrophe naturelle pour disparaître et échapper à Yu Chang, jusqu'à ce que quelqu'un la reconnaisse, et que les Dragon Devils découvrent qu'elle était toujours en vie.

— Je me souviens de Martel Gunter. Son père était un diplomate allemand de haut rang, et il a toujours pensé que la mort de son fils n'était pas naturelle.

— Il avait raison.

Lucas cligna des yeux pour essayer d'y voir plus clair, essayant de prétendre que c'était dû au coup reçu à la tête plutôt qu'au coup porté à son cœur. Il n'avait jamais eu aussi mal de toute sa vie.

— Où sont les renforts ? demanda Alex en vérifiant son arme.

Ils avaient traversé la ville et passaient désormais devant des plantations de caoutchouc et d'huile de palme.

Les deux inspecteurs échangèrent un regard.

— C'est nous, les renforts.

— Sérieusement ?

Alex secoua la tête. Benny haussa les épaules.

— Le commandant à Phuket a la réputation d'accepter des pots-de-vin. Si c'est vrai, alors Yu Chang l'a probablement déjà atteint. Nous pourrions appeler l'armée…

— Non, intervint Alex. Nous avons vu l'armée en action.

— Combien d'hommes entoureront Chang selon vous ? demanda Lucas.

Nelson grimaça.

— Un homme aussi paranoïaque que lui et avec autant d'ennemis… Je m'attendrais à ce qu'il voyage avec au moins vingt gardes bien armés. Où doit avoir lieu la rencontre exactement ? Je peux peut-être arranger une sorte d'assistance.

— La villa où ils se trouvaient quand le tsunami a frappé.

Benny hocha la tête.

— La nuit va tomber avant qu'on y arrive.

Nelson consulta sa montre.

— Alors, conduis plus vite. Je ne compte pas laisser passer cette occasion d'attraper Yu Chang.

— Laissez-moi conduire, exigea Alex.

L'inspecteur thaïlandais éclata de rire.

— Vous ne connaissez pas les routes…

Alex appuya son arme sur la tempe de l'homme.

— Ce n'est pas négociable.

Ils changèrent de conducteur sur le bord de la route, l'inspecteur thaïlandais se plaignant bruyamment des manières d'Alex. Nelson changea de place pour que Benny puisse s'asseoir à l'avant et servir de copilote. Lucas regarda l'océan étincelant, parsemé d'îles d'une beauté stupéfiante. Il était impossible d'imaginer la dévastation que la vague avait causée dans cette région. Le fait qu'Ashley ait survécu à ce désastre était un miracle.

Comment parvenait-elle à tenir le coup ? Elle était terrifiée par l'océan, mais elle se lançait tout de même à la poursuite de Yu Chang.

C'était vraiment une femme incroyable : intelligente, courageuse, déterminée. Le FBI avait de la chance de l'avoir.

Sa bouche devint sèche. Il avait de la chance de la connaître, elle, pas l'être distant qu'elle présentait au monde.

Personne d'autre ne la connaissait comme ça. Personne d'autre ne la connaissait comme lui.

Toutes les opportunités manquées lui criaient qu'il avait commis une grave erreur. Il ne lui avait pas dit qu'il l'aimait. Et à présent, il pourrait bien ne jamais en avoir l'occasion.

CHAPITRE VINGT-QUATRE

ASHLEY DESCENDIT DU bus et marcha le long d'une plantation de cocotiers et d'une forêt tropicale sauvage et tentaculaire, jusqu'à la parcelle de terre où se trouvait la villa. Ce n'était plus qu'une ruine, l'un des rares endroits à ne pas avoir été rasé et reconstruit. L'eau d'un bleu saphir s'étendait jusqu'à l'horizon, calme et mortelle.

Elle luttait contre l'envie de s'enfuir à chaque pas. Sa peur n'était pas abstraite. Elle était aussi solide que du titane et résidait dans son esprit comme un monstre vivant et respirant. Et ce monstre essayait de s'échapper.

En ajoutant à cela le souvenir de Lucas mis à genoux par le fusil de ce soldat, elle était soulagée de n'avoir rien mangé depuis des heures.

Comment pourrait-il lui pardonner ses mensonges et sa stupidité ? À cause d'elle, des gens avaient été blessés, d'autres tués. Même si par miracle elle survivait à cette rencontre, les chances qu'ils finissent ensemble étaient nulles. Aucune personne saine d'esprit ne pourrait aimer quelqu'un comme elle. Quelqu'un dont les proches avaient fait souffrir des milliers d'innocents pour se remplir les poches.

Ils la dégoûtaient. Elle se dégoûtait elle-même.

Rien de tout cela n'avait d'importance, de toute façon. Ils s'étaient trouvés pendant une période de stress intense.

L'attirance entre eux était réelle, mais le reste ne durerait probablement pas au-delà de quelques rendez-vous. Ils n'avaient pas d'intérêts communs – d'ailleurs, elle ne savait même pas quels étaient ses intérêts en dehors de la chambre et du travail.

Alors pourquoi l'idée de ne plus le revoir lui faisait-elle aussi mal que l'idée de mourir ?

Elle n'en savait rien, et ne pouvait pas se permettre d'y penser pour l'heure. Elle avait besoin d'y voir clair. Elle devait se venger et se racheter.

La seule chose qui comptait était de trouver un moyen de sauver cette adolescente et de mettre fin à ce cauchemar pour de bon. Ensuite elle s'occuperait du reste ; de son travail, du fait qu'elle risquait la prison, de Lucas. D'abord, elle avait besoin de voir l'empire criminel de sa famille détruit.

La bête à l'intérieur de son esprit commença à s'agiter dans sa cage alors que l'odeur de l'océan devenait plus forte. Elle se concentra sur les techniques d'hypnothérapie qu'elle avait apprises au fil des ans. Le fait qu'elle continue à mettre un pied devant l'autre signifiait qu'elles devaient fonctionner.

Le pantalon tactique noir et le haut à manches longues dénotaient avec la tenue traditionnelle des touristes et lui valurent quelques regards étonnés. Au moins, son chapeau empêchait les rayons féroces du soleil couchant de l'éblouir.

Des bateaux de pêche se balançaient sur l'eau. Un grand navire avait jeté l'ancre en pleine mer. Il en avait été de même le jour où la vague était arrivée, et de nombreux bateaux avaient été emportés loin dans les terres. Elle combattit l'effroi glacial qui essayait de l'entraîner aussi sûrement que cette vague.

Khao Lak était un paradis. À seulement une heure de route

au nord de Phuket, c'était la Mecque des touristes. En ce jour fatidique, le séisme de magnitude 9,3 qui s'était produit à 160 km au large des côtes de Sumatra était le deuxième plus important jamais enregistré. La ligne de faille de mille deux cents kilomètres avait laissé une cicatrice au fond de l'océan, toujours présente aujourd'hui.

Des îles ou des courants au large des côtes thaïlandaises avaient canalisé l'eau et la vague qui en avait résulté avait fait plus de dix mètres de haut lorsqu'elle avait finalement touché Khao Lak. Près de quatre mille personnes avaient perdu la vie ce jour-là dans cette seule région.

L'émotion montait en elle tandis qu'elle se forçait à avancer vers la plage. Le traumatisme était toujours là, gravé dans son esprit, aussi vif que lorsqu'il s'était produit. L'odeur de l'eau salée, le bruit du ressac, la sensation du sable entre ses orteils, tout cela lui conférait un sentiment d'horreur.

Toutes les thérapies du monde ne servaient à rien si vous ne pouviez affronter vos peurs.

Elle s'obligea à progresser au milieu des restes de la villa, passant par la porte d'entrée, puis évoluant au milieu des ruines sur lesquelles la forêt reprenait ses droits. Ses membres tremblaient lorsqu'elle atteignit le patio où le pauvre Martel était mort. Tout ça parce qu'il avait été séduit par une fille qui s'était avérée être un poison.

Elle voyait le bateau plus clairement désormais. Un énorme croiseur avec son propre héliport. Il devait être à son oncle. Elle eut un sourire sinistre.

Commençant à frissonner, elle entreprit de faire un feu avec du bois flotté éparpillé en bordure de la plage. L'odeur des lampes tempête flottait dans l'air, faisant naître dans son esprit des souvenirs : allongée dans un hamac, serrée contre Martel, ses doigts caressant lentement son bras.

Elle chassa ses souvenirs. Martel obtiendrait justice. Elle y veillerait.

Elle demanda une boîte d'allumettes à des ouvriers qui livraient une pile de bois à un hôtel en construction à côté. Fort heureusement, ils partirent peu après et tout redevint calme. Moins de gens susceptibles d'être pris entre deux feux.

Elle ne se cachait pas. Elle avait réalisé ces dernières heures que tant qu'elle n'affronterait pas son passé, elle ne serait jamais libre de vivre sa vie. Elle se tenait debout, les bras croisés et le menton levé. Elle lançait un défi au diable, un défi auquel elle savait qu'il ne pourrait pas résister.

— Viens me chercher, connard.

MAIS QU'EST-CE QU'ELLE fout ?

Lucas ne savait pas à quoi jouait Ashley, assise sur la plage devant un feu de camp en attendant que les Dragon Devils viennent la chercher. Si c'était son « plan », il était à chier.

Grâce aux talents de conducteur d'Alex, tous les quatre avaient atteint la zone avant Ashley, mais étaient restés hors de vue et avaient attendu le crépuscule pour se mettre en position et couvrir le périmètre.

Mais leurs ressources étaient limitées. Ils auraient eu besoin de fusils, de lunettes de vision nocturne et d'une équipe d'opérations spéciales pour éliminer ces salauds. Tout ce qu'ils avaient, c'étaient des armes de poing à portée limitée, des oreillettes avec micro intégré, deux paires de jumelles, et beaucoup de motivation.

Lucas était au plus proche de la mer, du côté nord de cette

petite baie, masqué par la nuit et quelques palmiers. Alex et Nelson étaient cachés dans les ruines de la villa, et son nouveau copain, Benny, était au deuxième étage d'un hôtel en construction au sud. Cette position n'était pas idéale pour participer à un combat, mais elle leur offrait un bon point de vue. En supposant qu'ils puissent faire confiance à ce type.

Benny avait affirmé que son patron à Bangkok passait des coups de fil pour obtenir des renforts. Après l'intervention militaire dont Lucas avait récemment fait l'expérience, il espérait vraiment qu'ils sauraient de quel côté ils étaient.

— Vous êtes sûr qu'elle n'est pas passée du côté obscur ? demanda Nelson dans l'oreillette.

— Certain, répondit Lucas.

Mais l'était-il ?

Cette femme avait réussi à tromper les détecteurs de mensonges. Comment pouvait-il vraiment savoir si elle disait la vérité ou non ? Était-il prêt à parier la vie de Becca sur le fait qu'elle disait vrai alors que ses émotions transformaient la situation en un véritable bourbier ?

La question demeurait : si Ashley travaillait pour l'entreprise familiale, pourquoi les malfaiteurs auraient-ils enlevé Becca ? Pourquoi ne pas simplement tuer la gamine à l'hôpital ou chez Sloan ?

Mais Ashley était absente quand Becca et Sloan avaient été enlevées, réalisa-t-il soudain.

Peut-être que les Dragon Devils avaient compris que quelqu'un retenait Ashley contre son gré et avaient élaboré un plan pour la récupérer. À présent, les Dragon Devils et elle étaient en sécurité hors des États-Unis, et elle attendait tranquillement à quelques centaines de mètres de l'armée de mercenaires de son oncle.

Ses sentiments pour cette femme, même s'il n'était pas sûr de lui faire confiance à cent pour cent, l'amenaient à douter sérieusement non seulement de sa santé mentale, mais aussi de ses capacités en tant qu'agent. Mais il avait prêté serment de foi et d'allégeance aux États-Unis d'Amérique. Il pouvait être en conflit avec ses sentiments, mais il n'était pas en conflit avec sa loyauté. Ce fut là qu'il réalisa qu'il lui *faisait* confiance. À cent pour cent. Parce qu'elle avait prêté ce serment aussi, et qu'elle avait prouvé son dévouement. On ne simulait pas une décennie de dévouement, pas quand vos proches étaient des milliardaires à la tête de la plus grande organisation criminelle d'Asie, voire du monde.

C'était facile d'être moralisateur quand on n'avait jamais été confronté à un dilemme moral à l'issue fatale. Cette prise de conscience le frappa soudain. Comment pourrait-elle lui pardonner ce qu'il avait fait ? Agir comme s'il était moralement supérieur, remettre en question ses motivations et ses valeurs, alors qu'il l'avait kidnappée dans les rues de Virginie et retenue contre son gré, remettant en question son honneur et son intégrité à chaque étape.

Il ne lui en voudrait pas si elle ne lui adressait plus jamais la parole, mais cela ne l'empêcherait pas de faire tout son possible pour les sortir tous vivants de cette situation.

Il croyait en elle. Il ferait en sorte que rien ne lui arrive. Ni le soir même. Ni le lendemain. Ni l'année suivante.

Durant l'heure qui suivit, il n'y eut aucun mouvement, à l'exception des touristes qui entraient et sortaient de l'eau à environ 800 mètres de la plage. L'odeur de la viande grillant sur un barbecue fit gronder son estomac. Au moins, ils avaient pu acheter de quoi boire et manger dans l'une des petites villes animées sur le chemin.

Il commençait à se demander s'ils ne s'étaient pas trompés sur les occupants du bateau. C'était peut-être une star de cinéma ou un membre de la famille royale à la recherche d'un peu de tranquillité. Puis deux vedettes apparurent de l'autre côté du bateau, se dirigeant à grande vitesse vers la plage.

C'est parti pour le spectacle.

— Qu'est-ce qu'on a ? murmura-t-il à Alex et Benny qui avaient les jumelles.

— Dix hommes adultes, dont sept portent des fusils d'assaut. Je vois Yu Chang et son fils. Et le neveu, Andrew Britton.

Benny avait l'air ravi. C'était l'ensemble des dirigeants des Dragon Devils.

— J'aurais dû te faire confiance, Nelson. On aurait dû encercler cet endroit. Mon patron va avoir une crise cardiaque. Les renforts sont en route.

Mais arriveraient-ils à temps ?

La capture de ces sacs à merde serait un coup d'éclat pour les autorités thaïlandaises, et Lucas était sûr que les Américains remueraient ciel et terre pour extrader ces criminels vers les États-Unis afin qu'ils y soient inculpés. Tant qu'ils étaient sous les verrous, il se fichait de l'endroit où ils seraient incarcérés.

— Aucun signe de l'otage ? demanda Lucas.

Bon sang, il espérait que Becca était vivante. Il ne se pardonnerait jamais de ne pas avoir tenu la promesse qu'il lui avait faite.

— Négatif.

— Je vois une silhouette attachée au fond du deuxième bateau, corrigea Alex.

Lucas ignorait comment il pouvait voir ça dans le noir, mais il ne posa pas de questions.

Alors que les bateaux filaient vers le sable, Ashley se leva. À la lumière du feu de camp, il la vit sortir une arme de poing qu'elle avait dû voler à l'un des soldats plus tôt. Elle vérifia la chambre, puis garda l'arme à la main, le bras le long du corps.

— Que pense-t-elle pouvoir faire face à tous ces AK ? demanda Nelson d'une voix tendue.

Lucas ne répondit pas. Il avait l'impression d'avoir avalé une poignée de sable. Son cœur s'emballa comme un moteur à combustion unique luttant pour alimenter un V8. Il ne s'était jamais senti aussi impuissant. Il n'avait jamais eu à regarder quelqu'un qu'il aimait se livrer en échange d'une enfant qui méritait mieux comme destinée.

Les bateaux atteignirent l'extrémité du ressac, et il allait s'approcher quand un bruit derrière lui et un mouvement furtif lui indiquèrent qu'il avait de la compagnie.

Eh merde.

CHAPITRE VINGT-CINQ

L A PLEINE LUNE brillait sur la mer d'Andaman tandis qu'Ashley regardait l'homme dont elle avait passé plus de dix ans à se cacher descendre avec difficulté d'un petit bateau dans quelques centimètres d'eau.

La peur de son oncle faisait ressortir le blanc de ses yeux alors qu'il atteignait le sable. Elle était heureuse d'avoir choisi cet endroit pour son dernier combat.

La peur se transforma en appétit lorsqu'il la vit debout près du feu qui crépitait et crachait, en accord avec son humeur. Un frisson lui parcourut l'échine lorsqu'elle reconnut cet appétit pour ce qu'il était : une obsession tordue. Pas seulement le désir de réclamer son corps, mais le besoin de la lier à lui, de posséder son âme. Pas étonnant que sa mère l'ait rayé de sa vie et n'en ait jamais parlé. Avait-il abusé d'elle ? Était-ce pour ça qu'elle avait fui aux États-Unis et n'était jamais rentrée ?

Ashley était heureuse que sa mère se soit échappée et ait trouvé le bonheur avec son père, même si leur vie commune avait été brutalement écourtée.

Elle détourna le regard de Yu Chang et posa les yeux sur son cousin, qui la salua avec son habituel sourire insouciant. Quel malade. Puis son frère arriva.

Il la regardait d'un air sombre, mais l'angle de son menton

le trahissait. Même après toutes ces années, elle savait que, même s'il avait l'air calme à l'extérieur, à l'intérieur il paniquait.

Tant mieux.

Son oncle s'approcha. Le feu dansait dans ses yeux comme un démon prenant vie.

Elle leva son arme, et deux des hommes se placèrent immédiatement devant son oncle, visant la tête d'Ashely avec leur fusil – comme si l'idée d'une balle pouvait lui faire peur. Elle faillit rire aux éclats.

Elle souleva son arme davantage et pressa le canon contre son crâne.

— Un pas de plus, et j'appuie sur la gâchette.

Son oncle écarta ses gardes et leur parla en cantonais. Ils bougèrent, même s'ils n'en avaient clairement pas envie. Yu Chang fit un demi-pas hésitant en avant, puis un autre, jusqu'à ce qu'il n'y ait plus qu'un mètre cinquante de distance entre eux.

— Ça suffit.

Elle sentit ses genoux vaciller. Ses doigts se crispèrent sur la gâchette.

— Un pas de plus, Chang, le prévint-elle, et tu m'auras perdue pour toujours.

Il plissa les yeux. Brandon alla se placer à sa droite.

— Reste dans mon champ de vision, Brandon.

Elle n'avait pas confiance en son cousin.

— Où est Becca ?

— Allez chercher la fille, dit Andrew.

Ashley dut encaisser la réalité : il était vraiment l'un d'entre eux. Le frère qu'elle avait aimé était aussi mauvais que le reste de sa famille.

Une jeune fille s'éloigna des bateaux et tituba sur la plage, les mains liées derrière sa petite taille. À la lumière du feu de camp, on voyait qu'elle était sale. Du sang coulait sur son menton, sous la large bande de ruban adhésif lui couvrant la bouche. Elle avait de grands yeux terrifiés et des cheveux emmêlés, mais se déplaçait rapidement, sans aucun signe évident de blessure. Becca avait appris l'art de la survie dans un monde hostile. *Faire tout ce qu'il faut.*

Son oncle attrapa la fille, la poussa à genoux, sortit son couteau et le mit sous sa gorge.

Ashley sentit ses intestins se tordre doublement. Avait-il prévu de recréer la scène du meurtre de Martel juste pour prouver qu'il avait le contrôle ? Grand Dieu, elle détestait cet homme. Les années qui s'étaient écoulées n'avaient pas atténué son dégoût.

— Si tu te suicides, je la tuerai – lentement.

Le ton de Yu Chang était devenu jubilatoire. Il pensait qu'il avait gagné. Il pensait pouvoir prédire son comportement.

Il n'en savait rien.

— Épargne la fille et tu auras ce que tu veux vraiment. Moi. Sinon, on mourra toutes les deux ici ce soir.

Elle adressa à Becca un petit sourire d'excuse. Puis elle croisa le regard de son oncle.

— Et avec le FBI sur tes traces, tu ne mettras pas longtemps à connaître le même sort.

Son doigt commença à enfoncer la gâchette. Son cœur martelait violemment sa cage thoracique. Qu'il en soit ainsi. Elle ne voulait pas mourir, mais elle ne reculerait pas. Reculer ne lui apporterait rien d'autre que de savoir qu'elle avait échoué à faire la seule chose pour laquelle elle était venue ici.

Sauver Becca.

Lucas était-il dans le coin ?

Cette idée la terrifiait quelque part, mais elle voulait se montrer digne de lui, digne du Bureau auquel ils croyaient tous les deux. Elle regrettait de ne pas lui avoir dit qu'elle l'aimait. Pour une femme qui avait eu trop peur ne serait-ce que d'aller à un deuxième rendez-vous pendant des années, c'était une sacrée prise de conscience.

Yu Chang la regarda en plissant les yeux, essayant de déterminer si elle bluffait ou non. Elle ne bluffait pas. Elle voulut fermer les yeux en sentant que la détonation était proche, mais n'osa pas. Une autre fraction de millimètre, et elle serait morte.

— Assez ! Je vais la laisser partir, dit Yu Chang d'un ton sec. Mais comment savoir que tu tiendras parole et que tu ne nous tueras pas une fois qu'elle sera libérée ?

Elle soutint son regard et laissa son intensité le convaincre.

— Je le jure sur mon honneur.

Elle aurait préféré le tuer.

Il se tourna vers l'un des hommes.

— Laisse-la partir.

Becca fut remise sur pieds, et quelqu'un trancha ce qui liait ses poignets. Brandon la poussa en avant, et elle trébucha vers le feu. Ashley était prête pour ses jeux sadiques, et le pistolet ne s'éloigna pas de son crâne. Elle se pencha, aida la gamine à se relever et lui glissa à l'oreille :

— Va-t'en. File loin d'ici. Cours. Cache-toi. Lucas te trouvera.

Becca lui serra le bras, et cette infime manifestation de soutien fit monter les larmes aux yeux d'Ashley.

— Vite, dit-elle.

Becca s'éloigna en titubant, mais Ashley ne la regarda pas partir. Au moins désormais, Becca pourrait s'en sortir. Avec un peu de chance, Lucas était en chemin, ou Frazer avait fait jouer ses contacts pour obtenir de l'aide.

Elle devait laisser à la gamine le temps de s'enfuir. Elle se tourna vers son frère, son arme toujours pointée sur son crâne.

— Tu as l'air en forme, Andrew.

C'était un mensonge. Il avait une mine atroce. Il était pâle et décharné.

— Tu as une femme ? Une petite amie ? Je me demande ce qu'elle pense du fait que tu sois dans le commerce de la chair.

Il serra les lèvres.

— Quand j'ai rejoint le FBI, j'ai fait quelques recherches. J'ai cherché ton amour de lycée, Monica – tu te souviens de Monica, n'est-ce pas ?

— Je me souviens qu'elle m'a trompé.

Son ton indiquait qu'il était encore en colère à ce sujet.

Un vrai môme.

Yu Chang et Brandon échangèrent un regard. Ashley pensait savoir pourquoi.

— Monica a porté plainte pour avoir été droguée et violée par plusieurs hommes peu de temps après que nous avons quitté la Californie. Ils n'ont jamais attrapé les coupables.

Ashley redressa l'échine et pensa aux horreurs que tant de femmes avaient endurées aux mains de son oncle et de son cousin.

— Mais j'ai découvert autre chose avant de quitter les États-Unis.

Dans l'avion pour la Thaïlande.

— Une correspondance dans le CODIS reliant deux profils ADN prélevés sur le duplex à Cambridge au sperme trouvé dans le kit de viol de Monica.

Elle regarda son cousin en ricanant.

— Personne n'a jamais su qui avait orchestré ça ou envoyé les photos à Andrew. Beau travail, Brandon. Mais blesser les femmes et manipuler les gens, c'est ta spécialité, pas vrai ?

— Tu mens.

Andrew serrait les poings.

— Alors tu ne croiras pas ce que j'ai découvert au sujet du crash de l'avion de nos parents.

Elle soutint le regard de son oncle cette fois, et il cligna des yeux et détourna le regard.

— Ce n'était pas un accident. Une bombe a détruit le moteur. Yu Chang a tué sa propre sœur, une femme qu'il prétend avoir aimée – pas étonnant que la culpabilité lui ait fait perdre la tête.

La bouche de son oncle se resserra.

— Le TEDAC cherche des similitudes avec l'explosion de Boston.

C'était un mensonge, mais elle le suggérerait certainement à Frazer si jamais elle le revoyait.

Andrew secoua la tête et s'éloigna d'un pas de leur oncle et de Brandon.

— C'est un mensonge.

— Arrête ça. Tu *sais* que c'est vrai. Tu le sais depuis des années, mais tu as toujours été trop faible pour les confronter à ce sujet.

Andrew se tourna vers Yu Chang.

— C'est vrai ? exigea-t-il de savoir.

— N'élève pas le ton quand…

— Est-ce que c'est vrai ? rugit Andrew.

Son oncle parut décontenancé par la véhémence

d'Andrew. Brandon regarda nerveusement son frère, puis son père.

Yu Chang déglutit.

— C'était un accident.

— Tu veux dire que tu voulais seulement tuer notre père, déclara Ashley avec amertume.

— Ferme-la, salope, dit Brandon.

Andrew avait l'air dévasté. Pour un gars intelligent, il était remarquablement bouché parfois. Ou peut-être avait-il fait ce qu'il fallait pour survivre.

Une ombre se déplaça dans son champ de vision, sur sa droite. Un homme marchait vers eux, les mains jointes sur la tête. Elle reconnut immédiatement la silhouette aux larges épaules. Des griffes lui déchirèrent le cœur.

C'était Lucas.

Non.

Une masse sortit de nulle part et la projeta au sol. Elle lâcha son arme qui atterrit hors de portée, près des pieds de son frère.

Le sourire sur le visage de Yu Chang était lisse et huileux.

Une botte s'enfonça dans son estomac et elle sentit la bile remonter dans sa gorge. Avant qu'elle puisse respirer, Brandon la frappa à nouveau.

— Arrête ! s'écria Andrew.

Elle le regarda à travers des larmes de douleur et réussit à rire.

— Que pensais-tu qu'il arriverait ?

Sa bouche s'assécha quand elle réalisa qu'elle avait perdu. Elle aurait préféré mourir plutôt qu'il arrive quelque chose à Lucas, mais parce qu'elle avait choisi de faire cavalier seul, elle allait le regarder mourir lui aussi.

Brandon lui donna un coup de pied dans le dos et elle poussa un cri d'agonie.

— Ça, c'est pour les mensonges qu'elle vient de débiter, et ça, c'est pour être devenue une salope de fédérale.

Il lui donna un autre coup de pied, et sa vision se troubla. Peut-être allait-il la battre à mort. Ainsi elle n'aurait pas à les regarder faire du mal à Lucas, ou à endurer ce que son oncle avait prévu.

— Laisse-la, ordonna Yu Chang.

Brandon s'arrêta et s'écarta, avec l'expression d'un enfant irascible.

Ashley roula dans le sable, son corps au summum de l'agonie. Mais elle préférait n'importe quelle douleur physique au traumatisme émotionnel de ce qui pourrait arriver ensuite.

Alors que Lucas s'approchait du feu, elle vit ce visage qu'elle aimait tant. Les angles aigus de ses pommettes, son menton têtu, ses yeux magnifiques. Du sang séché maculait le côté de sa tête, à l'endroit où le soldat l'avait frappé avec son fusil un peu plus tôt.

Bon sang.

Mais son expression était complètement indéchiffrable. Elle n'arrivait pas à lire en lui. Elle aurait aimé pouvoir lui dire qu'elle l'aimait, mais Yu Chang ne lui aurait fait que plus de mal. Chang était déjà monstrueux.

Elle se mit à genoux. Une de ses côtes était probablement cassée, et elle avait du mal à respirer. Les remords étaient encore plus douloureux.

— Je suis désolée de vous avoir impliqué dans tout ça, agent Randall, dit-elle péniblement.

Il lui adressa un sourire et un clin d'œil.

— C'est mon travail, agent Chen.

LUCAS AURAIT VOULU sauter par-dessus les gardes armés et arracher la tête de Brandon Chang. Il lui fallut toute la discipline qu'il avait apprise au combat pour ne pas foncer immédiatement au secours d'Ashley. Ils n'avaient qu'une seule chance de s'en sortir, et les probabilités qu'ils s'en sortent vivants étaient au mieux minces.

L'un des gardes du corps de Chang l'avait surpris, mais Alex avait pris le dessus sur cet enculé et lui avait rendu la pareille. À eux quatre, ils avaient traqué trois autres hommes de main de Chang et les avaient dépouillés de leurs vêtements et de leurs armes.

Alex poussa Lucas devant, le gardant entre Alex et les sbires de Chang. Benny et Nelson longeaient la plage de l'autre côté. Feignant d'être en confiance, ils s'approchaient du groupe dans l'obscurité comme s'ils en faisaient partie. C'était un pari risqué, mais quel choix avaient-ils ?

Il n'était pas question qu'il laisse les Devils prendre Ashley. Pas moyen.

Dès que Benny et Nelson se furent approchés à moins de dix mètres du feu, Lucas tomba à genoux et pointa l'arme qu'il tenait derrière sa tête. Quelqu'un tira avant que les mots « FBI » ne quittent ses lèvres.

Il resta baissé, roula et utilisa l'un des hommes de Yu Chang comme bouclier pendant qu'il éliminait les gardes les plus proches du vieil homme. Alex s'occupait de ceux qui étaient plus loin avec les AK, les abattant avec une précision infaillible.

Il ne fallut pas longtemps pour que les Devils commencent à battre en retraite.

Brandon essaya de tirer son père vers le bateau, mais le vieil homme refusait de quitter Ashley. Le vieux salaud s'était agrippé à son poignet. Elle était recroquevillée dans le sable alors que des balles pleuvaient au-dessus de sa tête.

L'une d'elles frôla la joue de Lucas, qui mangea du sable en roulant pour se mettre en position de tir. Il toucha l'homme qui lui avait tiré dessus – le connard de *Cho* du bordel – et les gardes restants se dispersèrent et commencèrent à s'enfuir.

Le frère d'Ashley s'était laissé tomber sur le sable lorsque les tirs avaient commencé et parut soudain sortir de sa torpeur. Il se leva et ramassa l'arme qu'Ashley avait tenue contre sa tête.

Lucas avait failli faire un infarctus en la voyant agir de la sorte. Andrew leva l'arme, et Lucas était sur le point de l'abattre quand Andrew leva le pistolet plus haut, le pointant sur la poitrine de son cousin.

— Tu as dit à ton père pour Lily, c'est ça ? Tu lui as dit que je tenais à elle, et que c'est pour ça qu'il l'a violée.

Andrew tira, et Brandon Chang s'écroula avec un éclair de surprise dans les yeux. Il lâcha la main de son père.

Ashley donna un coup de pied au vieil homme assez fort pour le faire lâcher prise et elle recula dans le sable vers l'endroit où Lucas était accroupi.

Brandon éclata de rire dans le silence soudain, envoyant quelque chose d'inquiétant dans les veines de Lucas. Ce type avait l'air fou.

— C'est *maintenant* que tu décides de te faire pousser une paire de couilles ?

— Tu as violé Monica pour pouvoir m'envoyer ces photos et nous faire rompre.

Brandon le regarda d'un air mauvais.

— Elle voyait d'autres gars, Andy. Je t'en ai juste donné la preuve. Elle a trop bu, nous a tous baisés, puis a crié au viol.

— Je ne te crois pas !

Andrew lui tira à nouveau dessus et cette fois une rose rouge naquit au niveau de la poitrine de Brandon. Lucas était presque sûr que Brandon Chang était mort. Il avait été visé en plein cœur.

Yu Chang regarda autour de lui, bouche bée, apparaissant soudainement comme un vieil homme frêle plutôt que comme un vicieux cerveau criminel. Ses hommes avaient fui. Son fils était mort. Son regard passa d'abord sur son neveu, puis sur sa nièce. Ses yeux se fixèrent sur Ashley.

Chang se mit à genoux.

— Je t'aime, Jun, plaida-t-il. Tout ce que j'ai fait, c'est parce que je t'aime. Ne me quitte pas à nouveau. Je t'en supplie, ne me quitte pas.

— Je ne suis pas Jun, espèce de malade. Tu as tué Jun, fit Ashley d'une voix tremblante. Et tu n'as pas le droit de coucher avec ta sœur ou ta nièce juste parce que tu en as envie.

Lucas plaça fermement Ashley derrière lui, refusant au vieil homme le plaisir de la regarder.

Le regard d'Andrew se tourna vers sa sœur.

— Mon Dieu, Jenny, je suis vraiment désolé. J'aurais dû te protéger.

Il se retourna vers Yu Chang et mit une balle dans la poitrine de l'homme.

— C'est pour Lily, espèce de salaud.

Il tira à nouveau.

— Pour mes parents, pour Jenny, pour moi !

Benny et Nelson se précipitèrent vers lui, mais Andrew pointa l'arme sur sa propre tête et se fit sauter la cervelle qui vint maculer ce petit coin de paradis.

— Bon sang.

Lucas attira Ashley contre lui et enfouit son visage dans sa chemise. Sa famille entière venait d'être anéantie, et elle n'avait pas besoin d'en voir plus que ce qu'elle avait déjà vu.

Benny alla voir Andrew pour s'assurer qu'il était mort tandis que Nelson s'approchait du vieil homme.

Yu Chang était miraculeusement encore en vie. Nelson lui cracha au visage.

— Ça, c'est pour l'inspecteur David Shaw du HKPD, connard. Tu es en état d'arrestation.

Personne ne discuta quand Nelson menotta le mourant. Il attendait ce moment depuis plus longtemps qu'Ashley n'était en fuite. Les yeux de Yu Chang se détournèrent de Nelson et cherchèrent à nouveau sa nièce. Lucas ne lui donnerait pas cette satisfaction. Il la cacha de son grand corps, souhaitant que ce bâtard meure sur place.

— Je m'occupe de toi, bébé.

Il passa ses bras autour d'elle. Il ne comptait pas la lâcher.

———————

LES DOIGTS D'ASHLEY tremblaient, mais elle s'accrocha à Lucas. Elle n'arrivait pas à croire qu'ils étaient sortis indemnes de la fusillade et que Yu Chang, Brandon et son frère étaient morts.

— Les soldats thaïlandais vous ont laissés partir ? demanda-t-il.

— Disons qu'il y a eu un petit malentendu sur la raison de notre détention.

Son expression douloureuse suggérait qu'il y avait plus que

ça.

— Je suis désolée, Ash.

— Pourquoi ?

Elle pencha la tête en arrière, confuse.

— Pour avoir douté de toi, pour t'avoir kidnappée, pour avoir laissé entendre ne serait-ce qu'un instant que tu étais de mèche avec ces psychopathes.

— Lucas, tu n'as rien fait de mal. Tu as agi en bon agent. Je ne t'en tiendrai jamais rigueur.

Elle leva la main pour toucher le côté de sa tête.

— C'est tout ce que j'ai toujours voulu être.

Elle inspira.

— Je suis désolée pour tout, moi aussi. Désolée d'avoir menti, d'être partie et d'avoir essayé de faire ça toute seule. Je devais mettre Becca en sécurité et je ne pensais pas qu'Alex et toi seriez libérés à temps. Dieu merci, ça a été le cas.

Elle se força à se défaire de son étreinte. Elle avait besoin de mettre de la distance entre eux, immédiatement.

— Et maintenant ? Je suis en état d'arrestation ou je dois me rendre ?

Il mit ses mains sur ses hanches et pencha la tête.

— Personne ici ne va t'arrêter. Tu viens de risquer ta vie…

— Parfait. Je préfère le faire aux États-Unis.

Elle jeta un coup d'œil à l'inspecteur local qui s'assurait que tous les malfaiteurs étaient soit morts soit désarmés. Elle supposait que les renforts et les services d'urgence étaient en route, mais c'était une bonne chose qu'aucun d'entre eux n'ait été blessé. Ils se seraient déjà vidés de leur sang, comme son oncle.

La brise marine se fit soudain glaciale. Le feu était en train de mourir. Elle passa ses bras autour de sa propre taille. Elle aurait aimé arrêter de claquer des dents.

— Ce n'est pas que je ne fais pas confiance aux Thaïlandais, c'est juste que je préfère être dans une prison où je connais la procédure…

La mâchoire de Lucas se crispa.

— Tu ne vas pas aller en prison.

Elle haussa les sourcils.

— Tu n'en sais rien.

— Tu veux parier ? L'un de mes beaux-frères est l'un des meilleurs avocats de défense criminelle à Washington. Il t'évitera la prison.

— Je ne vais pas impliquer ta famille dans ma pagaille.

Il fronça les sourcils.

— Pourquoi pas ?

— Ils vont déjà me détester, Lucas.

Sa voix parvint aux oreilles des autres qui jetèrent un coup d'œil dans leur direction, puis les ignorèrent soigneusement à nouveau.

— Ils ne te détesteront pas.

Elle renifla.

— Je vais être considérée comme une pestiférée quand ça va se savoir. Ma famille a fait des choses terribles, et la tienne fait pratiquement partie de la royauté américaine.

— Je n'en ai rien à foutre de ce que les gens pensent.

— Mais moi, si, dit-elle en plissant les yeux. Je ne te laisserai pas être contaminé.

— Contaminé ?

Il avait l'air soudain en colère.

— Écoute, mes proches étaient des ordures, Lucas. Et je ne vaux pas mieux qu'eux. J'ai menti pour entrer au FBI et j'ai peut-être compromis un nombre incalculable d'affaires dans lesquelles j'ai été impliquée.

Son estomac se retourna quand elle pensa aux conséquences possibles de ses actes.

Il écarta les mains en signe d'exaspération.

— Tu as simulé ta propre mort à seize ans pour échapper à un despote diabolique. Tu as ensuite trompé les polygraphes afin de rejoindre le FBI et d'aider à faire tomber l'une des plus grandes organisations criminelles du monde. Si ça se sait, tu seras une putain d'héroïne.

Elle se détourna de lui, mais il la fit pivoter pour la remettre face à lui.

— Sais-tu ce que j'ai enduré en te voyant mettre cette arme sur ta tête et en sachant que tu étais prête à appuyer sur la gâchette ? Voir la femme que j'aime jouer avec sa vie, mais devoir rester assis en silence, en priant pour que ce putain de pistolet ne parte pas, et que le pervers qui voulait la violer et la kidnapper batte en retraite ?

La douleur qu'elle lisait dans ses yeux était accablante. Elle n'avait jamais voulu le faire souffrir.

— J'avais l'impression que quelqu'un m'arrachait la gorge, et que je ne pouvais plus respirer.

Sa voix se brisa.

— Comment peux-tu aimer quelqu'un comme moi ?

Il fit un pas vers elle.

— Comment pourrait-il en être autrement, Ashley ?

La vision d'Ashley se brouilla, et elle déglutit péniblement.

— Je suis dégoûtante.

Les yeux de Lucas brillaient d'une détermination féroce.

— Tu es incroyable. Tu es courageuse, dévouée, intelligente, tenace, fière et super douée au lit.

Il sourit pour bien lui montrer qu'il plaisantait. Puis son

expression redevint sérieuse.

— Tu as fait ce qu'il fallait pour survivre.

Comme Becca. Comme Andrew.

— Et puis tu es revenue en force.

Son regard se planta dans le sien.

— Comment pourrais-je ne pas t'aimer ?

Il avait peut-être raison. Se battre pour survivre n'était pas un crime – c'était ce que vous faisiez après qui comptait. Et elle se battait pour la justice et contre le mal. Peut-être cela avait-il un certain mérite.

— Je ne te comprends pas.

L'émotion obstrua sa gorge, et elle se mit à sangloter.

— Mais je t'aime, Lucas.

Les larmes finirent par déborder et dégouliner sur son menton.

— Je ne me suis jamais autorisée à aimer quelqu'un avant. Je n'avais jamais réalisé que ce n'était pas un choix.

Il l'attira contre sa poitrine, et elle enfouit son nez dans son torse, respirant son odeur masculine familière, sa chaleur rassurante à travers son T-shirt.

— C'est un choix que je ferais encore et encore.

Ashley ignorait comment elle avait eu la chance de trouver cet homme. Elle ne savait pas si elle serait un jour capable de se pardonner complètement, mais elle essaierait. Elle avait toujours aimé les défis, mais celui-ci pourrait bien être le plus difficile de tous.

ELLE L'AIMAIT. SACHANT cela, Lucas était convaincu qu'ils seraient capables de se sortir de ce pétrin.

— Je t'aime aussi, chérie.

Il la serra plus fort, embrassant ses cheveux.

— Et il ne se passera plus rien. C'est terminé.

Ashley s'essuya les yeux.

— Arrête de dire ça. Tu n'en sais rien.

Il sourit devant son visage inquiet.

— Toi non plus.

Ashley pinça les lèvres.

— Eh bien, quelque chose me dit que la vérité est sur le point d'éclater.

Lucas regarda Benny, puis Nelson.

— Peut-être. Peut-être pas.

Dans la voiture, ils avaient évoqué la possibilité de garder l'identité d'Ashley pour eux. S'il parvenait à convaincre Sloan et Frazer, l'information pourrait rester secrète.

Elle regarda le corps de son frère.

— Il est vraiment mort ?

Il hocha la tête.

L'expression d'Ashley devint pensive.

— Je l'ai laissé tomber.

— C'était un adulte. Il a fait ses propres choix.

Elle hocha la tête, mais la tristesse demeura dans ses yeux. Il allait lui falloir du temps pour s'en remettre, mais il ne comptait pas la laisser tomber à nouveau. Il veillerait sur elle. Et il lui prouverait à quel point il l'aimait, chaque jour.

Soudain, toute la zone fut éclairée par les lumières d'un cuirassé. Un projecteur se braqua sur le bateau de Yu Chang, illuminant des personnes courant sur le pont.

— *Ça*, c'est un bateau.

À côté de lui, Alex sourit.

— C'est typique des Marines, dit Lucas, un côté de sa

bouche se retroussant. Toujours en retard à la fête. On sait à qui il appartient ?

Il voyait toujours double. Il devrait probablement consulter.

— C'est le nôtre.

Il hocha la tête avec satisfaction. Les renforts de Frazer.

— Allons trouver Becca et nous assurer qu'elle est en sécurité, dit Lucas.

Ils adressèrent un signe de tête à Nelson et Benny et commencèrent à remonter la plage.

— N'allez pas trop loin, leur dit Benny.

Ils trouvèrent l'adolescente sur la route avec un touriste qu'elle avait interpellé. Becca se jeta dans les bras de Lucas, qui la serra fort.

— Vous pensez pouvoir nous faire tous monter dans votre jeep et nous amener à l'aéroport de Phuket dès que possible ? demanda Alex au touriste après que Lucas lui eut présenté ses accréditations. Je peux vous garantir une récompense substantielle et les remerciements éternels du gouvernement américain.

— Pouvez-vous glisser un mot au fisc ? plaisanta le type.

— Désolée, je ne fais pas de miracles.

Il n'y avait pas beaucoup d'espace, et Ashley dut rester assise sur les genoux de Lucas pendant tout le trajet. Cela ne le dérangeait pas. Il aimait la tenir dans ses bras. Ils fendaient l'air chaud de la nuit en passant devant d'immenses forêts et des plantations massives. Les villes étaient animées, bondées de touristes et de voyageurs, et il semblait surréaliste que la vie continue comme si de rien n'était alors que des gens mouraient à quelques kilomètres de là.

Les doigts de Becca, assise à côté de lui, saisirent les siens et il sentit une nouvelle vague de regrets l'envahir.

— Je suis désolé de ne pas avoir tenu parole, Becs.

Elle afficha un petit sourire innocent.

— Tu es venu me chercher. Je le savais. Et maintenant ils sont tous morts, et je suis en sécurité.

Ses yeux étaient énormes.

— Je vais rejoindre le FBI, moi aussi. Je veux porter un badge et un pistolet et obliger les gens à faire ce que je dis.

Il sourit. *Si seulement.*

— Je pense que tu ferais un excellent agent fédéral, mais que dirais-tu de profiter d'être une enfant d'abord ?

Il pressa ses doigts.

— Je te dois toujours une séance shopping au centre commercial.

Elle sourit, puis demanda :

— L'agent Sloan a survécu ?

Sa voix était devenue très faible.

Il hocha la tête.

— Elle est en soins intensifs, mais les médecins pensent qu'elle va s'en sortir.

Elle fronça les sourcils.

— Vous savez, l'homme dont je vous ai parlé, qui me forçait à l'appeler « Papa » ?

Ashley se crispa dans ses bras. Lucas hocha la tête. Comme s'il pouvait oublier.

— Il était là.

Ce fut au tour de Lucas de froncer les sourcils.

— Comment ça ?

— Chez Sloan.

Lucas comprit alors, abasourdi.

— Son mari ? Brian Templeton ?

Elle se mordilla la lèvre inférieure.

— Je ne connaissais pas son vrai nom, mais je ne veux plus qu'il me fasse de mal.

Elle n'était pas au courant. *Bon sang.*

— Il est mort. Sloan l'a tué.

Et à présent, il comprenait pourquoi. C'était dommage. Lucas aurait aimé punir cet enfoiré lui-même.

Brian Templeton était la raison pour laquelle les Devils avaient toujours eu une longueur d'avance sur eux. Un mystère de résolu.

— Et les autres ? Et s'ils me trouvent ? chuchota Becca.

Ashley leva la tête et répondit :

— Tu vois M. Parker assis sur le siège avant, Becca ?

Becca hocha la tête.

— Lui et moi, on va travailler ensemble et identifier chacune de ces personnes, et tu vas nous aider à les mettre en prison. Tu es prête pour ça ?

— C'est promis ?

Alex se retourna sur son siège, et Ashley et lui dirent d'une même voix :

— C'est promis.

Une bouffée d'émotion menaça d'étouffer Lucas. Il regarda par la fenêtre, ne voulant pas montrer sa faiblesse devant l'adolescente, mais Ashley savait. Elle posa sa joue contre la sienne.

— Merci de m'avoir sauvée, Lucas, chuchota-t-elle.

Ses doigts se resserrèrent sur son bras.

— Je crois bien que tu t'es sauvée toute seule, dit-il d'un ton bourru.

Il sentit qu'elle souriait.

— Tu m'as donné la force de faire face à mon passé. Sans

toi, je serais encore en train de fuir.

Et lui serait seul. Cette pensée était bouleversante.

— Il est temps d'arrêter de fuir. Il est temps de commencer à construire un avenir avec moi.

Il l'embrassa doucement comme Becca était assise à côté d'eux, mais il avait besoin de dire à Ashley que ses sentiments pour elle n'avaient pas changé. Ils n'avaient fait que se renforcer jusqu'à ce que l'idée de ne pas être avec elle lui fasse l'effet d'une scie à métaux se frayant un chemin à travers sa poitrine.

La vérité, c'était qu'il ne savait pas ce qui les attendait. Il ne pouvait qu'espérer le meilleur. Être là pour Ashley et Becca, sans oublier Sloan.

C'était le mieux qu'il y avait à faire.

ÉPILOGUE

Cinq mois plus tard...

ASHLEY LISSAIT SA jupe Calvin Klein préférée, assise dans un tribunal de Boston en attendant que le juge annonce le verdict. Elle était venue tous les jours depuis une semaine et avait écouté le témoignage déchirant de la victime expliquant que l'accusé lui avait rendu visite à plusieurs reprises dans une maison close pour avoir des relations sexuelles.

La SSA Carly Sloan était assise au fond de la pièce avec le SAC du bureau régional de Boston. Sloan n'avait jamais révélé le lien de sang entre Ashley et Brandon. Ashley ne savait pas si elle l'ignorait ou si elle avait simplement choisi de le passer sous silence après la mort des coupables et le sauvetage de Becca. Le visage de Sloan était émacié. Elle avait des cernes sous les yeux. Il lui avait fallu plusieurs mois pour se remettre physiquement de son coup de couteau, mais elle ne semblait toujours pas prête à reprendre le travail. La femme avait pris l'entière responsabilité des actes de son mari, même si ce n'était pas de sa faute. Elle avait essayé de démissionner. Le directeur ne l'avait pas laissée faire.

La fusillade s'étant déroulée en Thaïlande, et la plupart des malfaiteurs étant morts, le lien d'Ashley avec les Dragon Devils n'avait jamais été révélé. Benny et Nelson s'étaient vu attribuer la plus grande part du mérite pour avoir fait tomber la célèbre famille du crime et avoir sauvé Becca. Le rôle du FBI avait été relégué au second plan. Tout le monde était d'accord avec ça, et Sloan et Frazer avaient insisté pour que Lucas et elle suivent les ordres.

Greg Trainer s'était vu attribuer le mérite d'avoir identifié et fait fermer de nombreux autres établissements gérés par les Devils, et le FBI avait porté un coup sévère au trafic sexuel – même si ce commerce conservait une ampleur considérable.

L'ADN de trente-quatre femmes et quatre hommes avait été retrouvé dans les décombres de la maison close, sans compter Mae Kwon. Le laboratoire avait également isolé l'ADN de préservatifs usagés dans les poubelles. Ils utilisaient ces preuves matérielles, combinées aux informations financières et de téléphonie mobile qu'elle et Alex Parker avaient finir par obtenir au prix de nombreux efforts pour essayer de faire condamner autant de clients que possible.

Becca avait identifié six hommes jusqu'à présent.

L'accusé du jour était un comptable à l'air anémique avec deux filles à peu près du même âge que Becca. Sa femme était assise de l'autre côté de la salle d'audience, le visage marqué par la souffrance à la lecture du verdict.

Coupable de viol d'enfant.

Ashley laissa échapper un soupir satisfait, même si l'épouse s'effondra. Ashley ignora la vague de compassion qu'elle ressentait pour cette femme. Sa famille n'était pas responsable de ses actes, mais ils porteraient les stigmates de sa honte pour le reste de leur vie. C'était un phénomène qu'elle connaissait bien, et parfois elle avait encore du mal à surmonter sa propre honte secrète.

L'accusé regardait sa femme, atterré. Son épouse se détourna de lui avec un air de dégoût. À mi-chemin du procès, le dégénéré avait admis avoir eu des relations sexuelles avec Becca, mais avait tenté de suggérer qu'il n'avait pas réalisé qu'elle était mineure, et qu'elle l'avait séduit, dans un bordel où elle était enfermée comme esclave sexuelle.

Ashley et Alex avaient trouvé suffisamment de preuves pour prouver que le gars recherchait régulièrement des filles mineures sur Internet. Elle espérait que cela jouerait contre lui quand le juge le condamnerait le lendemain. En théorie, une personne reconnue coupable de viol d'enfant pouvait être condamnée à perpétuité, mais elle doutait que le juge soit aussi sévère. Mais ils pourraient avoir de la chance. Surtout dans une ville qui pleurait encore ses morts.

Elle attendit que la salle se vide avant de se lever et de prendre le couloir dans la direction opposée. Elle frappa à une lourde porte en bois et entra. Lucas et Becca jouaient au crib.

Le regard de Lucas était perçant. Celui de Becca inquiet.

— Coupable, annonça Ashley.

Lucas sourit. Le visage de Becca s'illumina.

C'était le premier procès d'une longue série, mais Ashley espérait que ce verdict persuaderait les autres accusés d'accepter des négociations de plaidoyer.

Theo Giovanni, l'avocat qui avait accepté de plaider coupable en échange du mot de passe qui avait permis à Lucas d'entrer dans la maison close, avait été arrêté pour conduite dangereuse avec mille dollars de crack dans sa boîte à gants. Il avait perdu sa carrière de haut vol et sa femme. Ashley n'avait pas été attristée par cette nouvelle.

Lucas était particulièrement beau dans son costume gris foncé et sa cravate rouge. Chaque jour, elle l'aimait et le désirait davantage que le précédent. Elle ignorait comment c'était possible. Il avait été promu SSA et dirigeait sa propre équipe à Charlotte. Ashley avait quitté le DSC.

— Prêts ? demanda-t-elle.

Ils acquiescèrent tous deux, mais elle savait que Lucas mentait. Après ces quelques mois passés ensemble, elle avait appris à lire en lui.

— Allons-y, dit-il.

Le bureau de l'autre juge qu'ils devaient voir n'était pas bien loin. Ashley se prépara mentalement avant qu'ils n'entrent.

L'avocat que Lucas avait engagé se tenait devant le bureau du juge. Mais lorsque les hommes se retournèrent pour leur faire face, ils arboraient des expressions de mécontentement identiques.

Lucas regarda autour de lui.

— Où est-elle ?

Aucun des hommes ne pipa mot.

— Elle ne viendra pas, c'est ça ? fit Becca d'une petite voix.

Lucas poussa sous cape ce qui ressemblait à un juron.

Il leur avait fallu un mois pour retrouver la mère de Becca. Il s'était avéré que la femme avait déjà purgé une peine pour vol à main armée, essayant de dérober suffisamment d'argent pour rembourser sa dernière dette de jeu. D'autres accusations pesaient sur elle.

Mais ils avaient découvert une grand-mère qui avait pris en charge le frère de Becca, Jackson.

Becca et elle s'étaient rencontrées à plusieurs reprises, et Ashley pensait que Lucas avait persuadé la femme d'accueillir Becca également. Apparemment, elle avait changé d'avis à la dernière minute.

Ashley regarda l'expression dévastée de Lucas. Il ne s'était toujours pas pardonné pour tout ce que Becca avait traversé. Et, après avoir passé beaucoup de temps à travailler avec l'enfant, il l'aimait comme une fille. Elle ressentait la même chose.

— On la prend, dit fermement Ashley.

Becca laissa échapper un hoquet de surprise.

Les yeux de Lucas s'écarquillèrent. Son regard était intense, comme s'il cherchait à savoir si elle était sérieuse ou non. Elle l'était. Elle était très sérieuse.

— Vous travaillez tous les deux à plein temps.

Le juge les regarda sous ses considérables sourcils.

— Comme des centaines de milliers, voire des millions, d'autres parents américains.

— Mais nous avons déjà établi que la situation de Becca n'est pas ordinaire.

Elle avait besoin de conseils et d'un tutorat spécial pour rattraper son retard à l'école. Lucas se leva en serrant les poings.

— Le placement en famille d'accueil n'est pas envisageable pour une enfant dans sa situation, déclara-t-il.

— S'il vous plaît, laissez-moi vivre avec eux, dit précipitamment Becca sur un ton de supplique sincère.

Lucas lui serra l'épaule.

À la demande de Lucas, Becca avait été placée dans une maison sécurisée en Caroline du Nord, et ils avaient passé autant de temps libre que possible ensemble. Mais le temps était écoulé. Le département de la Justice avait suggéré le programme de protection des témoins, mais Becca n'avait que treize ans. Le programme n'avait pas été conçu pour les enfants.

— Ma situation financière me permet de fournir à Becca tout ce dont elle a besoin. Nous vivons dans une maison avec assez de chambres et d'espace pour offrir à Becca une bonne éducation.

— L'agent Chen et vous n'êtes pas mariés, rétorqua le juge.

— J'y travaille, M. le Juge. Ce n'est qu'une question de temps.

Ashley éclata de rire. Elle ne savait pas vraiment comment son amour pouvait continuer à grandir de la sorte, mais c'était le cas.

— Est-ce qu'on vient de se fiancer ? demanda-t-il avec un sourire viril qui lui donna envie de le frapper et de l'embrasser en même temps.

Elle hocha la tête. Juste assez pour dire oui.

— Nous sommes tous deux formés à la psychologie de l'abus, et nous savons ce qui est arrivé à Becca. Nous pouvons l'aider à y faire face, et nous avons accès à des psychologues pour enfants en cas de problème, déclara Ashley au juge.

— Vous l'adopteriez ?

— Oui, dit Lucas.

Ashley acquiesça, mais elle n'était pas certaine de l'effet que pourrait avoir sa fausse identité si la vérité éclatait. Frazer lui avait hurlé dessus et lui avait fait vivre un enfer quand elle était rentrée à Quantico. Puis il lui avait demandé de lui apprendre à déjouer le polygraphe. Ce type était plus qu'effrayant, mais il l'avait laissée terminer sa formation, après quoi elle avait été transférée à Charlotte pour être avec Lucas et travailler sur les cybercrimes comme elle l'avait toujours voulu.

Becca tremblait d'excitation.

— Que ressens-tu à l'idée de faire partie d'une famille mixte, Becca ? demanda le juge.

Lucas se hérissa, et Ashley secoua la tête. Il n'avait jamais semblé se rendre compte qu'elle n'était pas d'une blancheur éclatante, mais c'était une chose à laquelle elle devait faire face chaque jour. Et c'était une difficulté potentielle pour une enfant qui avait déjà souffert aux mains d'Asiatiques. Les proches d'Ashley, en l'occurrence.

Et merde. Peut-être que c'était une mauvaise idée. Mais… qui d'autre pourrait aider Becca à traverser ça ? Elle devait à Becca et Lucas d'essayer d'expier les péchés de sa famille, même s'ils ne le voyaient pas de cette façon.

— J'aime Ashley.

Becca se mordit la lèvre.

— Mais je ne veux pas m'imposer.

Lucas parut aussi choqué qu'Ashley.

Elle n'était pas du genre à pleurer, mais les larmes coulaient sur son visage. Elle s'essuya les yeux, sachant que son maquillage était fichu.

— Tu ne t'imposes pas, chérie. Tu fais partie de notre famille.

Une famille qu'elle n'aurait jamais pensé avoir. Elle prit la jeune fille dans ses bras et sentit ceux de Lucas s'enrouler autour d'elles deux, les abritant et leur donnant de la force.

Le juge eut un rire bourru.

— Très bien. Je vais vous confier sa garde temporaire, SSA Randall. Nous nous reverrons dans six mois et commencerons le processus d'adoption formel si c'est toujours ce que vous voulez.

Ils le remercièrent, dirent au revoir à leur avocat et se regardèrent dans le grand couloir du palais de justice.

Un côté de la bouche de Lucas se retroussa.

— Est-ce que tu viens d'accepter de m'épouser ?

Ashley pointa du doigt sa main gauche nue.

— J'ai dit que je *pourrais*.

Lucas et Becca échangèrent un sourire. Il se pencha plus près de l'adolescente et lui glissa dans un murmure théâtral :

— On ferait mieux de trouver rapidement un bijoutier

avant qu'elle ne change d'avis.

— Ça va te coûter cher, chuchota Becca. Elle a des goûts de luxe.

Ashley déposa un baiser sur les lèvres de Lucas. Il la souleva et la fit tourner. Puis il prit également Becca et les fit tourner jusqu'à ce qu'elles rient aux éclats, étourdies.

— C'est peut-être le plus beau jour de ma vie, leur dit Lucas en les reposant.

La tête d'Ashley tournait, et elle l'attrapa par le bras.

— C'est de mieux en mieux.

Il lui donna un rapide baiser, puis prit les mains des deux femmes.

— Alors j'ai hâte à demain.

— Je peux avoir un chien ? demanda soudain Becca avant de mordiller sa lèvre inférieure.

— Tu devras t'en occuper, dit fermement Lucas.

Becca hocha frénétiquement la tête.

Et Ashley sut qu'il ferait un super papa.

— On va aller voir à la fourrière qui d'autre aurait besoin d'une nouvelle maison.

Becca paraissait sur le point d'exploser de bonheur.

Ashley sentit un énorme puits d'émotion gonfler en elle. Lucas lui serra les doigts, lisant dans ses pensées.

— Allons chercher tes affaires, Becs, et rentrons à la maison. J'ai hâte qu'on vive tous ensemble.

Marchant à côté d'eux, Ashley se dit qu'elle était la femme la plus chanceuse de la planète.

Découvrez le prochain tome de la série Le Sommeil des justes, *Obscurantisme.*

Vingt ans plus tôt, elle était la fille innocente d'un gourou, et lui, l'agent secret sous couverture qui a brisé son cœur et bouleversé sa vie. Maintenant, il est de retour…

L'agent spécial adjoint Steve McKenzie, surnommé Mac, dirige un groupe de travail qui enquête sur une série de crimes au cœur de Washington. Sa mission est en lien avec son incursion sous couverture dans un camp anti-gouvernemental, vingt ans plus tôt… et la fille douce et innocente avec laquelle il s'était lié d'amitié. Maintenant, cette fille est devenue une femme splendide, mais elle cache quelque chose.

Tess Fallon a passé sa vie à essayer d'oublier les délires sectaires de sa famille, mais quelqu'un utilise l'anniversaire de la mort de son père pour perpétrer de terribles crimes et elle redoute que son frère cadet soit impliqué. Bien décidée à découvrir la vérité, elle est confrontée à un homme qu'elle idolâtrait autrefois, un homme qu'elle croyait mort depuis longtemps. Alors que les crimes redoublent, il devient évident que le tueur a des intentions cachées. Le temps presse pour Tess et Mac.

Le criminel attaquera-t-il le gouvernement pour réaliser un rêve révolutionnaire vieux de plusieurs décennies ? Et l'amour nouveau entre Tess et Mac donnera-t-il au tueur de sang-froid le pouvoir de les détruire ?

Obscurantisme (tome 8) est disponible ici.

Inscrivez-vous à la newsletter de Toni Anderson pour recevoir les dates des nouvelles parutions, des scènes bonus et un exemplaire gratuit de The Killing Game :

www.toniandersonauthor.com/newsletter-signup

DEFINITIONS UTILES DE QUELQUES ACRONYMES UTILISES DANS LES LIVRES DE TONI

PG : procureur général

ASAC (Assistant Special-Agent-in-Charge) : agent spécial adjoint responsable

ATF (Alcohol, Tobacco, and Firearms) : alcool, tabac et armes à feu

DSC : département des sciences du comportement

BOLO (Be On the Look-Out) : avis de recherche

BUCAR (Bureau, Car) : voiture du FBI

CIRG (Critical Incident Response Group) : groupe de réaction aux incidents critiques

CMU (Crisis Management Unit) : cellule de gestion de crise

CN (Crisis Negotiator) : négociateur de crise

CNU (Crisis Negotiation Unit) : cellule de négociation de crise

CODIS (Combined DNA Index System) : banque de données qui répertorie les profils ADN

PC : poste de commandement

DEA (Drug Enforcement Administration) : administration pour le contrôle des drogues

DDN : date de naissance

DOJ (Department of Justice) : département de la Justice

EMT (Emergency Medical Technician) : urgentiste

ERT (Evidence Response Team) : (police) scientifique

FOA (First-Office Assignment) : première affectation

FBI (Federal Bureau of Investigation) : bureau fédéral d'enquête

FO (Field Office) : bureau régional

IC (Incident Commander) : commandant des interventions

HRT (Hostage Rescue Team) : équipe de libération d'otages

HT (Hostage-Taker) : preneur d'otages

LAPD (Los Angeles Police Department) : département de police de Los Angeles

LEO (Law Enforcement Officer) : agent des forces de l'ordre

ML : médecin légiste

MO : mode opératoire

NAT (New Agent Trainee) : nouvel agent stagiaire

NCAVC (National Center for Analysis of Violent Crime) : centre national pour l'analyse des crimes violents

NCIC (National Crime Information Center) : centre national d'information sur la criminalité

NYFO (New York Field Office) : bureau local de New York

CO : crime organisé

OCU (Organized Crime Unit) : unité de lutte contre le crime organisé

OPR (Office of Professional Responsibility) : bureau de la responsabilité professionnelle

POTUS (President of the United States) : président des États-Unis

RA (Resident Agency) : agence locale

SA (Special Agent) : agent spécial

SAC (Special Agent-in-Charge) : agent spécial en charge

SAS (Special Air Squadron) : forces spéciales aériennes

SIOC (Strategic Information & Operations) : informations et opérations stratégiques

SSA (Supervisory Special Agent) : agent spécial superviseur

SWAT (Special Weapons and Tactics) : armes et tactiques spéciales

TC (Tactical Commander) : tacticien

TOD (Time of Death) : heure du décès

UNSUB (Unknown Subject) : sujet inconnu, suspect

ViCAP (Violent Criminal Apprehension Program) : programme d'arrestation pour actes criminels violents

WFO (Washington Field Office) : bureau régional de Washington

REMERCIEMENTS

Un grand merci à ma formidable partenaire critique Kathy Altman, qui m'empêche régulièrement de me ridiculiser. Merci aussi à mes relectrices, Alicia Dean et Joan Turner de JRT Editing. À Regina Wamba pour ses illustrations de couverture incroyables. À Paul Salvette (BB eBooks) qui fait un excellent travail de formatage de mes ebooks – merci ! Et merci à toutes les autres personnes qui travaillent en coulisse pour que ces livres se retrouvent sur vos étagères. J'apprécie vraiment votre aide et votre soutien.

Merci à mes amies, Rachel Grant, Carolyn Crane et Sunny Lee-Goodman pour nos discussions au sujet de la diversité.

Je tiens à remercier mon mari et mes enfants de supporter la présence d'un écrivain dans la famille. Leur patience lorsque je participe à des « fêtes » en ligne ou que je recherche régulièrement de « beaux mecs » pour mes couvertures et leur demande leur avis. En espérant retrouver une cuisine et un bureau dans un futur proche ! Je vous aime !

Merci à Diane et Laure de Valentin Translation pour leur travail de traduction de ces titres en français.

DECOUVREZ L'UNIVERS DE LA SERIE COLD JUSTICE (EN ANGLAIS)

COLD JUSTICE
A Cold Dark Place (tome #1)
Cold Pursuit (tome #2)
Cold Light of Day (tome #3)
Cold Fear (tome #4)
Cold In The Shadows (tome #5)
Cold Hearted (tome #6)
Cold Secrets (tome #7)
Cold Malice (tome #8)
A Cold Dark Promise (tome #9 ~ nouvelle de mariage)
Cold Blooded (tome #10)

COLD JUSTICE – THE NEGOTIATORS
Cold & Deadly (tome #1)
Colder Than Sin (tome #2)
Cold Wicked Lies (tome #3)
Cold Cruel Kiss (tome #4)
Cold As Ice (tome #5)

À paraître :
Cold Silence

La série *Cold Justice* en anglais est également disponible en audiolivres interprétés par Eric G. Dove, et dans de nombreuses collections et coffrets.

Surveillez les nouvelles parutions de Toni sur son site web (www.toniandersonauthor.com/books).

À PROPOS DE L'AUTEURE

Toni Anderson est une auteure de best-sellers classés par le *New York Times* et *USA Today*, finaliste de RITA®, accro aux sciences, touriste professionnelle, amoureuse des chiens, jardinière et maman. Originaire d'une petite ville d'Angleterre, Toni a étudié la biologie marine à l'Université de Liverpool (B.Sc.) et l'Université de St. Andrews (Ph.D.) avec l'intention de ne jamais s'éloigner de l'océan. Jusqu'à ce que ce plan vole en éclats et qu'elle atterrisse dans les prairies canadiennes avec son mari, professeur de biologie, deux enfants, un chien rescapé et un gecko léopard nonchalant. Ses plus belles réussites sont d'avoir compris le fonctionnement du métro de Tokyo, gravi le mont Ben Lomond, plongé dans la Grande Barrière de corail et survécu à de nombreux hivers à Winnipeg. Elle adore voyager à des fins de recherche et elle a eu la chance de visiter le centre des opérations et de l'information stratégique au quartier général du FBI à Washington en 2016. Elle a également réussi l'exploit notoire de déclencher une sortie de route lors de sa formation en course-poursuite à l'académie de police pour écrivains, dans le Wisconsin. Chaud devant, le monde, j'arrive !

Inscrivez-vous à la newsletter de Toni Anderson en anglais :
www.toniandersonauthor.com/newsletter-signup

Suivez Toni Anderson sur Facebook :
facebook.com/toniandersonauthor

Découvrez la bibliographie de Toni Anderson :
www.toniandersonauthor.com/books-2

Suivez Toni Anderson sur Instagram :
instagram.com/toni_anderson_author

9 781988 812915